LES IMMORTALISTES

TITRE ORIGINAL : *THE IMMORTALISTS*

CE LIVRE A FAIT L'OBJET D'UNE PREMIÈRE PUBLICATION AUX ÉTATS-UNIS EN 2018 CHEZ PUTNAM, UNE MAISON DU GROUPE PENGUIN RANDOM HOUSE.

ISBN : 978-2-37834-032-2

STÉPHANE MARSAN ÉDITEUR
60-62, RUE D'HAUTEVILLE
75010 PARIS
E-MAIL : INFO@STEPHANEMARSAN.FR
SITE INTERNET : WWW.STEPHANEMARSAN.FR

LES IMMORTALISTES

CHLOE
BENJAMIN

TRADUIT DE L'ANGLAIS (ÉTATS-UNIS)
PAR FLORENCE MOREAU

STÉPHANE **MARSAN**

Pour ma grand-mère, Lee Krug

PROLOGUE

LA FEMME DE HESTER STREET

1969
Varya

Varya a treize ans.

Récemment, elle a pris huit centimètres, et une toison noire a poussé entre ses cuisses. Ses seins tiennent dans la paume d'une main, ses mamelons roses ressemblent à deux pièces de dix cents. Ses cheveux lui arrivent à la taille et sont châtain ; pas noirs comme ceux de son frère Daniel, ni couleur citron ainsi que les boucles de Simon, et sans non plus les reflets bronze de Klara. Ce matin, elle s'est fait deux nattes ; elle aime la façon dont celles-ci fouettent ses hanches, telle la queue d'un cheval. Son petit nez n'appartient qu'à elle, du moins le pense-t-elle. À vingt ans, il aura atteint toute sa majesté et sera aquilin, à l'instar de celui de sa mère.

Mais pour l'heure, ils se faufilent tous les quatre dans le quartier : Varya, l'aînée, Daniel, onze ans, Klara, neuf, et Simon, sept. Daniel ouvre la voie, les entraînant de Clinton Street à Delancey Street, tournant à gauche pour rejoindre Forsyth Street. Ils traversent Sara D. Roosevelt Park, veillant à rester dans l'ombre des arbres. La nuit, le parc regorge d'animation, mais en ce mardi matin, seules quelques poignées de jeunes gens y dorment, se remettant des excès du week-end, joue pressée contre l'herbe.

Dans Hester Street, la fratrie se fait plus discrète. Ici, ils doivent passer devant l'atelier de confection Gold, tenu par leur père, et même s'il est peu probable que celui-ci les voie – Saul est d'une concentration absolue quand il travaille, comme s'il ne cousait pas un simple ourlet de pantalon, mais l'étoffe de l'univers – il représente néanmoins une menace pour la réussite de la quête incertaine et hasardeuse qui les mène à Hester Street en cette lourde journée de juillet.

Bien que Simon soit le plus jeune, il est rapide. Il porte un short en jean qui appartenait à Daniel, et qui allait très bien à ce dernier au même âge, mais qui tombe un peu trop bas sur sa taille étroite. À la main, il tient un sac en tissu chinois resserré par un cordon où s'entassent quelques dollars ; entre les billets froissés, des pièces d'étain s'entrechoquent en tintant.

— Où est-ce ?

— Je crois que c'est juste ici, répond Daniel.

Ils lèvent les yeux vers le vieil immeuble, vers les escaliers de secours en zigzag et les sombres fenêtres rectangulaires du dernier étage, là où l'on affirme que réside la personne qu'ils sont venus voir.

— Comment on fait pour entrer ? demande Varya.

Cet immeuble ressemble au leur, sauf que la pierre n'est pas brune, mais crème, et qu'il comporte cinq étages au lieu de sept.

— J'imagine qu'on doit sonner au cinquième, suggère Daniel.

— OK, dit Klara, mais quel numéro ?

Daniel sort alors un ticket de caisse froissé de sa poche arrière et, quand il relève la tête, il est écarlate.

— Je ne suis pas très sûr.

— Daniel ! s'écrie Varya.

Elle s'appuie contre le mur de l'immeuble, tout en s'éventant. Il fait trente-deux degrés, une chaleur assez suffocante pour que ses cheveux la démangent à la racine, et que sa jupe colle à ses cuisses.

— Une seconde, dit Daniel. Laissez-moi réfléchir.

Simon est assis sur l'asphalte, le porte-monnaie pendant entre les jambes comme une méduse. Klara sort de sa poche un bonbon au caramel. Avant qu'elle n'ait le temps de le déballer, la porte de l'immeuble s'ouvre, et un jeune homme en sort. Il porte des lunettes teintées à monture mauve et une chemise à motif cachemire.

Il adresse un hochement de tête aux Gold.

— Vous voulez entrer ?

Daniel acquiesce.

Il bondit sur ses pieds, les autres sur ses talons, pénètre dans l'immeuble et remercie l'homme aux lunettes mauves avant que la porte ne se referme. Daniel, l'intrépide meneur qui a eu l'idée de les entraîner là sans savoir au juste comment s'y prendre.

Il a entendu deux garçons discuter entre eux, la semaine dernière, alors qu'il faisait la queue à *Shmulke Bernstein's*, le chinois kasher, où il comptait acheter une de ces tartes à la crème chaude dont il raffole, même en plein été. La file d'attente était longue, les éventails fouettaient l'air à toute vitesse, de sorte qu'il dut se pencher en avant pour entendre la conversation des garçons et en particulier ce qu'ils disaient sur la femme qui s'était provisoirement établie au dernier étage de l'immeuble de Hester Street.

En revenant au 72 Clinton Street, son cœur faisait des bonds. Dans la chambre, assis par terre, Klara et Simon jouaient à Serpents et échelles, tandis que Varya lisait sur le lit du haut. Zoya, le chat noir et blanc, paressait sur le radiateur, dans un carré de soleil.

Daniel leur dévoila aussitôt son plan.

— Je ne comprends pas, objecta Varya en plaquant un pied sale contre le plafond. Que fait cette femme exactement ?

— Je viens de vous le dire ! s'impatienta Daniel.

Il était surexcité.

— Elle a des pouvoirs, précisa-t-il.

— Comme quoi ? demanda Klara en faisant disparaître une pièce.

Elle avait passé la première partie de l'été à apprendre toute seule le tour de cartes avec élastique de Houdini, sans succès flagrant.

— Ce que j'ai entendu, déclara Daniel, c'est qu'elle dit la bonne aventure. Ce qui se passera dans ta vie, quoi que l'avenir te réserve. Et ce n'est pas tout.

Il posa ses mains sur l'encadrement de la porte et s'y appuya.

— Elle peut aussi prédire le jour de ta mort, ajouta-t-il.

Klara leva les yeux vers lui.

— C'est ridicule ! s'exclama Varya. Personne ne peut prédire ça.

— Et si c'était possible ? hasarda Daniel.

— Alors je ne voudrais pas savoir.

— Pourquoi ?

— Parce que.

Varya reposa son livre et s'assit, faisant pendre ses jambes par-dessus le rebord du lit.

— Imagine qu'elle ait de mauvaises nouvelles à t'annoncer, enchaîna-t-elle, qu'elle te dise que tu mourras avant l'âge adulte.

— Dans ce cas, il vaut mieux le savoir, répondit Daniel. Pour pouvoir en profiter avant.

S'ensuivit un instant de silence. Puis Simon éclata de rire, son corps frêle agité de soubresauts. Daniel s'empourpra.

— Je suis sérieux, assura-t-il. Je vais y aller. Je ne peux pas rester un jour de plus dans l'ignorance. Bon, qui m'accompagne ?

Peut-être que rien de tout cela ne serait arrivé si ça n'avait pas été le cœur de l'été, et qu'ils n'avaient pas eu un mois et demi d'ennui moite derrière eux, et autant devant. L'appartement n'a pas l'air conditionné, et cette année-là – 1969 – ils ont l'impression qu'il arrive des choses à tout le monde sauf à eux. On se défonce à Woodstock en chantant *Pinball Wizard*, on regarde *Macadam Cowboy*, film qu'aucun des enfants Gold n'est autorisé à voir. Des émeutes éclatent à Stonewall, on enfonce des portes, on arrache les parcmètres, on fracasse les carreaux et les juke-box. Des gens sont assassinés de la façon la plus cruelle qu'on puisse imaginer, avec des explosifs chimiques et des armes d'une portée de plus de sept cents mètres, qui tirent cinquante balles à la suite, leurs visages porteurs de toute l'horreur du direct défilant sur l'écran du téléviseur dans la cuisine des Gold.

— On marche sur la Lune, putain ! s'exclama Daniel.

Il emploie depuis quelque temps ce genre de termes, mais à bonne distance de leur mère. James Earl Ray a été condamné à perpétuité, Sirhan Sirhan aussi, et les Gold, eux, continuent à jouer aux osselets et aux fléchettes, ou bien à secourir Zoya qui vient toujours se loger dans un conduit ouvert derrière le four, apparemment convaincue que c'est son habitat naturel.

Mais un autre facteur crée l'atmosphère propice à ce pèlerinage : ils partagent, cet été, une complicité qui ne se reproduira plus. L'an prochain, Varya partira pour les Catskills avec son amie Aviva, Daniel sera happé par les rituels des garçons du quartier, laissant Klara et Simon livrés à eux-mêmes. En 1969, en revanche, ils forment encore une fratrie soudée, unie par une nécessité impérieuse.

— J'irai avec toi, déclara Klara.

— Moi aussi, renchérit Simon.

— Bon, comment on obtient un rendez-vous avec elle ? s'enquit alors Varya.

Consciente, à treize ans, que l'on n'a rien sans rien, elle ajouta :

— Combien prend-elle ?

Daniel fronça les sourcils.

— Je vais me renseigner.

C'est ainsi que tout commença : comme un secret, un défi, une échappatoire à la présence envahissante de leur mère, qui leur ordonnait d'étendre le linge ou de faire sortir le maudit chat du conduit derrière le four, chaque fois qu'elle les trouvait allongés sur leurs lits superposés. Donc, les enfants Gold prirent leurs renseignements. Le propriétaire de la boutique de magie, à Chinatown, avait entendu parler de la femme de Hester Street. C'était une nomade, expliqua-t-il à Klara, qui voyageait dans tout le pays en exerçant son métier. Avant qu'elle ne parte, l'homme leva le doigt pour la retenir un instant, disparut dans une arrière-salle et revint avec un épais volume carré intitulé *The Book of Divination*. Douze yeux ouverts entourés de symboles ornaient la couverture. Klara s'acquitta de soixante-cinq cents et serra le manuel contre elle sur le chemin du retour.

Certains autres habitants, au 72 Clinton Street, connaissaient également l'existence de cette femme. Mme Blumenstein l'avait rencontrée dans les années 1950 à une fabuleuse réception, avait-elle confié à Simon. Elle avait fait sortir son Schnauzer sur la véranda de devant, là où Simon était assis, et où son chien fit une crotte de la taille d'une pastille qu'elle ne ramassa pas.

— Elle m'a lu les lignes de la main et m'a dit que je vivrais longtemps, déclara Mme Blumenstein.

Et, pour souligner ses propos, elle se pencha en avant.

Simon retint alors sa respiration : Mme Blumenstein avait une haleine fétide comme si elle exhalait, à quatre-vingt-dix ans, l'air qu'elle avait inhalé bébé.

— Et vois-tu, mon cher enfant, elle avait raison !

La famille hindoue du sixième étage affirmait que cette femme était une *rishika*, une voyante. Varya enveloppa dans de l'aluminium une part du *kugel* préparé par Gertie et l'apporta à Ruby Singh, sa camarade de classe à l'école PS 42, en échange d'un plat de poulet au beurre épicé. Elles mangèrent dans l'escalier de secours tandis que le soleil se couchait, balançant leurs jambes nues par-dessous les grilles.

Ruby savait tout sur cette femme.

— Il y a deux ans, quand j'avais treize ans, et que ma grand-mère était malade, le premier docteur qui l'a vue a dit que c'était le cœur. Il nous a prédit qu'elle mourrait dans les trois mois. Le deuxième a déclaré qu'elle était assez forte pour se remettre, et qu'il lui donnait encore deux ans à vivre.

Au-dessous d'elles, un taxi fit crisser ses pneus sur Rivington Street ; Ruby tourna la tête et plissa les yeux face à East River, d'une couleur vert brunâtre à cause des déchets et des eaux usées que charriait le détroit.

— Un hindou doit mourir chez lui, poursuivit-elle, entouré des siens. La famille de papa en Inde voulait venir, mais que pouvions-nous leur dire ? Restez deux ans ? Puis papa a entendu parler de la *rishika*. Il est allé la voir, et elle lui a indiqué une date : la date à laquelle Dadi devait mourir. On a installé son lit dans le salon, en l'orientant vers l'est. On a allumé une lampe, et on l'a veillée en priant et en chantant des hymnes. Les frères de papa sont ensuite arrivés de Chandigarh. Quand Dadi est morte, le 16 mai, comme la *rishika* l'avait prédit, nous avons tous pleuré de soulagement.

— Vous n'étiez pas en colère ?

— En colère ? Pourquoi ?

— Parce que la femme n'a pas sauvé ta grand-mère, répondit Varya. Qu'elle n'a pas cherché à la guérir.

— Grâce à la *rishika*, on a pu lui dire au revoir et on ne la remerciera jamais assez pour ça.

Ruby avala la dernière bouchée de son *kugel*, plia l'aluminium en deux et ajouta :

— De toute façon, elle ne pouvait pas guérir Dadi. La *rishika* sait des choses, mais elle ne peut pas empêcher qu'elles se produisent. Elle n'est pas Dieu.

— Où se trouve-t-elle, maintenant ? demanda Varya. Daniel a entendu dire qu'elle habitait dans un immeuble de Hester Street, mais il ne sait pas lequel.

— Moi non plus. Elle change tout le temps de lieu. Pour des raisons de sécurité.

À l'intérieur de l'appartement des Singh, on entendit alors un son très aigu, puis quelqu'un se mit à crier en hindi.

Ruby se leva, brossant de la main les miettes sur sa jupe.

— Comment ça, pour des raisons de sécurité ? s'enquit Varya.

Et elle se releva à son tour.

— J'imagine qu'elle doit être recherchée, expliqua Ruby. À cause de ce qu'elle sait.

— Rubina ! appela sa mère.

— Il faut que j'y aille.

Ruby rentra par la fenêtre qu'elle referma derrière elle, laissant Varya emprunter l'escalier de secours pour regagner le quatrième étage.

Elle fut surprise de constater que le nom de la femme était connu dans le quartier, même si tout le monde n'avait pas encore entendu parler d'elle. Quand elle mentionna la voyante au comptoir chez *Katz's*, devant des types aux numéros tatoués sur les bras, ils la regardèrent avec frayeur.

— Petite, dit l'un d'eux, ne te mêle pas de ça.

L'homme s'était exprimé d'un ton brutal, comme si Varya l'avait personnellement insulté. Elle sortit du café avec son sandwich, troublée, et se garda bien de refaire allusion à la voyante devant eux.

Finalement, les garçons dont Daniel avait surpris la conversation lui indiquèrent où la trouver. Il les croisa un week-end sur la voie piétonne de Williamsburg Bridge ; ils y fumaient de l'herbe, accoudés à la balustrade. Ils étaient plus âgés que lui – quatorze ans, peut-être –, et Daniel fut contraint d'avouer qu'il avait épié leur discussion avant de leur poser des questions.

Ceux-ci ne parurent pas s'en émouvoir. Ils lui donnèrent volontiers le numéro de l'immeuble où la femme était censée habiter, en précisant qu'ils ignoraient comment on prenait rendez-vous. La rumeur disait qu'il fallait lui offrir quelque chose. Certains affirmèrent qu'elle n'acceptait que de l'argent, d'autres prétendirent au contraire qu'elle en avait déjà assez et qu'il convenait de faire preuve d'imagination. Un garçon lui avait apporté un écureuil écrasé qu'il avait trouvé sur le bas-côté, ramassé à l'aide de pinces, avant de le lui livrer dans un sachet en plastique fermé. Varya décréta alors que personne ne voudrait d'un tel cadeau, pas même une diseuse de bonne aventure, aussi finirent-ils par mettre tout leur argent de poche dans la bourse de Simon, en espérant que la somme serait suffisante.

Quand Klara s'absentait, Varya prenait *The Book of Divination* de dessous son lit et grimpait dans le sien. Allongée sur le ventre, elle répétait à voix haute certains mots : « haruspice » (divination par les entrailles des animaux sacrifiés), « céromancie » (par des motifs dans la cire), « rhabdomancie » (par des baguettes). Les jours un peu plus frais, la brise qui s'engouffrait par la fenêtre soulevait les vieilles photos et les arbres généalogiques collés au mur, à côté du lit. Ces documents lui permettaient de décrypter les mystérieuses négociations clandestines dont résultaient les traits de caractère : les gènes qui se manifestaient, s'éclipsaient, puis resurgissaient, comme les jambes élancées de son grand-père Lev qui avaient contourné Saul pour passer directement à Daniel.

Lev était arrivé à New York sur un bateau à vapeur avec son père, un marchand drapier. Sa mère n'avait pas survécu aux pogroms de 1905. À Ellis Island, on les soumit à des examens médicaux pour vérifier qu'ils étaient en bonne santé, puis on les interrogea en anglais tandis qu'ils regardaient fixement le poing d'une dame de fer contemplant, impavide, l'océan qu'ils venaient juste de traverser. Le père de Lev se mit à réparer des machines à coudre avant d'être embauché dans un atelier de confection tenu par un juif allemand qui l'autorisait à faire shabbat. Lev devint son assistant puis finit par lui succéder et devenir gérant à son tour. En 1930, il ouvrit sa propre affaire, la *Gold's Tailor and Dressmaking*, dans un sous-sol de Hester Street.

On prénomma Varya comme la mère de Saul, laquelle se chargea de la comptabilité de son époux jusqu'à ce que tous deux prennent leur retraite. Elle en savait moins sur ses grands-parents maternels, à part que cette grand-mère s'appelait Klara, comme sa petite sœur, et qu'elle était arrivée de Hongrie en 1913.

Elle mourut quand Gertie, la mère de Varya, avait six ans, et cette dernière l'évoquait rarement. Une fois, Klara et elle s'étaient introduites dans la chambre de leur mère et l'avaient fouillée de fond en comble, dans l'espoir de retrouver des traces de leurs grands-parents. Elles avaient reniflé comme des chiens le mystère qui entourait le couple, le parfum d'intrigue et de honte, et elles avaient fureté dans la commode où Gertie rangeait sa lingerie. Dans le tiroir du haut, elles avaient déniché une petite boîte en bois laquée, dotée de charnières en or. À l'intérieur se trouvait une pile de photos jaunies sur lesquelles on voyait une femme menue à l'air malicieux, aux cheveux noirs coupés court et aux paupières lourdes. Sur le premier cliché, elle posait en tutu, la hanche décalée sur le côté, une canne au-dessus de la tête. Sur un autre, elle était à cheval, inclinée en arrière de sorte qu'on voyait son nombril. Mais la photo que Varya et Klara préféraient, c'était celle où elle était suspendue dans les airs, accrochée à une corde qu'elle tenait par les dents.

Deux éléments leur indiquaient qu'il s'agissait de leur grand-mère. Le premier indice consistait en une vieille photo froissée, maculée d'empreintes de doigts, sur laquelle la même femme se tenait en compagnie d'un homme de haute stature et d'une fillette. Varya et Klara savaient que cette enfant était leur mère, même dans cette version miniature d'elle-même : elle tenait la main de ses parents dans ses petits poings potelés, visage plissé, arborant cette expression consternée qui n'appartenait qu'à elle.

Klara estima que cette boîte et son contenu lui revenaient de droit.

— À partir de maintenant, c'est à moi, dit-elle. Je porte son prénom, et puis, de toute façon, maman ne l'ouvre jamais.

Mais elles eurent tôt fait de découvrir qu'elles se trompaient. Le lendemain du jour où Klara avait fait main basse sur la boîte pour la dissimuler sous son matelas, elle entendit des éclats de voix dans la chambre de ses parents, suivis de vives questions de la part de Gertie et du déni étouffé de Saul. Quelques instants plus tard, celle-ci faisait irruption dans leur chambre.

— Qui l'a prise ? hurla-t-elle. Qui ?

Narines dilatées, elle occultait de ses hanches généreuses la lumière qui se déversait habituellement dans la pièce depuis le couloir. Klara était terrorisée, au bord des larmes. Quand Saul partit pour le travail et que Gertie se retrancha dans la cuisine, elle s'introduisit en douce dans la chambre de ses parents et replaça la boîte à sa place. Mais quand il n'y avait personne à la maison, Varya savait que sa sœur allait regarder les photos et la petite dame qui y figurait. Elle contemplait l'intensité qui émanait d'elle, admirait sa beauté sophistiquée et faisait vœu d'être digne de l'ancêtre dont elle portait le prénom.

— Arrête de regarder sans cesse autour de toi, ordonne Daniel entre ses dents. Fais comme si tu habitais ici.

Les enfants Gold montent l'escalier en hâte. Les murs sont recouverts d'une peinture beige qui s'écaille, les couloirs plongés dans l'obscurité. Quand ils arrivent au cinquième étage, Daniel marque un temps d'arrêt.

— Et maintenant, on fait quoi ? murmure Varya.

Elle aime bien quand Daniel sèche.

— On attend, répond-il. Jusqu'à ce que quelqu'un sorte.

Mais Varya est agitée et, mue par une peur soudaine, elle commence à arpenter le couloir toute seule.

Elle pensait que la magie serait repérable, or les portes de ce palier se ressemblent toutes, avec leur poignée en cuivre éraflé et leur numéro. Le quatre du numéro 54 est de travers, et quand elle s'avance vers la porte, elle entend le bruit d'une télévision ou d'une radio : c'est la retransmission d'un match de base-ball. Supposant qu'une *rishika* ne s'intéresse pas à ce sport, elle recule d'un pas.

Ses frères et sœur se sont dispersés. Mains dans les poches, Daniel se tient près du palier et scrute les portes. Simon rejoint Varya au numéro 54 et, se hissant sur la pointe des pieds, replace le quatre du bout de l'index. Klara, qui était partie dans la direction opposée, revient vers eux. Derrière elle, elle laisse un sillage de Breck Gold Formula, un shampoing qu'elle a acheté avec l'argent de poche qu'elle a économisé pendant des semaines, le reste de la famille utilisant un produit de la marque Prell, conditionné dans un tube en plastique, comme le dentifrice, et dont jaillit un fluide gélatineux, couleur de varech. Alors que Varya se moque d'elle devant les autres – jamais elle ne dépenserait autant pour un shampoing – elle envie en réalité sa sœur qui sent le romarin et l'orange, et qui s'apprête à frapper à la porte.

— Mais qu'est-ce que tu fais ? murmure Daniel. Ce pourrait être n'importe qui. C'est peut-être…

— Oui ? dit une voix caverneuse de l'autre côté du battant.

— Nous sommes venus voir la femme, hasarde Klara.

Silence. Varya retient son souffle. La porte est équipée d'un judas, aussi petit qu'une gomme de crayon.

Derrière la porte, on se racle la gorge.

— Un à la fois, dit-on.

Varya croise le regard de Daniel. La perspective de se séparer les prend au dépourvu. Mais avant qu'ils n'aient le temps de négocier, le verrou est tiré, et, sans réfléchir, Klara s'avance à l'intérieur.

Aucun d'entre eux ne peut dire combien de temps s'écoule, mais Varya a l'impression que Klara reste des heures à l'intérieur. Assise par terre, dos contre le mur, elle a replié les genoux sous le menton. Elle pense à ces contes dans lesquels les sorcières enlèvent les enfants, parfois pour les manger. Elle a l'estomac noué par l'angoisse quand la porte s'ouvre en grand.

Varya se redresse aussitôt, mais Daniel la devance. Il lui est impossible d'apercevoir l'intérieur de l'appartement, mais elle entend malgré tout de la musique (un groupe de mariachis ?) et le bruit métallique d'une casserole sur un fourneau.

Avant d'entrer, Daniel lance un coup d'œil à Varya et Simon.

— Ne vous inquiétez pas.

Mais comment pourraient-ils ne pas s'en faire ?

— Où est Klara ? demande Simon, une fois que Daniel a disparu. Pourquoi n'est-elle pas ressortie ?

— Elle est encore à l'intérieur, déclare Varya, bien qu'elle se soit posé la même question. Ils y seront encore quand nous entrerons, Klara et Daniel, tous les deux. Ils nous attendent... probablement.

— C'était une mauvaise idée, décrète Simon.

Ses boucles blondes sont ternies par la sueur. Comme elle est l'aînée, elle se dit qu'elle devrait le materner, mais son jeune frère est une énigme à ses yeux ; seule Klara semble le comprendre. Il parle moins que les autres. Au dîner, sourcils froncés, il observe la tablée ; en revanche, il est aussi rapide et agile qu'un lièvre. Parfois, alors qu'ils marchent côte à côte pour aller à la synagogue, Simon se volatilise. Elle devine alors qu'il s'y est rendu en courant ou, au contraire, qu'il s'est attardé en chemin. Pourtant, chaque fois, elle a l'impression fugace que son frère a disparu.

Quand la porte s'ouvre de nouveau, elle pose brièvement la main sur son épaule.

— C'est bon, Sy. Vas-y, et moi je guette. D'accord ?

Qui ou quoi, elle l'ignore, le couloir est toujours aussi vide qu'à leur arrivée. Il est évident que Varya a peur : elle a beau être la plus âgée, elle préfère que les autres passent avant elle. Mais Simon semble soulagé. Il repousse une mèche de devant ses yeux avant d'entrer.

Une fois seule, Varya sent de nouveau la panique monter en elle. Séparée de ses frères et sœur, elle a l'impression de regarder, du rivage, leur vaisseau partir à la dérive. Elle aurait dû les dissuader de consulter cette femme. Lorsque la porte s'ouvre encorc une fois, la sueur perle au-dessus de sa lèvre supérieure et au niveau de la ceinture de sa jupe. Mais il est trop tard pour reculer, et les autres l'attendent, elle se résout donc à pousser la porte.

Elle se retrouve alors dans un minuscule studio où règne un tel chaos qu'au début elle ne voit personne. Des livres sont empilés à même le sol, telles des maquettes de gratte-ciel. Les étagères de la cuisine croulent sous des piles de journaux, et des denrées non périssables s'entassent sur le comptoir : des crackers, des céréales, de la soupe en conserve ainsi qu'une dizaine de boîtes de thé aux couleurs vives. Elle aperçoit aussi des cartes de tarot et des cartes à jouer, des tableaux astrologiques et des calendriers ; Varya en reconnaît un chinois, un autre avec des chiffres romains et un troisième qui montre le cycle lunaire. Elle remarque aussi une affiche jaunie de *Yi Jing*, dont elle se rappelle les hexagrammes pour les avoir vus dans *The Book of Divination*, un sablier, des gongs et des coupelles en cuivre, une couronne de lauriers, une pile de baguettes en bois semblables à des brindilles, gravées de lignes horizontales, et un bol rempli de pierres dont certaines sont reliées à de longs fils.

Seul un coin près de la porte est dégagé : ici se trouve une table pliante flanquée de deux chaises qui le sont également. À côté, on a placé une seconde table plus petite, sur laquelle sont disposées des roses en tissu rouge et une bible ouverte, entourée de figurines d'éléphants en plâtre blanc, ainsi qu'un cierge, une croix en bois et trois statues : l'une de Bouddha, une autre de la Vierge Marie et une dernière de Néfertiti, comme l'indique une petite étiquette rédigée à la main.

Elle est submergée par la culpabilité. À l'école hébraïque, elle a entendu des plaidoiries contre les idoles, a écouté le rabbin Chaim lire solennellement le traité d'Avodah Zarah. Ses parents n'auraient pas apprécié de la voir dans cet environnement. Mais Dieu n'a-t-il pas créé la diseuse de bonne aventure, comme il a créé les parents de Varya ? À la synagogue, elle essaie de prier, mais Dieu ne lui répond jamais. La *rishika*, elle, lui parlera.

La femme se tient près de l'évier et verse du thé en vrac dans une boule métallique. Elle porte une large robe en coton, des sandales en cuir et une écharpe bleu marine ; sa longue chevelure est rassemblée en deux nattes minces. Bien qu'elle soit corpulente, ses mouvements sont gracieux et précis.

— Où sont mes frères et ma sœur ?

La voix de Varya est rauque, et elle est gênée qu'on y devine sans peine son désespoir.

Les stores sont fermés. La femme prend un mug sur l'étagère du haut et y place la boule en métal.

— Je veux savoir où sont mes frères et sœur, répète Varya un peu plus fort.

Une bouilloire siffle sur la cuisinière. La femme éteint le brûleur et porte la bouilloire au-dessus du mug. L'eau s'y déverse telle une cascade, et la pièce s'emplit de l'odeur des feuilles séchées.

— Dehors, répond la voyante.

— Ce n'est pas vrai, j'attendais dans le couloir et je ne les ai pas vus sortir.

La femme s'avance vers Varya. Ses joues sont terreuses, et ses lèvres pincées ; elle a un nez bulbeux et la peau du même brun doré que Ruby Singh.

— Je ne peux rien pour toi si tu ne me fais pas confiance, dit-elle. Enlève tes chaussures, ensuite tu pourras t'asseoir.

Consciente qu'elle vient d'être réprimandée, Varya retire ses derbies et les pose près de la porte. Peut-être que la femme a raison. Si elle refuse de lui faire confiance, cette visite se soldera par un échec, et tous les risques encourus n'auront servi à rien : le regard méprisant de leur père, le mécontentement de leur mère, le sacrifice de leur argent de poche à tous les quatre. Elle s'assoit autour de la table pliante. La femme pose le mug de thé devant elle. À cet instant, Varya pense à des élixirs et des poisons, à Rip Van Winkle et ses vingt ans de sommeil. Puis elle songe aux paroles de Ruby. « Elle sait des choses, la *rishika*, lui a-t-elle dit. Nous ne la remercierons jamais assez. » Alors Varya lève son mug et avale une gorgée.

La *rishika* s'assied en face d'elle. Elle scrute les épaules tendues de Varya, ses mains moites, son visage.

— Depuis quelque temps, tu ne te sens pas bien, n'est-ce pas ?

Varya ravale sa surprise et secoue la tête.

— Et tu as envie d'aller mieux ?

Varya demeure immobile, même si son pouls bat très fort.

— Tu es inquiète, reprend la femme en hochant le menton. Tu as des ennuis. Ton visage sourit, tu ris, mais au fond de toi, tu n'es pas heureuse. Tu te sens seule. Je me trompe ?

La bouche de Varya tremble quand elle acquiesce. Son cœur est si gonflé qu'elle a l'impression qu'il va éclater.

— C'est vraiment dommage, dit la femme. Allons, au travail !

Elle claque des doigts et fait signe à Varya de lui donner sa main gauche.

— Ta paume.

Varya se rapproche du rebord de sa chaise et tend la main à la *rishika* : la sienne est agile et fraîche, remarque-t-elle. Retenant presque son souffle, elle ne parvient pas à se rappeler la dernière fois qu'elle a touché un étranger ; en général, elle préfère éviter tout contact direct, conserver une distance entre elle et les autres, comme une membrane imperméable. Quand elle revient de l'école, où les pupitres sont graisseux à cause des empreintes de doigts et la cour est contaminée par les enfants de la maternelle, elle se lave les mains jusqu'à ce qu'elles soient presque à vif.

— Vous êtes vraiment capable de me dire quand je vais mourir ? Vous le savez ? demande-t-elle.

Elle est effrayée par les caprices du destin : les comprimés qui ont le pouvoir de vous ouvrir l'esprit ou de le mettre sens dessus dessous, les hommes choisis au hasard et embarqués pour la baie de Cam Ranh, la montagne Dong Ap Bia dont les fourrés de bambous et d'herbe à éléphant, hauts de plusieurs mètres, dissimulaient un millier de cadavres. Dans sa classe, à l'école PS 42, il y avait un certain Eugene Bogopolski dont les trois frères furent envoyés au Vietnam alors que Varya et lui n'avaient que neuf ans. Tous les trois sont revenus, et les Bogopolski ont organisé une fête dans leur appartement de Broome Street. L'année suivante, Eugene plongea dans une piscine, sa tête heurta le ciment, et il se noya. La date de la mort de Varya sera sans doute la seule chose, et peut-être la plus importante, dont elle sera sûre.

La femme regarde longuement Varya. Ses prunelles sont noires et brillantes comme des billes.

— Je peux t'aider, lui dit-elle. Je peux te faire du bien.

Elle baisse les yeux vers la paume de Varya, en observe d'abord l'aspect général, puis ses doigts carrés aux ongles mal coupés. Doucement, elle lui incline le pouce en arrière, mais celui-ci ne tarde pas à résister. Elle examine l'espace entre le quatrième et le cinquième doigt, pince l'extrémité du petit.

— Qu'est-ce que vous regardez ? questionne Varya.

— J'étudie ton caractère. Tu as déjà entendu parler d'Héraclite ?

Varya secoue la tête.

— C'est un philosophe grec. « Le destin de l'homme, c'est son caractère », affirmait-il. Les deux sont liés, comme des siamois. Tu veux connaître l'avenir ?

Elle désigne Varya de sa main libre.

— Observe-toi dans un miroir.

— Et si je change ?

Il lui semble impossible que son avenir soit déjà inscrit en elle, comme une actrice attendant depuis des décennies de quitter les coulisses pour monter sur scène.

— Alors tu serais unique en ton genre, car la plupart des gens ne changent pas.

La *rishika* retourne la main de Varya et la pose sur la table.

— Le 21 janvier 2044, déclare-t-elle.

Son ton est neutre, comme si elle indiquait la température de la pièce ou annonçait les résultats d'un match.

— Tu as beaucoup de temps devant toi.

Pendant quelques instants, le rythme cardiaque de Varya s'accélère... En 2044, elle aura quatre-vingt-huit ans, un âge somme toute décent pour mourir. Puis elle interrompt le cours de ses pensées.

— Comment le savez-vous ?

— Ne t'ai-je pas demandé de me faire confiance ?

La *rishika* fronce ses sourcils fournis.

— Maintenant, je veux que tu rentres chez toi et que tu réfléchisses à ce que je t'ai dit. Si tu le fais, tu te sentiras bien mieux. Mais ne le répète à personne, d'accord ? Ce qui est inscrit dans ta main, ce que je t'ai révélé, c'est entre toi et moi.

La femme dévisage Varya qui soutient son regard. À présent que Varya est celle qui évalue et non l'évaluée, il se produit un phénomène curieux : les yeux de la femme perdent de leur éclat, ses mouvements de leur élégance. Ce destin qu'a prédit la voyante est trop favorable, et c'est précisément la preuve de son imposture : elle raconte sans doute la même chose à chaque visiteur. Varya pense au magicien d'Oz. Comme lui, cette femme n'est pas une prophétesse ni une voyante. C'est une arnaqueuse. Varya se lève.

— Mon frère a dû vous payer, dit-elle en renfilant ses chaussures.

La femme se dirige vers ce que Varya avait pris pour une porte de placard : un soutien-gorge pend en effet à la poignée, ses bonnets en maille aussi grands que les filets avec lesquels elle attrape des papillons l'été. Mais il s'agit en fait d'une sortie. La femme entrouvre la porte, et Varya aperçoit une bande de briques rouges, un accès à l'escalier de secours. Quand elle entend les voix de ses frères et sœur s'élever de la cour, son cœur se gonfle.

Mais la *rishika* se tient devant elle, telle une barrière, et lui pince le bras.

— Tout ira bien pour toi, ma belle.

Son ton est légèrement menaçant, comme s'il était nécessaire que Varya entende cette affirmation, qu'elle y croie.

— Tout se déroulera parfaitement.

Entre les doigts de la femme, la peau de Varya blanchit.

— Laissez-moi partir, dit-elle.

Elle est surprise par la froideur de sa propre voix. Sur le visage de la femme, un rideau retombe d'un coup. Celle-ci la relâche et s'écarte.

Varya dévale les marches de l'escalier de secours en faisant claquer ses derbies. Une brise lui caresse les bras et hérisse le duvet brun clair qui commence à pousser sur ses jambes. Quand elle atteint l'allée, elle constate que les joues de Klara sont striées de larmes.

— Qu'est-ce qui ne va pas ?

Klara se retourne brusquement, son nez d'un rose brillant.

— À ton avis ?

— Oh, tu ne peux quand même pas croire...

Varya regarde Daniel pour qu'il lui vienne en aide, mais le visage de ce dernier reste de marbre.

— Quoi qu'elle t'ait dit, ça ne signifie rien. Elle a tout inventé, n'est-ce pas, Daniel ?

— C'est sûr.

Il pivote alors sur ses talons, en direction de la rue, avant d'ajouter :

— Allons-nous-en.

Klara retient Simon en le tirant par le bras : il a toujours à la main le sac fermé par un cordon, qui est aussi plein qu'à leur arrivée.

— Tu étais censé la payer, fait remarquer Varya.

— J'ai oublié, répond Simon.

— Elle ne mérite pas notre argent, décrète Daniel.

Il se tient sur le trottoir, poings sur les hanches.

— Allons-y ! répète-t-il.

Sur le chemin du retour, un lourd silence s'installe. Varya ne s'est jamais sentie aussi distante des autres. Au dîner, elle picore la poitrine de bœuf, mais Simon, lui, n'y touche même pas.

— Que se passe-t-il, mon chéri ? s'enquiert Gertie.

— Je n'ai pas faim.

— Pourquoi ?

Simon hausse les épaules. Ses boucles blondes virent au blanc sous la lumière du plafonnier.

— Fais honneur à la nourriture que ta mère a préparée, ordonne Saul.

Mais Simon, les mains plaquées sous les cuisses, refuse.

— Qu'est-ce qu'il y a, hein ? questionne Gertie en fronçant les sourcils. Ce n'est pas assez bon pour toi ?

— Laisse-le tranquille, intervient Klara.

Et elle ébouriffe les cheveux de Simon, mais il s'écarte brusquement d'elle et repousse sa chaise en la faisant grincer.

— Je vous déteste ! hurle-t-il une fois debout. Je vous déteste tous !

— Simon, intervient Saul en se levant à son tour.

Il porte encore le costume qu'il met pour aller au travail. Ses cheveux sont clairsemés et plus clairs que ceux de Gertie, d'un blond cuivré peu commun.

— Tu ne dois pas t'adresser à ta famille sur ce ton.

Il manque de naturel dans ce rôle, car celle qui incarne l'autorité d'habitude, c'est Gertie. En l'occurrence, elle se contente de le regarder, bouche bée.

— Et pourtant, c'est ainsi que je lui parle, rétorque Simon.

La sidération se lit sur son visage.

PREMIÈRE PARTIE

TU DANSERAS, MON ENFANT

1978-1982

Simon

1

–

Quand Saul meurt, Simon est en cours de physique ; il dessine des cercles concentriques censés représenter les couches d'un électron, mais cette pure abstraction ne signifie rien à ses yeux. Avec sa tendance à rêvasser et sa dyslexie, il n'a jamais été bon élève, et l'intérêt des couches électroniques – l'orbite des électrons autour d'un noyau d'atome – lui échappe complètement. Au même moment, son père se courbe en deux à un carrefour de Broome Street alors qu'il rentre de déjeuner. Un taxi klaxonne à un stop, Saul tombe à genoux, et le sang se tarit dans son cœur. Sa mort est aussi incompréhensible pour Simon que le transfert des électrons d'un atome à un autre : l'un comme l'autre sont là, puis disparaissent l'instant d'après.

Varya rentre de Vassar College où elle étudie, Daniel de l'université d'État de New York, à Binghamton. Personne ne comprend ce qui s'est passé. Certes, Saul était stressé, mais les pires moments qu'a connus la ville – la crise financière tout comme la coupure d'électricité – appartiennent au passé. Les syndicats ont sauvé New York de la banqueroute, et les affaires reprennent. À l'hôpital, Varya pose des questions sur les derniers instants de son père. A-t-il souffert ? Très brièvement, répond l'infirmière. A-t-il parlé ? Personne ne peut l'affirmer. Ce qui ne devrait pas surprendre sa femme et ses enfants, qui sont habitués à ses silences, et pourtant, Simon se sent trahi, dépouillé du dernier souvenir de son père, qui reste aussi mystérieux dans la mort qu'il l'était dans la vie.

Comme le lendemain c'est shabbat, les funérailles ont lieu le dimanche. Ils se retrouvent à la Congregation Tifereth Israel, la synagogue conservatrice dont Saul était membre et donateur. À l'entrée, le rabbin Chaim remet des ciseaux à chaque membre de la famille Gold pour la Kriah.

— Non, je ne veux pas, déclare Gertie à qui l'on doit expliquer chaque étape des obsèques, comme s'il s'agissait des rites d'un pays étranger qu'elle n'avait aucune intention de visiter.

Elle porte une robe fourreau noire que Saul avait confectionnée pour elle en 1962 : en coton épais, celle-ci est cintrée à la taille, fermée sur le devant par des boutons, et a une ceinture amovible.

— Vous ne pouvez pas m'obliger à faire ça, ajoute-t-elle.

Et son regard passe du rabbin Chaim à ses enfants, qui ont tous docilement découpé leurs vêtements au niveau du cœur ; bien que le rabbin lui explique que ce n'est pas lui qui peut l'y contraindre, mais Dieu, on dirait que ce dernier lui-même n'en est plus capable. Finalement, le rabbin lui donne un ruban noir afin qu'elle le coupe, puis elle prend un siège, ruminant une victoire amère.

Simon n'a jamais aimé venir ici. Enfant, il pensait que la synagogue était hantée, avec ses pierres sombres et rugueuses, et son intérieur aussi froid qu'humide. Mais le pire, c'étaient les rituels religieux : les prières sans fin, les ferventes supplications pour la restauration de Sion. À présent, il se tient devant le cercueil fermé, l'air s'engouffre par la déchirure de sa chemise, et il se rend compte qu'il ne reverra jamais plus le visage de son père. Il se représente les yeux distants et sages de Saul, son sourire gracieux, presque féminin. Le rabbin Chaim déclare que Saul était magnanime, qu'il avait du tempérament et ne manquait pas de courage, mais pour Simon, c'était un homme bienséant et timide qui fuyait le conflit et les ennuis ; un homme qui semblait si peu dominé par ses passions que c'était un miracle qu'il ait épousé Gertie, car personne ne pouvait voir un choix pragmatique en cette femme, dont l'ambition démesurée n'avait d'égale que les sautes d'humeur légendaires.

Après la cérémonie, ils suivent les hommes qui portent le cercueil au Mount Hebron Cemetery, où les parents de Saul sont enterrés. Les deux filles pleurent – Varya en silence, Klara aussi bruyamment que sa mère –, et Daniel semble se retenir par obligation, abasourdi.

Simon s'aperçoit alors que lui aussi est incapable de verser une larme, même au moment de la mise en terre. Il éprouve juste un sentiment de perte, non celle du père qu'il connaissait, mais de l'homme que Saul aurait pu être. Au dîner, ils s'installaient chacun à un bout de la table, chacun perdu dans ses pensées. Et il se produisait un choc quand leurs regards se croisaient : cet accident réunissait brièvement leurs univers, à l'instar d'une charnière, avant que l'un et l'autre ne se soustraient à cet instant d'embarras en détournant les yeux.

À présent, il n'y a plus de charnière. En dépit de la distance qu'il instaurait entre eux, Saul avait toujours permis à chacun d'assumer un rôle bien précis : il était celui qui rapportait l'argent, Gertie le général, Varya l'aînée obéissante, Simon le benjamin qui ne faisait pas d'histoires... Si le corps de leur père – dont le taux de cholestérol était plus bas que celui de Gertie, et le cœur solide – s'était tout simplement arrêté, que pouvait-il arriver d'autre ? Quelles autres lois de la nature seraient perverties ?

Varya se réfugie dans son lit. Daniel, qui a vingt ans et est à peine un homme, met un point d'honneur à saluer les invités, poser de la nourriture sur la table, présider les prières en hébreu. Klara, qui ne fait jamais rien pour remédier au désordre du coin de la chambre qu'elle occupe, récure la cuisine à s'en donner des crampes aux bras. Et Simon prend soin de Gertie.

Ce n'est pas ainsi qu'ils fonctionnent habituellement : Gertie a toujours dorloté Simon plus que les autres. Autrefois, elle caressait l'idée de devenir une intellectuelle ; elle s'allongeait près de la fontaine au Washington Square Park, et se plongeait dans la lecture de Kafka, Nietzsche et Proust. Mais à dix-neuf ans, après le lycée, elle rencontra Saul qui travaillait dans l'atelier de confection familial et tomba enceinte à vingt. Bientôt, elle quitta l'université de New York où elle bénéficiait d'une bourse et emménagea à quelques pâtés de maisons de *Gold's Tailor and Dressmaking*, dont Saul hérita quand ses parents prirent leur retraite et s'installèrent à Kew Gardens Hills.

Peu après la naissance de Varya, bien plus tôt que Saul ne le jugeait nécessaire, et à son grand embarras, Gertie devint réceptionniste dans un cabinet d'avocats. Le soir, elle demeurait néanmoins un formidable capitaine. Mais chaque matin elle enfilait une robe, mettait du rouge à lèvres qu'elle prélevait dans une petite boîte ronde et déposait les enfants chez Mme Almendinger ; après quoi, elle sortait de l'immeuble, mue par toute la légèreté qui la caractérisait.

Mais après la naissance de Simon, Gertie resta neuf mois à la maison au lieu de cinq, puis prolongea son congé jusqu'à dix-huit mois. Elle le traînait partout avec elle. Quand il pleurait, elle ne manifestait ni agacement ni colère, elle le blottissait contre elle et lui chantait des berceuses, comme nostalgique d'une expérience qu'elle avait méprisée jusque-là, consciente qu'elle ne la connaîtrait plus. Peu après son accouchement, alors que Saul était au travail, elle se rendit en effet chez le docteur et en revint avec un petit flacon de pilules – « Enovid », c'était écrit dessus – qu'elle rangea au fond d'un tiroir, avec la lingerie.

— Simon ! hurle-t-elle à présent de façon si explosive et persistante qu'on dirait une corne de brume.

Il se peut que, allongée sur son lit, elle lui ordonne ensuite, en désignant un coussin juste à côté de ses pieds :

— Donne-moi ça.

Il n'est pas exclu non plus qu'elle prenne une voix basse et menaçante pour dire :

— J'ai une escarre sur le pied, cela fait trop longtemps que je suis allongée dans ce lit.

Alors, réprimant un mouvement de recul, Simon examine le rebord épais de son talon.

— Ce n'est pas une escarre, maman, c'est une ampoule, répond-il.

Mais elle est déjà passée à autre chose, et lui demande de lui apporter le kaddish, ou un peu de poisson et de chocolat du plateau de la Shiv'ah, offert par le rabbin Chaim.

Simon pourrait penser que Gertie prend plaisir à lui donner des ordres, si elle ne pleurait pas la nuit – des sanglots étouffés par égard pour ses enfants, même s'il les entend – ou s'il ne la voyait pas recroquevillée en chien de fusil sur le lit qu'elle a partagé pendant vingt ans avec Saul, ressemblant à l'adolescente qu'elle était quand elle l'a rencontré. Elle accomplit les rituels de la Shiv'ah avec une dévotion qu'il ne lui soupçonnait pas, car Gertie a toujours davantage cru aux superstitions qu'en Dieu. Elle crache trois fois quand passe un convoi funéraire, jette du sel par-dessus son épaule si le shaker tombe par terre et n'est jamais passée devant un cimetière quand elle était enceinte, de sorte que la famille dut endurer de constants détours entre 1956 et 1962. Chaque vendredi, elle observe shabbat en déployant des trésors de patience, comme si ce rite était un invité dont elle avait hâte de se débarrasser. Mais cette semaine elle ne porte pas de maquillage. Elle évite les bijoux et les chaussures en cuir. On dirait qu'elle fait pénitence pour le rituel raté de la Kriah, avec son fourreau noir qu'elle garde jour et nuit, sans prêter attention aux taches de poitrine de bœuf qui ont formé des croûtes sur son vêtement au niveau des cuisses. Les Gold ne possédant pas de chaise en bois, elle s'assied par terre pour réciter le kaddish et essaie même de lire le Livre de Job, plissant les paupières en maintenant le Tanakh à la hauteur de son visage. Quand elle le repose, elle écarquille les yeux, l'air perdu, comme une enfant en quête de ses parents, puis elle pousse son cri – « Simon ! » – pour qu'il lui apporte quelque chose de bien tangible : un fruit frais, une part de quatre-quarts, ou encore qu'il ouvre une fenêtre afin qu'elle puisse respirer ou la referme à cause des courants d'air, qu'il lui donne une couverture, un gant de toilette, une bougie.

Quand il y a suffisamment d'invités pour un *minian*, Simon l'aide à enfiler une nouvelle robe, des pantoufles, et elle sort de sa chambre afin de prier. Se joignent à eux les employés de longue date de Saul : les comptables, les couturières, les modélistes, les vendeurs, ainsi que son associé, Arthur Milavetz, un jeune homme roux de trente-deux ans au nez aquilin.

Enfant, Simon adorait visiter la boutique de son père. Les comptables lui donnaient des trombones pour qu'il joue ou des chutes de tissu ; Simon était très fier d'être le fils de Saul, car il était évident, à en juger par la manière respectueuse avec laquelle le personnel le traitait et par son bureau doté d'une grande fenêtre, qu'il était quelqu'un d'important. Il faisait sauter Simon sur ses genoux tout en lui montrant comment couper des patrons et coudre des modèles. Plus tard, celui-ci accompagnait Saul chez les grossistes, où son père sélectionnait les soies et les tweeds qui seraient à la mode à la saison suivante, puis chez *Saks Fifth Avenue*, où il achetait les vêtements dernier cri afin de confectionner des imitations à l'atelier. Après le travail, Simon avait le droit de rester pendant que les hommes jouaient aux cartes, ou bien venaient dans le bureau de Saul fumer le cigare et débattre de la grève des professeurs, ou de celle liée aux installations sanitaires, du canal de Suez et de la guerre du Kippour.

Et pendant tout ce temps, quelque chose de plus grand se profilait, se rapprochait jusqu'à ce que Simon soit contraint de le percevoir dans toute sa terrible majesté : son avenir. Daniel avait déjà prévu de devenir médecin, de sorte qu'il ne restait qu'un fils, Simon, bouillant de vie et mal dans sa peau, pour enfiler un costume à veste croisée. Adolescent, les vêtements pour femmes n'exerçaient aucune fascination sur lui, et la laine le grattait. Il en voulait à Saul pour le peu d'attention qu'il lui portait, et pressentait qu'il n'en resterait rien s'il renonçait à lui succéder. Arthur le hérissait : il ne quittait pas son père d'une semelle et le traitait lui, Simon, comme un brave toutou. Mais surtout, il avait saisi une réalité bien plus troublante, à savoir que la boutique était le véritable foyer de Saul et que ses employés le connaissaient mieux que ses propres enfants.

Aujourd'hui, Arthur apporte trois plats qu'il a achetés chez le traiteur et un plateau de poissons fumés. Il tend son cou, délicat et gracieux comme celui d'un cygne, pour embrasser Gertie sur la joue.

— Qu'allons-nous devenir, Arthur ? demande-t-elle, la bouche enfouie dans le manteau de ce dernier.

— C'est terrible, répond-il. C'est horrible.

De minuscules gouttes de pluie printanière parsèment les épaules d'Arthur et les verres de ses lunettes en écaille, mais il a le regard perçant.

— Dieu merci, nous t'avons toi. Toi et Simon.

La dernière nuit de Shiv'ah, alors que Gertie dort, les enfants Gold se réfugient dans la mansarde. Ils sont épuisés, ne se sont pas lavés depuis plusieurs jours, ont les yeux gonflés et larmoyants, l'estomac noué. Ils sont toujours sous le choc, et Simon ne voit pas comment celui-ci pourrait se dissiper. Daniel et Varya ont pris place sur le canapé en velours orange, dont le rembourrage s'échappe par les accoudoirs. Klara choisit l'ottomane en patchwork qui appartenait à la regrettée Mme Blumenstein. Elle verse du bourbon dans quatre tasses ébréchées. Simon, assis en tailleur par terre, fait tournoyer le liquide ambré avec son doigt.

— Eh bien, quels sont vos plans ? demande-t-il en regardant Daniel et Varya. Vous repartez demain ?

Daniel acquiesce. Varya et lui prendront le premier train pour retourner à la faculté. Ils ont déjà dit au revoir à Gertie et promis de revenir dans un mois, une fois leurs examens terminés.

— Je ne peux pas me permettre de manquer les cours plus longtemps si je veux avoir une chance de réussir mes examens, dit Daniel. Certains d'entre nous (et, du bout du pied, il donne un petit coup à Klara) se préoccupent de ce genre de choses.

Klara termine le lycée dans deux semaines, mais elle a déjà informé sa famille qu'elle ne participerait pas à la cérémonie de remise des diplômes. (« Tous ces pingouins qui marchent à l'unisson ? Ça ne me ressemble pas du tout. ») Varya étudie la biologie, et Daniel se destine à devenir médecin dans l'armée, mais Klara n'a pas l'intention d'aller à l'université. Elle veut pratiquer la magie.

Elle a passé les neuf dernières années sous la tutelle d'Ilya Hlavacek, magicien vieillissant spécialisé dans le music-hall et les tours de passe-passe, et qui est également son chef à *Ilya's Magic & Co*. Klara a commencé à apprendre la magie avec lui à l'âge de neuf ans, quand elle lui a acheté *The Book of Divination*, et il est aujourd'hui un père pour elle, au même titre que Saul. Émigrant tchèque qui atteignit la majorité entre les deux guerres, Ilya – soixante-dix-sept ans, dos voûté et arthritique, affublé d'une touffe de cheveux blancs qui lui donne des airs de troll – a toujours de fabuleuses anecdotes à raconter sur ses années de scène. Une fois, il a effectué une tournée dans les musées à dix sous les plus sombres du Midwest, sa table à jouer à un mètre seulement du public aviné ; en Pennsylvanie, dans une tente de cirque, il a fait disparaître avec succès un imbécile d'Italien appelé Antonio, sous les applaudissements chaleureux d'un millier de spectateurs.

Mais plus d'un siècle s'est écoulé depuis que les frères Davenport invoquaient les esprits dans les salons de la bourgeoisie, et que John Nevil Maskelyne faisait léviter une femme dans l'Egyptian Hall de Londres. Aujourd'hui, les plus chanceux des illusionnistes en Amérique sont spécialisés dans les effets spéciaux théâtraux, ou montent des spectacles sophistiqués à Las Vegas. Presque tous sont des hommes. Quand Klara s'est rendue chez *Marinka's*, la plus vieille boutique de magie du pays, le jeune homme à la caisse lui a lancé un regard dédaigneux avant de lui indiquer une étagère sur laquelle était écrit « Sorcellerie ». (« Connard », a murmuré Klara et elle a acheté *Demonology: The Blood Summonings*, histoire de lui faire peur.)

En outre, Klara est moins attirée par les prestidigitateurs avec lumières éblouissantes, tenues de soirée et lévitations assistées par du fil invisible, que par ceux qui pratiquent dans des lieux plus modestes, où la magie se transmet de personne à personne, comme un billet froissé. Le dimanche, elle va regarder Jeff Sheridan, un magicien des rues qui officie toujours près de la statue de sir Walter Scott, à Central Park. Mais pourrait-elle réellement en faire son gagne-pain ? New York est en pleine mutation. Dans le quartier, les hippies ont été remplacés par des petites frappes, les drogues habituelles par de plus dures. Les gangs portoricains font la loi sur 12th Street et l'avenue A. Une fois, Klara a été prise à partie par des types qui auraient probablement fait pire si Daniel n'était pas passé par là.

Varya laisse tomber les cendres de sa cigarette dans la soucoupe de sa tasse.

— Je n'arrive pas à croire que tu vas quitter la maison, alors que maman est dans cet état.

— C'est ce qui était prévu depuis le début. J'ai toujours eu l'intention de partir.

— Il arrive aussi que les plans changent, tu sais ! Qu'il faille les changer.

Klara hausse un sourcil.

— Dans ce cas, pourquoi ne modifies-tu pas les tiens ?

— Je ne peux pas, je dois passer mes examens.

Varya a les mains toutes raides, le dos tendu. Elle a toujours été intransigeante, moralisatrice, quelqu'un qui marche entre les lignes comme si elle se trouvait sur une poutre. Pour son quatorzième anniversaire, elle a soufflé toutes ses bougies sauf trois, et Simon, qui en avait juste huit, s'est hissé sur la pointe des pieds pour les éteindre. Alors Varya s'est mise à lui crier dessus et à pleurer si fort que Saul et Gertie ne savaient plus quoi faire. Elle n'a pas la beauté de Klara, ne s'intéresse pas aux vêtements ni au maquillage. Sa seule coquetterie, ce sont ses cheveux qui lui arrivent à la taille ; elle ne les a jamais teints, non que leur couleur, d'un châtain clair poussiéreux comme la terre en été, soit exceptionnelle, mais elle préfère la conserver naturelle. Klara se teint les cheveux en rouge vif, avec un produit qu'elle achète à la supérette du quartier. Quand elle fait ses racines, l'évier semble maculé de sang pendant des jours.

— Tes examens, répète Klara.

Et elle agite la main, comme s'il s'agissait d'un passe-temps auquel Varya aurait dû renoncer à son âge.

— Et toi, où comptes-tu aller ? demande Daniel.

— Je ne sais pas encore.

Elle répond sur un ton tranquille, mais la crispation se lit sur son visage.

— Bon sang ! s'écrie Varya en inclinant la tête en arrière. Tu n'as même pas de projet ?

— J'attends, dit Klara. J'attends qu'il me soit révélé.

Simon regarde sa sœur. Il sait que son avenir la terrifie, même si elle le cache bien.

— Et une fois qu'il te sera dévoilé, ce lieu où tu dois te rendre, reprend Daniel, comment comptes-tu le rallier ? Attends-tu aussi une révélation à ce sujet ? Tu n'as pas d'argent pour acheter une voiture, ni pour te payer un billet d'avion.

— Il y a quand même cette nouveauté qu'on nomme le stop, Danny.

Klara est la seule qui appelle Daniel par son surnom d'enfant, sachant pertinemment que cela éveille chez lui des souvenirs de draps mouillés et de dents en avant, et surtout un voyage en famille à Lavallette, dans le New Jersey, durant lequel, incapable de se retenir, il avait déféqué dans son pantalon en velours côtelé, gâchant le premier jour des vacances et souillant la banquette arrière de la Chevy louée pour l'occasion.

— Tous les jeunes cool font du stop, argue-t-elle.

— Klara, s'il te plaît.

Sur ces mots, Varya redresse brusquement la tête.

— Promets-moi que tu ne feras pas de stop, poursuit-elle. Traverser le pays ainsi, tu te rends compte ? Tu pourrais te faire tuer.

— Personne ne me tuera.

Elle tire sur sa cigarette et expire la fumée vers la gauche pour ne pas viser Varya.

— Si c'est si important pour toi, je prendrai le bus.

— Et tu mettras des jours pour arriver à destination, réplique Daniel.

— Ces cars sont moins chers que le train, et puis d'ailleurs, tu crois vraiment que maman a besoin de moi ? Elle est plus heureuse quand je ne suis pas dans les parages.

Quand Klara avait annoncé à sa mère qu'elle ne s'inscrirait pas à l'université, cela avait donné lieu à un échange houleux ponctué de cris, suivi d'un silence amer.

— De toute façon, elle ne sera pas seule. Sy sera là.

Elle tend le bras et pose la main sur le genou de Simon.

Bien sûr ! Il voit d'avance comment ça se passera quand tout le monde sera parti et qu'il sera piégé ici avec Gertie, à l'intérieur d'une éternelle Shiv'ah – « Simon ! » –, son père nulle part et partout à la fois. Les nuits où il se faufilera à l'extérieur pour courir, ayant besoin de se trouver n'importe où sauf à la maison. Et l'affaire familiale, évidemment l'affaire familiale, qui lui revient désormais légitimement. L'idée de perdre Klara, son alliée, est tout aussi terrible, mais pour le bien de celle-ci il hausse les épaules.

— Non, Klara doit faire ce dont elle a envie. Nous n'avons qu'une vie, n'est-ce pas ?

— Autant que je sache, renchérit Klara.

Elle éteint sa cigarette et ajoute :

— Il vous arrive parfois d'y penser ?

Daniel lève les sourcils.

— À la vie après la mort ?

— Non, tranche Klara. À la durée de la tienne.

Maintenant que la boîte de Pandore est ouverte, le silence retombe dans la mansarde.

— Ah non ! On ne va pas reparler de cette vieille garce ! s'écrie Daniel.

Klara tressaille, comme si c'était elle qu'on venait d'insulter. Ils n'ont pas évoqué la femme de Hester Street depuis des années, mais ce soir elle est ivre. Simon le voit à ses pupilles brillantes et dilatées, à la façon imprécise dont elle articule.

— Vous n'êtes qu'une bande de lâches, dit-elle. Vous ne voulez même pas l'avouer.

— Avouer quoi ? demande Daniel.

— Ce qu'elle vous a dit, répond Klara en pointant vers lui un doigt au vernis écaillé. Vas-y, Daniel ! À toi l'honneur !

— Non !

— Lâche !

Klara sourit du coin des lèvres en fermant les yeux.

— Même si je le voulais, je ne pourrais pas le dire, reprend Daniel. Cela fait des années, une décennie. Tu ne crois quand même pas que j'ai appris par cœur cette foutue date ?

— Moi si, déclare Varya. Le 21 janvier 2044. Voilà.

Elle avale une gorgée, puis une autre, et pose la tasse vide sur le sol. Klara regarde sa sœur d'un air surpris. Alors elle saisit la bouteille de bourbon par le goulot et remplit la tasse de Varya avant de se resservir.

— Ça fait quoi ? s'interroge Simon. Quatre-vingt-huit ans ?

Varya hoche la tête.

— Félicitations, dit Klara.

Elle ferme à nouveau les yeux et poursuit :

— Moi, elle m'a dit que je mourrais à trente et un ans.

Daniel s'éclaircit la voix.

— C'est des conneries.

Klara lève son verre.

— À l'espoir !

— Parfait ! rétorque-t-il.

Il vide le sien et ajoute :

— Le 24 novembre 2006. Tu me bats, Varya.

— Quarante-huit ans, déclare Klara. Tu es inquiet ?

— Pas du tout. Je suis sûr que cette vieille sorcière a dit la première chose qui lui est passée par la tête. Et je serais fou d'y attacher la moindre importance.

Sa tasse émet un léger cliquetis quand il la repose sur le parquet.

— Et toi, Sy ? s'enquiert-il.

Simon en est à sa septième cigarette. Il tire dessus puis recrache la fumée, les yeux rivés au mur.

— Jeune.

— C'est-à-dire ? questionne Klara.

— Ça me regarde.

— Oh, allez ! dit Varya. C'est ridicule. Elle n'a que le pouvoir qu'on veut bien lui accorder. Et il est évident que c'était une arnaqueuse professionnelle. Quatre-vingt-huit ans ? Tu parles ! Avec une prophétie comme ça, je serai sans doute percutée par un camion à quarante ans.

— Dans ce cas, comment se fait-il qu'elle ait prédit une mort prématurée pour nous ? demande Simon.

— Je ne sais pas. Pour varier, sans doute. Elle ne peut pas raconter la même chose à tout le monde.

Varya est toute rouge.

— On n'aurait jamais dû aller la voir. Tout ce qu'elle a réussi à faire, c'est nous loger cette idée dans le crâne.

— C'est la faute de Danicl, reprend Klara. C'est lui qui nous a entraînés chez elle.

— Tu crois peut-être que je ne le sais pas ? siffle-t-il. Cela dit, tu étais la première à approuver.

Simon sent la colère éclore en lui. Et pendant quelques instants, il leur en veut à tous : à Varya, rationnelle et distante, à Daniel qui a fixé son choix sur la médecine depuis des années, le condamnant à reprendre le flambeau des Gold, et à Klara qui est sur le point de l'abandonner. Il les déteste, car ils sont parvenus à s'échapper.

— Ça suffit ! s'écrie-t-il. Fermez-la. Papa est mort, putain ! Vous ne pouvez pas tout simplement la fermer ?

Il est surpris par l'autorité qui émane de sa voix. Même Daniel semble rapetisser.

— C'est Simon qui le dit, souligne-t-il.

Varya et Daniel redescendent pour dormir dans leur lit, mais Klara et Simon grimpent sur la terrasse du toit. Ils apportent des oreillers et des couvertures, et s'endorment sur le béton, sous la lune à l'éclat atténué par la pollution.

On vient les secouer avant l'aube. Ils pensent d'abord qu'il s'agit de Gertie, mais c'est sur le visage fin aux traits tirés de Varya que leurs yeux s'ouvrent.

— Nous partons, chuchote-t-elle. Le taxi attend en bas.

Daniel se profile derrière elle, le regard distant derrière ses lunettes. Il a des cernes bleu argenté, nuance piscine, et la semaine qui vient de s'écouler a gravé des parenthèses autour de sa bouche. À moins qu'elles n'aient toujours été là...

Klara enfouit sa tête au creux de son bras.

— Non !

Varya soulève son bras, puis lui caresse la joue.

— C'est le moment de se dire au revoir.

Sa voix est douce, et Klara s'assoit. Elle serre Varya si fort que ses coudes se touchent.

— Au revoir, murmure-t-elle.

Une fois que Varya et Daniel sont partis, le ciel se met à rougeoyer, avant de virer à l'orange. Simon presse le visage contre les cheveux de Klara. On dirait qu'ils sentent la fumée.

— Ne t'en va pas, dit-il.

— Il le faut, Sy.

— Qu'est-ce qui t'attend, là-bas, d'abord ?

— Qui sait ?

Les yeux de Klara sont larmoyants de fatigue, et ses pupilles semblent briller.

— L'avenir nous le dira.

Ils se lèvent et replient ensemble les couvertures.

— Tu pourrais venir aussi, ajoute Klara en rivant ses prunelles sur lui.

Simon se met à rire.

— Ouais, tu as raison… Et perdre encore deux années d'école ? Maman me tuerait.

— Pas si tu pars suffisamment loin.

— Je ne pourrais pas.

Klara s'avance vers la rambarde et s'y appuie, encore vêtue de son pull bleu pelucheux et de son short échancré. Elle ne le regarde pas, mais Simon perçoit toute la force de son attention, la façon dont son corps en vibre, comme si elle savait que c'est uniquement en feignant la nonchalance qu'elle sera capable de prononcer sa phrase.

— On pourrait aller à San Francisco.

Simon retient son souffle.

— Ne dis pas des choses comme ça.

Il se penche pour ramasser les oreillers, puis en cale un sous chacun de ses bras. Il mesure un mètre soixante-dix-sept, comme Saul ; il a les jambes minces et musclées, le torse étroit. Ses lèvres rouges et charnues ainsi que ses boucles blond foncé, probable contribution d'un ancêtre aryen depuis longtemps enterré, lui ont valu l'admiration des filles de sa classe de seconde, mais ce n'est pas ce public-là qu'il veut séduire.

Les vagins, avec leur aspect de chou plissé, leur long corridor enfoui, ça ne l'a jamais intéressé. Non, lui, il meurt d'envie d'un pénis le pénétrant longuement, de sa persévérance grisante, et du défi que représente un corps semblable au sien. Seule Klara le sait. Après que leurs parents étaient endormis le soir, elle et lui sortaient par la fenêtre, armés du portefeuille en faux cuir de celle-ci, puis regagnaient la rue par l'escalier de secours. Ils se rendaient au *Jardin*, écouter Bobby Guttadaro jouer, ou bien allaient en métro au 12 West Street, dans un ancien entrepôt de fleurs transformé en discothèque ; Simon y avait rencontré un danseur légèrement vêtu qui lui avait parlé de San Francisco. Ils étaient assis dans le jardin sur le toit lorsque le danseur leur raconta que la ville de San Francisco avait un conseiller municipal gay ainsi qu'un journal pour la communauté homosexuelle, que les homos pouvaient travailler n'importe où et faire l'amour quand ils le voulaient parce que là-bas les lois contre la sodomie n'existaient pas.

« Vous n'imaginez pas ce que c'est », déclara-t-il.

Et depuis, Simon n'avait cessé d'imaginer.

— Pourquoi tu ne viendrais pas ? reprend Klara en se tournant vers lui. OK, maman serait en colère, mais je vois d'ici ce que ta vie sera, si tu restes, Sy, et je n'ai pas envie de ça pour toi. Et toi non plus, j'en suis sûre. Évidemment, maman veut que j'aille à la fac, mais Daniel et Varya la comblent déjà de ce côté-là. Elle doit comprendre que je ne suis pas elle. Et que tu n'es pas papa. Putain, tu n'es pas destiné à être tailleur ! Tailleur, franchement !

Elle marque une pause, comme pour laisser le mot faire son effet.

— Ce n'est pas juste. Donne-moi une seule bonne raison qui t'empêcherait de vivre ta vie.

Dès que Simon s'autorise à se la représenter, cette existence, il en est presque tétanisé. Manhattan devrait pourtant constituer une oasis, il y a des clubs gays et même des bains publics, mais il redoute d'entreprendre sa métamorphose dans un endroit où il a toujours été chez lui.

« *Faygelehs* », a marmonné une fois Saul en jetant un regard furieux à trois hommes minces sortant une batterie d'instruments des locaux que les Singh ne pouvaient plus se payer. Cette insulte en yiddish, Gertie l'employait aussi, et même si Simon faisait mine de ne pas les entendre, il avait toujours l'impression qu'ils parlaient d'eux.

À New York, il vivra pour sa famille, mais à San Francisco, il pourrait exister pour lui-même. Et même s'il n'aime pas penser à ça, et qu'en réalité il évite le sujet de façon pathologique, il s'autorise à y réfléchir à présent : et si la femme de Hester Street avait raison ? Cette simple éventualité donne une autre couleur à sa vie, et tout semble alors urgent, scintillant, précieux.

— Putain, Klara ! dit-il en la rejoignant, près de la rambarde. Qu'est-ce que tu vas trouver là-bas, toi ?

Le soleil qui se lève allume un rouge sang intense dans le ciel, Klara en plisse les yeux.

— Tu ne peux aller qu'à un seul endroit, Simon. Moi, je peux aller n'importe où.

Elle a encore ses joues de bébé, son visage arrondi. Ses dents, quand elle sourit, sont légèrement de travers : mi-sauvage, mi-charmante, telle est sa sœur.

— Trouverai-je un jour une personne que j'aimerai aussi fort que toi ?

— Arrête ! lance Klara en riant. Tu trouveras quelqu'un que tu aimeras encore plus.

Sept étages plus bas, un jeune homme court dans Clinton Street. Il porte un fin tee-shirt blanc et un short en nylon bleu. Simon scrute ses pectoraux qui ondulent sous l'étoffe, la puissance de ses jambes en pleine action. Klara suit son regard.

— Allons-nous-en, déclare-t-elle.

2

—

Le mois de mai arrive, charriant dans son sillage une masse confuse de rayons de soleil et de couleurs. Le gazon de Roosevelt Park est parsemé de crocus. Après son dernier cours au lycée, Klara ouvre la porte en brandissant le cadre vide de son diplôme. Il lui sera envoyé une fois calligraphié, mais d'ici là elle sera partie. Gertie sait que Klara va s'en aller, aussi sa valise est-elle dans le vestibule. Ce qu'elle ignore, c'est que Simon, dont la valise est dissimulée parmi les objets entassés sous son lit, l'accompagne.

Il va laisser la plupart de ses affaires derrière lui, n'emportant que le strict minimum. Deux tee-shirts à rayures, ornés d'un col. Le sac rouge fermé par un cordon. Le pantalon marron en velours côtelé qu'il portait quand un jeune Portoricain a croisé son regard dans le train et lui a fait un clin d'œil, son expérience la plus romantique jusque-là. Sa montre en or avec un bracelet en cuir, un cadeau de Saul. Et ses New Balance 320 : en daim bleu, ce sont les tennis les plus légères qu'il ait jamais eues.

Le bagage de Klara est plus gros, elle y a mis ce qu'Ilya Hlavacek lui a donné lors de sa dernière journée de travail chez lui. La veille de leur départ, le soir, elle lui raconte l'histoire de ce présent.

— Apporte-moi cette boîte, là-bas, lui a dit Ilya.

La boîte en bois, peinte en noir, a accompagné Ilya lors de ses tournées au cirque, avant qu'il n'attrape la polio en 1931 – « Au bon moment, disait-il souvent par plaisanterie, parce que, à cette époque, les images ont tué le music-hall. » Il en parlait toujours en disant « cette boîte », mais Klara savait que c'était ce qu'il possédait de plus précieux. Elle fit ce qu'il lui avait ordonné, la posa sur le comptoir, afin qu'Ilya n'ait pas à bouger de sa chaise.

— Maintenant, je veux qu'elle te revienne, déclara-t-il. D'accord ? C'est la tienne. Je veux que tu en fasses bon usage. Elle doit être sur la route, pas coincée dans une maison, avec un vieil infirme comme moi. Tu sais comment elle se déplie ? Bon, je vais te montrer.

Klara le regarda se lever à l'aide de sa canne, puis transformer la boîte en table comme il l'avait fait de nombreuses fois auparavant.

— Voilà où tu dois mettre tes cartes, dit-il. Et tu te tiens derrière, comme ça.

Klara essaya.

— Parfait ! approuva le vieil homme, en lui adressant ce sourire qui lui donnait des airs de lutin. Ça te va merveilleusement bien.

— Ilya, commença Klara, gênée de constater qu'elle pleurait. Je ne sais pas comment te remercier.

— Fais-en bon usage, tout simplement.

Ilya lui fit un signe de la main et repartit en clopinant vers la pièce du fond, comme pour réapprovisionner les étagères, mais Klara suspecta qu'il voulait pleurer à l'abri des regards. Elle rapporta la boîte à la maison et y plaça ses accessoires : trois écharpes en soie, un ensemble d'épais anneaux en argent, un porte-monnaie rempli de pièces, trois coupes en étain et autant de balles rouges de la taille d'une fraise, ainsi qu'un jeu de cartes si usées qu'elles étaient devenues souples comme du tissu.

Simon sait que Klara a du talent, mais son intérêt pour la magie le déroute. Quand elle était enfant, c'était charmant ; aujourd'hui, c'est étrange. Il espère que ça lui passera quand ils arriveront à San Francisco, où le monde réel sera certainement plus excitant que sa boîte noire, quoi que celle-ci puisse contenir.

Cette nuit-là, il reste éveillé pendant des heures. À présent que Saul est parti, un vieil interdit a sauté : Arthur peut gérer l'affaire, et Saul ne connaîtra pas la vérité au sujet de Simon.

Toutefois, comment se justifier aux yeux de sa mère ? Il prépare ses arguments : il se dit qu'ainsi va le monde, les enfants quittent leurs parents pour devenir adultes ; entre autres choses, car les humains sont pitoyablement lents. Les têtards restent dans la bouche de leur père, mais les petites grenouilles en bondissent dès qu'elles perdent leur queue. (Du moins, le pense-t-il : son esprit vagabonde toujours en cours de biologie.) Les saumons du Pacifique naissent en eaux douces avant de migrer vers les océans. Quand l'heure vient pour eux de se reproduire et de mourir, ils parcourent des centaines de kilomètres afin de retourner dans les eaux où ils ont vu le jour. Comme eux, Simon reviendra toujours.

Quand il finit par s'endormir, il rêve qu'il est l'un d'entre eux. Il flotte à travers la semence, œuf corail rougeoyant, puis vient se loger dans le nid de sa mère, au sein du lit de la rivière. Ensuite, il sort de sa coquille et se cache dans les eaux sombres, mangeant ce qui croise son chemin. Ses écailles foncent, il entreprend un voyage de plusieurs milliers de kilomètres. Au début, il est entouré de bancs d'autres poissons, passant tout près de lui, le frôlant doucement, mais plus il s'éloigne, plus les bancs s'éclaircissent. Quand il se rend compte qu'ils se sont remis en route pour la maison, il ne parvient pas à se rappeler le chemin qui mène au bon vieux ruisseau où il est né. Il est allé trop loin pour revenir.

Il se réveille de bonne heure. Klara entre furtivement dans la chambre de Gertie pour lui dire au revoir, puis lui murmure des paroles apaisantes afin qu'elle se rendorme. Elle descend l'escalier sur la pointe des pieds avec deux valises tandis que Simon attache ses baskets. Une fois dans le vestibule, il évite la lame de parquet qui grince toujours et se dirige prudemment vers la porte.

— Tu vas quelque part ?

Il se retourne, le cœur battant à tout rompre. Sa mère se dresse sur le seuil de sa chambre. Elle est emmitouflée dans le grand peignoir rose qu'elle porte depuis la naissance de Varya, et ses cheveux – en général enroulés dans des bigoudis à cette heure de la journée – sont détachés.

— J'allais juste...

Simon prend appui sur son autre pied.

— Acheter un sandwich, termine-t-il.

— Il est 6 heures du matin. Ce n'est pas une heure pour manger un sandwich.

Gertie a les joues en feu, les prunelles dilatées par l'effroi. Un reflet de lumière chatoie à l'intérieur, on dirait de petites perles noires.

Les larmes montent brusquement aux yeux de Simon. Les pieds de Gertie – deux blocs aussi roses que des côtelettes de porc – sont à angle droit avec ses épaules, son corps tendu comme celui d'un boxeur. Quand Simon était petit, et que son frère et ses sœurs étaient à l'école, Gertie jouait avec lui au « ballon dansant ». Elle mettait la radio sur Motown, station qu'elle n'écoutait jamais en présence de Saul, et gonflait à moitié un ballon rouge. Ils s'agitaient alors dans toute la maison, se renvoyaient le ballon de la salle de bains à la cuisine, leur mission consistant à ce qu'il ne touche pas le sol. Simon était agile, Gertie tonitruante, et à eux deux ils maintenaient le ballon dans les airs pendant tout le programme musical. Maintenant, Simon se souvient de Gertie entrant brusquement dans la salle à manger, renversant un chandelier – « Rien de cassé ! » vociférait-elle – en retenant un bruit à mi-chemin entre le hoquet et le rire qui, si elle l'avait laissé s'échapper, aurait sans doute viré au sanglot.

— Maman, dit-il, je dois vivre ma vie.

Il déteste la façon dont c'est sorti, comme s'il la suppliait. Soudain, son corps a envie d'étreindre celui de sa mère, mais Gertie regarde dans la direction de Clinton Street. Quand elle pose de nouveau les yeux sur lui, son visage exprime un air de capitulation qu'il ne lui a jamais vu.

— Très bien. Va chercher ton sandwich.

Elle prend une grande inspiration.

— Après l'école, passe à la boutique. Arthur t'expliquera tout. Tu devras y aller tous les jours maintenant que ton père…

Elle n'achève pas sa phrase.

— D'accord, maman, acquiesce Simon.

Sa gorge le brûle.

Gertie hoche la tête d'un air reconnaissant. Et avant d'en être incapable, Simon dévale l'escalier.

Simon s'était imaginé le voyage en bus comme une expédition romantique, mais il passe surtout la première partie du trajet à dormir. Il ne supporte plus de penser à cette scène entre sa mère et lui, aussi pose-t-il la tête sur l'épaule de Klara pendant qu'elle joue avec un jeu de cartes et une paire d'anneaux en acier miniatures : de temps à autre, des cliquetis étouffés ou des bruits de cartes que l'on bat le réveillent. À 6 h 10, le lendemain matin, ils font un changement à une gare routière dans le Missouri, où ils attendent le bus qui les mènera en Arizona ; là, ils en prendront un autre pour Los Angeles. La dernière partie du trajet prend neuf heures. Quand ils arrivent à San Francisco, Simon a l'impression d'être la créature la plus sale de la terre. Ses cheveux blonds sont gras et foncés, il porte les mêmes vêtements depuis trois jours. Mais dès qu'il voit les cieux bleus et béants au-dessus de la ville ainsi que les hommes vêtus de cuir dans Folsom Street, son cœur bondit, comme un chien qui s'élance dans l'eau, et il se met à rire, un seul éclat, tel un cri d'extase.

Pendant trois jours, ils sont hébergés par Teddy Winkleman, un élève de leur lycée qui s'est installé à San Francisco après avoir obtenu son diplôme. Teddy fréquente maintenant un groupe de sikhs et se fait appeler Baksheesh Kahlsa. Il a deux colocataires : Susie, qui vend des fleurs aux abords de Candlestick Park, et Raj, à la peau mate et aux longs cheveux noirs descendant jusqu'aux épaules, qui passe ses week-ends à lire Garcia Marquez, allongé sur le canapé du salon. L'appartement n'est pas l'intérieur victorien poussiéreux que Simon s'était figuré, mais consiste en une enfilade de pièces étroites et humides, un peu comme au 72 Clinton Street. La décoration en est cependant différente : pour cacher la misère, les murs sont recouverts de tentures semblables à des peaux de bêtes. Des guirlandes lumineuses fabriquées à l'aide de piments s'enroulent autour de l'encadrement de chaque porte. Le sol est jonché de disques, de bouteilles de bière vides, et il règne une si forte odeur d'encens que Simon se met à tousser chaque fois qu'il franchit le seuil de l'appartement.

Le samedi, Klara entoure en rouge l'annonce d'un appartement à louer : « 2 ch., 1 SDB, est-il indiqué. 389 $/mois, ensoleillé, spacieux, parquet. Immeuble classé ! LOCATAIRES RECHERCHANT LE CALME S'ABSTENIR. » Ils prennent la ligne J pour rejoindre l'angle de 17th Street et de Market Street, et les voici dans le Castro, le paradis grand comme deux pâtés de maisons dont il a rêvé pendant des années. Simon contemple le mythique Castro Theatre, le store marron du *Toad Hall* et les hommes assis sur les marches des escaliers de secours, ou en train de fumer sous les vérandas, vêtus de jeans moulants et de chemises en flanelle ; certains sont tout simplement torse nu. Et parce qu'il attend cela depuis si longtemps – ce monde qu'il découvre enfin et en même temps à un âge si précoce – il a l'impression d'entrevoir sa vie future. *C'est le présent*, se dit-il, saisi d'un vertige. *C'est maintenant.* Il suit Klara dans Collingwood Street, une rue tranquille bordée d'arbres noueux et de façades édouardiennes aux couleurs acidulées. Ils s'arrêtent devant un large immeuble rectangulaire et scrutent le rez-de-chaussée à travers les vitres qui s'élèvent jusqu'au plafond : c'est une boîte de nuit, fermée à cette heure-ci, mais Simon distingue à l'intérieur des canapés violets, des boules à facettes, et de hauts podiums semblables à des piédestaux. Le nom est peint sur la vitre : *Purp.*

L'appartement est situé au-dessus du club. Il n'est pas spacieux, pas plus qu'il ne possède deux chambres, mais un salon et une seconde pièce de la taille d'un placard. Néanmoins, il est lumineux, et pas dénué de charme avec son parquet brun doré et ses bow-windows, et ils ont tout juste de quoi payer le premier mois de loyer. Klara étire les bras. Son dos nu orange à smocks remonte, dévoilant son ventre rose pâle. Elle pivote une fois sur elle-même, puis deux : sa sœur, fragile porcelaine, derviche tourneur virevoltant dans le salon de leur nouvel appartement.

Ils achètent de la vaisselle dépareillée de seconde main dans un magasin de Church Street, et des meubles dans un vide-greniers de Diamond Street. Klara déniche deux maigres matelas chez *Douglass*, encore dans leur emballage, qu'ils montent tant bien que mal dans l'escalier.

Ils vont danser pour fêter ça. Avant qu'ils ne partent de chez lui, Baksheesh Khalsa les approvisionne en hasch et en pilules. Raj gratte sur un ukulélé, Susie assise sur ses genoux ; Klara s'assoit dos contre le mur et observe un poisson miracle en plastique diseur de bonne aventure qu'elle tient dans le creux de la paume et qu'elle a trouvé au rayon nouveautés chez Ilya. Baksheesh Kahlsa se penche vers Simon pour engager une discussion avec lui sur Anouar el-Sadate, mais les fenêtres font comme un signe de la main à Simon, qui se dit qu'il préférerait l'embrasser. Le temps passe trop vite : à présent, ils sont dans une discothèque, en train de danser parmi une foule de gens que des lumières flashy peignent de bleu et de rouge. Baksheesh Khalsa retire son turban d'un coup, et ses cheveux fouettent l'air comme une corde. Un homme, grand, large d'épaules et recouvert de paillettes d'un beau vert, charrie de la lumière dans son sillage, telle une boule de feu. Simon se fraie un chemin pour le rejoindre, et leurs bouches se trouvent avec une intensité surprenante : c'est le premier baiser de Simon.

Bientôt, ils s'enfuient dans la nuit en taxi, leurs corps serrés l'un contre l'autre sur la banquette arrière. C'est l'autre homme qui paie. Dehors, la lune flotte comme un numéro qui se détache d'une porte ; le trottoir se fait tapis et se déroule pour eux. Ils pénètrent dans un imposant immeuble à la façade en acier, et l'ascenseur les emporte à un étage élevé.

— Où sommes-nous ? demande Simon en entrant à sa suite dans un appartement au bout du couloir.

L'homme se dirige vers la cuisine sans allumer les lumières, de sorte que seuls les lampadaires extérieurs éclairent l'appartement. Quand Simon s'accoutume à l'obscurité, il se retrouve dans un salon au design moderne et épuré, meublé d'un canapé en cuir blanc et d'une table en verre munie de pieds chromés. Un tableau parsemé d'éclaboussures de peinture phosphorescente est accroché au mur opposé.

— C'est le quartier des affaires. Tu es nouveau en ville ?

Simon hoche la tête. Il s'avance vers la baie vitrée du salon et regarde les immeubles de bureaux illuminés. De nombreux étages plus bas, les rues sont quasiment désertes, à l'exception de deux clochards et du même nombre de taxis.

— Tu veux boire quelque chose ? propose l'homme, une main sur la poignée du réfrigérateur.

L'effet des comprimés se dissipe, mais il n'en paraît pas moins séduisant : il est musclé, svelte, arborant les traits soignés d'un mannequin de magazine.

— Comment tu t'appelles ? demande Simon.

L'homme sort une bouteille de vin blanc.

— Ça te va ?

— Pas de problème.

Simon marque une pause.

— Tu ne veux pas me dire ton nom ?

L'homme le rejoint sur le canapé avec deux verres.

— En général, je m'en abstiens dans ce genre de situations. Bon, tu peux m'appeler Ian.

— D'accord.

Simon se force à sourire, mais il a un peu la nausée ; la nausée parce qu'on l'assimile à d'autres (combien ?) – dans « ce genre de situations » – et en raison de la méfiance de l'homme. Les gays ne viennent-ils pas précisément à San Francisco pour se dévoiler ? Mais peut-être qu'il doit se montrer patient. Il s'imagine sortir avec Ian : s'allonger sur une couverture à Golden Gate Park, ou manger des sandwichs à Ocean Beach, le ciel strié de nuances gris orange et criblé de mouettes.

Ian sourit. Il a au moins dix ans de plus que Simon, peut-être davantage.

— Je suis aussi dur que du bronze.

Simon tressaille et cède à un élan de désir. Ian est déjà en train d'enlever son pantalon, son caleçon, et elle apparaît : d'un rouge effronté, le gland fièrement levé… une queue royale. Simon sent son érection se plaquer contre le tissu de son jean ; il se lève pour l'ôter, tire dessus d'un coup sec quand une jambe s'accroche à sa cheville. Ian s'agenouille devant lui. Alors, dans l'espace étroit situé entre le canapé et la table en verre, celui-ci plaque les mains sur le cul de Simon, et subitement – c'est un choc – son pénis se retrouve dans la bouche de Ian.

Il pousse un cri et incline son torse en avant. Ian le maintient d'une main tout en le suçant ; il suffoque de surprise et de plaisir, un plaisir exquis dont il rêvait depuis longtemps. C'est mieux que ce qu'il imaginait : cette bouche sur lui le met au supplice tout en lui procurant un bonheur étourdissant, à la fois minutieuse et intense, comme le soleil. Il enfle. Quand il est sur le point de jouir, Ian se retire et sourit, doucereux.

— Tu veux voir ce superbe parquet tout recouvert de sperme ?

Simon halète, confus, cette proposition étant à mille lieues de ses attentes.

— Et toi ?

— Oui, dit Ian. J'en ai très envie.

Et l'instant d'après, il rampe sur les genoux, son pénis, si rouge qu'il en est presque violacé, brandi vers Simon. Une longue veine sinueuse serpente le long de son membre.

— Et si on prenait notre temps, d'accord ? suggère Simon. Pas longtemps, juste une seconde ?

— Oui, on peut.

Ian tourne alors la tête vers les baies vitrées et, prenant le sexe de Simon dans sa main, le presse puis le relâche de façon répétée. Celui-ci gémit jusqu'à ce qu'une sourde douleur dans les genoux le ramène à la réalité et à Ian, dont le sexe tente de façon insistante de venir se loger entre ses fesses.

— Est-ce qu'on peut juste...

Simon a le souffle coupé, si proche de la jouissance qu'il a du mal à parler.

— On pourrait, tu sais...

Ian se rassied sur ses talons.

— Quoi ? Tu veux du lubrifiant ?

— Oui, c'est ça, dit-il d'un seul coup.

En fait, il ne veut pas de lubrifiant, il essaie de gagner du temps. Quand Ian bondit sur ses pieds et disparaît dans le corridor, Simon reprend sa respiration. *Rappelle-toi cela*, se dit-il. *Le moment juste avant.* Puis il entend le glissement léger d'un pas, un os qui craque : Ian vient de reprendre sa place, posant un flacon orange vif à côté de lui. Le bruit d'une giclée visqueuse s'ensuit lorsque le produit en sort, et celui des mains de Ian qui s'en enduit.

— Tout va bien ? demande ce dernier.

Simon se prépare mentalement, pressant les paumes sur le sol.

— Tout va bien, dit-il.

Le soleil filtre à travers les persiennes. Simon est nu dans un grand lit sous d'épaisses couvertures blanches. Il perçoit le bruit de la douche qui coule et l'odeur d'un autre entre des draps étrangers. Quand il se redresse, ses jambes lui font mal, il a la nausée. Il plisse les yeux en observant la pièce : une porte latérale fermée, qui doit conduire à la salle de bains, des photos d'architecture urbaine dans de fins cadres noirs, un petit dressing à l'intérieur duquel Simon aperçoit des rangées de vestes et de chemises classées par couleur.

Il bondit hors du lit et scrute le sol en quête de ses vêtements avant de se rendre compte qu'il a dû les laisser dans le salon ; il se souvient vaguement de la soirée d'hier, mais elle lui semble moins proche de la réalité que du rêve le plus torride qu'il ait jamais fait. Son jean et son polo sont sous la table basse, chiffonnés, ses 320 adorées se trouvent près de la porte. Il se précipite dessus et jette un regard au monde extérieur : des hordes de gens sillonnent les trottoirs munis d'attachés-cases et de cafés. Dans une sorte d'univers parallèle, l'heure du lundi matin a sonné.

La douche s'arrête. Simon revient dans la chambre au moment où Ian sort de la salle de bains, une serviette nouée bas sur les hanches.

— Salut.

Il sourit à Simon, enlève sa serviette et s'en frictionne vigoureusement les cheveux.

— Je te prépare quelque chose ? Du café ?

— Euh non, dit Simon, ça ira.

Il regarde Ian se diriger vers le dressing d'où il sort un caleçon noir et de fines chaussettes assorties.

— Tu travailles où ?

— Chez Martel and McRae.

Ian boutonne une chemise blanche visiblement hors de prix et se saisit d'une cravate.

— C'est quoi ?

— Du conseil financier, répond Ian.

Il fronce les sourcils devant le miroir.

— Tu ne connais pas grand-chose à quoi que ce soit, on dirait.

— Ouais. Je t'ai dit que j'étais nouveau par ici.

— Détends-toi.

Ian a un sourire d'une beauté suspecte, comme il convient sans doute à un avocat spécialisé en réparation du dommage corporel.

— Les gens avec qui tu travailles, commence Simon, ils savent que tu préfères les hommes ?

— Sûrement pas ! répond Ian avec un bref ricanement. Et je préfère rester discret là-dessus.

Il sort du dressing, et Simon s'écarte du seuil.

— Bon, il faut que je file, ajoute-t-il. Mais fais comme chez toi, d'accord ? Ferme bien derrière toi quand tu pars. La porte se verrouille automatiquement.

Ian saisit une veste, puis s'arrête une seconde dans l'encadrement de la porte.

— On s'est bien amusés, conclut-il.

Une fois seul, Simon demeure immobile. Klara ne sait pas où il est. Pire, Gertie doit être hystérique. Il est 8 heures du matin, c'est-à-dire 11 heures à New York, six jours se sont écoulés depuis son départ. Quel genre d'homme est-il donc pour faire ça à sa mère ? Il repère un téléphone sur le comptoir de la cuisine. Pendant qu'il sonne, il s'imagine celui de la maison, avec ses boutons crème sur lesquels on appuie. Il voit Gertie se diriger vers l'appareil – sa mère, sa très chère mère, il doit bien le lui faire comprendre – et saisir le combiné de sa vigoureuse main droite.

— Allô ?

Simon tressaute. C'est Daniel.

— Allô ? répète ce dernier. Il y a quelqu'un ?

Simon s'éclaircit la voix.

— Salut.

— Simon.

Daniel exhale un long soupir tremblant.

— Simon, putain, Simon ! Où es-tu, bordel ?

— À San Francisco.

— Klara est avec toi ?

— Oui, elle aussi est là.

— OK.

Daniel parle lentement, et de façon contrôlée, comme lorsqu'on s'adresse à un petit enfant imprévisible.

— Que fais-tu à San Francisco ?

— Ne quitte pas.

Il se frotte le front : ça cogne douloureusement à l'intérieur.

— Tu n'es pas censé être en cours ? reprend-il.

— Si, répond Daniel avec ce même calme effrayant. Si, Simon, je suis censé être en cours. Et tu veux savoir pourquoi je n'y suis pas ? Parce que maman m'a appelé en pleine crise vendredi soir, car tu n'es pas rentré à la maison et que tu n'as pas été le gentil fils que je suis, putain, la seule personne raisonnable de cette foutue famille, alors j'ai dû quitter la fac pour passer du temps avec elle. Il me manquera des cours, ce semestre.

Les pensées de Simon se mettent à tourbillonner dans son cerveau. Il est incapable de répondre à ces accusations d'un seul coup, aussi dit-il :

— Varya aussi est raisonnable.

Daniel n'y prête pas attention.

— Je te repose la question : qu'est-ce que tu fous à San Francisco ?

— Nous avons décidé de partir.

— Oui, ça, j'ai compris. Je suis sûr que c'était sensass. Et maintenant que tu t'es bien amusé, dis-moi un peu ce que tu comptes faire après.

Que va-t-il faire après ? À l'extérieur, le ciel est dégagé et infiniment bleu.

— Je suis en train de regarder les horaires de bus pour demain, dit Daniel. Il y a un train qui part de Folsom à 13 heures. Tu devras faire un changement à Salt Lake City, puis à Omaha. Cela te coûtera cent vingt dollars, et j'espère que tu n'as pas traversé tout le pays sans être en possession de cette somme, mais si tu es encore plus stupide que je ne le crois, dis à Klara que je vais lui faire un virement bancaire. Dans ce cas, tu devras attendre jusqu'à mardi pour partir. Entendu ? Simon ? Tu es toujours là ?

— Je ne vais pas revenir.

Simon pleure, car il vient de prendre conscience que c'est la vérité : il existe désormais une cloison de verre entre lui et son ancien foyer, une paroi à travers laquelle il peut voir mais qu'il ne peut pas franchir.

Daniel reprend sur un ton adouci :

— Allez, mon grand. Tu traverses un sale moment, je comprends. Comme nous tous. Papa n'est plus là, je conçois que tu aies agi sous l'impulsion du moment. Mais tu dois faire ce qu'il faut. Maman a besoin de toi. L'atelier de confection a besoin de toi. Nous avons aussi besoin de Klara, mais elle, c'est plus une... une cause perdue, tu vois ce que je veux dire ? Écoute, j'imagine bien comment les choses se sont passées avec elle. Elle n'aime pas qu'on lui réponde non, j'imagine qu'elle t'a persuadé de la suivre. Mais elle n'a pas le droit de t'entraîner dans ses conneries. Putain, Simon, tu n'as même pas fini le lycée ! Tu es encore un enfant.

Simon demeure silencieux. Il entend la voix de Gertie en arrière-fond : « Daniel ? À qui tu parles ? »

— Une seconde, maman ! lui crie-t-il.

— Je reste ici, Dan. Je suis sérieux.

— Simon.

Daniel durcit le ton.

— Tu sais à quoi la situation ressemble, ici ? Maman a perdu la tête, bordel ! Elle dit qu'elle va prévenir les flics. Je fais de mon mieux, je lui ai promis que tu allais reprendre tes esprits, mais je ne vais pas pouvoir la retenir très longtemps. Tu n'as que seize ans, tu es mineur. Théoriquement, tu es un fugueur.

Simon pleure toujours. Il s'appuie contre le comptoir.

— Sy ?

De ses paumes, il s'essuie les joues et, doucement, il raccroche.

3

—

À la fin du mois de mai, Klara a postulé pour des dizaines d'emplois, mais n'a pas décroché le moindre entretien. La ville est en pleine mutation, et elle en a manqué les meilleurs moments : les hippies, les Diggers, les rassemblements psychédéliques à Golden Gate Park. Elle veut jouer du tambourin et écouter les lectures de Gary Snyder à Polo Fields, mais le parc est désormais envahi par les gays et les dealers, et les hippies sont devenus des sans-abri. Le San Francisco qui travaille ne veut pas d'elle, et elle ne peut pas l'avoir non plus. Elle cible des librairies féministes dans Mission District, mais les employées regardent ses robes légères avec mépris. Les cafés sont tenus par des lesbiennes qui ont coulé elles-mêmes le ciment de leur sol et qui n'ont besoin de l'aide de personne. À contrecœur, elle pose sa candidature dans une agence d'intérim.

— Il faut juste qu'on trouve une solution de dépannage, dit-elle. Un travail pas compliqué, qui rapporte vite de l'argent. Tant pis si ce job ne nous correspond pas.

Simon pense au club, au rez-de-chaussée. Il est déjà passé devant le soir, lorsqu'il est rempli de jeunes hommes et que ses lumières violettes donnent le vertige. L'après-midi suivant, il fume devant l'immeuble quand un homme d'âge moyen, à la chevelure orange vif, mesurant à peine un mètre cinquante-cinq, en franchit le seuil, un trousseau de clés à la main.

— Salut, dit Simon en écrasant sa cigarette sous sa chaussure. Je m'appelle Simon et j'habite au-dessus.

Il lui tend la main. L'homme le regarde en plissant les yeux, puis la lui serre.

— Moi, c'est Benny. Qu'est-ce que je peux faire pour toi ?

Simon se demande qui était Benny avant son arrivée à San Francisco. On dirait un lycéen qui veut faire du théâtre, avec sa chemise foncée rentrée dans son jean noir et ses baskets assorties.

— Je cherche du travail, répond Simon.

Benny pousse la porte d'une épaule et la maintient ouverte avec le pied afin que Simon puisse entrer.

— Ah oui ? Quel âge as-tu ?

Il pénètre dans le club, allume les lumières, vérifie que les diffuseurs de fumée fonctionnent.

— Vingt-deux ans, je peux tenir le bar.

Simon a pensé que l'expression ferait plus mature que « barman », mais il comprend qu'il a eu tort. Benny lui adresse un petit sourire narquois, puis se dirige vers le comptoir où il soulève les tabourets empilés pour les installer.

— Premièrement, dit-il, ne me mens pas. Tu as quoi ? Dix-sept ans ? Dix-huit ? Deuxièmement, je ne sais pas d'où tu viens, mais en Californie, il faut avoir vingt et un ans pour tenir le bar, et je n'ai pas l'intention de perdre ma licence de débit de boissons pour les beaux yeux d'une nouvelle recrue. Troisièmement...

— S'il vous plaît...

Simon est désespéré : s'il ne trouve pas d'emploi et que Gertie le fait rechercher par la police, il n'aura pas d'autre choix que de rentrer à la maison.

— Je suis nouveau, ici, et j'ai besoin d'argent. Je suis prêt à tout : laver les sols, faire l'animation. Je...

Benny lève la paume pour l'arrêter.

— Troisièmement, si je t'embauchais, je ne te mettrais pas derrière le bar.

— Où me mettriez-vous ?

Benny marque une pause et place le pied sur le barreau d'un tabouret. Il désigne alors un des hauts podiums violets du club.

— Ici, dit-il.

— Ah ouais ?

Simon jauge les estrades. Elles mesurent environ un mètre vingt de hauteur et peut-être soixante-quinze centimètres de large.

— Qu'est-ce que je ferais, là-dessus ?

— Danser, petit. Tu crois que tu peux y arriver ?

Simon sourit.

— Bien sûr. C'est tout ce que je devrais faire ?

— C'est tout. Tu as de la veine : Mickey a démissionné la semaine dernière. Sinon, je n'aurais rien pu te proposer. Mais tu es beau gosse, et avec du maquillage… (Benny incline la tête). Avec du maquillage, ouais, tu auras l'air plus âgé.

— Quel genre de maquillage ?

— Qu'est-ce que tu crois ? De la peinture violette. De la tête aux pieds.

Benny sort un balai de la pièce voisine et se met à rassembler les débris de la veille : des pailles tordues, des étuis de préservatifs usagés.

— Viens à 19 heures, ce soir. Les gars te montreront comment te maquiller.

Ils sont cinq, chacun sur son piédestal. Richie, un vétéran musclé de quarante-cinq ans avec une coupe militaire, a remporté le pilier numéro 1, près des fenêtres qui donnent sur la rue. À côté de lui se trouve le numéro 2, Lance, un transfuge du Wisconsin, dont les sourires faciles et les *o* ronds sont gentiment moqués. Le pilier numéro 3 est occupé par Lady, un travesti d'un mètre quatre-vingt-treize ; au numéro 4, il y a Colin, maigre, avec un regard triste et des airs de poète, ce qui lui vaut le surnom d'« enfant Jésus » de la part de Lady. Adrian, d'une beauté diabolique, le corps bronzé et complètement glabre, se tient sur le pilier numéro 5.

— Numéro 6 ! s'exclame Lady quand Simon entre dans le vestiaire. Comment ça va ?

Lady est noire, avec de hautes pommettes et des yeux chaleureux soulignés par de longs cils. Le reste des hommes ne portent rien à l'exception d'un mince string violet, mais Benny autorise Lady à mettre une minirobe étroite en similicuir ainsi que des escarpins vertigineux à talons compensés.

Elle secoue son spray de peinture violette.

— Tourne-toi, chéri, je vais te le faire.

Adrian s'esclaffe, et Simon obtempère docilement en souriant. Il est déjà ivre. Il se penche en avant et agite ses fesses bombées sous le nez de Lady, qui pousse un petit cri, ravie. Lance allume la radio – *Le Freak* de Chic – pendant qu'Adrian sort un tube de maquillage violet de son vanity-case. Il prépare le visage de Simon, étale du fond de teint coloré autour des narines et à la naissance des cheveux, puis sur les lobes des oreilles. Ils finissent un peu avant 21 heures quand il est temps de s'aligner pour parader dans le club.

Bien qu'il soit encore très tôt, celui-ci est déjà presque rempli, et pendant quelques instants, la vision de Simon s'obscurcit : même dans ses rêves les plus fous sur San Francisco, il n'a jamais rien imaginé de tel. Sans la bouteille de Smirnov de Klara, il aurait déjà fait demi-tour, serait sorti en trombe de la boîte, pour se ruer dans son appartement tel un figurant en fuite, sur le tournage d'un porno de science-fiction gay. Au lieu de quoi, pendant que les hommes se préparent et regagnent leurs places respectives, il se poste derrière le pilier numéro 6. Comme Lady est la plus grande, elle aide les autres à monter sur le piédestal. Richie est athlétique et énergique : il sautille, un poing en l'air, et agite de temps à autre au-dessus de sa tête un lasso invisible. Lance est cucul la praline, adorable ; des clients qui l'apprécient se sont déjà assemblés autour de son pilier, l'acclamant quand il fait l'arrêt de bus ou le poulet funky. Colin se balance de façon apathique, planant déjà grâce au Quaalude. De temps en temps, il tend le bras et remue les paumes dans l'air comme un mime. Adrian s'astique, les deux mains sur son entrejambe. Simon s'efforce de ne pas bander en le regardant.

Lady surgit derrière lui.

— Prêt pour un tour ? chuchote-t-elle.

— Prêt !

Et soudain, elle le soulève et le dépose sur le piédestal, en le maintenant par la taille. Quand elle le lâche, il marque un temps d'arrêt. Les hommes dans le public le jaugent d'un air curieux.

— Une salve d'applaudissements pour accueillir notre nouveau danseur ! s'écrie Richie à l'autre bout de la salle.

Quelques personnes claquent dans leurs mains, un cri fuse. À cet instant, le volume augmente : *Dancing Queen* d'ABBA. Simon déglutit. Il remue le bassin vers la gauche, puis la droite, mais son déhanchement n'est pas fluide comme celui d'Adrian ; il est mal à l'aise, ses mouvements sont saccadés, à l'instar d'une fille pleine de bonne volonté à un cours de danse. Il essaie de nouveau, saute comme Richie, ce qui lui paraît plus naturel, mais ressemble peut-être un peu trop à celui-ci. Il montre le public d'une main, roulant l'autre épaule vers l'arrière.

— Allez, mon chou ! crie un homme noir vêtu d'un haut à bretelles blanc et d'un short en jean. Tu peux faire mieux que ça.

Simon sent sa bouche s'assécher.

— Détends-toi, l'encourage Lady dans son dos.

Elle n'est pas encore montée sur son estrade.

— Baisse les épaules.

Il ne s'est pas rendu compte qu'elles touchaient presque ses oreilles. Quand il les baisse, son cou se détend, lui aussi, et ses jambes lui semblent plus souples. Doucement, il se met à balancer les hanches. Il rejette la tête en arrière et écoute la musique au lieu de copier les autres hommes, son corps absorbant le rythme, comme quand il court. Ses battements de cœur sont forts, mais réguliers. Un courant électrique traverse son corps, le stimule de la tête aux pieds.

Le lendemain, quand il vient prendre son poste, il tombe sur Benny en train de passer la serpillière, dans le bar.

— Comment j'étais ? s'enquiert-il.

Benny lève les sourcils, mais sans le regarder.

— Tu étais là.

— Qu'est-ce que tu veux dire ?

Simon a encore le sentiment de planer quand il se rappelle ce qu'il a éprouvé en dansant avec ces hommes magnifiques aux corps si bien sculptés, cette impression d'être adoré. Pendant quelques instants, dans les vestiaires, il avait des amis. Il ne songeait plus à la maison, à sa mère, ni à ce que son père aurait pensé de la clientèle.

Benny s'empare d'une éponge et se met à récurer une tache de sirop qui a séché sur le comptoir.

— Tu as déjà dansé, avant ?

— Oui, bien sûr que j'ai déjà dansé.

— Où ?

— Dans des boîtes.

— Des boîtes où personne ne te regardait, c'est ça ? Où tu étais juste un anonyme parmi la foule ? Mais maintenant, on te mate, et tu as vu mes gars ? Ils savent danser. J'ai besoin que toi (il pointe l'éponge vers Simon), tu sois à la hauteur.

La fierté de Simon est piquée au vif. D'accord, il était sans doute un peu raide, mais en fin de soirée il swinguait comme les autres, non ?

— Et Colin, alors ? se récrie-t-il en singeant sa façon binaire de se balancer, d'imiter un mime. Il est à la hauteur ?

— Colin a un truc bien à lui, dit Benny. Il a une fibre artistique. Tu as besoin de trouver ton truc, toi aussi. Tu sais ce que tu faisais hier soir ? Tu te trémoussais sur le podium comme si tu avais des morpions. Ce n'est pas ce que je recherche.

— Eh ben dis donc ! À t'entendre, on croirait que je ne suis pas sportif. Je cours régulièrement, tu sais.

— Et alors ? Tout le monde peut courir. Prends Barychnikov, Noureev. Ces types, ils ne courent pas, ils volent. Parce que ce sont des artistes ! Toi, tu es un beau gars, ça ne fait pas de doute, mais les clients ont certaines attentes, et il va te falloir autre chose que tes beaux yeux pour être à la hauteur.

— Comme quoi ?

Benny pousse un soupir.

— Comme une présence. Du charisme.

Simon suit du regard Benny qui ouvre la caisse enregistreuse et compte la recette de la nuit précédente.

— Donc tu me vires ?

— Non, mais je voudrais que tu prennes des cours. Que tu apprennes à bouger. Il y a une école de danse à l'angle de Church et de Market Street. De la danse classique. Il y a beaucoup de garçons là-bas, donc tu n'auras pas à traîner avec des nanas.

— De la danse classique ? Sans déconner, c'est pas mon genre.

— Et tu crois qu'ici, ça l'est ?

Benny sort deux épaisses liasses de billets et les entoure d'un élastique.

— Tu es sorti de ta zone de confort, petit, c'est un fait. Pourquoi ne pas faire un pas de plus ?

4

—

De l'extérieur, la Ballet Academy of San Francisco consiste juste en une porte blanche et étroite. Simon monte un escalier, tourne sur le palier à droite et se retrouve alors dans une petite salle d'accueil : parquet grinçant, lustre en fausse fourrure recouvert de poussière. Il ne pensait pas que les danseurs classiques étaient aussi bruyants ; les femmes discutent entre elles, tout en s'étirant contre le mur, tandis que des hommes en collants noirs s'interpellent joyeusement, en se pétrissant les quadriceps. La réceptionniste l'inscrit pour le niveau mixte de 12 h 30 – « le cours d'essai est gratuit », précise-t-elle – et lui tend une paire de chaussons en toile noire qui vient du bac d'objets perdus non réclamés. Simon s'assied pour les enfiler. Quelques secondes plus tard, la porte-fenêtre s'ouvre en grand. Des flots d'adolescentes en tutu bleu marine en sortent, les cheveux tirés si étroitement en arrière que cela remonte leurs sourcils. Derrière elles, le studio est aussi spacieux que la cafétéria d'un lycée. Simon s'appuie contre le mur afin de laisser les filles passer et doit se faire violence pour ne pas dévaler l'escalier en courant.

Les autres danseurs rassemblent leurs sacs et leurs bouteilles d'eau, puis entrent sans se presser dans le studio. C'est une élégante pièce ancienne, avec de hauts murs, un parquet usagé et une estrade pour le piano. Les élèves sont en train de transporter des barres métalliques qui ont l'air très lourdes des côtés vers le centre lorsqu'un homme plus âgé pénètre dans le studio. Plus tard, Simon apprendra qu'il s'agit de Gali, le directeur de l'école, un émigré israélien, qui dansait autrefois au San Francisco Ballet, avant qu'une blessure au dos ne mette fin à sa carrière. Il semble avoir la quarantaine finissante, il a le pas puissant et le corps dense d'un gymnaste. Sa tête est rasée, tout comme ses jambes ; il porte un justaucorps short bordeaux, dévoilant des cuisses striées de muscles.

Au moment où il pose la main sur la barre, le silence se fait dans la salle.

— Première position, dit Gali en tournant les pieds vers l'extérieur, talons joints. On prépare les bras : un, pliés, deux, droits. Trois, on lève le bras, quatre, on se baisse pour le grand plié, cinq – bras en bas – on remonte, six. Tendu en deuxième position pour huit.

Il aurait tout aussi bien pu s'exprimer en chinois. Ils n'en ont pas encore terminé avec leurs pliés que Simon a les genoux qui le brûlent et des crampes aux orteils. Les exercices deviennent de plus en plus compliqués au fil du cours : il y a des dégagés et des ronds de jambe – les orteils forment de grands cercles sur le sol puis juste au-dessus –, des pirouettes et des frappés, des développés – on tend la jambe, puis on l'envoie en arrière – et les grands battements pour préparer les hanches et les tendons du genou en vue des sauts. Après l'échauffement, quarante-cinq minutes si exténuantes que Simon ne peut imaginer continuer le même laps de temps, les danseurs s'éloignent des barres et avancent vers ce que Gali appelle le centre : ils se déplacent telles des sylphides aux pieds ailés. Gali, quant à lui, marche dans la pièce, martelant des mots dénués de sens pour donner le rythme : « Ba-di-da-DOUM ! Da-pi-pa-POUM ! » ; durant les pirouettes, il se matérialise soudain aux côtés de Simon.

— Bordel ! s'écrie-t-il sans ambages. C'est jour de lessive, aujourd'hui ? ajoute-t-il.

Ses yeux, noirs et enfoncés, semblent danser eux aussi.

Simon porte le tee-shirt rayé à col qu'il avait mis lors du trajet pour San Francisco, ainsi qu'un short de sport. Une fois le cours terminé, il se précipite au vestiaire des hommes, enlève ses chaussons noirs – sa plante des pieds est déjà gonflée – et vomit dans la cuvette.

Il s'essuie la bouche avec du papier toilette, puis s'adosse au mur, haletant. Il n'a pas eu le temps de fermer la porte de la cabine, et un autre danseur, entrant dans les toilettes, s'arrête tout net. C'est de loin le plus bel homme que Simon ait jamais vu en chair et en os : on le dirait sculpté dans de l'onyx, la peau d'un ébène somptueux. Son visage est de forme arrondie, et ses larges pommettes évoquent des ailes, quand elles bougent. Un minuscule anneau en argent orne un de ses lobes.

— Salut, dit-il.

De la sueur coule sur son front.

— Ça va ?

Simon hoche le menton et passe devant lui. Après avoir redescendu le grand escalier, il erre tout étourdi en direction de Market Street. Il fait dix-huit degrés et il y a du vent. Sur une impulsion, il ôte son tee-shirt et lève les bras au-dessus de la tête. Quand la brise balaie son torse, une euphorie inattendue le saisit.

C'est du vrai masochisme, ce qu'il vient de faire, encore plus que le semi-marathon qu'il a remporté à quinze ans : des montées, le martèlement tonitruant des pieds et lui au milieu, haletant le long de l'Hudson. Il touche les chaussons noirs qu'il a fourrés dans sa poche arrière. Ils semblent le persifler. Il doit devenir comme les autres danseurs : d'une majesté experte, d'une force invincible.

En juin, le Castro resplendit. Des tracts de l'initiative Briggs volent dans les rues comme les feuilles des arbres, les fleurs débordent des bacs avec une telle prodigalité que c'en devient presque une plaie. Le 25 juin, Simon se rend à la Freedom Parade avec les danseurs du *Purp*. Il ignorait qu'il existait tant de gays dans le pays, sans parler de la ville, ils sont deux cent quarante mille à regarder le coup d'envoi des Dykes on Bikes et à applaudir quand le premier drapeau aux couleurs de l'arc-en-ciel est hissé en l'air. Le torse de Harvey Milk émerge par le toit ouvrant d'une Volvo en marche.

— Jimmy Carter ! beugle Milk dans son mégaphone rouge.

Et une marée d'hommes se met à hurler.

— Vous parlez des droits de l'homme ! Il y a quinze à vingt millions de gays dans ce pays. Quand allez-vous parler de leurs droits ?

Simon embrasse Lance, puis Richie, enroule les jambes autour de ses hanches puissantes. Pour la première fois de sa vie, il a des petits amis, enfin c'est ce qu'il se dit, car en général il ne s'agit que de sexe. Il y a le danseur stripteaseur du *I-Beam* et le barman du *Café Flore*, un Taïwanais au tempérament doux, mais qui lui met de telles fessées que la peau de son cul brûle ensuite pendant des heures. Il tombe raide amoureux d'un réfugié mexicain avec qui il passe quatre jours divins à Dolores Park ; le quatrième, il se réveille seul aux côtés du chapeau mou, vert et rose de Sebastian, et ne le revoit plus jamais. Mais il y en a tant d'autres : le drogué en convalescence d'Alapaha, en Géorgie, le journaliste du *Chronicle*, un quadra constamment sous amphétamines, le steward australien, l'homme le mieux membré que Simon ait jamais vu.

En semaine, Klara se réveille avant 7 heures, enfile un de ses tailleurs beiges fadasses achetés d'occasion chez *Goodwill*. Elle fait d'abord de l'intérim dans une compagnie d'assurances, puis dans un cabinet dentaire, et revient à la maison de si mauvaise humeur le soir que Simon l'évite jusqu'à ce qu'elle boive son premier verre. Elle déteste le dentiste, lui dit-elle, mais cela n'explique pas l'exaspération avec laquelle elle regarde Simon quand il se bichonne devant le miroir ou qu'il rentre de son travail au *Purp*, somnolent, extatique, de la peinture violette lui coulant comme des ruisseaux sur les jambes. Il se demande si c'est à cause des messages sur le répondeur. On leur en laisse tous les jours : ceux de Gertie, pétris d'émotion, les menaces de Daniel, s'appuyant sur des arguments juridiques, et de plus en plus d'appels désespérés de Varya qui, après ses examens de fin d'année, est revenue vivre à la maison.

« Si tu ne rentres pas, Simon, je vais devoir renoncer à mon diplôme, dit Varya d'une voix tremblante. Il faut que quelqu'un reste auprès de maman. Et je ne vois pas pourquoi ce serait toujours moi. »

Parfois, il surgit auprès de Klara, qui a une corde enroulée autour du poing, implorant le sort pour que l'un d'entre eux le comprenne.

— Ils font partie de ta famille, lui dit-elle alors. Il va bien falloir que tu finisses par discuter avec eux.

Pas maintenant, pense Simon. *Pas encore.* S'il communique avec eux, leurs voix risquent de s'immiscer dans l'océan chaud et merveilleux dans lequel il flotte en ce moment pour l'en arracher et le ramener – suffoquant et tout mouillé – sur la terre ferme.

Un lundi après-midi de juillet, il revient de l'école de danse et trouve Klara assise sur son lit, en train de jouer avec des écharpes en soie. Derrière elle, accrochée au mur, il y a une photo de la mère de Gertie, une femme curieuse, de très petite taille, dont le regard féroce le met mal à l'aise. Elle lui rappelle les sorcières des contes de fées, non parce qu'elle a l'air sinistre, mais car elle ne semble ni enfant, ni adulte, ni femme, ni homme : elle est un curieux mélange de tout ça.

— Que fais-tu ? demande-t-il. Tu n'es pas censée travailler ?

— J'ai démissionné.

— Tu as démissionné, répète Simon. Pourquoi ?

— Parce que je déteste ce travail.

Klara enfouit une écharpe dans son poing. Quand celle-ci ressort par l'autre côté, l'étoffe est passée du noir au jaune.

— Et ça se voit, ajoute-t-elle.

— Eh bien, il faut que tu trouves un autre job, car je ne peux pas payer le loyer tout seul.

— J'en suis consciente, et c'est ce que je vais faire. Pourquoi crois-tu que je m'entraîne ?

Elle agite une écharpe sous le nez de Simon.

— Ne sois pas ridicule, lui dit-il.

— Je t'emmerde !

Elle prend ses deux écharpes et les range dans la boîte noire.

— Tu crois que tu es le seul qui puisse agir à sa guise ? Tu baises avec la ville entière. Tu fais des stripteases, de la danse classique, et je ne t'ai jamais rien dit. Alors si quelqu'un est en droit de me décourager, ce n'est sûrement pas toi, Simon.

— Je gagne de l'argent, non ? Je remplis ma part dc notre accord.

— Tu es comme tous les autres gays du Castro, réplique Klara en le touchant du bout du doigt. Tu ne penses qu'à ta gueule !

— Quoi ? s'exclame-t-il, piqué au vif.

Klara ne lui a jamais parlé sur ce ton.

— Réfléchis bien, Simon, et tu verras comme le Castro est sexiste ! Tu peux me dire où sont les femmes ? Les lesbiennes ?

— Mais qu'est-ce que ça peut te faire ? Tu es lesbienne, maintenant ?

— Non !

Et quand elle secoue la tête, elle a l'air presque triste.

— Je ne suis pas lesbienne, et je ne suis pas non plus gay. Je ne suis même pas entièrement hétéro. Donc, où est ma place ?

Quand leurs regards se croisent, Simon détourne les yeux.

— Comment veux-tu que je le sache ?

— Et moi ? Au moins, si je commence quelque chose, je pourrai dire que j'aurai essayé.

— Tu veux monter ton propre spectacle ?

— Tout à fait, répond Klara d'un ton sec. Mais je n'attends pas de compréhension de ta part, Simon. Je n'espère pas que tu t'inquiètes pour un autre que toi-même.

— C'est toi qui m'as convaincu de venir ici ! Tu croyais vraiment qu'ils nous laisseraient partir comme ça ? Qu'ils nous foutraient la paix ?

Klara serre les mâchoires.

— Je n'avais pas pensé à ça.

— Putain, tu pensais à quoi, alors ?

Klara a les joues couleur corail, comme si elle avait pris un coup de soleil, réaction que seul Daniel est capable de provoquer chez elle ; mais elle ne dit pas un mot, faisant mine d'accepter le reproche de Simon. Elle n'est pourtant pas du genre à se censurer. Et encore moins à fuir le regard d'autrui, ce qu'elle cherche à faire à cet instant précis : elle se concentre sur sa boîte noire avec une intensité démesurée. Simon repense à leur conversation sur la terrasse du toit, en mai. « On pourrait aller à San Francisco », avait-elle lancé, comme si l'idée venait juste de lui traverser l'esprit, comme si elle ne savait pas vraiment ce qu'elle disait.

— C'est bien là le problème, reprend Simon. Tu ne réfléchis jamais. Tu sais tout à fait comment obtenir ce que tu veux, et tu as su me convaincre de te suivre, mais tu ne penses jamais aux conséquences de tes actes. Ou bien peut-être que tu les entrevois, mais tu t'en fous, jusqu'à ce qu'il soit trop tard. Et maintenant, ce serait moi le responsable ? Si tu te sens si mal, pourquoi tu ne rentres pas à la maison ?

Klara se lève et va dans la cuisine. L'évier déborde de vaisselle sale au point qu'ils ont commencé à en empiler sur le comptoir. Elle ouvre le robinet, s'empare d'une éponge et se met à récurer.

— Je sais pourquoi, enchaîne Simon en la suivant. Parce que ça voudrait dire que Daniel avait raison. Cela voudrait dire que tu n'as pas de plans, que tu ne peux pas construire ta vie loin d'eux. Que tu as échoué.

Il essaie de la provoquer – la retenue de sa sœur l'effraie plus que ses colères –, mais Klara ne desserre pas les dents, doigts crispés sur l'éponge.

Simon a été égoïste, il le sait. Cependant, il songe toute la journée à sa famille, ses pensées bourdonnent en lui. D'une certaine façon, il prend des cours de danse pour eux, pour leur prouver que sa vie ne se résume pas à une succession d'excès, qu'il sait ce qu'est la discipline et qu'il a la volonté de s'améliorer. Il réfléchit à ce sentiment de culpabilité : il monte, descend, tourne en boucle dans sa tête, effectuant une rotation parfaite.

L'ironie de la situation, bien sûr, c'est que Saul aurait été épouvanté d'apprendre que Simon fait de la danse classique. Cependant, il est convaincu que si son père était encore vivant et qu'il avait assisté à ses entraînements, il en aurait mesuré toute la difficulté. Il lui a fallu six semaines pour comprendre comment pointer le pied, sans parler de saisir le concept même de le tourner vers l'extérieur. À la fin de l'été, toutefois, son corps a cessé de lui faire mal, ce qui lui a valu une attention accrue de la part de Gali. Il aime le rythme que le studio donne à ses journées, il aime avoir un endroit où se rendre. Par moments, il a l'impression que c'est comme à la maison, ou plutôt une sorte de foyer, un sentiment qu'il partage avec beaucoup d'autres danseurs : Tommy, dix-sept ans, d'une grâce à couper le souffle, tout droit venu du Royal Ballet de Londres ; Beau, originaire du Missouri et capable de tourner huit fois sur lui-même ; Eduardo et Fauzi, des jumeaux qui ont fait du stop depuis le Venezuela à bord d'un camion transportant des graines de soja.

Ils font partie tous les quatre du corps de ballet. Dans la plupart des écoles de danse classique, les danseurs jouent les princes de contes de fées, ou offrent un soutien aux danseuses, tels des meubles ; les chorégraphies de Gali, en revanche, sont modernes et acrobatiques, et sur les douze membres que compte le corps de ballet, sept sont des hommes. Parmi eux, il y a Robert, l'homme qui a vu Simon vomir et dont il n'a pas croisé le regard depuis. Encore que celui-ci ne semble pas le remarquer : avant le cours, les autres hommes font des étirements ensemble, mais lui s'échauffe tout seul près de la fenêtre.

— Quel snob ! s'exclame Beau d'une voix traînante.

C'est la fin du mois d'août : le brouillard de Sunset Boulevard s'est répandu dans le Castro, et Simon porte un sweat-shirt sur son tee-shirt et ses collants noirs. Il fait rouler sa cheville droite, puis sourit quand elle craque.

— C'est quoi son truc ?

— Tu me demandes s'il est pédé, c'est ça ? renchérit Tommy en se donnant de petits coups sur les cuisses de bas en haut.

— C'est la question à un million de dollars, susurre Beau. Si seulement je savais !

Robert ne sort pas du lot juste parce qu'il est solitaire. Ses jetés sont bien plus hauts que ceux de tous les autres élèves, seul Beau peut rivaliser avec lui pour les déboulés (« Enfoiré », marmonne Beau quand Robert tourne huit fois sur lui-même, alors que lui s'est arrêté à six), et bien sûr, il est noir. Mais Robert n'est pas simplement un Noir dans le Castro blanc, c'est aussi un danseur classique noir, ce qui est encore plus rare.

Simon reste après le cours pour le voir répéter *Birth of Man*, la dernière création de Gali. Cinq hommes créent un tunnel avec leurs corps : leurs genoux pliés se touchent, ils ont le dos courbé et les bras emboîtés au-dessus de leurs têtes. Robert est l'homme qui naît. Il avance dans le tube guidé par Beau, la sage-femme. À la fin du spectacle, Robert en émerge par le devant et danse un solo frémissant, nu, à l'exception d'un string brun foncé.

Le corps de ballet donne des représentations dans un théâtre expérimental à Fort Mason, un ensemble de bâtisses militaires rénovées sur la baie de San Francisco. Quand ils commencent à répéter là-bas, Simon vient les assister, prenant des notes pour Gali ou scotchant des repères sur la scène. Un après-midi, il sort et voit Robert en train de fumer sur la jetée. Ce dernier l'entend arriver, se retourne et lui adresse un signe de tête affable. Ce n'est pas tout à fait une invitation, mais Simon se retrouve assis à côté de lui.

— Tu fumes ? demande Robert en lui tendant son paquet.

— Oui, bien sûr.

Simon est surpris ; Robert a la réputation d'être obsédé par sa santé.

— Merci.

Les mouettes tournoient au-dessus d'eux, poussent des cris; l'odeur de l'eau, saumâtre et salée, emplit le nez de Simon. Il se racle la gorge.

— Ce rôle est fait pour toi.

Robert secoue la tête.

— Ces tours me donnent vraiment du mal.

— Les tours fouettés ? s'enquiert Simon, soulagé de se rappeler un terme spécifique. Je les trouve géniaux.

Robert sourit.

— Flatteur !

— Non, je suis sincère.

Il regrette immédiatement ses propos, ils sont écœurants, dignes d'un fan idiot.

— Très bien, dit Robert. (Un éclair passe dans ses yeux.) Dans ce cas, qu'est-ce que je pourrais améliorer ?

Simon cherche désespérément une réponse, c'est l'occasion de flirter, mais selon lui, Robert danse à la perfection. Aussi se contente-t-il de dire :

— Tu pourrais être plus sympa.

Robert fronce les sourcils.

— Tu ne me trouves pas sympa ?

— Pas vraiment, non. Tu t'échauffes tout seul, tu ne m'adresses jamais la parole. Remarque, moi non plus je ne t'ai jamais parlé, reconnaît Simon.

— Exact, dit Robert.

Ils se taisent, dans un silence complice. Les piliers en bois de la jetée émergent de l'eau, tels des troncs d'arbres. De temps à autre, un oiseau se pose sur l'un d'eux, pousse un cri strident et dictatorial, puis repart dans un lourd bruissement d'ailes. Simon est en train de contempler ce spectacle lorsque Robert se tourne vers lui, incline la tête et l'embrasse sur la bouche.

Abasourdi, il ne fait plus le moindre geste, de crainte que Robert ne s'envole comme la mouette. Les lèvres de Robert sont délicieusement charnues ; elles ont un goût de sueur, de fumée et une pointe salée. Il ferme les paupières. S'il n'était pas assis sur un banc, il glisserait directement dans l'eau. Quand Robert se recule, Simon se penche vers lui, comme pour retrouver son contact, et il en perd presque l'équilibre. Robert pose la main sur son épaule pour le maintenir et éclate de rire.

— Je ne savais pas..., commence Simon en secouant la tête. Je ne savais pas que... je te plaisais.

Il allait dire : « ... que les mecs te plaisaient. » Robert hausse les épaules, mais pas de façon désinvolte. Il est en train de réfléchir : l'air concentré, il fixe un point dans le lointain, au milieu de la baie. Puis il croise le regard de Simon.

— Moi non plus, dit-il.

5

—

Ce soir-là, Simon rentre chez lui en train. Penser à la bouche de Robert l'excite tant qu'il n'a qu'une idée en tête : pousser la porte, poser ses mains sur lui et se masturber en faisant appel au potentiel érotique incroyable de ce baiser. Mais il n'a pas encore franchi le seuil de l'immeuble qu'il voit la voiture des flics garée devant.

Un policier est adossé au capot. Grand et élancé, il a une crinière rousse et semble à peine plus âgé que Simon.

— Simon Gold ?

— Ouais, répond celui-ci en ralentissant le pas.

Le flic ouvre la portière arrière, s'incline en avant et annonce avec emphase :

— Après toi.

— Quoi ? Mais pourquoi ?

— Réponse au poste.

Simon aimerait poser plus de questions, mais il redoute de donner au flic des informations que ce dernier ne connaît pas ; ainsi, s'il ignore qu'il travaille au *Purp* alors qu'il est mineur, inutile de le lui apprendre. Il déglutit avec difficulté : une boule aussi grosse et ferme qu'une figue est coincée dans sa gorge. La banquette arrière, en similicuir noir, est dure. À l'avant, l'homme roux tourne la tête, scrute Simon avec des yeux de fouine, puis monte la fenêtre d'isolation sonore. Lorsqu'ils arrivent au commissariat de Mission Street, Simon le suit à l'intérieur : ils traversent un labyrinthe de pièces fourmillant d'hommes en uniforme pour déboucher sur une petite salle d'interrogatoire, meublée d'une table et de deux chaises en plastique.

— Assieds-toi, ordonne le policier.

Sur la table se trouve un téléphone noir zébré d'éraflures. Le flic sort un papier froissé de sa poche et, d'une main, appuie sur les boutons. Puis il tend le combiné à Simon qui le regarde avec appréhension.

— Tu es idiot, ou quoi ?

— Va te faire foutre, marmonne Simon.

— Qu'est-ce que tu viens de dire ?

L'homme le tire en arrière, la chaise de Simon dérape, et celui-ci lutte pour ne pas perdre l'équilibre. Quand il se redresse et prend le combiné, son épaule l'élance.

— Allô ? dit-il.

— Simon.

Qui d'autre ça pourrait être ? Il a envie de se gifler pour avoir été si stupide. Immédiatement, il a l'impression que le flic s'évanouit, ainsi que sa douleur à l'épaule.

— Maman.

C'est affreux : Gertie pleure au bout du fil comme aux obsèques de Saul, de lourds sanglots gutturaux qui semblent remonter de ses entrailles.

— Comment as-tu pu ? demande-t-elle. Comment as-tu pu faire ça ?

Il fait la grimace.

— Je suis désolé.

— Tu es désolé ? Dans ce cas, j'espère que tu vas tout de suite prendre le chemin du retour.

Il perçoit de l'amertume dans sa voix, il connaît ce ton, mais sa mère ne lui avait jamais parlé ainsi. Son premier souvenir : lui à deux ans, étendu sur ses genoux, elle passant la main dans ses boucles. « Comme un ange, gloussait-elle. Comme un chérubin. » Oui, il les a abandonnés – tous –, mais c'est elle qu'il a le plus peinée.

Et pourtant...

— Je suis désolé, maman, désolé pour ce que j'ai fait, de t'avoir laissée. Mais je ne peux pas... Je ne vais pas...

Sa voix se brise, puis il ajoute :

— Tu as choisi ta vie, maman. Je veux aussi choisir la mienne.

— Personne ne choisit sa vie, et ça n'a certainement pas été mon cas.

Gertie éclate de rire, un rire triste.

— Voilà comment ça se passe : tu fais des choix, et ceux-ci engendrent de nouveaux choix. Tes choix te mettent face à de nouveaux choix. Tu vas à l'université – que dis-je ? – tu finis le lycée, c'est un moyen de mettre toutes les chances de ton côté. Mais si tu continues sur la voie que tu as prise, je ne sais vraiment pas ce qui va t'arriver, et toi non plus.

— C'est justement ce qui me plaît, je suis heureux de ne pas savoir. Je préfère.

— Je t'ai donné le temps, reprend Gertie. Je me suis dit : « Pour l'instant, attends », car j'ai pensé qu'ainsi tu reviendrais à la raison, mais en fait, non.

— J'ai toute ma tête, maman. Je t'assure.

— As-tu pensé une seule fois à nos affaires ?

Simon commence à s'échauffer.

— C'est tout ce qui te tracasse ?

— Le nom de la boutique, déclare alors Gertie d'un ton vacillant, il a changé. *Gold's* a été remplacé par *Milavetz's*. Le nom d'Arthur.

Simon est submergé par la honte. Mais il est vrai qu'Arthur a toujours encouragé Saul à anticiper les tendances. Les styles dans lesquels celui-ci s'était spécialisé – des pantalons en gabardine, des costumes avec de larges revers – étaient déjà démodés à la naissance de Simon ; cette pensée lui permet de se dire, avec un certain soulagement, qu'entre les mains d'Arthur, l'affaire perdurera.

— Arthur est doué, dit-il. Il saura adapter la boutique au goût du jour.

— Je me fiche qu'il s'y connaisse ou pas. Ce qui m'intéresse, c'est la famille. Il est des choses que l'on fait pour les autres parce qu'eux-mêmes les ont faites pour vous.

— Et il y a celles que l'on fait pour soi.

Il n'a jamais parlé ainsi à sa mère, mais il souhaite la convaincre à tout prix ; il l'imagine venir le voir à l'Academy, Gertie l'applaudissant de son fauteuil tandis qu'il exécute des jetés et des pirouettes.

— Oh oui ! Parlons-en. Klara m'a dit que tu t'étais mis à la danse.

Son dédain s'entend si fort à travers le combiné que le flic commence à rire.

— Exact, dit-il en regardant fixement ce dernier. Et alors ?

— Je ne comprends pas. Tu n'as jamais dansé de ta vie.

Que peut-il lui répondre ? Cela constitue aussi un mystère pour lui : comment une chose à laquelle il n'avait jamais pensé auparavant, une discipline qui le fait souffrir et l'exténue, provoque fréquemment chez lui de l'embarras, a-t-elle pu lui ouvrir la porte d'un univers si différent ? Quand il pointe le pied, sa jambe grandit de plusieurs centimètres. Quand il saute, il reste quelques instants en l'air, comme si des ailes lui avaient poussé.

— Eh bien, maintenant, je danse, dit-il.

Gertie laisse échapper un long soupir tremblant, puis elle se calme. Et en ce laps de temps, qu'elle aurait habituellement comblé par d'autres arguments, voire des menaces, Simon discerne sa liberté. S'il était illégal à son âge d'être parti de chez soi pour rallier la Californie, il serait déjà menotté.

— Si tu as pris ta décision, poursuit-elle, dans ce cas, je ne veux plus que tu reviennes.

— Tu ne veux pas... Quoi ?

— Je ne veux plus que tu reviennes, articule Gertie. Tu as fait un choix, celui de nous quitter. Eh bien, assume-le ! Reste là-bas.

— Par pitié, maman ! murmure Simon en pressant le combiné contre son oreille. Ne dramatise pas.

— Je suis au contraire très réaliste, Simon.

Une pause s'ensuit, le temps qu'elle reprenne son souffle. Puis il entend un petit clic, et la ligne est coupée.

Il tient toujours l'appareil à la main, abasourdi. N'est-ce pas ce qu'il voulait ? Sa mère a renoncé à lui, le cédant au monde auquel il aspire. Et pourtant, il sent la peur poindre en lui : le filtre a été retiré de la lentille, le filet de sécurité arraché de dessous ses pieds, et il est tout étourdi par l'indépendance effrayante qui est désormais sienne.

Le flic le raccompagne jusqu'à la sortie. À l'extérieur, sur le palier, il attrape Simon par le col de sa chemise et tire si brusquement dessus que celui-ci se hisse sur la pointe des pieds.

— Les fugueurs de ton espèce me rendent malade, tu le sais, ça ? lui dit-il.

Simon suffoque et cherche désespérément à toucher terre. Le flic a les yeux couleur whisky et des cils clairsemés, les joues couvertes de taches de son. Sur son front, à la naissance de ses cheveux, on voit une grappe de cicatrices circulaires.

— Quand j'étais gosse, poursuit-il, des mecs comme toi arrivaient par camions chaque jour. Putain ! Je pensais pourtant que vous aviez compris qu'on ne voulait pas de vous ici, mais vous êtes toujours là, à pourrir le système. Vous ne faites rien d'utile, vous vous contentez de vivre aux crochets de la société, de vrais parasites. Je suis né à Sunset Boulevard, comme mes parents et leurs parents avant eux, et toutes les générations précédentes qui sont venues directement d'Irlande, sans compter ceux qui sont morts de faim. Tu veux savoir ce que je pense ?

Il se rapproche de Simon, sa bouche crispée pareille à un nœud de chair.

— On n'a que ce qu'on mérite.

Simon se dégage brutalement de son étreinte, tousse. Dans sa vision périphérique, il aperçoit alors une tache d'un rouge lumineux, un éclat qui devient sa sœur. Klara est en bas des marches dans sa minirobe noire à épaules bouffantes et ses Doc Martens bordeaux, ses cheveux gonflant dans son dos comme une cape. Elle ressemble à une super-héroïne, radieuse et vengeresse. On dirait leur mère.

— Qu'est-ce que tu fais là ? demande Simon, haletant.

— Benny m'a dit qu'il avait vu une voiture de flics. C'était le commissariat le plus proche.

Klara gravit quatre à quatre les marches de granit et vient se planter devant le policier.

— Qu'est-ce que vous lui voulez à mon frère, hein ?

Le flic cligne des yeux, se fige. Quelque chose passe de l'un à l'autre que Simon ne peut pas vraiment voir, juste sentir : des étincelles, une onde de chaleur, une fureur aigre mais lourde comme du métal. Quand Klara enlace Simon par les épaules, le jeune flic semble rétrécir. Il a l'air si conformiste, si peu à sa place dans cette nouvelle ville, que Simon a presque pitié de lui.

— Comment vous appelez-vous ? demande Klara en louchant sur le petit badge accroché à la chemise bleue de son uniforme de policier.

— Eddie, répond-il en relevant le menton. Eddie O'Donoghue.

Klara étreint plus étroitement Simon, leur récente dispute oubliée. Réconforté par sa protection, Simon se met à penser à Gertie, et il sent sa gorge se nouer. Mais Eddie continue à regarder Klara, les joues roses, légèrement hésitant, comme si sa sœur n'était qu'un mirage.

— Je m'en souviendrai, dit-elle.

Puis elle redescend les marches du commissariat avec Simon pour rejoindre le cœur de Mission District. Il fait presque trente degrés, sur les trottoirs les étals débordent de fruits comme dans le jardin d'Éden, et personne ne tente de les arrêter.

6

—

— Qu'est-ce que tu veux boire ? demande Simon.

Il fouille dans le minuscule garde-manger qui est en réalité un placard sur les poutres en saillie duquel ils stockent un assortiment de denrées non périssables : des boîtes de céréales, de la soupe en conserve, de l'alcool.

— Je peux te faire une vodka tonic, un whisky-Coca...

C'est le mois d'octobre, avec ses journées fraîches, gris argenté, ses citrouilles sur les marches de l'Academy. Quelqu'un a enfilé une gaine de danse à un faux squelette et l'a exposé contre un mur de la réception. Simon et Robert ont commencé à sortir ensemble à l'école de danse – ils s'embrassent dans les toilettes des hommes ou dans les vestiaires vides, avant les cours –, mais c'est la première fois que Robert vient chez lui.

Il s'adosse au fauteuil turquoise.

— Je ne bois pas.

— Ah bon ?

Simon sort la tête du placard et lui sourit, une main sur la porte.

— Je dois avoir de la dope quelque part, si c'est ton truc.

— Je ne fume pas. Enfin, pas ce genre de choses.

— Aucun vice, alors ?

— Non, aucun.

— À part les hommes.

Une branche d'arbre bouge au gré du vent devant la fenêtre du salon, occultant le soleil, et le visage de Robert s'éteint comme une lampe.

— Ce n'est pas un vice.

Il se lève et frôle Simon en regagnant l'évier où il se sert un verre d'eau du robinet.

— Eh, vieux, c'est toi qui en fais tout un secret ! réplique Simon.

En cours, Robert s'échauffe tout seul. Une fois, Beau les a vus tous les deux sortir des toilettes et les a sifflés en mettant les auriculaires dans sa bouche, mais quand il a questionné Simon à ce sujet, celui-ci a fait l'innocent. Il sent que Robert aurait désapprouvé toute révélation, or les moments qu'il passe en sa compagnie – le rire de Robert, doux comme un murmure, la caresse de ses mains sur son visage – sont trop précieux pour qu'il y renonce.

Celui-ci s'appuie à présent contre l'évier.

— Ce n'est pas parce que je n'en parle pas que j'en fais un secret, déclare-t-il.

— Et c'est quoi la différence ?

Simon glisse ses index dans les boucles du ceinturon de Robert. Il n'aurait jamais imaginé avoir assez d'assurance pour faire une chose pareille, mais San Francisco agit comme une drogue sur lui. Bien qu'il n'y vive que depuis cinq mois, il a l'impression d'avoir pris dix ans.

— Au studio de danse, je suis au travail, explique Robert. Je ne montre rien par respect, autant pour le ballet que pour toi.

Simon se rapproche de lui, jusqu'à ce que leurs hanches se touchent. Il colle sa bouche sur l'oreille de Robert.

— Manque-moi de respect.

Robert se met à rire.

— Non, ce n'est pas ce que tu veux.

— Si !

Simon défait le jean de Robert et glisse la main à l'intérieur. Il saisit son sexe et le presse dans son poing. Ils n'ont pas encore fait l'amour, tous les deux.

Robert recule.

— Arrête, vieux. Ne te comporte pas comme ça.

— Comment ?

— Comme un type facile.

— C'est drôle, rétorque Simon, parce que tu es dur.

— Et alors ?

— Et alors ? répète Simon.

Et alors tout, a-t-il envie de répondre. *Alors je t'en prie.* Mais ce qui sort de sa bouche est complètement différent :

— Alors baise-moi comme une bête.

C'est ce que lui avait dit le journaliste du *Chronicle*, un jour. Robert le regarde, Simon croit qu'il va se remettre à rire, mais un rictus se dessine sur ses lèvres.

— Tu sais, ce que nous faisons ici toi et moi, commence-t-il, il n'y a rien à y redire. Rien du tout.

Simon sent son cou s'empourprer.

— Oui, je sais.

Robert s'empare de sa veste, accrochée au dos du siège turquoise, et l'enfile.

— Ah bon ? Parfois, je n'en suis pas sûr.

— Pourquoi ça ? demande Simon, paniqué. Je n'en suis pas honteux, si c'est ce que tu insinues.

Robert s'immobilise près de la porte.

— Parfait, dit-il.

Puis il la franchit, la referme derrière lui et disparaît, happé par l'escalier.

Quand Harvey Milk est assassiné, Simon se trouve dans les vestiaires du *Purp*, attendant que commence une réunion du personnel. Il est 11 h 30, c'est un lundi, et les hommes n'apprécient pas de devoir venir au club en dehors des heures de travail, d'autant que Benny est en retard. Ils regardent la télévision pour patienter. Lady est allongée sur un banc, des sachets de thé froid sur les yeux ; Simon est en train de manquer son cours à l'Academy.

L'ambiance est morose, plombée : une semaine auparavant, Jim Jones a conduit un millier d'adeptes à la mort, au Guyana.

Lorsque le visage de Dianne Feinstein s'affiche à l'écran, sa voix est tremblante : « Il est de mon devoir de vous faire cette annonce : notre maire George Moscone et le conseiller municipal Harvey Milk ont été tués par balles... »

Richie se met à hurler si fort que Simon en bondit de sa chaise. Colin et Lance demeurent silencieux, sous le choc, mais Adrian et Lady pleurent à chaudes larmes, et quand Benny arrive – soucieux, pâle, la circulation est bloquée aux abords du Civic Center – il a les yeux rouges et gonflés. Ils ferment le *Purp* pour la journée et accrochent une écharpe noire qui appartient à Lady sur la porte ; ce soir-là, ils se joignent au reste du Castro pour défiler dans les rues.

C'est la fin novembre, mais les corps réchauffent l'atmosphère. La foule est si dense que Simon doit emprunter une impasse latérale pour aller acheter des bougies chez *Cliff*.

Le vendeur lui en vend douze pour le prix de deux et lui donne aussi des gobelets en carton pour les protéger du vent. En quelques heures, cinquante mille personnes se sont rassemblées. La marche jusqu'à l'hôtel de ville est accompagnée par le son d'un unique tambour, et ceux qui sanglotent le font doucement. Simon pleure toutes les larmes de son corps. Ce n'est pas seulement Harvey qui a été assassiné, c'est ce qu'il incarne. Face à cette foule en deuil, comme des enfants sans père, Simon pense à ses parents, tous deux disparus de sa vie à présent. Lorsque la chorale des gays de San Francisco se met à chanter du Mendelssohn, *Thou, Lord, Hast Been Our Refuge*, Simon baisse la tête.

Qui est son Seigneur, son refuge ? Il ne croit pas en Dieu, mais il n'a jamais pensé non plus que Dieu croyait en lui. Selon le Lévitique, il est un sacrilège. Quel genre de Dieu pourrait créer une créature qu'il désapprouve à ce point ? Simon ne voit que deux explications : soit il Dieu n'existe pas, soit lui, Simon, est une erreur, un fouteur de merde. Il ne sait pas au juste quelle option l'effraie le plus.

Le temps qu'il s'essuie les joues, les autres danseurs du *Purp* ont été emportés par le courant. Il scrute la foule, et son regard rencontre un visage familier : des yeux noirs et chaleureux, un lobe orné d'un éclat argenté dansant au-dessus de la flamme brillante d'une bougie. Robert.

Ils se sont à peine parlé depuis la soirée d'octobre chez Simon, mais ils s'élancent l'un vers l'autre, bousculant la foule, et se retrouvent quelque part au milieu de cet océan.

Le studio de Robert est niché au fond des rues sinueuses de Randall Park. Dès qu'il en ouvre la porte, ils se ruent à l'intérieur, tirent sur leurs chemises respectives, défont leurs ceintures. Sur un grand lit près de la fenêtre, Simon baise Robert et vice versa. Bientôt, cependant, ça ne ressemble plus à du sexe pur et dur ; une fois passé la frénésie de l'élan, Robert se montre tendre et attentionné, lui donne des coups de reins pleins d'émotion. À qui s'adresse-t-elle, cette émotion ? À lui, Simon ? À Harvey ? Il en conçoit une singulière timidité. Robert prend le sexe de Simon dans sa bouche et le suce. Quand la pression monte en lui et qu'il est sur le point d'exploser, Robert lève les yeux vers lui, et le regard qu'ils échangent est si intense que Simon fléchit les genoux pour pouvoir enserrer la nuque de Robert au moment où il jouit.

Après, Robert allume une lampe sur la table de chevet. Son appartement n'est pas spartiate, comme Simon s'y attendait, mais décoré d'objets que celui-ci a rapportés de sa première tournée internationale avec le corps de ballet : des bols russes peints à la main, deux plumes de grue japonaise. Même ses préservatifs sont conservés dans une petite boîte laquée. Une étagère en bois au-dessus du lit est garnie de livres – *Sula*, *The Football Man* –, et dans la cuisine aux airs de coquerie, une batterie de casseroles est accrochée aux murs.

Une figurine de carton découpée garde l'entrée de la chambre, c'est l'image grandeur nature d'un footballeur attrapant le ballon au vol.

Ils s'assoient contre les oreillers pour fumer.

— Je l'avais rencontré une fois, dit Robert.

— Qui ? Milk ?

Il hoche la tête.

— C'était après sa deuxième défaite électorale, en 1975. Il était dans un bar, au bout de la rue où il y a le photographe. Des types le lançaient en l'air, et il riait, alors je me suis dit que c'était vraiment le genre de personnes dont on avait besoin. Pas quelqu'un qui reste dans l'ombre. Pas un vieux cynique comme moi.

— Harvey était plus âgé que toi, réplique Simon en souriant.

Il se fige brusquement en se rendant compte qu'il vient d'employer le passé.

— C'est vrai, mais il ne donnait pas cette impression.

Robert hausse les épaules et poursuit :

— Moi, tu vois, je n'aime pas aller aux défilés ni dans les boîtes. Et je peux t'assurer que je ne vais jamais aux bains publics.

— Pourquoi ?

Robert plonge les yeux dans les siens.

— Combien de gens vois-tu, par ici, qui sont comme moi ?

— Il y a bien des Noirs, ici.

Simon rougit.

— Enfin, pas beaucoup, j'imagine.

— Non, pas beaucoup, confirme Robert. Et trouve-m'en un qui fait de la danse.

Il écrase sa cigarette.

— Ce flic qui est venu te cueillir chez toi ? Pense à ce qu'il aurait fait si tu avais eu ma tête.

— Pire, dit Simon. Je sais.

Il aime tant Robert qu'il est réticent à admettre la différence évidente qui existe entre eux. Il veut que leur sexualité les mette à égalité, qu'ils se concentrent ensemble sur la discrimination à laquelle ils sont tous les deux confrontés. Mais Simon a la possibilité de cacher sa sexualité, tandis que Robert ne peut pas dissimuler la couleur de sa peau ; or, presque tout le monde, dans le Castro, est blanc.

Robert allume une autre cigarette.

— Et toi, pourquoi est-ce que tu ne vas pas aux bains publics ?

— Qui te dit que je n'y vais pas ? rétorque Simon.

Mais Robert émet un grognement sceptique, et Simon éclate de rire.

— Sincèrement ? Ils me font un peu peur, je ne sais pas si je pourrais le supporter.

Est-il possible de connaître un excès de plaisir ? Quand il imagine les bains publics, il se représente une orgie carnavalesque, un monde interlope si infini qu'on pourrait y rester pour toujours. Il n'a pas menti à Robert – il ne sait pas s'il pourrait le supporter –, mais il redoute aussi d'en être capable, que son avidité soit insatiable.

— Je vois ça, dit Robert en faisant la moue. Pas très engageant.

Simon se redresse sur un coude.

— Dis-moi, pourquoi tu es venu vivre à San Francisco ?

Robert hausse un sourcil.

— Je n'ai pas eu le choix. Je suis originaire de Los Angeles, de South Central, j'habitais dans le Watts. Tu as entendu parler de ce quartier ?

Simon acquiesce.

— Oui, c'est là où il y a eu des émeutes, répond-il.

En 1965, à l'âge de quatre ans, il est allé au cinéma avec Gertie et Klara pendant que les deux grands étaient à l'école. Et s'il ne se rappelle pas le film qu'ils ont vu ce jour-là, il se souvient en revanche des actualités diffusées juste avant. Il y eut d'abord le petit air joyeux des Universal City Studios puis la voix familière et rythmée d'Ed Herlihy, deux éléments contrastant terriblement avec la séquence en noir et blanc qui suivit : des rues étroites, obscurcies par la fumée, et des immeubles ondulant sous les flammes. La musique était devenue menaçante quand Ed Herlihy s'était mis à décrire « ces profiteurs de nègres, des snipers qui tiraient des toits sur la police, des pillards qui volaient de l'alcool et dévalisaient les lieux de divertissement », mais à l'écran Simon ne vit que des policiers, équipés de gilets pare-balles et d'armes, sillonnant les rues vides. Finalement, deux Noirs apparurent, mais ils n'avaient rien des voyous mentionnés par Ed Herlihy : menottés et flanqués d'officiers blancs, ils marchaient sans offrir de résistance, stoïques.

— Exact.

Robert éteint sa cigarette dans une petite assiette bleue.

— Je travaillais bien à l'école, enchaîne-t-il. Ma mère était prof, mais mon atout, c'était ma force physique. Le football était mon sport préféré. En seconde, j'ai intégré l'équipe universitaire pour assurer mes arrières, car ma mère pensait que, de cette façon, je pourrais décrocher une bourse pour la fac. Et quand un dénicheur de futurs talents est arrivé du Mississippi, j'ai commencé à y croire, moi aussi.

Simon n'a jamais eu une conversation de ce genre avec ses précédents partenaires. De fait, il n'a jamais beaucoup discuté avec eux, et certainement pas de la famille. Mais il en va ainsi de la plupart des hommes du Castro : ils sont suspendus dans le temps et la volupté, ils ne veulent pas regarder en arrière.

— Et tu l'as eue, cette bourse ? demande-t-il.

Robert marque une pause. Il semble le jauger.

— J'étais très proche d'un autre gars de mon équipe, dit-il. Dante. J'étais défenseur et lui attaquant. Je voyais bien qu'il était différent des autres, et vice versa. Mais il ne s'est rien passé avant la classe de première, au dernier entraînement de la saison. Dante était censé partir cet été-là, il avait obtenu une bourse pour l'Alabama. C'était donc la dernière fois qu'on se voyait. On a attendu que tout le monde soit sorti des vestiaires, on a pris tout notre temps pour se changer. Puis, une fois qu'on a été habillés, on s'est déshabillés...

Robert tire sur sa cigarette et expire. À l'extérieur, Simon voit encore les lumières de la manifestation. Chaque bougie indique la présence d'une personne. Les flammes vacillent, toutes blanches, comme des étoiles échouées.

— Je jure sur ce que j'ai de plus cher que je n'ai entendu personne entrer. Pourtant, quelqu'un a dû s'introduire dans les vestiaires, puisque le lendemain on m'a chassé de l'équipe, et que Dante a perdu sa bourse. Ils ne nous ont même pas laissés prendre nos foutues affaires dans les vestiaires. La dernière fois que je l'ai vu, c'était à l'arrêt de bus. Il avait baissé sa casquette aussi bas que possible sur son front, ses mâchoires tremblaient. Et quand il m'a regardé, on aurait dit qu'il voulait me tuer.

— Bon sang !

Simon change de position sur le lit.

— Qu'est-ce qu'il est devenu ?

— Des garçons de l'équipe l'ont rattrapé. Ils s'en sont pris aussi à moi, mais ils ne m'ont pas autant abîmé. J'étais plus grand, plus fort. Défenseur, c'était mon job, tu te souviens ? Mais pas Dante. Ils l'ont frappé au visage, lui ont fracassé le dos avec une batte. Puis ils l'ont traîné dans un champ et l'ont attaché à la clôture. Ils ont dit qu'il respirait encore quand ils sont partis, mais quel genre d'enculé pourrait croire un truc pareil ?

Simon secoue la tête. Il en a la nausée.

— Le juge, voilà qui, poursuit Robert. Je savais que je deviendrais cinglé si je restais là-bas. C'est pourquoi je suis venu à San Francisco. J'ai commencé à prendre des cours de danse parce que c'était le seul endroit où on ne me chasserait pas sous prétexte que j'étais homo. Rien n'est plus gay qu'un ballet, mon vieux. Mais si Lynn Swann prend des cours de danse, ce n'est pas pour cette raison, c'est parce que ça fait un corps en béton. Ça rend plus fort.

Robert se baisse pour poser le visage sur le torse de Simon, et ce dernier le tient dans ses bras. Il se demande ce qu'il peut faire pour le protéger, pour l'apaiser. Doit-il lui étreindre la main, ou lui parler, caresser son crâne fraîchement rasé ? Cette responsabilité qu'il vient juste de lui offrir, ça fait vraiment chier : c'est intimidant, tellement adulte, avec une marge bien plus grande pour l'échec.

En avril, Gali appelle Simon pour lui demander de passer au théâtre au plus vite. Celui-ci s'engouffre dans un taxi, son sac de danse sous le bras. Le directeur l'attend devant la porte du cours.

— Eduardo s'est blessé pendant une répétition, lui dit-il. Il s'est tordu la cheville en réalisant un saut de basque. Un accident affreux, horrible. On espère que c'est juste une entorse. N'empêche qu'il est sur la touche pour un mois.

Il adresse un signe de la tête à Simon.

— Tu connais la chorégraphie.

Ce n'est pas une question ; c'est une proposition pour *Birth of Man*. Simon sent son cœur s'emballer.

— Euh, enfin, oui. Mais je...

Ce qu'il veut dire, c'est : « Je ne suis pas assez bon. »

— Tu iras jusqu'au bout de toi-même, déclare Gali. On n'a pas le choix.

Simon le suit dans le corridor qui mène aux vestiaires. Eduardo est assis par terre, jambe étendue sur une caisse, un sac de glace posé sur la cheville. Il a les yeux rougis, mais se fend d'un sourire à son adresse.

— Au moins, ironise-t-il, tu n'auras pas de problème de costume.

Dans *Birth of Man*, les hommes ne portent rien d'autre que des gaines de danse. On voit même leurs fesses. À cet égard, *Purp* a représenté un bon entraînement : sur scène, Simon est peu inhibé et peut donc se concentrer uniquement sur les mouvements. Les lumières sont si éblouissantes qu'il ne distingue pas le public, il fait donc comme s'il n'existait pas : il y a juste Fauzi, Tommy, Beau et lui, tous s'efforçant de porter Robert tandis qu'il avance dans le tunnel qu'ils forment. Tous saluent ensuite le public en même temps, et Simon serre les mains de ses partenaires jusqu'à ce que la sienne lui fasse mal. Après, ils vont en taxi au *QT*, dans Polk Street, sans retirer leur maquillage de scène. Dans un élan d'extase, Simon saisit Robert et l'embrasse devant tout le monde. Les autres les acclament, et Robert affiche un sourire de plaisir si discret que Simon recommence.

Cet automne-là, celui-ci tient un rôle qui lui est destiné dans *The Naughty Nut*, le *Casse-noisette* du corps de ballet. Une critique dans le *Chronicle* fait doubler les ventes de billets, et Gali donne une réception chez lui à Upper Haight pour célébrer l'événement. Les pièces sont meublées de cuir noir, et partout flotte l'odeur de l'orange piquée de clous de girofle, qui se trouve dans un bol doré, sur la cheminée. Le pianiste de l'Academy joue du Tchaïkovski sur le Steinway de Gali. Des boules de gui ont été suspendues au-dessus des portes, et le ronronnement de la fête est interrompu de manière sporadique par des cris de joie quand des couples étranges sont forcés de s'embrasser au-dessous. Simon arrive en compagnie de Robert, qui porte une chemise bordeaux à col polo assortie à un pantalon de soirée noir. Il a remplacé son anneau en argent par un diamant de la taille d'un grain de poivre. Ils se retrouvent alors avec des donateurs pour les entrées, puis Robert attire Simon dans le hall et, poussant une porte vitrée, l'entraîne dans le jardin.

Ils s'assoient dans la véranda. Même en décembre, la végétation est luxuriante. Il y pousse des arbres de Jade, des capucines et du pavot de Californie, des fleurs toutes assez résistantes pour croître dans le brouillard. Simon pense soudain qu'il aimerait avoir une vie comme ça : une carrière, une maison, un compagnon. Il a toujours estimé que ce genre de rêve n'était pas pour lui, qu'il était condamné à une existence moins heureuse, moins normale. De fait, ce n'est pas juste parce qu'il est gay qu'il a cette impression. C'est aussi à cause de la prophétie, cette prédiction qu'il aurait préféré oublier, mais qui le hante depuis des années. Il déteste la voyante pour lui avoir annoncé la date de sa mort et se déteste lui-même de l'avoir crue. Si la prophétie est un boulet, le crédit qu'il lui accorde est sa chaîne, c'est la voix dans sa tête qui lui martèle : « Dépêche-toi ! », « Plus vite ! », « Cours ! »

Robert déclare :

— J'ai eu une réponse positive.

La semaine dernière, il a remis un dossier pour un appartement à loyer encadré dans Eureka Street, avec cuisine et cour. Simon est allé le visiter avec lui et s'est extasié sur le lave-vaisselle, le lave-linge, les grandes baies vitrées.

— Tu as un colocataire ? demande-t-il.

Les capucines remuent leurs pétales rouges et jaunes, véritable invitation à la fête. Robert se penche en arrière et prend appui sur ses coudes, sourire aux lèvres.

— Tu veux t'installer avec moi ?

Instantanément, un frisson lui parcourt le cuir chevelu : l'idée l'enchante.

— On serait tout près du studio de danse, répond-il. On pourrait acheter une voiture d'occasion pour aller au théâtre les jours des représentations. On économiserait de l'essence.

Robert le regarde comme s'il venait de lui avouer qu'il était hétéro.

— Tu veux vivre avec moi pour faire des économies d'essence ?

— Non ! Non... Ce n'est pas à cause de l'essence, bien sûr que non.

Robert secoue la tête, mais il sourit toujours quand il croise le regard de Simon.

— Tu es incapable de l'admettre, hein ?

— Admettre quoi ?

— Ce que tu ressens pour moi.

— Bien sûr que si ! se récrie Simon.

— Très bien. Dans ce cas, qu'est-ce que tu ressens pour moi ?

— Je t'aime bien.

Mais les mots sont sortis un peu trop vite.
Robert rejette la tête en arrière et éclate de rire.
— Putain, tu ne sais vraiment pas mentir ! dit-il.

7

—

Simon et Robert transportent les cartons, aidés par Klara qui ne trouve rien à redire au déménagement ; elle semble même soulagée d'avoir l'appartement de Collingwood Street pour elle toute seule. Après un mois de décembre doux, le thermomètre est tombé à cinq degrés, ce qui ne serait rien à New York, mais la Californie a rendu Simon plus frileux : il porte un legging sous son survêtement quand il court entre l'appartement et le camion de déménagement. Une fois Klara partie, Simon et Robert s'embrassent contre le lave-vaisselle : Robert plaque le bassin sur les hanches de Simon, qui prend ses fesses à pleines mains, lui caresse le sexe et promène ses doigts sur son beau visage.

1980, nouvelle année, nouvelle décennie. À San Francisco, Simon est à couvert de la récession globale et de l'invasion de l'Afghanistan par les troupes soviétiques.

Robert et lui mettent leurs économies en commun pour acheter une télévision, et même si le journal du soir éveille un malaise chez eux, le Castro ressemble à un abri antiatomique : ici, Simon se sent fort et en sécurité. Il monte en grade au sein du corps de ballet ; au printemps, il est un membre à part entière de la compagnie, et non plus une doublure.

Klara est retournée au cabinet dentaire, où elle travaille dans la journée comme réceptionniste ; en soirée, elle est serveuse dans un restaurant, à Union Square. Elle passe ses week-ends à écrire des scénarios pour son spectacle et place chaque mois tout ce qui lui reste de son salaire sur un compte-épargne. Le dimanche, Simon dîne avec elle dans un restaurant indien de 18 th Street. Un soir, elle apporte une chemise cartonnée maintenue par deux élastiques et remplie de photocopies : des photos en noir et blanc au grain épais, de vieux journaux, des publicités d'antan. Elle les dispose sur toute la longueur de la table.

— C'est grand-mère, dit-elle.

Simon se penche en avant. Il reconnaît la mère de Gertie sur la photo autrefois scotchée au-dessus du lit de Klara. Un autre cliché la montre juchée avec un brun à la stature imposante sur un cheval au galop, moulée dans son short et sa chemise cintrée façon Far West. Sur la couverture d'un programme, elle a la taille fine et les pieds minuscules. D'une main, elle relève l'ourlet de sa jupe ; de l'autre, elle tient six hommes en laisse. Au-dessous figure la légende suivante :

La REINE du BURLESQUE ! Venez voir les muscles de Mlle KLARA KLINE s'agiter et trembler comme un BOL DE GELÉE sur lequel passe UN COUP DE VENT : la DANSE qui a fait PERDRE LA TÊTE à saint Jean-Baptiste.

Simon émet un rire sceptique.

— C'est la mère de maman ?

— Ouais ! Et lui, ajoute Klara en désignant l'homme sur le cheval, c'est son père.

— Tu déconnes ?

L'homme n'est pas très beau, il a des sourcils épais qui évoquent une moustache et le nez imposant de Gertie, mais il émane de lui un charisme flamboyant. Il ressemble à Daniel.

— Comment le sais-tu ?

— J'ai fait des recherches. Je n'ai pas pu retrouver son certificat de naissance, mais je sais qu'elle est arrivée à Ellis Island en 1913, sur un bateau appelé *Ultonia*. Elle était hongroise, et je suis à peu près certaine qu'elle était orpheline à l'époque. Tante Helga est arrivée plus tard. Grand-mère, elle, est venue avec une troupe de danseuses et a vécu dans une pension, la *De Hirsch Home for Working Girls*.

Klara prend une page de journal sur laquelle figurent plusieurs photos : un grand immeuble en pierre, une salle à manger où sont assises des filles aux cheveux bruns, et le portrait d'une femme à l'air sévère – la baronne de Hirsch, précise la légende – tout de noir vêtue : chemisier à col haut, gants et chapeau aux lignes nettes.

— Bon, il faut comprendre… Grand-mère était juive, et elle n'avait pas de famille. Et si elle n'avait pas logé dans cette pension, elle aurait probablement été à la rue. Mais l'endroit était vraiment très convenable. On apprenait aux filles à coudre, on les destinait à se marier jeunes, seulement grand-mère avait d'autres projets. À un moment, elle est partie et elle s'est mise à faire ça…

Klara désigne le programme burlesque.

— Elle a débuté dans le music-hall. Elle passait dans des dancings, des musées à dix sous, des foires, dans des locaux abandonnés reconvertis en cinémas. Et c'est là qu'elle l'a rencontré.

Prudemment, elle soulève une feuille sous la brochure et la tend à Simon. Il s'agit d'un certificat de mariage.

— Klara Kline et Otto Gorski, dit-elle. C'était un cavalier du Far West dans la troupe de Barnum & Bailey, le plus grand cirque du monde. Je pense que grand-mère a connu Otto lors d'une représentation et a rejoint le cirque parce qu'elle est tombée amoureuse de lui.

Klara sort une feuille de papier pliée de son portefeuille. C'est une autre photo, mais sur celle-ci, on voit son homonyme, un peu plus âgée, se laisser glisser du haut d'un chapiteau vers le sol, suspendue dans les airs par une corde qu'elle tient entre les dents. Sous la photo figure la légende : « Klara Kline et Les Mâchoires de survie. »

— Pourquoi est-ce que tu me montres tout ça ? demande Simon.

Klara rougit.

— Je veux faire un spectacle avec des numéros de magie, mais je veux aussi réaliser sur scène une prouesse qui défie la mort. Je suis en train de m'entraîner pour réaliser Les Mâchoires de survie.

Simon cesse de mastiquer sa bouchée de *korma* végétarien.

— C'est insensé. Tu ne sais même pas comment elle s'y prenait. Elle devait avoir un truc.

Klara secoue la tête.

— Non, ce n'est pas truqué, c'est authentique. Otto, le mari de grand-mère, est mort à la suite d'une chute de cheval, en 1936. Celle-ci est alors revenue vivre à New York avec maman. En 1941, elle a exécuté le numéro des Mâchoires de survie à Times Square, du Edison Hotel au toit du Palace Theatre. Mais, à mi-chemin, elle est tombée. Et elle est morte.

— Ça alors ! Et pourquoi on n'en a rien su ?

— Parce que maman s'est bien gardée de nous le dire. C'était une sacrée histoire, à l'époque, et je crois qu'elle a toujours eu honte de grand-mère. Elle n'était pas normale, conclut Klara.

Elle hoche la tête devant la photo de la mère de Gertie à cheval, sa chemise en jean nouée dévoilant son ventre musclé.

— Et puis ça remonte à si longtemps ! Maman n'avait que six ans quand elle est morte. Après, elle est allée vivre chez tante Helga.

Gertie a été élevée par la sœur de sa mère, une vieille fille acariâtre qui parlait la plupart du temps en hongrois, se souvient Simon. Elle venait au 72 Clinton Street pour les fêtes juives et apportait des bonbons tout durs, enveloppés dans du papier aluminium aux couleurs vives. Elle avait les ongles longs et pointus, et son odeur rappelait celle d'une boîte qui n'aurait pas été ouverte pendant des décennies ; Simon avait peur d'elle.

À présent, il regarde Klara qui remet les photocopies dans sa chemise.

— Klara, tu ne peux pas faire une chose pareille, c'est insensé, lui répète-t-il.

— Je ne vais pas mourir, Simon.

— Qu'est-ce que tu en sais ?

— Je le sais, c'est tout.

Klara ouvre son sac, y glisse la chemise et referme la fermeture Éclair.

— Je refuse de mourir.

— Très bien, dit Simon. Tu fais donc partie de ces gens qui ne mourront jamais.

Klara ne répond pas. Il sait comment elle se comporte quand elle a une idée en tête. « Comme un chien qui ronge un os », disait Gertie, ce qui n'est pas tout à fait exact ; en fait, Klara semble être devenue imperméable aux événements, inaccessible. Elle existe quelque part ailleurs.

— Eh, l'interpelle Simon en lui donnant un petit coup de coude. Comme vas-tu l'appeler, ton numéro ?

Klara lui adresse un sourire félin qui dévoile ses petites canines pointues, un éclat tremblant dans les yeux.

— L'Immortaliste, dit-elle.

Robert enserre, entre ses mains, le visage de Simon qui s'est réveillé en sursaut à cause d'un mauvais rêve.

— Qu'est-ce qui te fait peur à ce point ? demande-t-il.

Simon secoue la tête. C'est dimanche, il est 16 heures, et ils ont passé toute la journée au lit, à part la demi-heure pendant laquelle ils se sont préparé des œufs pochés et des tartines de confiture à la cerise.

C'est trop beau, le bonheur que je ressens, voilà ce qu'il a envie de dire. *Ça ne peut pas durer.* L'été prochain, il aura vécu deux décennies : une longue vie pour un chat ou un oiseau, mais pas pour un homme. Il n'a raconté à personne sa visite à la femme de Hester Street, ni révélé le verdict qui semble se rapprocher de lui à vitesse grand V. En août, il prend le bus 38 qui dessert Geary Boulevard pour se rendre au Golden Gate Park, puis emprunte le sentier escarpé sur la falaise qui mène à Land's End. Il contemple les cyprès, les fleurs des champs et ce qui reste de Sutro Baths. Un siècle auparavant, les bains étaient un aquarium pour humains, mais maintenant ce sont des ruines de béton. Pourtant, l'endroit fut luxueux. Comme quoi même le paradis, surtout le paradis, n'est pas éternel.

Quand l'hiver arrive, il commence à répéter avec la troupe le programme du printemps prochain, *Myth*. Tommy et Eduardo ouvriront le spectacle, jouant Narcisse et son ombre, leurs gestes se reflétant. Viendra ensuite *Le Mythe de Sisyphe*, dans lequel les femmes exécuteront une série de mouvements, à intervalles réguliers, comme une chanson en boucle. Dans la dernière pièce, *Le Mythe d'Icare*, Simon dansera son premier grand rôle : il incarnera Icare, et Robert sera le soleil.

Le soir de la première, il vole au-dessus de Robert, puis gravite plus près autour de lui. Il porte une paire de larges ailes, faites de cire et de plumes, comme celles que Dédale avait fabriquées pour Icare. Les efforts physiques qu'il faut fournir avec dix kilos sur le dos accentuent sa sensation de vertige, aussi est-il reconnaissant à Robert de les lui enlever, même si cela signifie qu'elles ont fondu et que Simon, comme Icare, va mourir.

Quand la musique, *Le Concerto de Varsovie* d'Addinsell, atteint son apogée final, Simon a l'impression que son âme est un corps en apesanteur, tandis que ses pieds s'élèvent dans l'air. Sa famille lui manque terriblement. *Si seulement vous pouviez me voir en ce moment*, songe-t-il. Il s'accroche à Robert qui le transporte au centre de la scène. La lumière autour de ce dernier est si éblouissante que Simon ne distingue rien : ni le public ni les autres membres de la troupe, qui se pressent autour des ailes pour les contempler.

— Je t'aime, murmure-t-il.

— Je sais, dit Robert.

La musique est forte, personne ne les entend. Robert le dépose sur le sol. Simon prend la position que Gali lui a indiquée, jambes repliées et bras tendus vers Robert. Ce dernier recouvre son corps des plumes avant de se retirer.

Ils passent deux ans ainsi. Simon fait le café, Robert le lit. Chaque chose est nouvelle, jusqu'à ce qu'elle cesse de l'être : les joggings usés de Robert, ses râles de plaisir. La façon dont il se coupe les ongles chaque semaine : des demi-lunes parfaites et transparentes dans le lavabo. Le sentiment de possessivité, étranger et pesant : *Mon homme. À moi.* Quand Simon se retourne sur son passé, cette époque de sa vie lui semble incroyablement courte. Des instantanés lui reviennent : Robert préparant le guacamole dans la cuisine. Robert étendant les bras par la fenêtre. Robert sortant dans la cour pour couper du romarin ou du thym dans les pots en argile. La nuit, les lampadaires éclairent leur jardin de tous leurs feux, si bien qu'il est visible dans l'obscurité.

8

—

— Vos mouvements doivent respecter votre intégrité, martèle Gali.

Décembre 1981. Dans le cours, les hommes s'entraînent pour les tours fouettés, les corps tournoient, en équilibre sur la plante d'un pied, jambe tendue sur le côté. Simon est tombé deux fois, et maintenant Gali est posté derrière lui – une main posée sur son estomac, l'autre sur son dos – tandis que les autres danseurs les regardent.

— Lève la jambe droite. Contracte tes abdos. Ton corps doit être bien aligné.

Il est facile de maintenir l'alignement quand les deux pieds touchent le sol, mais dès que Simon lève la jambe, le bas de son corps se cambre, et son dos part en arrière. Gali frappe dans les mains, mécontent.

— Tu vois ? C'est ça, le problème. Tu lèves la jambe, et ton ego reprend le dessus. Tu dois commencer par la base.

Il se place alors au milieu de la salle pour faire la démonstration. Simon croise les bras.

— Tout, dit Gali en scrutant ses élèves, tout est lié. Regardez.

Il place ses pieds en quatrième position puis effectue des pliés.

— Là, c'est quand je me prépare. Quand c'est important. Je sens le lien entre mes genoux et la plante de mes pieds. Mon corps est aligné, son intégrité parfaite, vous voyez ? Donc, quand je pousse (il lève la jambe vers l'arrière et tourne), je maintiens l'unité. Sans effort.

Tommy, l'enfant prodige venu d'Angleterre, croise le regard de Simon et articule en silence : « Sans effort ? » Simon lui sourit. Tommy est doué pour les sauts, pas pour les rotations, et il compatit avec lui.

Gali est toujours en train de tourner.

— De la maîtrise de son propre corps vient la liberté. De la contrainte naît la flexibilité. Du tronc...

Il pose une main sur son ventre, puis de l'autre désigne sa jambe levée.

— ... se déploient les branches.

Il retrouve le sol, exécute un grand plié, puis lève la paume comme pour dire : « Vous voyez ? »

Simon voit, mais reproduire ce mouvement est une autre paire de manches. Quand le cours s'achève, Tommy l'enlace par les épaules et pousse un grognement tout en se dirigeant vers les vestiaires avec lui. Robert les observe. La pluie bat contre les fenêtres, mais la pièce est remplie de vapeur à cause de la transpiration ; la plupart des hommes sont torse nu. Quand Simon sort pour aller déjeuner avec Beau et Tommy, Robert ne se joint pas à eux.

Ils vont chez *Orphan Andy*, sur 17 th Street. Simon se dit qu'il ne fait rien de répréhensible : la plupart des danseurs à l'Academy aiment flirter, et ce n'est pas sa faute si Robert n'a pas voulu venir. Il aime Robert, sincèrement. Cet homme est intelligent, mûr, surprenant. Il est passionné de musique classique, mais aussi de football, et bien qu'il n'ait pas encore trente ans, il préfère lire au lit que d'accompagner Simon au *Purp*.

— Il a de la classe, a affirmé Klara la première fois qu'elle l'a rencontré.

Et Simon a alors souri avec fierté. Mais cela ne va pas sans problème : lui, il aime les trucs cochons qu'on se murmure au creux de l'oreille, les fessées, reluquer et tailler des pipes, il a un penchant pour la perversion – ou, du moins, ce que ses parents auraient appelé ainsi –, ce qu'il commence finalement à reconnaître.

Après le déjeuner, ils passent à *Star Pharmacy* pour acheter du papier à rouler. Simon paie pendant que les deux autres attendent dehors. Ceux-ci regardent fixement la vitrine de la pharmacie quand il en sort.

— Oh la la, les amis ! Vous avez vu ça ? s'exclame Tommy.

Et il désigne une affiche faite maison collée sur la vitre. « LE CANCER DES GAYS », y est-il écrit. En dessous figurent trois photos Polaroid d'un jeune homme. Sur la première, il soulève sa chemise pour montrer des taches mauves, boursouflées et fripées comme des brûlures. Sur la deuxième, il ouvre la bouche en grand, et à l'intérieur il y a aussi une tache. Sur...

— La ferme, Tommy !

Beau est un hypocondriaque notoire – il se plaint toujours de douleur dans des groupes musculaires dont personne n'a entendu parler –, mais en l'occurrence sa voix est plus stridente que d'ordinaire. À *Toad Hall*, ils se blottissent sous l'auvent pour fumer. Simon inhale de grandes bouffées, sucrées et humides, ce qui devrait le calmer, mais ce n'est pas le cas : il a la sensation qu'il pourrait bondir hors de sa peau. Pendant le reste de la journée, il n'arrive pas à chasser ces images de son esprit, ces terribles lésions, aussi foncées que des prunes, ni à oublier les mots que quelqu'un a gribouillés en bas de la feuille, au stylo rouge :

Regardez bien, les gars.
Voilà ce qui vous attend

Richie se réveille avec un point rouge sur le blanc de l'œil gauche. Simon le remplace afin qu'il puisse aller chez le médecin ; il veut absolument que ce soit parti pour Noël, pour la soirée annuelle de la Jingle Bell Cock, au *Purp*. Parmi les clients du *Purp*, peu passent les fêtes de Noël en famille, aussi les danseurs se peignent-ils en rouge et vert, et accrochent-ils des grelots à l'élastique de leur string. Le docteur prescrit des antibiotiques à Richie.

— Ils me sortent : « Peut-être que c'est une conjonctivite aiguë contagieuse », raconte-t-il le lendemain, en aspergeant de peinture violette le dos d'Adrian. Et cette adorable petite assistante de laboratoire, qui doit avoir dix-neuf ans, me fait : « Vous ne seriez pas, par hasard, entré en contact avec des matières fécales ? » Et moi qui réponds (il met la main sur le cœur) : « Oh non, mon chou, je ne touche pas à ce genre de truc. »

Tous les hommes éclatent de rire, et c'est ainsi que Simon se souviendra plus tard de Richie, de son grand éclat de rire, de sa coupe militaire avec un léger soupçon de gris, parce que le 20 décembre Richie meurt.

Comment décrire le choc ? Des taches apparaissent sur la peau du fleuriste à Dolores Park, sur le magnifique pied de Beau, qui autrefois tournait huit fois sur lui-même sans s'arrêter et que l'on doit à présent transporter à l'hôpital dans la voiture d'Eduardo. Saisissant. Simon enregistre ses premiers souvenirs de Ward 86, même si le nom ne sera attribué à ce service qu'un an plus tard : le grincement des chariots repas, les infirmières au téléphone, leur admirable calme (« Non, nous ne savons pas comment cela se transmet. Votre amoureux est-il avec vous ? Sait-il que vous venez à l'hôpital ? »), et les malades, des hommes de vingt à trente ans, assis sur des lits ou dans des fauteuils roulants, yeux écarquillés, comme s'ils hallucinaient. « Cancer rare décelé chez 41 homosexuels », titre le *Chronicle*, mais personne ne sait comment on l'attrape. Pourtant, quand les ganglions lymphatiques commencent à enfler dans les aisselles de Lance, il termine ses heures au *Purp*, puis file à l'hôpital en taxi, avec l'article dans son sac à dos. Dix jours plus tard, les ganglions sont gros comme des oranges.

Robert fait les cent pas dans l'appartement.

— Il ne faut pas que nous sortions, dit-il.

Ils ont assez de nourriture pour tenir pendant deux semaines. Cela fait des jours qu'ils n'arrivent plus à dormir.

Cependant, Simon panique à l'idée d'une quarantaine. Il se sent déjà coupé du monde, or il refuse de se cacher, de croire que c'est la fin. Il n'est pas encore mort. Et pourtant il sait, bien sûr qu'il sait. En tout cas, il redoute – la frontière est ténue entre peur et intuition, l'une se substituant si aisément à l'autre – que la femme de Hester Street ait vu juste. Le 21 juin, le premier jour de l'été, peut-être qu'il ne sera plus là, lui non plus.

Robert lui demande d'arrêter de travailler au *Purp*.

— Ce n'est pas un lieu sûr, argue-t-il.

— Il n'existe plus de lieu sûr, réplique Simon.

Il prend sa trousse de maquillage et se dirige vers la porte.

— J'ai besoin d'argent.

— C'est des conneries. Le ballet te paie suffisamment.

Robert lui emboîte le pas et le saisit violemment par le bras.

— Avoue-le, Simon ! Tu aimes ce que ce job te procure. Tu en as besoin.

— Arrête, Rob, dit Simon avec un ricanement. Ne fais pas ta tante.

— Moi ? Une tante ?

Un éclair passe alors dans les yeux de Robert, ce qui intimide Simon et l'excite en même temps. Il tend la main vers le sexe de son amant.

Ce dernier a un mouvement de recul.

— Ne joue pas à ça avec moi. Ne me touche pas.

— Viens avec moi, articule Simon avec difficulté.

Il a bu, ce que Robert déteste presque autant que son travail au *Purp*.

— Pourquoi est-ce que tu ne m'accompagnes jamais nulle part ?

— Parce que ma place n'est nulle part, Simon. Ni avec vous, les hommes blancs. Ni avec les hommes noirs. Ni dans une école de danse, ni dans une équipe de foot. Ni là d'où je viens, et ni ici.

Robert parle lentement, comme s'il s'adressait à un enfant.

— Donc, je reste à la maison. Je fais profil bas. Sauf quand je danse. Pourtant, même là, chaque fois que je monte sur scène, je sais qu'il y a dans le public des gens qui n'ont jamais vu un homme comme moi danser comme je le fais. Que cela déplaît à certains. J'ai peur, Simon. Tous les jours. Et maintenant, tu sais ce que c'est, car toi aussi tu as peur.

— Je ne vois absolument pas de quoi tu parles, ment Simon d'une voix enrouée.

— Je crois au contraire que si. C'est la première fois que tu ressens ce que j'éprouve depuis toujours, l'impression d'être en sécurité nulle part, et ça ne te plaît pas.

Simon sent son sang tambouriner dans ses tempes. Il est tétanisé par la vérité qui sort de la bouche de Robert, comme un insecte épinglé dans un cadre.

— Tu es jaloux, siffle-t-il entre ses dents. C'est tout. Tu pourrais faire plus d'efforts, Rob, mais non. Par contre, tu es jaloux parce que moi je me bats.

Robert tient bon, puis tourne brusquement la tête. Quand il regarde de nouveau Simon, le blanc de ses yeux est rouge.

— Tu es comme tous les autres, déclare-t-il. Les pédales, ces infatués d'artistes, ceux qui exhibent leurs muscles et leurs poils, putain ! Vous tous, vous discutez de vos droits et de vos libertés, vous applaudissez à tous les défilés, mais en réalité, tout ce que vous voulez, c'est le droit de baiser avec un fétichiste en cuir pendant Folsom Street Fair, ou d'aller vous éclater aux bains publics, d'être aussi insouciants que n'importe quel mec blanc hétéro. Mais vous n'êtes pas des mecs blancs comme les autres, et c'est pour ça que cette ville est dangereuse, parce qu'ici vous oubliez cette réalité.

Simon brûle d'humiliation. *Va te faire foutre*, pense-t-il. *Va te faire foutre, va te faire foutre.* Mais le discours de Robert l'a réduit au silence, à la colère et la honte : pourquoi ces deux sentiments sont-ils inextricables ? Il se retourne et ouvre la porte pour rejoindre le flou obscur de Castro Street, les lumières et les hommes qui semblent l'attendre depuis toujours.

Au *Purp*, les nouvelles recrues sont une vraie catastrophe. Des mecs de seize ans, flippés, qui ne savent pas danser. Le public est clairsemé, des couples se réfugient dans les coins, et quelques autres tournent d'un air fiévreux autour des podiums. Après le travail, Adrian est nerveux.

— Putain, j'ai besoin de me tirer de là, marmonne-t-il en s'essuyant avec une serviette.

Simon est comme lui. Il monte dans la voiture d'Adrian pour sillonner le Castro, mais le propriétaire du *Alfie's* est malade, et les clients du *QT* sont aussi déprimants que ceux du *Purp*, alors Adrian fait demi-tour et fonce vers le centre-ville.

Ils essaient les bains publics, mais *Cornholes* et *Liberty Baths* sont fermés. Ils atterrissent au cinéma *Folsom Gulch Books* – « dédié au plaisir » ainsi que le proclame l'affiche –, mais tous les sièges sont occupés, et il n'y a personne dans la galerie. *Boot Camp Bath*, dans Bryant Street, est vide.

Ils finissent à *Animals*, un repaire pour les amateurs de cuir. Ni Adrian ni Simon n'en porte, mais au moins, ici, il y a des gens : quel soulagement ! Ils laissent leurs vêtements au vestiaire, puis Adrian les entraîne dans un labyrinthe de salles. Des hommes avec jambières en cuir et colliers pour chiens se chevauchent dans la pénombre. Adrian disparaît dans un coin avec un gosse harnaché, mais Simon est incapable de toucher qui que ce soit. Il attend Adrian à l'entrée, lequel revient une heure plus tard, les pupilles dilatées, la bouche rouge et brillante.

Adrian le ramène à la maison. Simon respire : il n'a pas déconné, pas de façon irréversible, pas encore. Ils se garent à quelques immeubles de l'appartement, puis se scrutent pendant une poignée de secondes... Il tend alors le bras vers Adrian, et c'est ainsi que ça commence.

Klara est sur scène, baignée d'une lumière bleue. L'estrade, conçue pour des musiciens, est petite. Le public est disséminé autour de tables rondes ou sur des tabourets le long du comptoir ; Simon ignore combien sont venus pour la voir elle, et combien sont juste des habitués. Klara porte une veste de smoking pour homme, un pantalon à fines rayures et ses Doc Martens. Sans relever de la grande magie, ses tours sont habiles, mordants, intelligents, mais le tout a un air de perfection étudiée, comme un étudiant brillant qui soutient sa thèse de doctorat. Simon remue son martini à l'aide d'une paille, se demandant ce qu'il va lui dire, après. Un an qu'elle se prépare, et voici le résultat : des tours de magie avec des écharpes dans le seul lieu ayant accepté de l'accueillir, en l'occurrence un club de jazz à Fillmore, dont les clients sont déjà en train de s'éclipser dans la fraîche nuit printanière.

Seule une poignée d'entre eux est encore là quand Klara déroule une corde qui se trouve sur un pupitre à musique et glisse un petit embout entre ses dents. Il s'aperçoit que l'autre extrémité de la corde est nouée à un câble, lui-même accroché à un tuyau du plafond, et qu'elle est contrôlée par une poulie que Klara a installée elle-même, et maintenue à présent par le gérant du bar sous la supervision de sa sœur.

— Tu lui fais confiance ? lui a demandé Simon la semaine dernière, quand Klara lui a expliqué la procédure. Tu ne veux pas que je le fasse ?

— Je ne mélange pas le travail et les loisirs.

— Ah bon ? Je suis donc un loisir pour toi ?

— Euh non, a-t-elle répondu. Tu es la famille.

Maintenant, il la regarde s'élever jusqu'aux fenêtres du premier étage. Durant une brève pause, elle a enfilé une robe sans manches, couleur chair, rehaussée de paillettes dorées, dont l'ourlet à franges lui arrive à mi-cuisse. Puis Klara se laisse retomber, dérivant en cercles tel un fantôme avant de rassembler ses bras et ses jambes près de son corps. Soudain, elle est toute floue : rouge et or, cheveux et paillettes, un vortex de lumière. Quand elle ralentit, elle redevient sa sœur ; de la sueur brille à la naissance de son front, et ses mâchoires commencent à trembler. Elle tend les pieds vers la scène, plie les genoux une fois qu'elle est assez bas pour la toucher. Alors elle recrache l'embout dans sa paume et salue.

On entend des glaçons s'entrechoquer, puis des chaises grincer, avant que n'éclatent les applaudissements. Ce n'est pas de la magie, ce que Klara vient de faire. Ce n'est pas un tour de passe-passe, juste la singulière association d'une force et d'une légèreté aussi étrange que désincarnée. Simon ne sait si cela lui évoque une lévitation ou une pendaison.

Quand le numéro suivant commence, il rejoint Klara dans le foyer des artistes. Il attend à l'extérieur, car elle s'entretient avec le gérant, un quinquagénaire en survêtement, à la carrure imposante. Lorsqu'il lui serre la main et pose l'autre au niveau des reins, Klara se raidit. Après son départ, elle jette un coup d'œil à la porte, puis se dirige vers la chaise où le gérant a laissé sa veste en cuir. Un portefeuille dépasse d'une poche. Elle prend une liasse de billets et les glisse sous sa robe.

— Oh, tu es sérieuse ? s'exclame Simon en pénétrant dans le foyer.

Klara pivote vivement sur elle-même. À la honte que reflète d'abord son visage se substitue bien vite un masque de vertu.

— C'est un connard. Il m'a payée des cacahouètes.

— Et donc ?

— Et donc quoi ?

Elle tire sur la veste de son smoking.

— Il a des centaines de dollars. Je lui ai juste piqué cinquante.

— Comme c'est généreux de ta part.

— Franchement, Simon !

Klara, dos rigide, range les accessoires d'Ilya dans la boîte noire.

— Je viens de donner la première représentation d'un numéro que je travaille depuis des années, et c'est tout ce que tu trouves à me dire ? Tu veux vraiment me faire une leçon de morale ?

— C'est quoi, ces insinuations ?

— Ça veut dire que les nouvelles vont vite.

Klara referme sa boîte et la tient contre elle, comme une armure.

— Ma collègue est la cousine d'Adrian, et la semaine dernière, elle m'a dit : « Je crois que mon cousin sort avec ton frère. »

Simon blêmit.

— Eh bien, c'est des conneries !

— Ne me mens pas, Simon !

Klara se penche vers lui, ses cheveux frôlant son torse.

— Robert est ce que la vie t'a offert de mieux, putain ! Si tu veux tout foutre en l'air, c'est ton droit, mais aie au moins la décence de rompre avec lui.

— Tu n'as pas à me dire ce que j'ai à faire, rétorque Simon.

Le pire, c'est que Klara n'en connaît pas la moitié. Il traîne dans Golden Gate Park au petit matin, baise avec des inconnus à Speedway Meadows, ou dans les toilettes publiques du *Forty-First* et du *JFK*. Il pratique la branlette dans les derniers rangs du Castro Theatre pendant que Little Orphan Annie chante à l'écran. Plus des hommes à la pelle au *Wasteland*, sur Ocean Beach, qui se réchauffent mutuellement.

Et la nuit la plus affreuse de toutes : en mai, dans Tenderloin, une drag-queen moulée dans une robe argentée à paillettes et juchée sur des chaussures à plate-forme l'entraîne dans un petit hôtel de Hyde Street. Mais ici, un maquereau le saisit par le col pour le dépouiller de son portefeuille : Simon lui donne alors un coup de genou dans l'entrejambe et dévale l'escalier. La fille et lui prennent une autre chambre, et quand Simon allume la lampe de chevet, il découvre que sa partenaire n'est autre que Lady. Elle n'a pas mis les pieds au *Purp* depuis des semaines ; tout le monde en avait tiré les pires conclusions et pensé qu'elle avait le cancer des gays, aussi éprouve-t-il un bref soulagement de la savoir encore en vie. Mais Lady ne le reconnaît pas. Elle sort de la poche de sa robe un petit flacon de vodka. Il est vide, enroulé dans de l'aluminium. Lady met du crack à l'intérieur et inhale.

Le 1er juin, Simon est sous la douche. Lors de la présentation de *Myth*, la veille, c'était la première fois depuis des semaines qu'il touchait Robert, qu'ils se tenaient l'un à côté de l'autre sans se disputer. À présent, Simon essaie de se masturber en pensant à Robert, mais il ne peut pas jouir, car il se rappelle Lady penchée sur son inhalateur artisanal.

Il se saisit alors de la bouteille de shampoing et la jette de toutes ses forces contre le panier de la douche. Celui-ci remonte violemment vers la pomme de douche qui sort de son support et pivote brutalement, aspergeant le plafond, jusqu'à ce que Simon parvienne à fermer le robinet. Il se laisse alors glisser dans le bac à douche en porcelaine et pleure. La tache noire sur son abdomen le regarde toujours d'un œil mauvais, encore que, quand il se penche, ça ressemble plus que la veille à un grain de beauté. Oui : ce pourrait être un grain de beauté. Il se relève, rajuste le panier, puis pose le pied sur le tapis de douche. La lumière du soleil vernisse le carrelage de la salle de bains. Simon n'a pas remarqué la présence de Robert sur le seuil. Soudain, ce dernier prend la parole.

— Qu'est-ce que c'est que ça ?

Il observe fixement le ventre de Simon.

Celui-ci attrape une serviette.

— Rien.

— Mon cul, oui !

Robert pose la main sur l'épaule de Simon et tire sur la serviette.

— C'est pas vrai...

Ils regardent tous les deux pendant quelques secondes ce qu'il vient de découvrir, puis Simon incline la tête.

— Rob, murmure-t-il, je suis tellement désolé. Si désolé pour ce que je nous ai fait.

Puis, d'un ton désespéré, il ajoute :

— Il y a une représentation, ce soir. Il faut qu'on aille au théâtre.

— Non, mon chéri, dit Robert. Ce n'est pas là que nous devons aller.

Et, quelques instants plus tard, il appelle un taxi.

9

—

Il y a douze lits dans la chambre où se trouve Simon, à l'hôpital San Francisco General. Sur les portes battantes qui conduisent à l'intérieur est accrochée une pancarte métallique : « MASQUE, BLOUSE, GANTS, BOÎTES À AIGUILLES RÉSISTANT À LA PERFORATION », ainsi qu'une deuxième, plus petite : « Pas de fleurs ».

Klara et Robert passent la nuit dans la chambre de Simon, dormant sur des chaises. Son lit est séparé de celui d'à côté par un fin rideau blanc. Simon n'aime pas regarder son voisin de chambre, un ancien chef cuisinier qui n'a que la peau sur les os, car il est incapable de garder un repas. En quelques jours, le lit est vide, la cloison ondule sous la brise.

Robert déclare :

— Il faut prévenir ta famille.

Simon secoue la tête.

— Ils ne doivent pas savoir que je suis parti de cette façon.

— Mais tu n'es pas parti ! réplique Klara.

Sur ses genoux sont étalées des brochures – *Quand un ami est atteint d'un cancer, de l'affection, pas de rejet* –, et ses yeux brillent d'empathie.

— Tu es ici, avec nous.

— Ouais.

Simon a l'impression que sa trachée s'est rétrécie : les ganglions de son cou ont doublé de volume. Un soir, quand Robert et Klara sortent pour s'acheter à manger, il se glisse jusqu'au rebord du lit pour prendre le téléphone. Il a honte lorsqu'il se rend compte qu'il n'a même pas le numéro de Daniel, mais Klara a laissé une pile d'affaires personnelles sur la chaise, y compris un mince carnet d'adresses rouge. Daniel décroche à la cinquième sonnerie.

— Dan, dit Simon.

Sa voix est râpeuse, et son pied gauche se contracte, mais un flot de gratitude coule en lui.

Un bon moment s'écoule avant que Daniel ne reprenne la parole.

— Qui est à l'appareil ?

— C'est moi, Daniel. (Il se racle la gorge.) Simon.

— Simon.

Une autre pause s'ensuit, si longue que Simon comprend qu'elle ne finira que s'il y met un terme.

— Je suis malade, dit-il.

— Tu es malade. (Un silence.) Je suis désolé.

Daniel s'exprime avec raideur, comme s'il s'adressait à un inconnu. Depuis combien de temps ne se sont-ils pas parlé ? Simon essaie d'imaginer le visage de Daniel. Il a vingt-quatre ans.

— Que fais-tu, à présent ? s'enquiert Simon.

Il veut à tout prix garder son frère au bout du fil.

— Je poursuis mes études de médecine. Je viens juste de rentrer d'un cours.

Simon se représente la scène : le bruit des portes qui s'ouvrent et se ferment, des jeunes gens qui marchent, avec leurs sacs à dos. Cette pensée l'apaise si profondément qu'il pourrait presque s'endormir. À cause de ses douleurs névralgiques et de ses contractions musculaires, il passe la plupart de ses nuits éveillé.

— Simon ? reprend Daniel d'un ton plus doux. Est-ce que je peux faire quelque chose pour toi ?

— Non, dit Simon, rien.

Et il se demande si Daniel est soulagé quand il raccroche.

13 juin. La nuit a emporté deux hommes dans la chambre de Simon. Son nouveau voisin de lit – un jeune Hmong qui porte des lunettes et ne cesse de réclamer sa mère – a tout au plus dix-sept ans.

— J'ai rencontré une femme, dit Simon à Robert qui est à son chevet, comme d'habitude. Elle m'a révélé quand j'allais mourir.

— Une femme ? (Robert se rapproche de lui.) Quelle femme, mon chéri ? Une infirmière ?

Simon a la tête qui tourne un peu. On lui a donné de la morphine pour calmer ses douleurs.

— Non, pas une infirmière. Une femme qui était venue à New York quand j'étais enfant.

— Sy.

Klara lève les yeux vers lui : assise sur une chaise, elle est en train de remuer un yaourt pour le lui donner.

— Non, je t'en prie, ajoute-t-elle.

Robert n'a pas lâché Simon des yeux.

— Et qu'est-ce qu'elle t'a dit ? De quoi te souviens-tu ?

Ce qu'il se rappelle ? Une porte étroite. Un numéro en bronze un peu de travers. Le désordre de l'appartement l'avait surpris, car il s'était imaginé une scène apaisée, comme le Bouddha pouvait en susciter autour de lui. Il se remémore un jeu de cartes, duquel la femme lui avait demandé d'en choisir quatre. Il se souvient aussi de celles-ci, quatre piques, et du choc épouvantable que lui avait donné la date qu'elle lui avait indiquée. Il se revoit dévalant l'escalier de secours, la main moite sur la rampe. Il n'a pas non plus oublié qu'elle n'avait pas réclamé son argent.

— Je le savais depuis toujours, que je mourrais jeune. C'est pour ça que j'ai fait ce que j'ai fait.

— Que tu as fait quoi ? questionne Robert.

Simon commence à compter sur ses doigts.

— Que j'ai quitté maman. Pour commencer.

Au deuxième doigt, il perd le fil de ses pensées. Quand il parle, il a la sensation d'atteindre la surface d'un océan infini. De plus en plus souvent, il lui semble dériver vers le fond, comme s'il savait ce qui s'y trouve, bien qu'il ne puisse l'expliquer à personne sur terre.

— Chut, dit Robert en lui lissant les cheveux en arrière. Ça n'a pas d'importance. Rien n'a d'importance.

— Non, tu ne comprends pas.

Simon se débat, essaie de garder la tête hors de l'eau. Il est urgent qu'il le dise.

— Au contraire, tout compte, ajoute-t-il.

Quand Robert va aux toilettes, Klara s'approche du lit de Simon. Il a des poches sous les yeux.

— Retrouverai-je jamais quelqu'un que j'aime autant que toi ? dit-elle.

Elle s'assoit sur le matelas à côté de lui. Il est devenu si maigre qu'ils y tiennent tous les deux facilement.

— Arrête, lui intime Simon.

C'était ce qu'elle lui avait dit quand ils se trouvaient sur la terrasse du toit, au moment où le soleil se levait, à l'époque où ils en étaient au tout début.

— Tu trouveras quelqu'un que tu aimeras plus fort que moi.

— Non, réplique Klara en suffoquant.

Puis elle pose la tête sur l'oreiller de Simon. Quand elle se tourne pour le regarder, sa chevelure cascade dans le cou de son frère.

— Que t'a-t-elle dit ?

Qu'est-ce que ça peut faire, maintenant ?

— Dimanche, répond Simon.

— Oh, Sy !

Un cri étranglé se fait entendre, identique au son que pousserait un chien enchaîné. Elle pose la main sur sa bouche quand elle se rend compte que c'est elle.

— J'aimerais… J'aimerais…

— Non, c'est absurde de souhaiter ça ! Vois plutôt ce qu'elle m'a donné.

— Ça ? s'exclame Klara.

Elle regarde les lésions sur ses bras, ses côtes saillantes. Même sa crinière blonde est moins épaisse : chaque fois qu'une aide-soignante lui fait prendre un bain, des touffes de cheveux bouchent le conduit d'évacuation.

— Non, dit Simon, ceci.

Et il désigne la fenêtre.

— Sans elle, je ne serais jamais venu à San Francisco. Je n'aurais pas rencontré Robert. Je n'aurais pas appris à danser. Je serais probablement encore à la maison, à attendre que ma vie commence.

Il est en colère contre sa maladie. Il est en rage contre ce mal qui le ronge. Et jusque-là, il détestait aussi la femme de Hester Street. Comment, se demandait-il, avait-elle pu annoncer un destin aussi tragique à un enfant ? Mais maintenant, il la considère différemment, comme une mère ou une déesse, celle qui lui a montré la porte et lui a dit : « Vas-y ! »

Klara semble paralysée. Simon se remémore l'expression de son visage après leur emménagement à San Francisco, un mélange sinistre d'irritation et d'indulgence, et il s'était rendu compte pourquoi cela le perturbait. Elle lui rappelait la femme : elle l'observait, guettant le compte à rebours. À cet instant éclot en lui un sentiment qui ressemble à de l'amour. Il revoit Klara sur la terrasse du toit, la façon dont elle se tenait sur le rebord sans le regarder. « Donne-moi une seule bonne raison qui t'empêcherait de vivre ta vie. »

— Cela ne te surprend pas que ce soit dimanche, constate Simon. Tu sais depuis le début ?

— Ta date, murmure Klara, tu avais dit que tu mourrais jeune. Je voulais t'offrir tout ce que tu désirais.

Simon étreint la main de sa sœur. Sa paume est charnue, d'un rose sain.

— Et tu as réussi, dit-il.

De temps à autre, Klara sort pour laisser Simon et Robert seuls. Quand ils sont trop fatigués pour faire autre chose, ils regardent des vidéos, louées à la bibliothèque publique de San Francisco, sur de grands danseurs : Noureev, Barychnikov, Nijinski. L'un des bénévoles du projet Shanti pousse le téléviseur sur un chariot à roulettes de la salle commune jusqu'à la chambre, et Robert s'allonge à côté de Simon.

Ce dernier le dévisage. *Comme j'ai eu de la chance de te rencontrer.* Il s'inquiète pour l'avenir de Robert.

— S'il l'attrape, dit Simon à Klara, il devra participer aux essais thérapeutiques. Promets-moi que tu y veilleras.

Dans les couloirs de l'hôpital, on parle en effet d'expérimentations prometteuses en Afrique.

— D'accord, Sy, murmure Klara. Je te promets que j'essaierai.

Pourquoi, au cours des années passées avec Robert, a-t-il eu tant de mal à exprimer son amour ? À mesure que les jours s'étirent, Simon ne cesse de répéter : « Je t'aime, je t'aime », un appel et une réaction aussi essentiels au corps que la nourriture et l'air. Et c'est seulement quand il entend la réponse de Robert que son pouls ralentit ; ses paupières se ferment, et il est capable, enfin, de dormir.

DEUXIÈME PARTIE

PROTÉE

1982-1991

Klara

10

Klara peut transformer une écharpe noire en une rose rouge et un as en une reine. Elle peut produire dix cents à partir d'un seul, vingt-cinq à partir de dix, et des dollars à partir de rien d'autre que de l'air. Elle sait exécuter le tour de Hermann, le boomerang de Thurston, l'illusion de la carte montante et l'empalmage arrière. Elle est experte pour la routine des gobelets que le maître canadien Dai Vernon a enseignée à Ilya Hlavacek, qui la lui a transmise : il s'agit d'une illusion d'optique éblouissante au cours de laquelle trois gobelets en argent vides se remplissent de balles et de dés puis, pour finir, d'un citron entier et parfait.

Ce qu'elle ne peut pas faire en revanche – mais à quoi elle ne renoncera jamais –, c'est ramener son frère à la vie.

Quand Klara arrive sur une scène, sa première tâche consiste à préparer l'espace pour Les Mâchoires de survie. Il n'est pas aisé de trouver des clubs de nuit dotés de hauts plafonds, aussi donne-t-elle ses spectacles dans des cabarets ou des salles de concert, et de temps à autre chez le propriétaire indépendant d'un petit cirque à Berkeley. Néanmoins, elle préfère les clubs pour leur atmosphère enfumée et sombre, parce qu'elle peut y travailler seule et qu'ils sont peuplés d'adultes, son public de prédilection. La plupart affirment ne pas croire en la magie, mais Klara en doute. Pourquoi les gens joueraient-ils alors en permanence – à tomber amoureux, à avoir des enfants, à acheter une maison – en dépit du fait que, selon toute logique, cela ne dure pas ? Le truc ne consiste pas à les convertir, mais à le leur faire admettre.

Elle apporte ses accessoires dans un sac en laine rembourré : des câbles, des cordes d'ascension, des clés Allen, des pinces, des embouts pivotants, de la ficelle. Ilya lui a enseigné que chaque installation est différente, aussi Klara évalue-t-elle la hauteur des plafonds, la largeur de la scène, le style et la résistance des voliges. Il n'y a pas de place pour l'approximation – soit la représentation est parfaite, soit c'est un désastre –, et son pouls bat comme un fou quand elle fixe la corde d'ascension à la volige à partir de l'échelle, qu'elle l'attache trois fois avec de la ficelle, et place un dispositif de sécurité à déclenchement sur la corde. Sur scène, elle mesure un mètre soixante-quinze : son propre mètre soixante-huit, plus sept centimètres quand elle se dresse sur la pointe des pieds. S'y ajoutent cinq centimètres de jeu par rapport au sol.

Elle a commencé à jouer La Rupture il y a deux ans. Un assistant tire sur la corde pendant qu'elle se hisse jusqu'au plafond, une extrémité dans la bouche. Puis, au lieu de redescendre en flottant, comme dans ses spectacles précédents, elle plonge dans le vide une fois la corde relâchée. Les spectateurs pensent toujours qu'il s'agit d'un accident, ils poussent des exclamations, parfois des cris, et c'est alors qu'elle donne une brusque secousse pour s'arrêter. Maintenant, elle est à peu près habituée aux tressautements dans ses mâchoires pendant qu'elles absorbent le poids de son corps, à la sensation de coup de fouet dans le cou, et au picotement dans les yeux, le nez et les oreilles. Tout ce qu'elle voit, c'est la blancheur des lumières chaudes jusqu'à ce que la corde ne soit plus qu'à quelques centimètres du sol et que ses pieds le touchent. Quand elle relève la tête et crache l'embout dans sa paume, elle regarde le public pour la première fois, les bouches béantes d'émerveillement.

— Je vous aime tous, murmure-t-elle alors en se penchant pour saluer.

Ces mots lui ont été inspirés par Howard Thurston qui les répétait avant chaque représentation, se tenant derrière le rideau quand les notes d'ouverture s'élevaient dans la salle. « Je vous aime tous, je vous aime tous, je vous aime tous. »

11

—

Par une froide nuit de février, Klara est sur scène au *Committee*, un cabaret de Broadway où se produit généralement une troupe de comédiens éponyme. Ce lundi, la salle lui est réservée ; pour donner son spectacle, elle s'est acquittée d'une somme plus élevée que celle qu'elle gagnera. Elle a déposé une carte sur chaque table – « Les Immortalistes », c'est le nom écrit dessus –, mais le public est clairsemé, composé essentiellement de personnes qui n'ont pas pu entrer au *Condor* ni au *Lusty Lady*, ou qui prévoient de s'y rendre après. Klara effectue la routine des gobelets avec brio, mais ce qui intéresse les spectateurs, c'est La Rupture, encore que celle-ci commence à perdre l'intérêt de la nouveauté.

— La magie, ça suffit, ma jolie ! crie quelqu'un. Montre-nous plutôt tes nichons.

Quand son numéro est terminé et qu'une troupe burlesque prépare la scène pour le sien, Klara enfile la longue veste noire qu'elle porte lors des soirées de représentation et se rend au bar. Elle subtilise un portefeuille en cuir dans la poche d'un perturbateur en allant aux toilettes, puis le remet à sa place au retour, après l'avoir délesté de l'argent qui s'y trouvait.

— Eh !

Son estomac se retourne littéralement. Elle pivote sur ses talons, s'attendant à voir un visage piqué de taches de son et des yeux couleur whisky, un uniforme et un badge, mais elle découvre un homme de haute stature vêtu d'un tee-shirt, d'un jean large, des chaussures de sécurité aux pieds. Celui-ci lève les mains en signe de capitulation.

— Je ne voulais pas te faire peur, s'excuse-t-il.

Klara regarde fixement sa peau un peu foncée et brillante, ses cheveux noirs qui lui arrivent à l'épaule : elle est certaine de l'avoir déjà vu quelque part.

— Ton visage m'est familier.

— C'est moi, Raj.

— Raj...

Et soudain, ça fait tilt.

— Raj ! Ça alors. Le coloc de Teddy. Enfin, de Baksheesh Khalsa, je veux dire, ajoute-t-elle en se rappelant les cheveux longs et le bracelet en acier de ce dernier.

Raj se met à rire.

— Je n'ai jamais trop aimé ce gars. Quel genre de Blanc se met à porter un turban, franchement ?

— Le genre qui traîne à Haight, j'imagine.

— Ils sont tous partis à présent. Ils travaillent dans la Silicon Valley, ou bien sont devenus avocats. Et ils ont les cheveux très courts.

Klara se met à rire. Elle aime la vivacité d'esprit de Raj et son regard qui la sonde. Le cabaret se vide, et quand les portes de devant s'ouvrent, la nuit noire se déploie devant elle, mouchetée d'étoiles et trouée ici et là par les néons des clubs alentour. Normalement, après les représentations, elle rentre au 30 Stockton Street, dans son appartement de Chinatown où elle vit seule.

— Qu'est-ce que tu fais, là, maintenant ? demande-t-elle.

— Là, maintenant ?

Les lèvres de Raj sont minces, mais expressives ; il en relève le coin d'un air entendu.

— Rien du tout. Je n'ai absolument rien de prévu.

— Dix ans ont passé. Tu le crois, ça ? Dix ans ! Et tu es l'une des premières personnes que j'ai connues en arrivant à San Francisco.

Ils sont installés au *Vesuvio*, un café italien en face de *City Lights*. Klara aime cet endroit, car il était autrefois fréquenté par Ferlinghetti et Ginsberg, même si, en ce moment, il est surtout occupé par un groupe de touristes bruyants.

— Et nous sommes encore ici, renchérit Raj.

— Et nous sommes encore ici.

Klara a des images floues de lui dans l'appartement où Simon et elle avaient séjourné lors de leurs premiers jours dans la ville : Raj lisant *Cent Ans de solitude* sur le canapé ou préparant des pancakes dans la cuisine en compagnie de Susie, la blonde à longues jambes qui vendait des fleurs près du stade de base-ball.

— Qu'est devenue Susie ?

— Elle est partie avec un adepte de l'Église spiritualiste. Je ne l'ai pas revue depuis 1979. Tu étais venue avec ton frère, non ? Comment va-t-il ?

Klara, qui tripotait son verre de martini, jouant avec la paille, lève alors les yeux.

— Il est mort.

Raj s'étouffe avec sa boisson.

— Mort ? Merde, Klara, je suis désolé. De quoi ?

— Du sida, répond-elle.

Et elle est reconnaissante qu'enfin il existe une raison, un nom ; celui-ci n'est apparu que trois mois après sa mort. Elle précise :

— Il avait vingt ans.

— Putain de merde ! s'exclame Raj en secouant la tête. Saloperie de sida. Il a aussi emporté un de mes amis l'an dernier.

— Qu'est-ce que tu fais maintenant ? demande Klara, qui veut à tout prix changer de sujet.

— Je suis mécanicien. Je répare surtout des voitures, mais j'ai aussi travaillé dans le bâtiment. Mon père voulait que je devienne médecin. Je lui ai toujours dit qu'il rêvait, mais il a tenu à ce que je vienne ici malgré tout. Il habitait à Dharavi, un bidonville de Bombay avec un demi-million de personnes au kilomètre carré, des excréments qui flottent dans le fleuve, mais c'est comme ça, là-bas.

— Ça a dû être dur de venir ici sans ton père, compatit Klara en le regardant.

Il a des sourcils épais mais des traits fins, des pommettes saillantes au-dessus de joues creuses et un menton pointu.

— Quel âge avais-tu ?

— Dix ans. Je suis venu habiter chez Amit, un cousin de mon père. C'était le plus intelligent de la famille, il a décroché une bourse universitaire et s'est installé en Californie afin d'étudier la médecine, dans les années 1960, avec un visa d'étudiant. Mon père voulait que je suive son exemple. Mais je n'ai jamais été bon en sciences, ce ne sont pas les gens mais les objets que j'aime réparer. Donc mon père avait à moitié raison, mais à moitié, ça ne suffit pas, apparemment.

Il ne peut réprimer un ricanement nerveux. Elle perçoit la trace d'un accent, même s'il faut qu'elle soit vraiment attentive pour l'entendre.

— Et toi ? Tu fais ça depuis combien de temps ? enchaîne-t-il.

— Euh... six ans environ.

Au début, ce boulot l'électrisait, mais maintenant il l'épuise : installer et démonter toute seule les cordes, prendre le train vêtue de sa longue veste pour aller à Berkeley et supporter le hip-hop qu'un passager diffuse à plein volume dans son Ghetto-Blaster. Rentrer à 1 heure du matin à la maison, voire 3 heures quand elle revient de East Bay, plonger dans son bain pendant que la vie recommence dans la boulangerie chinoise du premier étage. Passer des nuits à coudre des fichues paillettes au dos de sa robe avec une machine obsolète, mais qu'elle n'a pas les moyens de remplacer ; il y a des paillettes partout : entre les coussins du canapé, dans l'escalier et même dans la douche.

Un an plus tôt, elle a été gravement blessée lors de son numéro La Rupture. Une fille qu'elle avait employée via le *Chronicle* a lâché la corde sans vérifier le dispositif de sécurité, et celle-ci est descendue d'un mètre de trop de la volige. Klara n'a pu éviter le sol, elle a atterri sur les mains et les genoux, des élancements dans le crâne comme si l'on venait de lui donner un coup de poing et les pieds si gonflés qu'on aurait dit des ballons noirs. Étant donné qu'elle n'avait pas d'assurance, les frais médicaux ont épuisé presque tout l'argent de son héritage. Elle a passé six semaines dans de grosses chaussures, en rage. Depuis, elle travaille uniquement avec un circassien de dix-neuf ans, mais il doit rejoindre le cirque Barnum en mars.

— En tout cas, tu as l'air heureuse, fait remarquer Raj.

Et il lui sourit.

— Oh, oui, dit-elle en lui rendant son sourire, mais je suis fatiguée. C'est dur de faire ça toute seule. Et ça l'est encore plus d'attirer des spectateurs. Il y a tant de lieux où je pourrais me produire, et pour de nombreuses années, mais dans ce milieu on joue longtemps au même endroit, on commence à être connu, le battage publicitaire connaît des hauts et des bas, et on est encore ici, tu vois, à s'accrocher à une corde par les dents.

— J'aime bien ce numéro-là, celui de la corde. C'est quoi, ton secret ?

— Je n'en ai pas, répond Klara en haussant les épaules. Je tiens bon.

— Impressionnant, renchérit Raj d'un air admiratif. Tu n'as pas peur ?

— Moins qu'autrefois, et juste avant le spectacle, quand je suis en coulisses, c'est l'appréhension, la peur de monter sur scène, j'imagine, mais aussi l'excitation, le fait que je vais montrer au public un numéro unique. Que je vais peut-être changer leur façon de voir le monde, ne serait-ce que pendant une heure. (Elle fronce les sourcils.) Je n'ai pas peur avant le tour des écharpes ni celui des gobelets. C'est par là que j'ai commencé, mais ça ne plaît pas autant au public que La Rupture.

— Pourquoi est-ce que tu ne modifies pas ton spectacle, alors ? Tu oublies les petits numéros et tu ne mises que sur de la première catégorie.

— C'est compliqué. J'aurais besoin de matériel et d'un vrai assistant à plein-temps. Il faudrait également que je trouve une façon de manœuvrer de plus gros accessoires. Et puis il y a aussi mes tours préférés, ceux que j'ai lus dans les livres. Il faudrait que j'arrive à les mettre au point par moi-même, car les magiciens ne partagent pas volontiers leurs secrets.

— Imagine que tu puisses faire n'importe quel numéro, lequel tu choisirais ?

— N'importe lequel ? répète-t-elle en souriant. Oh la la ! La Cage éclipsée de Buatier de Kolta, pour commencer. Il soulevait une cage dans les airs, avec un perroquet à l'intérieur, et tout à coup, boum, elle disparaissait. Il l'avait forcément enfouie dans sa manche, mais je ne vois vraiment pas comment.

— Elle devait se plier, non ? Les barreaux étaient-ils scellés ? Plus épais au milieu qu'aux extrémités ?

— Je ne sais pas, admet Klara.

Puis elle rougit et ajoute précipitamment :

— Il y a aussi La Cabine de Protée. C'est un petit placard monté sur de longs pieds à roulettes, de sorte que le public sait que tu ne peux pas y entrer ni en sortir par une trappe. Un assistant tourne la cabine, ouvre les portes puis les referme, et on entend alors frapper à l'intérieur. Les portes s'ouvrent, et tu es là.

— Ce sont des miroirs, dit Raj. Les spectateurs ne voient pas la surface, ils regardent à travers, quel que soit l'objet reflété.

— Oui, ça, je sais, mais tout dépend des angles. La géométrie doit être parfaite, la clé de tout ça, c'est les maths.

Elle finit son verre, mais pour une fois ne s'en aperçoit pas.

— En fait, reprend-elle, le numéro que je voudrais vraiment réaliser, mon préféré de tous, c'est La Seconde Vue, inventé par Charles Morritt. Des gens, dans le public, lui remettaient des objets – par exemple, une montre en or ou un étui à cigarettes –, et son assistant, qui avait un bandeau sur les yeux, les identifiait. D'autres magiciens ont ensuite repris le tour, avec baratin à l'appui, du type : « En voilà un objet intéressant, vous voulez bien me le donner », ce qui correspondait de toute évidence à une sorte de code. Mais Morritt, lui, se contentait de dire chaque fois : « Merci ». Il est mort en emportant son secret.

— Le bandeau était transparent. Ou alors l'assistant tournait le dos au mur, et il y avait des complices dans le public.

Klara secoue la tête.

— Impossible. Le numéro ne serait jamais devenu aussi célèbre, les gens essaient de percer le mystère depuis plus d'un siècle.

Raj se met à rire.

— Et merde !

— Je te l'ai dit, j'y réfléchis depuis des années.

— Alors il va falloir qu'on y réfléchisse plus fort, j'imagine, conclut Raj.

12

Une fois, pendant le voyage annuel des Gold à Lavallette, dans le New Jersey, Saul avait réveillé la famille à l'aube. Gertie avait grogné, s'était levée la dernière, puis Saul les avait entraînés hors de la maison de location aux volets bleu et jaune située en bordure de plage, pour les conduire sur le sentier qui menait à la mer. Tout le monde était nu-pieds, il ne leur avait pas laissé le temps d'enfiler des chaussures et, une fois près de l'eau, Klara avait compris pourquoi.

— On dirait du ketchup, avait dit Simon, alors qu'à l'horizon elle virait au fuchsia pastèque.

— Non, avait répliqué Saul, on dirait le Nil.

Et il avait regardé l'océan en croyant si fermement ce qu'il venait de dire que Klara était prête à le croire, elle aussi.

Des années plus tard, en classe, elle avait appris qu'il existait un phénomène baptisé la « marée rouge » : des algues microscopiques se multipliaient, colorant les eaux du rivage et les rendant toxiques. À cette révélation, elle se sentit curieusement vide. Elle n'avait plus de raison de s'émerveiller sur la mer rouge ni de s'étonner de son mystère. Elle admettait qu'on venait de lui apprendre quelque chose, mais une autre chose, en l'occurrence la magie de la nature, lui avait été retirée.

Quand Klara récolte une pièce de monnaie dans l'oreille de quelqu'un ou transforme une balle en citron, elle n'a pas la sensation de tromper les spectateurs, plutôt de leur insuffler une sorte de connaissance différente, un sens élargi du possible. Le but n'est pas de nier la réalité, mais d'en détacher le film transparent, pour en dévoiler les particularités et les contradictions. Les plus beaux tours de magie, ceux que Klara veut réaliser, ne se soustraient pas au monde réel. Ils l'augmentent.

Au VIIIe siècle avant J.-C., Homère a écrit sur Protée, divinité marine et berger des phoques capable d'adopter n'importe quelle apparence. Il pouvait aussi prédire l'avenir, mais se métamorphosait pour s'y dérober, ne répondant que s'il était pris. Trois mille ans plus tard, l'inventeur John Henry Pepper présenta une nouvelle illusion d'optique à l'Institut polytechnique de Londres dans un traité intitulé *Protée ou Nous sommes ici, mais nous n'y sommes pas*. Un siècle plus tard, dans une benne à gravats à Fisherman's Wharf, Klara et Raj récupèrent des débris de bois. À cette heure tardive, le lieu est désert – même les otaries sont endormies, seuls leurs museaux dépassent de l'eau –, et ils chargent neuf planches dans le pick-up de Raj. Au sous-sol de la maison de Sunset District qu'il partage avec quatre autres hommes, ce dernier construit une cabine de quatre-vingt-dix centimètres de large sur un mètre quatre-vingts de haut. Klara recouvre l'intérieur de papier peint blanc et or, comme celui de John Henry Pepper. Raj fixe deux miroirs dans le caisson, sur des charnières, et les tapisse eux aussi de papier peint de sorte qu'ils se confondent avec les parois lorsqu'ils y sont adossés. Quand on les ouvre vers le centre et que leurs bords se touchent, cela crée un vaste espace caché dans lequel Klara tient à son aise. Ainsi, les miroirs reflètent une paroi latérale et non le fond de la cabine.

— C'est beau, dit-elle dans un souffle.

L'illusion est parfaite. Klara a disparu du champ de vision ordinaire. Et pourtant, au cœur de la réalité, il en existe une deuxième que personne ne peut voir.

Le passé de Raj est tout sauf magique. Sa mère est morte de la diphtérie quand il avait trois ans ; son père était chiffonnier, pataugeant dans des montagnes d'immondices en quête de verre, métal et autres matériaux en vue de les monnayer auprès de revendeurs. Il rapportait des débris de débris à Raj, qui les transformait en de délicats robots miniatures, puis les alignait sur le sol de leur minuscule appartement.

— Il avait la tuberculose, dit Raj. C'est pourquoi il m'a envoyé ici. Il savait qu'il allait mourir et que je n'avais personne d'autre que lui, là-bas. Il devait me faire partir, et le plus tôt possible.

Ils étaient allongés sur le lit de Klara. Seuls quelques centimètres séparaient leurs visages.

— Comment s'y est-il pris ?

Raj hésite.

— Il a payé quelqu'un pour qu'il me fabrique des faux papiers indiquant que j'étais le frère d'Amit. C'était la seule façon de me faire entrer aux États-Unis, et ça lui a coûté tout ce qu'il possédait.

Son visage reflète une vulnérabilité qu'elle n'y a jamais vue auparavant, à moins que ce ne soit de l'angoisse.

— Je suis en règle, maintenant, si c'est ce que tu te demandes.

— Non, ce n'était pas ce que je me demandais.

Klara prend les mains de Raj et les étreint.

— Ton père est-il venu te rejoindre ?

Raj secoue la tête.

— Il a encore vécu deux ans, mais il ne m'a pas dit qu'il était malade, si bien que je n'ai pas pu le revoir avant sa mort. Je crois qu'il avait peur que je vienne lui rendre visite et ne reparte pas, pour ne pas le laisser seul, car j'étais son unique enfant.

Klara se représente leurs pères ; dans son esprit, ils sont amis, où qu'ils soient : ils jouent aux échecs dans des parcs fantômes et débattent du théisme dans les bars enfumés du ciel. Elle sait qu'elle n'est pas censée croire au paradis des chrétiens, mais elle y croit quand même. La version juive, le Shéol, le pays de l'oubli, est bien trop désespérante.

— Que penseraient-ils de nous ? demande-t-elle. Une juive et un hindou ?

— Un hindou qui l'est à peine, fait remarquer Raj en lui pinçant le nez. Et une juive qui l'est si peu.

Raj se forge une nouvelle mythologie personnelle. Il est le descendant d'un fakir légendaire qui a appris ses plus grands tours de magie à Howard Thurston : comment faire pousser un manguier à partir d'un noyau en quelques secondes, comment s'asseoir sur des piques, comment lancer une corde dénouée dans l'air et y grimper. C'est ce qu'il raconte aux directeurs ou aux agents, ce qu'il imprime sur leur programme, et chaque fois une pointe de culpabilité altère son sentiment de satisfaction. Il ne sait pas trop s'il se sent plus le petit-fils imaginaire d'un fakir, reprenant un héritage qui lui appartient, ou s'il est Howard Thurston, l'arnaqueur qui s'est faufilé de l'Est vers l'Ouest, avec en poche un tour subtilisé.

— Je ne comprends pas ce tour, L'Immortaliste, dit Raj.

Ils sont assis sur le lit de Klara. C'est le mois d'avril, il est 4 heures du matin, il bruine, mais de la chaleur remonte de la boulangerie, et ils ont ouvert une fenêtre en grand.

— Je ne vois pas ce qui t'échappe, répond Klara.

Elle porte un tee-shirt ample et un boxer appartenant à Raj. Elle a posé ses pieds nus sur les cuisses de ce dernier.

— Je ne mourrai jamais, ajoute-t-elle.

— Ben voyons ! (Il lui étreint le mollet.) Je veux saisir le sens de ce tour. Je ne vois pas comment il s'insère dans la logique de ton spectacle.

— Qui est ?

— La transformation. (Il se redresse sur un coude.) Une écharpe devient une fleur, une balle un citron. Une danseuse hongroise (il agite les sourcils, Klara lui a parlé de sa grand-mère) qui devient une star américaine, c'est ça ?

Raj a de grands projets : de nouveaux costumes, de nouvelles cartes de visite, des salles de spectacle plus spacieuses. Il est en train d'apprendre le tour des aiguilles dans lequel un magicien avale des aiguilles à coudre détachées, du fil, puis écarte les joues pour que le public les inspecte, avant de régurgiter les aiguilles parfaitement enfilées. Il leur a même réservé une série de représentations au *Teatro ZinZanni*, un cabaret tenu par un des clients du garage.

Klara ne se rappelle plus exactement quand ils ont décidé de faire carrière ensemble, ni à quel moment ils ont commencé à penser en termes de carrière. Mais elle a oublié tellement de choses. Sa seule certitude, c'est qu'elle aime Raj : l'énergie qui émane de lui, le génie qu'il déploie pour animer les objets. Elle aime ses cheveux noirs et lisses qu'il rejette toujours en arrière, car ils lui retombent dans les yeux, et puis elle aime son nom : Rajanikant Chapal. Il construit un canari mécanique pour La Cage éclipsée : un plâtre creux auquel il colle de vraies plumes ; il se sert d'une baguette pour manipuler la tête et les ailes. Elle aime quand cet oiseau devient vivant entre ses mains.

Le plus grand exploit de Klara, ce n'est pas Les Mâchoires de survie, mais la force de volonté nécessaire pour ne pas prêter attention aux bips des pagers et aux jeans délavés des spectateurs. Sur scène, elle remonte le temps à une époque où les gens s'émerveillaient de l'illusion, où les spiritistes s'adressaient aux morts, quand ils pensaient que ceux-ci avaient des choses à dire. William et Ira Davenport – des frères originaires de Rochester, dans l'État de New York, qui faisaient apparaître des fantômes alors qu'ils étaient ligotés à des sièges en planches à l'intérieur d'une cabine en bois – sont les médiums de l'ère victorienne les plus connus ; ils s'étaient en réalité inspirés d'un duo de sœurs. En 1848, six ans avant les premières représentations des frères Davenport, Kate et Margaret Fox entendirent de petits coups secs frappés contre la porte de leur chambre, à leur ferme de Hydesville.

Rapidement, le foyer des Fox fut baptisé « la maison hantée », et les filles entamèrent une tournée nationale. À Rochester, leur première halte, des médecins examinèrent les sœurs et déclarèrent qu'elles provoquaient ces bruits en faisant craquer les articulations de leurs genoux. Mais une équipe plus étoffée d'investigateurs ne put trouver aucune explication rationnelle à ces coups, ni au système de communication – un code fondé sur le calcul – que les sœurs utilisaient pour les traduire.

En mai, Klara déboule dans la salle de bains alors que Raj prend une douche.

— J'ai trouvé ! C'est le temps !

Raj entrebâille la porte de la cabine, recouverte de buée.

— Quoi ?

— Pour La Seconde Vue. Le tour de Morritt, c'est le temps, c'est comme ça qu'on réussit ce tour.

Et elle se met à rire. C'est si évident, si simple.

— Le tour où on lit dans les pensées ?

Raj s'ébroue comme un chien, et l'eau éclabousse les murs.

— Et comment ? ajoute-t-il.

— Par un comptage synchronisé, explique Klara qui continue à penser en parlant. Il savait que l'audience cherchait à détecter un code secret, fondé sur les mots. Comment le contourner ? En créant un code basé sur le silence, le temps de silence entre les mots.

— Et le silence correspondait à quoi ? À des lettres ? Tu as la moindre idée du temps qu'il aurait fallu pour former un mot complet ?

— Non, ce n'étaient pas des lettres. Mais peut-être qu'ils avaient une liste, une liste d'objets courants, comme des portefeuilles, des porte-monnaie et… je ne sais pas, moi, des chapeaux, et si Morritt disait merci au bout de douze secondes, son assistant savait que c'était un chapeau. Et pour le type de chapeau dont il s'agissait, ils avaient sans doute une autre liste, pour la matière, par exemple.

Une seconde pour le cuir, deux pour la laine, trois pour le feutre… On pourrait le faire, Raj, je sais c'est à notre portée.

Il la regarde comme si elle était folle, ce qui est le cas, bien sûr, mais cela ne l'arrêtera pas. Des années plus tard – quand ils auront joué le numéro des centaines de fois, que Klara sera enceinte de Ruby, et même après la naissance de celle-ci –, Klara ne se sentira jamais aussi proche de Raj que pendant le numéro de La Seconde Vue. Tous les deux, ils sont en équilibre au bord d'un précipice, Raj tendant un objet et Klara concentrée à l'extrême pour entendre son signal avant de plonger dans leur liste de nombres. Des Reebok. Un paquet de bonbons Life Savers. Le public qui reprend nettement sa respiration quand elle désigne l'objet. Pas étonnant qu'elle ait besoin d'un verre ou deux – voire trois – pour se calmer après le spectacle, et de plusieurs heures pour s'endormir.

Deux jours avant leur première au *Teatro ZinZanni*, Raj vient chez Klara après son travail au garage. Ils vont répéter toute la soirée le numéro de La Cage éclipsée.

— Tu as le fil ? demande-t-il en jetant son manteau sur une chaise.

— Je ne sais pas trop.

Klara déglutit. La veille, elle était censée acheté un rouleau de fil de cuivre épais au magasin de fournitures artistiques de Market Street, Raj en a besoin pour finir la cage.

— Je crois que j'ai oublié.

Il s'avance vers elle.

— Comment ça, oublié ? Soit tu es allée au magasin, soit tu n'y es pas allée.

Elle ne lui a pas parlé de ses trous de mémoire. Elle n'en a pas eu depuis des mois, mais hier Raj a fait des heures supplémentaires, et elle n'a eu aucune distraction pour l'arracher aux pensées qui se bousculent dans son esprit lorsqu'elle est seule : l'absence de son père, la déception de sa mère. Elle s'est dit qu'elle aurait tout donné pour que Simon la voie aujourd'hui, non sur la petite estrade baignée de bleu à Fillmore, mais dans un authentique cabaret, avec de vrais accessoires et un partenaire de scène. Alors elle est allée se réfugier dans un bar de Kearny Street et elle a bu pour chasser ses idées noires.

— En fait, je ne sais plus, dit Klara d'un ton irrité.

Contrairement à elle, rien n'échappe jamais à l'attention de Raj.

— En tout cas, le fil n'est pas là, donc j'en déduis que je n'ai pas dû l'acheter. J'irai demain.

Elle se dirige alors vers la chambre et fait mine d'ajuster la guirlande de lumières autour de la fenêtre. Raj la suit, la saisit par le bras.

— Ne me mens pas, Klara. Si tu ne l'as pas fait, dis-le. Nous avons une représentation à préparer. Et parfois, j'ai l'impression que c'est plus important pour moi que pour toi.

Raj pointe du doigt leurs cartes de visite – « Les Immortalistes, est-il écrit, avec Raj Chapal » – et les nouveaux costumes de Klara. Il a acheté une veste de smoking dans un magasin d'usine et a payé une couturière pour qu'elle l'ajuste aux dimensions de Klara. Pour Les Mâchoires de survie, il a commandé une robe à paillettes dorées dans un catalogue de patinage sur glace. Klara s'y est opposée, elle trouve que c'est ringard, que ça ne ressemble pas à une tenue de théâtre, mais Raj prétend qu'elle brillera de mille feux sous les projecteurs.

— Ça m'importe plus que tout, réplique-t-elle entre ses dents. Et je ne te mentirais pas. C'est blessant.

— Très bien, dit Raj en plissant les yeux. Demain, alors.

13

En juin 1982, quelques jours après la mort de Simon, Klara arriva au 72 Clinton Street pour son enterrement. Après un vol de nuit depuis San Francisco, elle se tint devant la porte d'entrée de l'immeuble, tremblante. Comment était-elle devenue cette personne qui n'avait pas vu sa famille depuis des années ? En montant le grand escalier, elle crut avoir la nausée. Mais quand Varya lui ouvrit la porte et l'attira dans ses bras – « Klara », haleta-t-elle, son corps mince enveloppant le sien, plus charnu – le temps de séparation fut comme anéanti, en tout cas à ce moment-là. Elles étaient sœurs, et c'était tout ce qui comptait.

Daniel avait vingt-quatre ans. Il faisait de la musculation au gymnase de l'université de Chicago, où il étudiait la médecine. Lorsqu'il retira son pull et que Klara aperçut son torse pâle et désormais musclé, ses deux touffes symétriques de poils noirs, elle rougit. Il avait encore de l'acné sur les joues, mais la solennité de son visage d'adolescent avait laissé place à des sourcils épais et un menton fort, un nez imposant de Romain. Il ressemblait à Otto, leur grand-père.

Gertie avait tenu à une cérémonie juive pour les obsèques. Quand Klara était enfant, Saul leur expliquait les lois juives avec dignité et persévérance, comme Flavius Josèphe le fit avec les Romains. Le judaïsme n'est pas une superstition, disait-il, mais une façon de vivre dans la légalité : être juif, c'est respecter les lois que Moïse a rapportées du mont Sinaï. Mais ces règles n'intéressaient pas Klara. À l'école hébraïque, elle adorait les histoires. Myriam, la prophétesse amère, dont la roche sphérique procura de l'eau à son peuple pendant les quarante ans que dura son errance dans le désert ! Daniel, sorti indemne de la fosse aux lions ! Elle découvrait à travers ces récits que tout était possible ; dans ce cas, pourquoi aurait-elle choisi de rester assise six heures par semaine dans le sous-sol de la synagogue à étudier le Talmud ?

En outre, c'était un club pour garçons. Elle avait dix ans quand vingt mille femmes abandonnèrent leurs machines à écrire et leurs bébés afin de se joindre à la manifestation pour l'égalité des sexes, sur Fifth Avenue. Gertie regardait la télévision, une éponge à la main, les yeux aussi brillants qu'une cuillère en argent, même si elle éteignit le vieux téléviseur Zenith dès que Saul rentra. Lors de sa Bat Mitzvah, Klara n'eut pas droit à une cérémonie individuelle pour shabbat, comme ses frères, celle-ci se déroula durant l'office du vendredi soir, de moindre importance, avec dix autres filles, dont aucune ne fut autorisée à réciter la Torah ou la *haftarah*. Cettc année-là, le Comité des lois et normes juives décida que les femmes compteraient désormais dans un *minian*, mais la question de savoir si elles pourraient devenir rabbins, déclarèrent ses membres, méritait encore d'être étudiée.

À présent qu'elle se tenait avec ce qui restait de la famille, et alors que Gertie récitait la *El Male Rahamim*, un changement s'opéra en elle. Un verrou sauta, de l'air s'engouffra dans la brèche, accompagné d'un immense flot de chagrin – ou de soulagement ? – pour les mots qu'elle avait entendus depuis son enfance. Elle ne se rappelait pas la signification de chacun d'eux, mais elle savait qu'ils reliaient les morts, Simon et Saul, aux vivants, Varya, Gertie Daniel et elle, Klara. Dans la prière, aucun ne manquait. Dans la prière, tous les Gold étaient réunis.

Trois mois plus tard, elle retourna à New York pour les fêtes de Yamim Noraïm. Elle ne supportait pas d'être en compagnie d'autres personnes, quelles qu'elles soient. C'était comme frotter du papier de verre sur une brûlure. Elle parvint à emprunter de l'argent pour se payer un billet d'avion : il lui était moins pénible de se trouver auprès de gens ayant eux aussi aimé Simon. Au début, ils étaient tous affables les uns avec les autres. Et puis, en milieu de semaine, cette amabilité fut balayée comme de la poussière. Daniel, nerveux, épluchait rageusement des pommes quand il déclara :

— J'ai l'impression que je ne le connaissais même pas.

Klara en laissa tomber la cuillère avec laquelle elle prenait du miel.

— Pourquoi ? Parce qu'il était pédé ? C'est ça, l'image que tu as de lui ? Juste le fait que c'était un pédé ?

Elle trébuchait sur les mots, Varya lui jeta un regard dédaigneux. Klara avait versé de l'alcool transparent dans une bouteille d'eau qu'elle avait cachée derrière le lavabo de la salle de bains, dans une corbeille remplie de produits pour le corps et de vieux flacons de shampoing.

— Ne parle pas si fort, ordonna Varya.

Gertie était au lit, où elle se réfugiait chaque fois qu'il n'y avait plus de rituels à accomplir.

— Non, répondit alors Daniel à Klara. Parce qu'il a coupé les ponts avec nous. Il ne nous a même pas dit « merde ». Tu sais combien de fois on l'a appelé, Klara ? Combien de messages on lui a laissés, le suppliant de nous parler, lui demandant simplement pourquoi il était parti ? Et toi, tu étais de mèche avec lui, tu gardais ses secrets, tu ne nous téléphonais pas. (Sa voix se brisa.) Tu ne nous as même pas informés de sa maladie.

— Ce n'était pas à moi de le faire, dit-elle.

Mais elle protesta faiblement, car elle était consumée par la culpabilité. Elle le voyait bien, à présent : la disparition de son frère était la bombe qui avait fait voler la fratrie en éclats, bien plus que le décès de Saul. Varya et Daniel s'étaient mis à l'écart par ressentiment, Gertie parce qu'elle souffrait. Si Klara n'avait pas incité Simon à la suivre, serait-il encore en vie ? C'était elle qui croyait en la prophétie et qui avait tracé la trajectoire de Simon, insistant jusqu'à ce qu'il cède et parte vers l'Ouest. Et peu importait le nombre de fois où elle s'était rappelé les paroles de Simon à l'hôpital – la façon dont il lui avait serré la main, dont il l'avait remerciée – elle ne pouvait s'empêcher de penser que la situation aurait été différente s'ils étaient allés à Boston, Chicago ou Philadelphie, si elle avait gardé ses fichues croyances pour elle.

— Je voulais juste lui rester loyale, murmura-t-elle.

— Ah bon ? Et ta loyauté envers nous, qu'en as-tu fait ?

Daniel jeta un coup d'œil à Varya.

— Varya a suspendu le cours de sa vie. Tu crois qu'elle a envie d'être ici, de vivre encore avec maman, à vingt-cinq ans ?

— Oui, parfois, je le pense. Parfois, je pense qu'elle préfère jouer la carte de la sécurité. Parfois, poursuivit Klara en regardant Varya droit dans les yeux, je pense que c'est bien plus confortable pour toi ainsi.

— Va te faire foutre, répondit Varya. Tu ne sais rien des quatre années que j'ai passées ici. Tu n'as pas la moindre idée de ce que signifient les mots « responsabilité » ou « devoir ». Et tu ne le sauras sans doute jamais.

Si Daniel s'était remplumé, Varya semblait avoir rétréci. Elle travaillait comme assistante administrative dans une société pharmaceutique, ayant abandonné ses études pour s'occuper de Gertie. Un soir, Klara la vit penchée au-dessus du lit de leur mère, qui l'enlaçait en frissonnant ; elle avait reculé, saisie par la honte. Les caresses de leur mère, ses confidences, c'étaient autant de privilèges que Varya avait bien mérités.

Gertie passa les dix jours de pénitence dans un brouillard de souffrance. Après le décès de Saul, elle s'était dit : plus jamais. Elle ne pourrait pas, une fois de plus, supporter les conséquences de l'amour, aussi avait-elle pris congé de Simon avant qu'il ne le fasse. « Je ne veux plus que tu reviennes. »

Il n'était pas revenu. Et à présent, il ne reviendrait jamais plus.

— Trois livres sont ouverts dans le ciel pour Rosh ha-Shana, avait dit le rabbin Chaim, le premier soir de Yamim Noraïm. Un pour les mauvais, un pour les vertueux, et un autre pour ceux qui sont entre les deux. Les mauvais sont inscrits dans le livre de la mort, les vertueux dans celui de la vie, mais le sort de ceux qui sont entre les deux est suspendu jusqu'à Yom Kippour.

» Et soyons honnêtes, avait-il ajouté devant les sourires de l'assistance, cela concerne la plupart d'entre nous.

Gertie n'avait pas pu sourire. Elle savait qu'elle avait été mauvaise. Aucune prière au monde ne pourrait rien y changer. Mais elle devait essayer, avait dit le rabbin Chaïm quand elle était allée lui parler en privé. Il avait un regard bon, derrière ses lunettes, il secouait sa barbe de façon paisible. Elle avait pensé à sa famille, à son épouse dévouée et à ses trois fils en bonne santé, et pendant quelques secondes, elle l'avait haï.

Un autre péché.

Le rabbin Chaim lui avait posé la main sur l'épaule.

— Aucun d'entre nous n'est libéré du péché, Gertie. Mais Dieu ne rejette personne.

Alors où était-il ? Après la mort de Saul, Gertie était revenue au temple et avait cru de nouveau à ses promesses, elle s'y était adonnée comme une amoureuse, elle s'était même inscrite à des cours d'hébreu. Et bien qu'elle eût versé assez de larmes pour remplir l'Hudson, elle ne ressentit aucune miséricorde, aucun changement. Dieu demeura aussi distant que le soleil.

Pour Yom Kippour, Gertie rêva d'un voyage en Grèce. Elle n'était jamais allée là-bas, mais elle avait vu des photos dans un magazine chez le dentiste. Dans le rêve, elle se tenait sur une falaise, serrant deux urnes en céramique contre elle, chacune remplie de cendres : celles de son mari et celles de son fils. Du haut de la falaise, elle pouvait voir les églises couronnées de bleu et les maisons blanches nichées dans la montagne. Quand elle avait incliné les pots vers le gouffre, elle avait éprouvé une effroyable sensation de liberté, une solitude sans limites et si vertigineuse qu'elle s'était sentie attirée par l'eau.

Quand elle se réveilla, baignée de sueur après une nuit agitée, elle s'en voulut terriblement de ne pas avoir enterré Simon et Saul selon la coutume juive. Elle se sentait malade d'avoir été aimantée par le vide, prête à suivre la pente sombre de la pitié.

Elle enfila son peignoir et s'agenouilla sur le parquet au pied de son lit.

— Simon, pardonne-moi ! murmura-t-elle.

Ses mains tremblaient. Derrière la fenêtre, le soleil commençait à poindre, et elle pleura alors pour tous les levers de soleil que Simon, son astre à elle, ne verrait jamais.

— Pardonne-moi, Simon. C'est ma faute, ma faute, je le sais. Pardonne-moi, mon fils.

Cela ne lui procura aucun soulagement. Il n'y en aurait jamais. Mais le soleil, dont les rayons obliques filtraient par la fenêtre de la chambre, lui réchauffait le dos. Elle entendait les taxis klaxonner sur Rivington Street et les épiceries portoricaines frémir de vie.

Elle se dirigea d'un pas instable vers le salon, où les enfants – elle les appellerait toujours ainsi – s'étaient endormis. Klara était blottie contre Varya sur le canapé. Les longues jambes de Daniel pendaient par-dessus l'accoudoir du fauteuil préféré de Saul. Quand elle revint dans sa chambre, elle fit le lit, puis donna des coups secs sur l'oreiller de Saul jusqu'à ce qu'il retrouve son gonflant. Elle mit un fourreau en laine noire et des collants couleur chair, avant d'enfiler les escarpins foncés qu'elle portait pour travailler. Elle se poudra le visage et roula ses cheveux dans des bigoudis chauffants. Quand elle ressortit, Varya préparait du café.

Elle leva les yeux vers elle, surprise.

— Maman ?

— C'est mardi, dit Gertie.

Elle s'était tue trop longtemps, et sa voix était éraillée.

— Je dois aller au travail, ajouta-t-elle.

Le bureau : le cliquetis des clés, l'air conditionné. En 1982, Gertie avait son propre ordinateur, un béhémoth gris et magique envoyé pour exécuter ses ordres.

— OK, répondit Varya en déglutissant. Parfait. Je t'accompagne.

Quatre mois plus tard, en janvier 1983, Klara remarqua la présence d'Eddie O'Donoghue au sein du public, dans un club du Haight. Alors qu'elle s'élevait dans les airs pour son numéro des Mâchoires de survie, son visage dressé vers le haut devint de plus en plus petit, et son badge brilla soudain sous l'éclat des projecteurs. Il lui fallut un bon moment pour reconnaître en lui le flic qui avait menacé Simon ; alors une onde de chaleur envahit son corps. Elle trébucha quand elle atterrit, salua sans grâce et sortit de scène. Elle repensait à toutes les fois où elle avait glissé la main dans la poche arrière d'un homme pour dérober un ou deux billets de vingt dollars, plus si nécessaire. La suivait-il ? Était-ce une vendetta personnelle après qu'elle l'avait insulté sur les marches du commissariat ?

Non, cela n'avait aucun sens. Elle était prudente quand elle jouait les pickpockets, rien n'échappait à sa vigilance. Un mois après, ses yeux se posèrent de nouveau sur Eddie lors d'un spectacle à North Beach. Cette fois-ci, il ne portait pas son uniforme, juste un ras-du-cou blanc et un jean Dockers. Elle déploya toute son énergie pour rester concentrée sur la routine des gobelets, pour ne pas prêter attention à ses bras croisés et son sourire fermé, qu'elle revit ensuite dans une boîte de nuit de Valencia Street. Cette fois, elle faillit laisser tomber ses anneaux en acier. Après la représentation, elle se dirigea vers Eddie qui était assis sur un tabouret en cuir rond, au comptoir.

— Qu'est-ce qui ne va pas ?

— Comment ça ? répondit le flic en clignant des yeux.

— Oui, qu'est-ce qui ne va pas ?

Klara s'assit alors à côté de lui sur un tabouret qui grinça.

— C'est la troisième fois que vous venez me voir. Quel est votre problème ?

— J'ai vu la photo de votre frère, dans le journal.

— Allez vous faire foutre, lança-t-elle.

Et cela lui fit un bien fou, comme de l'alcool désintégrant un virus. Alors elle répéta :

— Allez vous faire foutre ! Vous ne connaissiez pas mon frère.

Eddie tressaillit. Il avait vieilli depuis qu'elle l'avait vu devant le commissariat de Mission Street. Des cernes s'étaient dessinés sous ses yeux, et un duvet roux avait poussé sur son menton. Ses cheveux blond vénitien étaient ébouriffés, comme s'il venait juste de se réveiller.

— Ton frère était jeune, j'ai été dur avec lui.

Le regard d'Eddie croisa le sien.

— J'aimerais m'en excuser.

Klara se raidit. Elle ne s'attendait pas à ça. Pourtant, elle ne pouvait lui pardonner. Elle saisit sa veste, son sac, et sortit du bar aussi vite que possible pour ne pas attirer l'attention du gérant, un type sordide qui ne manquait jamais une occasion de la harceler pour prendre un dernier verre. Dehors, il faisait terriblement froid, et de la musique punk pure et dure s'échappait par la porte du *Valencia Tool & Die*. Klara avait les yeux qui lui piquaient. Cela semblait inconcevable qu'Eddie soit encore en vie et pas Simon ; et pourtant, c'était un fait, il était bel et bien vivant… et en train de lui courir après, le regard vif, animé par une nouvelle détermination.

— Klara, cria-t-il, j'ai quelque chose à te dire.

— Tu es désolé, je sais. Merci. Tu peux partir en paix.

— Non, c'est autre chose. C'est à propos de ton spectacle, précisa Eddie. Il m'a transformé.

— Oh, il t'a transformé ? répéta-t-elle en gloussant. C'est adorable. Et tu aimes aussi la robe que je porte ? Tu aimes la façon dont mon cul remue quand je tournoie ?

Il fit la grimace.

— C’est grossier.

— Non, réaliste. Tu crois vraiment que j’ignore pourquoi les hommes viennent voir mon spectacle ? Que je ne sais pas ce que tu en attends ?

— Je pense réellement que tu te trompes, rétorqua-t-il.

Il était blessé, mais soutenait son regard avec une opiniâtreté qui la surprenait.

— Bon, très bien. Pourquoi viens-tu voir mes spectacles ?

Alors qu’il ouvrait la bouche, la porte du *Die* déversa un flot de punks, qui s’arrêtèrent sur le trottoir désert pour fumer. Ils avaient les cheveux rasés ou teints en couleurs criardes, des chaînes pendaient à leurs ceintures. En comparaison, Eddie semblait douloureusement ordinaire, et il hésita, mal à l’aise. Des années plus tôt, Klara aurait sans doute éprouvé de la compassion pour lui – pour n’importe qui, d’ailleurs –, mais son capital sympathie s’était épuisé. Elle lui tourna le dos et se dirigea d’un pas rapide vers 20th Street.

— Quand j’étais enfant, reprit Eddie derrière elle, j’étais fan de comics. Flash. Atom. Pour ne citer qu’eux. Je voyais Green Lantern dans le ciel quand je levais les yeux. Si je passais devant un feu, je savais que c’était Johnny Blaze ; je pensais que mon bracelet-montre était celui de Jimmy Olsen, enfin non, je pensais être Jimmy Olsen. « Tu as des hallucinations », disait mon père. Or, il ne s’agissait pas de ça, mais de rêves.

Klara croisa les bras, serrant un peu plus sa veste, puis s’arrêta de marcher. Ellc regardait droit devant elle quand Eddie la rattrapa et la contourna pour lui faire face.

— Bien sûr, je ne pouvais pas dire ça à mon père, poursuivit-il. Il appartenait à la vieille garde irlando-catholique, c’était un syndicaliste, un membre de l’Ordre ancien des Hiberniens. « Tu m’entends ? Des hallucinations, me martelait-il. Je ne veux plus en entendre parler. » Alors je lui répondais : « Très bien », et j'apprenais à me taire. J'ai fréquenté le Sacré-Cœur, puis je suis entré dans la police, m'imaginant que je pourrais être comme ces gars. Un héros, quoi ! Mais je n'étais pas comme eux, j'étais un homme, ou moins que ça, un porc. Je détestais les enfants, les gays, les hippies abîmés, et tous les gens qui ne travaillaient pas aussi dur que moi, mais qui étaient bien plus heureux. Des gens comme ton frère, en somme.

Elle pleurait à présent. Il suffisait d'un rien pour déclencher ses larmes. Le mois prochain, cela ferait un an qu'elle s'était allongée près de Simon et l'avait regardé pousser son dernier soupir.

— J'avais tort, dit Eddie. Quand je t'ai vue faire surgir une carte de nulle part ou manipuler ces anneaux en acier, ça m'a rappelé mes héros de BD. Qu'il était possible d'être plus que ce qu'on était, plus que ce qu'on avait commencé à être. Bref, d'une certaine façon, je dirais que tu m'as redonné la foi. En d'autres termes, j'ai pensé que ce n'était peut-être pas trop tard.

Pendant quelques secondes, Klara resta sans voix. Finalement, à son insu, elle avait ramené la magie dans la vie de quelqu'un. Elle avait rendu espoir à Eddie.

— Tu ne me fais pas marcher, hein ? demanda-t-elle.

Eddie lui sourit, un sourire candide comme celui d'un enfant : ses larmes en redoublèrent.

— Pourquoi ferais-je une chose pareille ?

Puis il se pencha vers elle, mains dans les poches, et lui donna un baiser.

Elle se figea, choquée. On l'avait déjà embrassée de nombreuses fois, mais jamais auparavant elle n'avait mesuré l'intimité de ce geste. Elle n'avait pas parlé à grand-monde depuis la mort de Simon ; d'ailleurs, il lui était généralement bien trop douloureux de voir Robert. Son cœur bondit dans sa poitrine et prit son envol vers Eddie, désespérément. Mais quand celui-ci recula et lui sourit avec ravissement, savourant sa chance, l'exaltation de Klara se mua en écœurement. Qu'est-ce que Simon en penserait ?

— Non, dit-elle gentiment.

Mais Eddie passa la main derrière son cou pour l'attirer plus étroitement contre lui, soit parce qu'il n'avait pas entendu, soit parce qu'il préférait faire comme si. Elle l'autorisa alors à l'embrasser quelques secondes de plus. Pendant ce laps de temps, elle s'imagina être une personne différente, une femme qui embrassait un homme parce qu'elle l'aimait, et non parce que ce baiser lui permettait d'oublier l'arête tranchante du rocher auquel elle se cramponnait, suspendue au-dessus du vide.

— Non, répéta-t-elle.

Et comme Eddie ne la lâchait toujours pas, elle lui donna un coup dans le sternum. Il poussa un grognement et recula en trébuchant. Le bus 26 passa alors bruyamment dans Valencia Street, rejetant une nuée d'hydrocarbures, et Klara se mit à courir derrière. Quand le nuage se dissipa, Eddie se retrouva seul sous le lampadaire, bouche bée ; Klara avait disparu.

Cet automne-là, pendant Yamim Noraïm, elle retourna à New York pour la troisième fois. Varya et elle épluchaient des pommes pour le *kugel*, Gertie cuisinait des pâtes pendant que Daniel leur racontait sa vie à Chicago. Varya, âgée à présent de vingt-sept ans, avait finalement emménagé dans son propre appartement. Elle avait repris un cursus à l'université de New York, où elle étudiait la biologie moléculaire, et s'intéressait plus particulièrement à l'expression génétique : elle assistait un professeur invité à extraire d'organismes à croissance rapide – bactéries, levures, vers et drosophiles – des gènes ayant muté, afin de découvrir si cela modifiait leur probabilité de développer des pathologies. Elle espérait ensuite se livrer aux mêmes expériences sur des humains.

La nuit, Klara grimpait dans le lit avec Zoya qui, en vieillissant, montrait une indisposition digne d'une reine envers tout déplacement. La chatte sur le ventre, et Varya dans le lit opposé, elle avait demandé à celle-ci de lui parler de son travail. En effet, cela lui donnait de l'espoir, cette révolution éclair liée à l'expression génétique et la quantité infinie de variables permettant d'agir sur la couleur des yeux, la prédisposition à certaines maladies, voire sur la mort elle-même. Elle ne s'était pas sentie aussi proche de son frère et sa sœur depuis des années. Même Gertie semblait plus légère. Quand cette dernière leur proposa d'accomplir le rite des *kapparot* avant Yom Kippour, au cours duquel on fait tourner un poulet vivant au-dessus de sa tête tout en récitant le Mahzor et qu'elle entonna : « Les enfants de l'homme assis dans l'obscurité et l'ombre de la mort, enchaînés par la misère et le fer », Klara éclata de rire, et le *haroset* qu'elle avait dans la bouche atterrit sur la chemise de Daniel.

— Je n'ai jamais rien entendu de plus déprimant, dit-elle.

— Et les pauvres poulets ? renchérit Daniel en enlevant d'une pichenette la bouchée de pommes mâchées de sa chemise.

L'indignation de Gertie s'estompa et, soudain, elle s'étrangla de rire ; un miracle, pensa Klara qui n'avait pas entendu sa mère rire depuis des années.

Malgré tout, elle ne pouvait expliquer à quiconque ce que représentait pour elle la disparition de Simon. Elle avait perdu à la fois son frère et une part d'elle-même, celle qui était en relation avec lui. Elle avait aussi perdu des tranches de temps, les moments de sa vie dont seul Simon avait été témoin, comme le jour où elle avait maîtrisé pour la première fois le tour de la pièce, et qu'il avait éclaté de rire lorsqu'elle avait récolté huit fois vingt-cinq cents dans ses oreilles. Les soirs où ils descendaient furtivement l'escalier de secours pour aller danser dans les discothèques branchées du Village, ces soirs où elle le voyait regarder les hommes sans qu'il cherche à se cacher d'elle. La façon dont ses yeux avaient brillé quand elle lui avait annoncé qu'elle partait pour San Francisco, comme si c'était le plus beau cadeau qu'on lui avait jamais fait.

Même à la fin, quand ils se disputaient au sujet d'Adrian, il était son petit frère, la personne qu'elle aimait le plus au monde. Parti à la dérive, loin d'elle.

Au 72 Clinton Street, elle s'allongeait sur son lit d'enfant et fermait les yeux jusqu'à ce que la présence de Simon soit tangible. Cent trente-cinq années plus tôt, les sœurs Fox avaient entendu de petits coups secs frappés contre la porte de leur chambre, à Hydesville. Par un après-midi gris et venteux de septembre 1983, Simon toqua pour Klara. C'était plus qu'un crissement de planche, plus que le grincement d'une porte : un bruit sec, sourd, mais retentissant, qui semblait remonter des entrailles de l'immeuble, comme si celui-ci faisait craquer ses doigts.

Klara ouvrit immédiatement les yeux, le sang tambourinant dans ses tempes.

— Simon ? hasarda-t-elle.

Elle retint son souffle. Rien.

Alors elle secoua la tête : elle s'était laissé emporter.

Elle avait complètement oublié l'incident le 21 juin 1986, pour le quatrième anniversaire de la mort de Simon. Elle avait passé les précédents anniversaires dans des bars, à boire de la vodka pure jusqu'à ce qu'elle oublie la date, mais cette année elle se força à faire du café, à nouer les lacets de ses Doc Martens et à se balader dans le Castro : c'était incroyable, de nombreux clubs gays avaient fermé ainsi que les bains publics, mais le *Purp* résistait. On avait même l'impression que la façade avait été fraîchement repeinte. Elle aurait aimé pouvoir le dire à Simon, ou à Robert. Ce dernier n'avait jamais aimé le *Purp*, mais elle était certaine qu'il aurait été ravi d'apprendre que l'endroit avait survécu au marasme.

Robert. Elle le retrouvait parfois en ville. En 1985, le président Reagan n'avait toujours pas reconnu l'existence du sida, et deux hommes s'étaient enchaînés à un immeuble de la UN Plaza pour protester. Klara et Robert avaient apporté de la nourriture et des exemplaires du *Bay Area Reporter* à une foule croissante de volontaires. Quand il n'était pas trop fatigué, ils dormaient à l'extérieur. Klara supplia une infirmière qui s'était occupée de Simon d'inclure Robert dans les essais thérapeutiques, on lui administra de la suramine dans le dernier centre qui venait d'ouvrir. Mais ce traitement le rendait malade, malade au point de l'empêcher de danser, aussi cessa-t-il de le prendre quelques jours plus tard. Klara cogna alors contre la porte de l'appartement de Eureka Street, où Robert vivait seul désormais.

— J'ai promis à Simon ! hurlait-elle. Tu ne peux pas arrêter maintenant.

En août, ils ne se parlaient plus. En octobre, tous les patients participant à cet essai étaient morts.

Quand Klara l'avait lu dans le journal, elle avait eu la sensation que tout son corps se consumait, fondu au point de pouvoir passer sous la porte. Elle essaya de joindre Robert, mais la ligne était coupée. Quand elle appela l'Academy, Fauzi lui apprit qu'il avait déménagé pour Los Angeles. « Il a pris ses affaires et il est parti. » Son départ remontait à sept mois, et depuis, elle n'avait pas retrouvé sa trace.

Elle ramassa une capucine orange par terre et l'accrocha à la poignée du *Purp*. Cette nuit-là, elle fit le pain de viande de Gertie, dont Simon raffolait, puis se déshabilla pour prendre un bain. Sous l'eau, ses cheveux se déployèrent comme ceux de Méduse. Elle percevait l'écho des voix, étouffées par le bruit des pas dans l'escalier. Et soudain, un craquement. Elle reconnut instantanément le bruit qu'elle avait entendu à New York.

Elle sortit la tête hors de l'eau, mouillant le sol dans son élan.

— Si tu es réel, dit-elle, si c'est toi, recommence.

Le bruit se reproduisit, comme une batte frappant une balle.

— Incroyable...

Alors elle se mit à trembler, et ses larmes se noyèrent bientôt dans l'eau du bain.

— Simon.

14

—

Juin 1988 : Raj arpente la scène, au *Teatro ZinZanni*, tandis que Klara se maquille dans sa loge. C'est la plus belle qu'elle ait jamais eue, équipée de comptoirs dorés et d'un écran qui diffuse ce qui se passe sur scène.

« La vie ne consiste pas juste à défier la mort, dit Raj, sa voix sortant des haut-parleurs situés de chaque côté du téléviseur. Il s'agit aussi de se défier soi-même, de miser sur la transformation. Tant qu'on peut se transformer, les amis, on ne meurt pas. Qu'est-ce que Clark Kent et le caméléon ont en commun ? Au moment où ils risquent la destruction, ils se métamorphosent. Où sont-ils allés ? Là où on ne les attend pas. Le caméléon est devenu une branche, et Clark Kent Superman... »

Klara voit Raj, en miniature, ouvrir les bras sur l'écran, alors qu'elle souligne ses lèvres avec un pinceau rouge vif.

Trois mois plus tard, Klara s'envole pour New York : ses visites pour les fêtes de Yamim Noraïm sont devenues une tradition. Le bonheur lui donne le vertige. Son numéro La Seconde Vue fut un succès, et même si la cage d'oiseau se voyait dans la poche de sa veste comme les veines sous sa peau – ils devront en toucher deux mots à la couturière – le public ne sembla pas le remarquer. Le *Teatro ZinZanni* les a engagés pour dix autres représentations.

Klara voudrait présenter Raj à sa famille, mais ils n'ont pas les moyens de s'offrir deux billets pour New York. Bientôt, dit-il, ils auront l'argent pour aller n'importe où. Pour Rosh ha-Shana, Klara entraîne Varya dans leur chambre d'enfants. Elle a l'impression que son corps est gonflé d'hélium, qu'elle pourrait s'élever jusqu'au plafond si elle retirait ses chaussures.

— Il est possible qu'on se marie, lui confie-t-elle.

— Vous sortez ensemble depuis le mois de mars, répond Varya. Ça fait à peine six mois.

— Février, rectifie Klara. Donc sept.

— Mais Daniel n'a même pas encore demandé à Mira de l'épouser.

Mira est la petite amie de Daniel. Ils se sont rencontrés il y a un an, à l'époque où Mira préparait un diplôme en histoire de l'art ; elle connaît déjà Varya et Gertie. Dès que Daniel aura un poste, il lui fera sa demande en mariage, avec le rubis que Saul avait offert à Gertie.

Klara replace une mèche de cheveux derrière l'oreille de Varya.

— Tu es jalouse.

Elle observe Varya, ne l'accuse pas, et c'est cela – la tendresse dans sa voix – qui fait tressaillir celle-ci.

— Bien sûr que non, proteste-t-elle. Je suis heureuse pour toi.

Varya doit penser que c'est une nouvelle lubie de sa sœur, une idée qui lui passera d'ici un mois ou deux. Elle ignore qu'ils ont déjà tout réglé, qu'elle a sa robe et Raj son costume, et qu'ils prévoient d'aller à la mairie dès qu'elle sera rentrée de New York. Et elle n'est bien sûr pas au courant pour le bébé.

Ce fut une surprise sans en être une. Klara sait ce qui se produit quand on est imprudent, mais cela ne signifie pas pour autant qu'elle fait attention. Et c'était plus que ça, elle était mue par un besoin vital : défier les lois des probabilités – *Si cela arrive, alors...* – avec l'homme qu'elle aime. Qu'est-ce que porter un bébé, si ce n'est faire apparaître une fleur dans l'air léger, transformer une écharpe en deux ?

Elle a arrêté de boire. Au troisième trimestre, elle a l'esprit clair, elle ne s'est jamais sentie aussi bien, mais c'est là le problème : il est trop vide, et elle dispose désormais d'un espace infini pour réfléchir. Elle essaie de se distraire en imaginant le bébé. Quand il lui donne un coup de pied, Klara voit son petit pied de garçon. Elle a dit à Raj qu'ils l'appelleraient Simon. Durant le dernier mois, quand elle a les chevilles si gonflées qu'elle n'entre plus dans ses chaussures, quand elle est incapable de dormir plus de trente minutes d'affilée, elle se représente le visage de Simon et n'en veut plus à son bébé. Aussi, quand un docteur lui tire l'enfant du corps par une nuit orageuse de mai, et que Raj s'écrie : « C'est une fille ! », Klara est convaincue qu'il se trompe.

— C'est faux.

La douleur la fait délirer, elle a l'impression qu'une bombe a explosé dans son ventre et qu'elle, coquille vide, est sur le point de se fissurer.

— Oh, Klara ! dit Raj. Je t'assure que c'est une fille.

On lange le bébé et le tend à Klara. Son visage est tout rouge, étonnamment vivant. Ses yeux sont noirs comme des noyaux d'olive.

— Tu étais si sûre de toi, ironise Raj dans un éclat de rire.

Ils prénomment leur fille Ruby. Klara se rappelle une amie de Varya qui portait ce prénom et habitait au-dessus de chez eux, au 72 Clinton Street. Rubina. C'est hindi, et la mère de Raj aurait apprécié. Celui-ci emménage dans l'appartement de Klara, gazouille avec Ruby et lui chante des berceuses dans un hindi un peu rouillé. « *Soja baba Soja. Mackhan roti cheene.* »

En juin, la famille de Klara leur rend visite. Elle leur fait découvrir le Castro – Gertie se cramponne à son sac à main quand ils passent devant une flopée de drag-queens – et les emmène à une représentation du corps de ballet. Assise près de Daniel, Klara a l'estomac noué par l'appréhension ; elle ne sait pas comment il va réagir quand il verra des hommes danser, mais lorsque les danseurs viennent saluer, il applaudit plus fort que tout le monde. Ce soir-là, pendant que le pain de viande de Gertie cuit au four, il lui parle de Mira. Ils se sont rencontrés à la cafétéria de l'université et ont passé depuis de longues soirées dans les bouis-bouis et les petits restaurants de Hyde Park ; à débattre de Gorbatchev, de l'« explosion » de la NASA et des mérites de *E.T.*

— Elle te stimule, constate Klara.

Ruby dort, sa joue toute chaude collée contre la poitrine de Klara, et pour une fois, celle-ci a l'impression que rien ne va mal dans le monde.

— C'est bien.

Dans le passé, Daniel aurait répliqué quelque chose comme : « Elle me stimule ? Qu'est-ce qui te fait penser que j'en ai besoin ? », mais aujourd'hui il hoche la tête.

— Effectivement, dit-il.

Et il pousse un soupir si satisfait que Klara est presque gênée de l'avoir entendu.

Gertie adore le bébé. Elle prend constamment Ruby dans ses bras, admire son nez de la taille d'une framboise, mordille ses doigts minuscules. Klara cherche une ressemblance entre elles et finit par en trouver une : leurs oreilles ! Petites et délicates, en spirale comme des coquillages. Quand Gertie a vu Raj pour la première fois, elle a ouvert la bouche, puis l'a refermée, aussi muette qu'une carpe. Klara l'a ensuite vue inspecter sa peau foncée, ses chaussures de chantier, sa désinvolture de profane. Elle a alors attiré Gertie dans la salle de bains.

— Maman, a-t-elle murmuré entre les dents. Ne fais pas ta raciste !

— Ma raciste ? a rétorqué Gertie en rougissant. Est-ce trop demander que cette enfant soit élevée dans la tradition juive ?

— Oui, a tranché Klara.

Varya n'est pas avare de conseils.

— As-tu essayé le lait chaud ? demande-t-elle quand Ruby pleure. Et une promenade en poussette ? As-tu un transat pour bébé ? Elle n'aurait pas des coliques ? Où est son doudou ?

Le cerveau de Klara s'emballe.

— C'est quoi un doudou ?

— C'est quoi un doudou ? répète Gertie.

— Tu plaisantes, renchérit Varya. Elle n'a pas de doudou ?

— Et puis cet appartement n'est pas sécurisé pour les enfants, enchaîne Gertie. Tu verras quand elle va marcher : elle pourrait se fendre la tête sur cette table, tomber jusqu'en bas de l'escalier.

— Elle va bien, dit Raj. Elle ne manque de rien.

Il prend le bébé des bras de Varya, qui le tient depuis un peu trop longtemps.

— Bas les pattes ! la taquine Daniel.

Et il lui donne un petit coup dans les côtes qui lui vaut une claque de la part de Varya, accompagnée d'un cri si outré et strident que, pour un peu, Klara leur ordonnerait de partir sur-le-champ. Mais quand ils s'en vont le lendemain – Gertie s'assied lourdement à l'avant du taxi, Varya et Daniel font au revoir par la vitre arrière – ils lui manquent terriblement. Tant qu'ils séjournaient chez elle, il était plus facile d'oublier le fait que Simon et Saul n'étaient pas là. Son père adorait les bébés. Klara se rappelle sa visite à l'hôpital après la naissance par le siège de Simon, son cordon ombilical enroulé autour du cou tel un collier. Saul se tenait devant l'unité de soins intensifs comme pour surveiller ce garçon à moitié bleu, réticent. Son dernier. À la maison, il pouvait le tenir pendant des heures dans ses bras. Quand Simon se tournait dans son sommeil ou pinçait les lèvres, Saul riait, et le ravissement se lisait sur son visage.

Enfants, ils pensaient que Saul avait réponse à tout. Mais en grandissant, Klara et Simon cessèrent de l'admirer. Ils méprisaient sa routine au travail, le fait qu'il étudie la Torah, son uniforme : pantalon en gabardine, imperméable, chapeau. Aujourd'hui, Klara est plus indulgente envers lui. Saul appartenait à une génération d'immigrants, et sans doute vivait-il dans la peur de perdre la vie qui lui avait été accordée. Elle comprend aussi la solitude liée à l'éducation des enfants, qui est la solitude de la mémoire : savoir qu'elle est reliée à un futur qui échappe à la connaissance de ses parents, ayant eux-mêmes un passé qui échappe à celle de leur propre fille. Ruby posera des questions à Klara. Que lui répondra-t-elle, avec une insistance désespérée que son interlocutrice ne remarquera pas ? Pour Ruby, le passé de Klara ressemblera à une histoire, Saul et Simon ne seront rien d'autre que les fantômes de sa mère.

En octobre, cela fait des mois que Klara et Raj n'ont pas donné de représentation. Klara ne pouvait pas exécuter Les Mâchoires de survie quand elle était enceinte ; maintenant, réveillée la nuit par Ruby, elle a le cerveau embrumé, et n'est pas en mesure de se concentrer suffisamment pour le numéro de La Seconde Vue. Ils n'ont pas amorti le coût de leur matériel. Leurs maigres économies sont passées dans les couches, les jouets, les vêtements qui, à peine achetés, sont déjà trop petits. Raj arpente la ville, de Tenderloin à North Beach, afin de promouvoir leur spectacle dans les clubs et les théâtres, mais la plupart d'entre eux ne sont pas intéressés. Le gérant du *Teatro ZinZanni* ne leur a accordé que quatre dates pour l'automne.

— Il faut partir, décrète Raj au dîner. Prenons la route avec notre spectacle. San Francisco, c'est grillé. Les gens d'ici sont des robots, des machines. Qu'ils crèvent, putain !

Et il se met à boxer contre un ordinateur imaginaire.

— Écoute ! dit Klara en levant un doigt. Tu as entendu ça ?

Elle a déjà signalé à Raj les coups que donne Simon, mais chaque fois il prétend ne rien entendre. Cette fois, il n'a pas pu le manquer. C'était si fort qu'on aurait dit une détonation, même le bébé a crié. Ruby a cinq mois, les cheveux noirs et soyeux de Raj, et le sourire énigmatique de Klara, qui évoque celui du chat du Cheshire.

Raj repose sa fourchette.

— Il n'y a rien du tout ici.

Klara est ravie que Ruby, elle, ait entendu les coups. Elle la fait sauter dans ses bras, embrasse les petites dents pointues qui ont percé sa gencive.

— Ruby, chantonne-t-elle, Ruby, elle, sait.

— Concentre-toi, Klara ! Je te parle de déménager. De gagner de l'argent. De prendre un nouveau départ.

Il claque des mains devant son visage.

— Cette ville est finie, ma belle. Morte. Il faut qu'on se tire. Qu'on aille trouver de l'or ailleurs.

— On est peut-être allés trop vite en besogne, argue-t-elle alors que Ruby commence à pleurer.

Le claquement de mains l'a effrayée.

— On devrait peut-être ralentir.

— Ralentir ? Ce serait la pire erreur à commettre.

Raj se met à arpenter la pièce.

— Il faut qu'on déménage. Qu'on déménage tout le temps. Si on reste trop longtemps au même endroit, on est fichus. C'est le secret de la durée, Klara. Constamment recommencer.

Son visage rougeoie comme un feu follet. Raj a de grandes idées, tout comme elle, et ça fait partie des choses qu'elle adore chez lui. Elle repense à la boîte noire d'Ilya. « Elle doit être sur la route », lui avait-il dit. *Peut-être que moi aussi, au fond*, pense Klara.

— Où irions-nous ?

— À Vegas.

Elle se met à rire.

— Hors de question.

— Pourquoi ?

— C'est tapageur, répond-elle en énumérant sur ses doigts. C'est excessif, outré. C'est de la pacotille, et en même temps c'est ridiculement onéreux. Et il n'y a jamais eu de vedette féminine, là-bas.

Vegas lui rappelle le seul et unique congrès de magie auquel elle ait assisté, à Atlantic City : un événement fastueux, où la file d'attente pour les toilettes était plus longue chez les hommes que chez les femmes.

— Et puis surtout, ajoute-t-elle, c'est un univers mensonger. Rien n'est réel à Vegas.

Raj hausse les sourcils.

— Tu es magicienne, non ?

— Ça, y a pas de doute ! Je suis une magicienne qui exécutera ses numéros partout sauf à Vegas.

— Partout sauf à Vegas. Ce pourrait être le titre de notre nouveau spectacle.

— Oh, c'est adorable !

Ruby se met à gémir, et Klara retire tant bien que mal son tee-shirt. Avant, elle se promenait nue dans l'appartement, mais maintenant le côté utilitaire de son corps la gêne.

— Je préfère l'idée de vivre comme des nomades.

— Pas de problème, dit Raj. Nous vivrons comme des nomades et resterons quelques mois dans chaque ville. Nous arpenterons le monde.

Ruby cesse de téter, distraite. Klara baisse son tee-shirt, et Raj saisit sa fille sous les bras.

— San Francisco est plein de souvenirs, Ruby. Si on reste ici, on va gâcher notre temps avec des fantômes.

Ne lui a-t-il pas lancé un coup d'œil ? se demande Klara. Ses yeux ressemblent à des pointes de crayon. Mais peut-être qu'elle se trompe ; quand elle le regarde, il dirige son attention vers le bébé et souffle sur sa peau mate, infiniment douce.

Klara se lève pour faire la vaisselle.

— Où habiterions-nous ?

— Je connais quelqu'un, dit Raj.

Cette nuit-là, Raj et Ruby s'endorment facilement, mais Klara n'y arrive pas. Elle se glisse hors du lit et passe devant le berceau de Ruby pour aller jusqu'au placard, où elle conserve la boîte noire d'Ilya. À l'intérieur se trouvent ses cartes et anneaux en acier, ses balles et écharpes en soie. Elle ne les utilise plus très souvent maintenant, les numéros plus clinquants ont pris le dessus sur ses tours de passe-passe, mais pour l'heure, elle apporte deux écharpes sur la table ronde de la cuisine. Les vieilles guirlandes lumineuses que Raj a confectionnées avec des piments sont punaisées autour de la fenêtre ; pour échapper à sa vigilance, elle ne les allume pas. Avant de s'asseoir, elle prend la bouteille de vodka au fond du réfrigérateur et s'en verse un verre.

Elle a toujours eu l'habitude de travailler tard. Adolescente, elle guettait le moment où Simon respirait régulièrement, où Varya émettait des sons étouffés dans ses rêves et où Daniel se mettait enfin à ronfler, puis elle sortait ses accessoires de dessous le lit et se faufilait jusqu'au salon. Elle appréciait le calme inhabituel qui régnait dans la maison, et l'impression que l'appartement lui appartenait. Elle n'allumait pas non plus les lumières et s'asseyait par terre, près de la baie afin que l'éclairent les lampadaires de Clinton Street. Pendant des mois, ces sessions restèrent secrètes. Mais, par une nuit d'hiver, alors qu'elle se glissait dans le salon, elle se rendit compte que son père l'y avait devancée.

Pendant quelques secondes, il ne s'aperçut pas de sa présence. Il était assis dans son fauteuil préféré, rembourré et recouvert d'un velours vert pois, et lisait un livre. Il venait d'allumer un feu dans la cheminée, les bûches étant encore entières et rougeoyantes.

Klara faillit faire demi-tour, puis s'immobilisa. S'il pouvait être au salon à 1 heure du matin, pourquoi pas elle ? Elle quitta la pénombre du couloir pour franchir le seuil du salon où Saul la remarqua enfin.

— Tu n'arrives pas à dormir ? demanda-t-elle.

— Non, dit Saul.

Et il leva son livre. La Torah, bien sûr. Comment pouvait-il ne pas en avoir assez ? Il devait l'avoir lue dans tous les sens : de haut en bas, de bas en haut, par petits extraits choisis au hasard, par passages bien plus consistants qui l'absorbaient pendant des semaines. Il lui arrivait aussi de regarder une seule page pendant des jours.

— Quelle partie lis-tu ? interrogea Klara.

Une question qu'elle évitait habituellement de poser, afin d'échapper à une leçon sur la fille sacrifiée de Jephté, ou sur les Babyloniens qui refusèrent de vénérer la statue en or du roi Nabuchodonosor et qui, par conséquent, survécurent une fois jetés dans un fourneau.

Saul hésita. À cette époque, il avait presque renoncé à faire étudier la Torah à sa famille. Même Gertie montrait des signes d'impatience quand il lui lisait les livres sacrés.

— L'histoire du rabbin Eliezer et du four, dit-il. Il était le seul sage à croire que le four impur serait purifié.

— Ah oui ! C'est une belle histoire, répondit-elle en se sentant idiote.

En réalité, elle ne se la rappelait pas du tout. Elle pensait que Saul allait continuer, mais il croisa son regard et sourit, surpris ou ravi de sa réaction. Elle s'avança dans la pièce, un jeu de cartes à la main. Quand elle s'assit près de la fenêtre, Saul replongea dans son Talmud. Ils restèrent ainsi jusqu'à ce que les bûches se consument et que tous deux se mettent à bâiller. Lorsque chacun réintégra sa chambre, Klara dormit bien mieux qu'elle ne l'avait fait depuis des mois.

Gertie n'avait jamais vu d'un bon œil la passion de Klara pour la magie. Elle pensait sûrement que cela lui passerait ; qu'elle irait selon toute vraisemblance à l'université, comme Varya, et obtiendrait le diplôme qu'elle-même n'avait jamais réussi à avoir.

Mais Saul était différent. Voilà pourquoi elle avait pu quitter la maison quelques semaines après son décès, pourquoi elle avait pu prendre une telle décision sans se haïr : car ce n'était pas sa mère qui s'en était allée, mais son père, avec qui elle avait partagé de longues nuits dans un calme parfait et qui, le matin de sa mort, avait levé les yeux de sa Mishna pour la voir transformer une écharpe bleue en une rouge.

— C'est merveilleux, avait-il dit quand la soie avait glissé entre ses mains.

Et un petit rire impie lui avait échappé, ce qui lui avait rappelé Ilya.

— Tu veux bien recommencer ?

Alors elle avait recommencé à plusieurs reprises jusqu'à ce qu'il repose son grand livre pour croiser les jambes et la regarde vraiment, pas de cette façon vague avec laquelle il regardait souvent ses enfants, mais avec un intérêt réel, émerveillé, de la manière dont il observait Simon, bébé. Il aurait donc assurément compris sa décision de partir. Le judaïsme lui avait au moins enseigné une leçon : il fallait toujours chercher à s'en aller, peu importait qui tentait de vous retenir en otage. Il lui avait appris à susciter ses propres opportunités, à transformer un roc en eau, de l'eau en sang. Il lui avait montré que de tels prodiges étaient possibles.

À 4 heures du matin, Klara est dans les vapes, les mains pétries de la douleur musculaire satisfaisante que procurent des heures de travail. Elle s'apprête à remettre les écharpes dans la boîte d'Ilya, mais à la place elle les glisse dans son poing gauche, puis les enfonce dans le faux pouce qu'elle porte à la main droite. Quand elle rouvre la paume, les écharpes ont disparu. Elle pense à ce que cela signifie de quitter San Francisco, se demande si elle se sentira comme à la maison sur les routes, et une histoire de Saul lui vient alors à l'esprit. Elle se déroule en 1948, dans la cuisine d'un appartement de Hester

Street. Un homme et un garçon mangent de part et d'autre d'une table, leurs têtes se touchant au-dessus d'une radio Philco PT-44. Le garçon est Saul Gold, l'homme son père.

Quand ils entendent que le mandat anglais est arrivé à expiration, Lev met ses mains en coupe devant sa bouche. Il a les yeux clos, et des larmes coulent lentement dans sa barbe.

— Pour la première fois, nous les Juifs serons en charge de notre destinée, avait-il dit en saisissant l'étroit menton de Saul. Sais-tu ce que cela veut dire ? Que tu auras toujours un endroit où aller. Israël sera toujours ta maison.

En 1948, Saul avait treize ans. Jamais auparavant il n'avait vu son père pleurer. Soudain, il se rendit compte que ce qu'il considérait comme son foyer – un deux-pièces dans un immeuble en briques récemment rénové, au-dessus de la boulangerie Gertel – n'était pour son père rien de plus qu'un accessoire posé sur la scène de quelqu'un d'autre, et qui à tout moment pouvait être retiré et emporté dans les coulisses. En raison de son absence, le foyer résidait dans le rythme de la *halakha* : la prière quotidienne, le shabbat hebdomadaire, les fêtes sacrées de l'année. Leur culture se trouvait inscrite dans le temps. De même, leur foyer se situait non dans l'espace, mais dans le temps.

Klara range la boîte noire d'Ilya dans le placard et grimpe dans son lit. Se redressant sur un coude, elle soulève le store de la fenêtre, ce qui lui permet d'apercevoir un croissant de lune. Elle a toujours assimilé le foyer à une destination physique, mais peut-être que Raj et Ruby forment un foyer suffisant. Peut-être que sa maison, comme la lune, la suivra où qu'elle aille.

15

Ils achètent un camping-car à un collègue de Raj. Klara trouve cela déprimant, mais Raj revernit la table en bois du coin cuisine, enlève le revêtement en plastique orange du comptoir et le remplace par du Formica qui ressemble à du marbre.

— « *Hit the Road, Jack* », chantonne-t-il.

Il installe des étagères près du lit, les équipe de barres en aluminium pour que les livres ne tombent pas quand le camping-car roule. Dans la journée, leur couchage se replie en un canapé, libérant une large bande de plancher sur laquelle Ruby peut jouer. Klara confectionne des rideaux en velours rouge et place le berceau de Ruby près de la vitre arrière, afin que celle-ci puisse voir le monde défiler. Ils chargent leurs accessoires dans une caisse de rangement fixée à l'arrière du véhicule.

Par une froide matinée ensoleillée de novembre, ils mettent le cap vers le nord.

Klara attache Ruby dans son siège auto.

— Fais au revoir, Rubini, dit-elle en se tournant pour lui soulever la main. Dis au revoir à tout ça.

Je vous aime tous, pense Klara en regardant le temple maoïste, la boulangerie au-dessus de son appartement, les vieilles femmes portant des boîtes de *dimsum* dans des sacs en plastique rose. *Au revoir San Francisco.*

Ils donnent deux représentations dans un casino à Santa Rosa, quatre dans un lieu de vacances à Tahoe. Le public sourit à Raj – forain et père de famille – et à Ruby qui écarquille les yeux sous son chapeau d'enfant, que son père utilise pour les pourboires après chaque spectacle. Il conserve l'argent dans une boîte, près du siège conducteur. À Tahoe, il équipe le camping-car d'un téléphone destiné à la réservation des salles de spectacle. Quand Klara veut s'en servir pour appeler sa famille, Raj lui donne un coup sec sur la main.

— La facture est déjà assez élevée, dit-il.

Lorsque vient l'hiver, ils prennent la direction du sud. La concurrence est rude à Los Angeles, mais dans les villes universitaires alentour ils s'en sortent bien, et mieux encore dans les casinos du désert. Cependant, Klara déteste ces derniers. Les gérants la prennent toujours pour l'assistante de Raj. Les gens passent d'un pas nonchalant d'une table à jouer aux machines à sous parce qu'ils veulent voir une jeune femme tournoyer dans une robe serrée, ou parce qu'ils sont trop ivres pour rentrer chez eux. Ils aiment le tour des aiguilles de Raj, mais ils huent La Cage éclipsée.

— Elle est planquée dans sa manche, beugle quelqu'un, comme s'il prenait le truc raté pour une offense personnelle.

Klara commence à repenser avec nostalgie aux petits spectacles de San Francisco, se rappelant les scènes obscures et cabossées, mais oubliant les perturbateurs, oubliant que personne, ici ou là-bas, n'a jamais vraiment apprécié ce qu'elle offrait.

Dans la journée, Raj multiplie les rendez-vous pour promouvoir leur spectacle, pendant qu'elle lit des histoires à Ruby dans le camping-car. Elle admire les vues du désert, les montagnes bleues et le ciel couleur sorbet, mais elle n'aime pas les ondes qui s'en dégagent, à la fois languides et impétueuses, ni la chaleur qui se plaque sur elle comme des mains. Elle glisse des mignonnettes de vodka dans sa trousse à maquillage, alcool qu'elle privilégie pour sa transparence et le coup de fouet qu'il lui procure, pour la façon dont il lui brûle la gorge. Le matin, après le départ de Raj, elle en verse deux doigts dans son café instantané. Parfois, elle va avec

Ruby dans un commerce de proximité afin d'acheter une bouteille de Coca qui permet de mieux dissimuler l'odeur. Raj sait qu'elle a arrêté de boire pendant sa grossesse, mais il ignore qu'elle a repris. Encore que ce soit différent, à présent. Les trous de mémoire et les nausées ont été remplacés par quelque chose de plus opiniâtre, plus difficile à détecter : un décalage peu visible, mais constant par rapport à la réalité. Avant que Raj ne rentre à la maison, elle se débarrasse des bouteilles. De retour dans le camping-car, elle se brosse les dents et crache par la fenêtre.

— Voilà ! s'exclame Raj, en comptant les chèques. C'est notre matos.

— On ne peut pas rester plus longtemps ici, dit Klara.

Ils sont garés sur un emplacement interdit derrière un *Burger King* qui a fait faillite, parce que Raj refuse de payer le stationnement pour leur véhicule.

— Personne ne sait que nous sommes ici, ma chérie, la rassure-t-il. Nous sommes invisibles.

Les saisons sont toutes détraquées. Quand elle appelle pour Hanouka, recroquevillée au-dessus du téléphone de voiture pendant que Raj est au *Stop'n Save*, il neige à New York alors qu'il fait trente degrés dans le camping-car.

— Comment vas-tu ? demande Daniel.

Et elle ressent un choc en constatant combien il lui a manqué. Lors de sa visite à San Francisco, il avait joué à « coucou-caché » avec Ruby, et pour la première fois, elle l'avait imaginé en père.

— Je vais bien, dit-elle d'un ton faussement pétillant, vif. Tout va très bien.

Klara a caché deux secrets à son frère et sa sœur : les coups qu'elle entend régulièrement, et le fait que la mort de Simon corresponde à la prophétie. Celui-ci n'avait pas indiqué la date à Daniel ni à Varya, et ils n'avaient pas reparlé de la femme de Hester Street depuis la Shiv'ah de Saul. Mais Klara sait, et cette lucidité couve en elle. Après le spectacle, tout en se démaquillant pendant que Raj collecte les pourboires, elle calcule combien de temps il lui reste à vivre si la femme ne s'est pas non plus trompée à son sujet.

Je ne vais pas mourir, dit-elle à Simon. *Je refuse.*

Mais il était plus aisé pour elle de fanfaronner avant que la première prédiction de la voyante ne se réalise. Quand Simon est mort, Klara s'est remémoré ce qui s'était joué sur le seuil de l'appartement de Hester Street quand elle avait neuf ans. En vérité, elle n'avait jamais souhaité connaître la date de sa mort, pas vraiment. Elle voulait juste rencontrer cette femme.

Elle n'avait en effet encore jamais entendu parler de magicienne, dans cet univers masculin. (« Pourquoi sommes-nous si peu nombreuses ? » avait-elle demandé un jour à Ilya. « Tout d'abord, avait-il répondu, à cause de l'Inquisition. Et puis en raison de la Réforme et du procès des sorcières de Salem. Quoi d'autre ? Les vêtements. Tu as déjà essayé de cacher une colombe dans une robe du soir ? ») Quand Klara était entrée dans l'appartement, la femme était adossée contre la fenêtre. Elle avait deux longues nattes châtain, qui prêtaient un aspect symétrique et achevé à son visage. Des années plus tard, Klara avait séché un cours pour se rendre au Great Hall du Metropolitan Museum of Art. Là, elle avait vu une statue représentant la tête de Janus, un prêt du musée du Vatican, et avait repensé à la diseuse de bonne aventure. La statue aux deux visages – l'un incarnant le passé et l'autre le présent – regardait dans des directions opposées, mais elle n'en avait pas pour autant l'air incohérente ; au contraire, il émanait d'elle une harmonie circulaire. Klara avait juste été contrariée qu'elle représente Janus – le dieu des commencements, ainsi que des transitions et du temps – sous les traits d'un homme.

— Waouh ! s'était-elle exclamée en regardant les tableaux et les calendriers, le *Yi Jing* et les baguettes de divination dans l'appartement de la femme. Vous savez comment utiliser tout cela ?

À sa grande surprise, la femme avait secoué la tête.

— Tout ça, c'est de la poudre aux yeux, avait-elle répondu. Les gens qui viennent ici aiment penser que je connais des choses pour une raison précise. Donc, j'ai le matériel.

Quand elle s'était avancée vers Klara, son corps vibrait d'une puissance comparable à celle d'un véhicule en marche. Klara avait failli s'écarter, mais non : elle s'était armée de courage et avait tenu bon.

— Grâce à ces accessoires, tout le monde se sent mieux, avait affirmé la femme. Mais je n'ai pas besoin de ces choses-là.

— Vous savez, c'est tout, avait murmuré Klara.

L'espace entre leurs deux corps était aussi chargé que celui entre deux aimants. Klara s'était sentie toute légère, capable de flotter jusqu'aux bras de la femme si elle se laissait aller.

— Je sais, c'est tout, avait répété la femme.

Puis elle avait redressé le menton, incliné la tête de côté et lancé un regard oblique à Klara.

— Comme toi.

« Comme toi » : cela avait résonné à ses oreilles comme une preuve d'existence. Klara en voulait davantage. Elle n'avait pas cru être intéressée par la date de sa mort, mais à présent elle était fascinée. Elle voulait rester plus longtemps sous le sortilège de la femme, un charme qui agissait comme un miroir et dans lequel elle se voyait. Alors elle demanda ce qui l'attendait.

Quand la femme avait répondu, le sortilège s'était rompu.

Klara avait eu l'impression de recevoir une gifle. Elle n'arrive pas à se rappeler si elle avait remercié la femme ni comment elle avait trouvé son chemin pour sortir. Brusquement, elle s'était retrouvée à l'extérieur, le visage sillonné de larmes et les paumes maculées à cause de la saleté qui recouvrait la rampe de l'escalier de secours.

Treize ans plus tard, Klara constata ainsi qu'elle redoutait que la femme ait vu juste pour Simon. Et c'est là le cœur du problème : la voyante était-elle aussi puissante qu'elle en avait l'air, ou bien Klara avait-elle fait en sorte que la prophétie se réalise ? Qu'est-ce qui était le pire ? Si la mort de Simon avait pu être évitée, si c'était une arnaqueuse, alors Klara était en faute… et peut-être qu'elle-même était une mystificatrice. Après tout, si la magie existe aux côtés de la réalité – deux faces regardant dans des directions opposées, comme la double tête de Janus –, alors Klara ne peut pas être la seule à la percevoir. Si elle doute de la femme, cela signifie qu'elle doute aussi d'elle-même. Et dans ce cas, tout ce en quoi elle croit est à remettre en cause, y compris les coups frappés par Simon.

Ce qu'il lui faut, ce sont des preuves. En mai 1990, par une nuit chaude, une fois Raj et Ruby endormis, elle s'assied dans son lit.

Elle pourrait les chronométrer, comme elle le fait pour le numéro de La Seconde Vue. Une minute par lettre.

Elle se lève et se rend dans le coin cuisine où se trouve la montre de Simon – un cadeau de Saul – avec un bracelet en cuir et un petit cadran en or. Elle s'assoit dans la cabine, le clair de lune lui permettant de distinguer le mouvement de la fine aiguille des minutes.

— Allez, Simon, murmure-t-elle.

Quand elle entend le premier coup, elle commence à chronométrer. Sept minutes passent, puis une huitième ; à la douzième, un coup résonne de nouveau.

M.

Elle regarde fixement la montre, comme si c'était une clé, comme si c'était le visage souriant de Simon. Le coup suivant survient cinq minutes plus tard : *E.*

Ruby se met à gémir.

Pas maintenant, pense Klara. *S'il te plaît, pas maintenant.* Mais le gémissement s'intensifie, puis les cris de Ruby éclatent comme immanquablement l'aube jaillit. Klara entend Raj sauter du lit, chuchoter des paroles apaisantes à Ruby jusqu'à ce qu'elle renifle juste, puis ils se matérialisent tous les deux dans la cabine.

— Qu'est-ce que tu fais ?

Il tient Ruby haut sur son torse, de sorte que leurs têtes sont à la même hauteur. Leurs yeux brillent dans la pénombre.

— Rien. Je n'arrivais pas à dormir.

Raj fait sauter Ruby dans ses bras.

— Pourquoi ?

— Comment pourrais-je savoir ?

Il lève une main – « Je demandais juste... » – puis disparaît dans l'obscurité. Elle l'entend recoucher Ruby dans le berceau.

— Raj.

Elle se penche en avant pour regarder dans la direction de la porte condamnée du *Burger King*.

— Je ne suis pas heureuse.

— Je sais.

Il vient s'asseoir sur le siège passager et le recule pour étendre complètement les jambes. Il s'est fait une queue de cheval – il ne s'est pas lavé les cheveux depuis des jours –, et ses yeux sont lourds de fatigue.

— Ce n'est pas ce que je voulais pour nous. Je voulais une vie meilleure. Et c'est toujours ce que je désire. Pour elle.

Du menton, Raj désigne le berceau de Ruby.

— Je veux qu'elle ait une maison, des voisins. Un putain de chien, si c'est ce dont elle a envie. Mais avoir un chien ou des voisins, ça coûte cher. J'essaie d'économiser, Klara. On gagne plus qu'avant, mais ce n'est toujours pas assez.

— Peut-être que nous ne pouvons pas faire mieux, avance Klara d'une voix saccadée. Je suis épuisée, et je sais que tu l'es aussi. Il est peut-être temps que nous cherchions de vrais boulots.

Raj émet un grognement sceptique.

— J'ai arrêté le lycée, tu n'es pas allée à la fac. Tu crois que Microsoft voudrait de nous ?

— Pas Microsoft, mais une autre entreprise. On pourrait aussi retourner à l'école. J'ai toujours été bonne en maths, je pourrais prendre des cours de compta. Et toi, tu étais doué comme mécanicien. Tu étais brillant, même.

— Toi aussi, Klara ! s'écrie Raj. Tu étais douée, tu étais talentueuse. La première fois que je t'ai vue, c'était à North Beach, tu donnais un petit spectacle, je t'ai regardée sur scène et j'ai pensé : quelle femme ! Elle sort du lot. Tes rêves étaient trop grands, tes cheveux trop longs, et ils s'emmêlaient dans les cordes, mais quand tu as tournoyé dans les airs, je n'avais jamais rien vu de tel et je me suis demandé si tu allais redescendre. Je n'ai pas l'intention de renoncer. Et je suis certain que toi non plus. Tu veux vraiment qu'on s'installe quelque part ? Qu'on ait un boulot alimentaire, ou qu'on fasse fructifier l'argent des autres ?

Ses mots s'immiscent profondément en elle, s'y enfouissent. Elle sait depuis toujours qu'elle est destinée à être un pont, un pont entre la réalité et l'illusion, entre le présent et le passé, entre ce monde et le suivant. Il lui suffit de trouver comment y parvenir.

— OK, admet-elle avec lenteur. Mais nous ne pouvons pas continuer comme ça.

— Exact, approuve Raj en regardant droit devant lui. Il faut que nous voyions plus grand.

— Grand comme quoi ?

— Comme Vegas.

Klara presse ses paumes contre ses yeux.

— Raj... Je t'ai déjà dit pour Vegas...

— Oui, je sais.

Raj se penche vers elle par-dessus l'accoudoir.

— Mais tu veux un public, tu veux du succès, tu veux te faire un nom, Klara, et ce n'est pas ici que tu y parviendras. Les gens viennent du monde entier pour visiter Vegas, y chercher quelque chose qu'ils ne trouvent pas chez eux.

— Oui, de l'argent.

— Non, du divertissement. Ils veulent enfreindre les règles, que le monde marche sur la tête. Et n'est-ce pas ce que tu désires, toi aussi ? (Il lui saisit la main.) Écoute, je n'ai jamais souhaité être la star, et tu n'as jamais voulu être l'assistante. Tu as toujours eu l'impression que tu étais promise à un grand destin, non ? Et j'ai toujours cru en toi.

— Je ne suis plus comme ça, un ressort s'est brisé en moi. Je ne suis plus aussi forte qu'avant.

— Tu vas bien mieux depuis que tu as arrêté de boire. Tu as l'impression d'être faible quand tu rumines, quand tu restes coincée là, en bas, et que tu ne peux pas prendre de la hauteur. Il faut que tu maintiennes la tête ici. (Il place la main sous son propre menton). Au-dessus de l'eau. Concentrée sur la réalité, sur Ruby et ta carrière.

Quand Klara pense à Ruby, c'est comme si elle tentait de s'accrocher à un roc au milieu d'une rivière, de se cramponner à un radeau petit mais solide, alors que tout l'entraîne à la dérive.

— Mais si nous allons à Vegas, et que je n'y arrive pas… Si personne ne veut nous louer une salle, ou si je… Si j'échoue, alors que ferons-nous ?

— Je n'ai pas envie d'envisager ce cas de figure, dit Raj. Et toi non plus, tu ne dois pas voir l'avenir ainsi.

— Vegas, marmonne Gertie. Tu vas à Vegas.

Klara entend sa mère recouvrir le combiné de sa main, puis crier : « Varya, tu m'entends ? Vegas ! Elle vient de m'annoncer qu'elle va à Vegas. »

— Maman, dit Klara, j'entends ce que tu dis, tu sais.

— Comment ?

— C'est mon choix.

— Personne ne prétend le contraire. Ce ne serait certainement pas le mien.

Elle entend le déclic d'un autre téléphone qu'on vient de décrocher.

— Donc, tu vas à Vegas ? enchaîne Varya. Pourquoi ? Vous prenez des vacances ? Tu emmènes Ruby ?

— Bien sûr qu'on l'emmène ! Et non, on n'y va pas pour des vacances, on part pour de bon.

Klara regarde par la vitre du camping-car. Raj fait les cent pas en fumant. Toutes les deux secondes, il lui lance un coup d'œil pour voir si elle est toujours au téléphone.

— Pourquoi ? répète Varya, atterrée.

— Parce que je veux être magicienne. Et c'est là qu'il faut être quand on veut exercer ce métier et que ça rapporte. En plus, Varya, j'ai un bébé, et tu ne peux pas imaginer combien ça coûte. La nourriture, les couches, les vêtements...

— J'ai élevé quatre enfants, intervient Gertie. Et je ne suis jamais allée à Vegas.

— On sait, dit Klara. Moi, je suis différente.

— On sait, soupire Varya. Si tu es heureuse...

Comme Raj revient vers le camping-car, elle repose le combiné sur son support.

— Qu'est-ce qu'elles ont dit ? demande-t-il en s'installant sur le siège conducteur.

Il met le contact.

— Elles désapprouvent ?

— Ouais.

— Je sais que c'est ta famille, poursuit-il en s'engageant sur la route, mais si ce n'étaient pas les tiens, toi non plus tu ne les apprécierais pas.

Ils s'arrêtent dans un camping à Hesperia pour dormir. C'est la voix de Raj qui réveille Klara. Elle se retourne et regarde la montre de Saul en plissant les yeux : il est 3 h 15, et il est assis près du berceau de Ruby. Il la regarde à travers les barreaux, lui murmurant des choses au sujet de Dharavi.

De la tôle peinte en bleu vif. Des femmes vendant de la canne à sucre. Des maisons aux murs en toile de jute. D'énormes tuyaux qui s'élèvent, tels des dos d'éléphants, dans les rues. Il lui parle de la milice en charge de l'électricité et des mangroves, de la cabane où il est né.

— C'est là que vivait Tata. L'immeuble était déjà à moitié détruit à l'époque, et l'autre a sûrement disparu depuis. Mais on peut se représenter la partie toujours debout, dit-il. Chaque étage est dédié à une activité commerciale. À celui de Tata, il y a des bouteilles de verre, du plastique et des morceaux de métal. Au-dessus, des hommes fabriquent des meubles ; au-dessous, des attachés-cases et des sacs à main en cuir. Au dernier étage, des femmes cousent des jeans et des tee-shirts pour des enfants comme toi.

Ruby gazouille et lève la main, sa peau d'un blanc bleuté dans la lumière de la lune. Raj la saisit.

— On prétend que ton peuple est intouchable, pire que ceux qui sont issus du pied de Brahma. Mais c'est aussi un peuple de travailleurs. Des commerçants, des fermiers, des réparateurs. Dans les villages, on leur interdit l'accès aux temples et aux tombes. Mais Dharavi est leur temple, dit-il, et l'Amérique le nôtre.

Klara a la tête tournée vers le berceau, mais elle est tendue : Raj ne lui a jamais parlé de ces choses-là. Quand elle lui pose des questions sur Dharavi ou sur les insurrections au Cachemire, il change de sujet.

— Tata serait fier de toi, et toi de lui.

Raj se lève. Klara presse alors sa joue contre l'oreiller.

— Ne l'oublie jamais, Ruby, dit-il en remontant la couverture jusqu'à son petit menton. Ne l'oublie jamais.

16

—

À Vegas, ils s'arrêtent dans un terrain pour camping-cars appelé *King's Row*. C'est à un quart d'heure du Strip et la location coûte deux cents dollars par mois, une somme dont Raj s'acquitte à contrecœur, parce que la piscine a été vidée et que seule une des machines de la laverie est en état de fonctionnement.

— C'est en attendant mieux, dit-il à Ruby en lui embrassant le bout du nez. Nous allons bientôt vendre ce truc.

Pendant qu'il surélève le véhicule à l'aide de vérins et procède aux branchements électriques, Klara explore les lieux. Dans la salle de jeux, il y a une table de ping-pong et des distributeurs automatiques à moitié vides. On dirait que les véhicules sont amarrés ici depuis des mois : ils ont des vérandas en bois sur lesquelles les résidents ont disposé des jardinières ou des drapeaux américains.

Ils louent une voiture pour trois mois, une Pontiac Sunbird de 1982, et vont faire un tour au cœur du Strip. Klara n'a jamais rien vu de tel. Des chutes d'eau qui ne sont jamais à sec. Des plantes tropicales toujours en fleurs. Des complexes hôteliers aussi métalliques et anguleux que des stations spatiales.

— Des filles brûlantes en chair et en os ! siffle quelqu'un.

Et une carte postale se matérialise dans la main de Klara. Des dieux paradent sous le nez de plusieurs Césars, une femme est allongée face à terre sur le bas-côté de la rue, le visage plongé dans un sac en cuir rose. Des danseuses et un faux Elvis se tiennent aux côtés d'une poupée Chucky vivante qui fait un signe de la main à Klara, tout en brandissant un couteau.

Un hôtel flambant neuf se dresse devant, deux immeubles élancés reliés l'un à l'autre tel un livre ouvert. « Le Mirage », proclame un panneau électronique en capitales rouges cursives. Un texte défile :

> **Lors des dix premières heures suivant notre inauguration, nous avons offert le plus grand jackpot de l'histoire de Las Vegas ! 4,6 millions ! Venez déguster notre buffet !**

Puis les lettres disparaissent, ou plutôt semblent s'évanouir, et le *Mirage* réapparaît. Un volcan devant l'hôtel crache du feu chaque nuit, dit-on, au son de Grateful Dead et Zakir Hussain, le joueur indien de tabla. Sous un atrium, une forêt tropicale a été reconstituée, et il y a même des tigres dans l'enclos. C'est précisément ce que Klara déteste, mais elle pense à Ruby. Ici, il y a de l'argent. Ils pénètrent dans le hall, où sont suspendus d'immenses chandeliers et des pétales en verre de la taille d'un pneu de voiture. Derrière le comptoir de la réception, un aquarium gigantesque, long de cinquante mètres, est encastré dans le mur. Elle entend un vrombissement strident, qu'elle attribue d'abord aux chutes d'eau, puis au volcan, avant de reconnaître le bruit d'une scie : l'immeuble est encore en chantier.

— Psitt ! dit Raj.

Et il désigne une large bannière tendue au-dessus du comptoir : on y voit Siegfried et Roy, le visage pressé de chaque côté d'un tigre blanc. « En journée, de 13 heures à 19 heures. » Il est 13 h 45. Ils suivent les panneaux jusqu'au théâtre. Comme le spectacle a déjà commencé, il n'y a personne pour vérifier les tickets. Raj se glisse entre les portes, Ruby sur la hanche, et entraîne Klara vers deux sièges vides. Siegfried et Roy portent des chemises en soie blanche non boutonnées, des vestes en fausse fourrure, un pantalon avec braguette à l'ancienne. Ils chevauchent un dragon mécanique qui crache du feu, fouettant sa tête de trois mètres de haut, tandis que des femmes en bikini coquillage dansent avec des perches au bout en cristal. À la fin du show, Roy est juché sur le dos d'un tigre blanc, lui-même assis sur une boule à facettes. Une fois celui-ci rejoint par Siegfried et douze autres animaux exotiques, ils lévitent ensemble sous les chevrons.

C'est une caricature de rêve américain : quarante ans plus tôt, le couple s'est rencontré sur un paquebot transatlantique, fuyant l'Allemagne d'après-guerre, un guépard caché dans leur malle. Maintenant, ils embauchent des acteurs et disposent d'une équipe de deux cent cinquante personnes pour leur spectacle.

Lorsque les deux hommes saluent le public, Raj colle la bouche contre l'oreille de Klara.

— Il suffit de trouver une façon de nous faire introduire. Quelqu'un doit bien connaître quelqu'un…

Klara allaite Ruby sur le futon, les yeux rivés à la montre de Simon. Les deux mêmes lettres que la première fois se sont fait entendre : *M*, puis *E*. Cinq minutes plus tard, un deuxième *E* survient. Le laps de temps suivant est si long – vingt minutes – qu'elle craint de l'avoir manqué en aidant Ruby à faire un rot. Puis, de nouveau, elle entend le bruit.

T.

Meet ! – « Rejoins-moi. »

Ruby pleure. Le lait de Klara se tarit.

— Quoi ? demande Raj de l'extérieur.

Il est allongé sous le camping-car, affairé à l'arrière.

— Rien, dit Klara.

Raj ne voudrait pas entendre parler de ce qui vient juste de lui passer par l'esprit, à savoir : si Simon communique avec elle depuis l'au-delà, pourquoi Saul ne le pourrait-il pas, lui aussi ?

Klara rattache son soutien-gorge d'allaitement et s'efforce de faire taire la petite fille, mais ses sinus sont bouchés, et il est fort probable qu'elle se remette à pleurer. Ruby est vivante, Ruby a besoin d'elle. Klara a besoin de Simon, elle a besoin de Saul, mais ils sont…

Morts ? Peut-être. Mais peut-être pas tout à fait.

Raj se démène avec ses contacts dans les casinos en Californie du Sud ; finalement, le propriétaire du lieu de villégiature Lake Tahoe a un cousin dont le frère de la femme gère le *Golden Nugget*. Raj se rend au rendez-vous qu'il a obtenu avec cet homme dans son plus beau costume, il le retrouve dans un grill-room du Strip. Quand il revient, il est excité, il déborde d'énergie, et un éclat fou brille dans ses yeux, comme s'il était en transe.

— Ma chérie, dit-il, j'ai le numéro de quelqu'un.

17

—

Klara ne s'est jamais produite sur une avant-scène aussi grandiose que celle du *Mirage*. Les planches s'élèvent à neuf mètres du sol ; il y a deux plates-formes qui bougent, cinq élévateurs de scène, vingt projecteurs et deux mille fauteuils. La corde d'ascension a été fixée, et la cabine de Protée attend sur des roues en coulisses. Trois responsables du *Mirage* sont assis au premier rang.

Durant le discours d'ouverture de Raj, Klara se tient dans les coulisses, en nage sous sa robe à paillettes. Pour la première fois, Ruby est à la garderie, un service offert par l'hôtel pour ses employés, au dix-septième étage. Klara sent son estomac se contracter. Elle essaie de se concentrer, elle le fait pour Ruby. *Bien secouer les mains, déglutir, sourire, bon sang !* Juchée sur des talons dorés, elle s'avance sur la scène.

Lumière. Chaleur. Elle n'arrive pas à distinguer les différents responsables, tous portant la chemise de soirée et ayant le visage dans l'ombre. Ils manifestent des signes d'impatience lors de La Cabine de Protée. L'un d'eux quitte la salle pendant le numéro de La Cage éclipsée, prétextant unc audioconférence. Ceux qui restent se ragaillardissent pendant La Seconde Vue, mais Klara ne se chronomètre pas correctement pour La Rupture et doit relever les genoux afin de ne pas toucher le sol trop vite. Quand elle ouvre les yeux, l'un des deux hommes regarde son pager, tandis que l'autre se racle la gorge.

— C'est fini ? demande-t-il.

Un assistant rallume les lumières, et Raj sort des coulisses, son sourire d'homme d'affaires aux lèvres, mais la colère émane de lui par vagues. Pendant une fraction de seconde, l'énormité de leur échec coupe le souffle à Klara. Dans le réfrigérateur du camping-car, il y a trois petits pots pour Ruby. Raj et elle ne se nourrissent que de fast-food, et elle le ressent dans son corps, ce mélange d'excès et de manque. Il ne leur reste que soixante-quatre dollars dans la boîte à gants. S'ils ne décrochent pas un contrat, que vont-ils devenir ?

Klara pense à Ilya, son mentor. C'est lui qui lui a enseigné que les tours de magie ont été créés par et pour les hommes : les poches de leurs vestes sont parfaitement bien taillées pour dissimuler des gobelets en acier, et grâce à leurs grandes mains, ils peuvent tenir plus facilement les objets dans leur paume. Puis il lui a appris comment s'approprier tous ces tours. Klara utilise des balles en mousse facilement compressibles, et elle s'est exercée à manœuvrer sans heurts le tiroir d'une table à jouer. Mais elle n'a pas pu contourner la difficulté de la taille de ses paumes et, concernant les tours de passe-passe, elle ne peut compter que sur la technique.

« Tu dois d'abord égaler les plus doués des hommes dans le domaine de la magie, lui disait Ilya, l'entraînant à faire des coupes d'une main jusqu'à ce que ses doigts fourmillent de douleur. Puis il te faudra les dépasser. »

Les tours de passe-passe, c'était sa force. Et c'est toujours le cas. Mais Klara et Raj ont voulu concurrencer Siegfried et Roy, et elle en a oublié la bonne vieille magie avec laquelle elle a grandi. Elle s'est oubliée elle-même.

— Non, répond-elle, pas encore.

Elle disparaît en coulisses pour aller chercher la boîte noire d'Ilya, qu'elle a apportée aujourd'hui en guise de porte-bonheur. Elle traverse la scène avec, en descend, puis la transforme en une table, sous le nez des deux responsables. De près, ceux-ci ne se ressemblent absolument pas. L'un est râblé et chauve, l'œil alerte derrière ses lunettes à monture argentée. Il porte une chemise en soie rouge. L'autre, vêtu d'une chemise à fines rayures blanches et noires, est grand et a une silhouette en forme de poire, ses cheveux bruns ramenés en une queue de cheval. Des lunettes couleur lavande sont juchées sur son nez, et il porte une délicate croix dorée autour du cou.

Raj va jusqu'au bord de la scène et s'assoit derrière Klara. Le corps rigide, il la regarde. Elle sort son jeu préféré d'un compartiment caché, puis étale les cartes sur la table d'Ilya.

— Choisissez-en trois, dit-elle au chauve. Ensuite, posez-les face vers le haut.

Il sélectionne un as de trèfle, une reine de carreau et le sept de cœur. Elle les remet dans le jeu. Puis elle tape dans ses mains. L'as jaillit du jeu, flotte dans les airs avant d'atterrir sur une chaise. Elle frappe de nouveau dans ses mains : la reine surgit au milieu du jeu. Quand elle recommence une troisième fois, le sept de cœur apparaît dans le creux de sa paume.

— Ah ! s'exclame l'homme. Très intéressant.

Mais Klara ne s'attarde pas sur le compliment. Elle a du pain sur la planche, en l'occurrence le tour du Raise Rise. Elle sort un marqueur du tiroir et le tend à l'homme aux lunettes couleur lavande.

— Coupez les cartes, dit-elle. À l'endroit qu'il vous plaira.

Il obtempère, révélant le trois de pique.

— Excellent, reprend-elle. Voudriez-vous signer cette carte pour moi ?

— Avec le marqueur ?

— Tout à fait. Ainsi, je ne peux pas tricher : il pourrait en effet y avoir d'autres trois de pique dans ce jeu, mais aucun ne sera comme le vôtre. Replaçons la carte au milieu du paquet. Maintenant, observez ce phénomène amusant. Quand je prends la carte du dessus (elle la retourne), c'est votre trois de pique. Étrange, n'est-ce pas ?

À présent, remettons la carte à sa place, au centre. Mais attendez : si je retourne la carte du dessus une deuxième fois, c'est de nouveau le trois. Il est remonté du jeu.

Raise Rise est l'un des tours les plus difficiles que Klara connaisse, et elle ne l'a pas pratiqué depuis des années. Elle avait peu de chances de le réussir, mais quelque chose l'a aidée. Quelque chose qui la ramène vers celle qu'elle a toujours été.

— Maintenant, je vais vous montrer que je mets soigneusement la carte au milieu du jeu. Je vais même la laisser dépasser pour vous garantir que je ne triche pas. Vous voyez ? Voilà. Donc pourquoi, demande-t-elle en joignant le geste à la parole, est-elle encore sur le dessus pour la troisième fois ? Et à présent, voyons voir : il me semble que je la sens bouger, je jurerais qu'elle est en dessous. Voulez-vous retirer la carte du dessous, s'il vous plaît ?

Il s'exécute. C'est effectivement sa carte. Il se met à rire.

— Bien joué. Je n'aurais pas remarqué la levée double si je n'avais pas précisément regardé pour voir si vous ne preniez pas deux cartes à la fois.

Il a toujours un œil sur son pager. Klara décide d'en faire sa cible. Elle a une crampe au petit doigt – cela fait un an qu'elle n'a pas travaillé la saillie externe –, mais elle n'a pas le temps de secouer la main. Elle saisit une poignée de pièces de vingt-cinq cents, met de côté le jeu de cartes, puis désigne le mug en métal posé aux pieds de l'homme chauve.

— Je peux l'utiliser ? Merci, c'est très gentil. Je ne sais pas si vous avez remarqué, mais cette salle est infestée de pièces.

De sa main droite, elle saisit le mug, montre sa paume gauche pour prouver qu'elle est vide. Elle claque dans ses doigts : une pièce apparaît entre son pouce et son index. Elle la laisse tomber dans le mug, où celle-ci tinte. Elle retire deux pièces du col de la chemise du chauve, une dans chacune de ses oreilles et deux de la poche de la chemise de l'autre homme.

— Vous voyez, c'est votre mug, pas le mien. Il n'y a pas de compartiment secret, pas d'endroit où stocker les pièces. Je parie que vous vous demandez comme je fais ça. Et j'imagine aussi que vous avez déjà quelques hypothèses.

Klara désigne les lunettes de l'homme aux cheveux noirs. Il les lui tend, et elle les pointe vers le mug. Une pièce glisse de chaque verre.

— C'est une réaction naturelle : nous cherchons toujours une explication aux phénomènes. Vous me voyez faire apparaître des pièces sans arrêt. Vous présumez donc qu'elles sont dans ma main gauche. Mais quand je vous la montre, et que vous vous rendez compte que je ne peux pas les cacher dedans, vous changez de logique. Maintenant, vous vous dites qu'elles sont dans ma main droite. Ce serait commode, non ? Si près du mug. Vous ne pouvez pas voir que je pourrais (elle passe la tasse de la main droite à la gauche) être en train de changer (elle montre sa main droite vide) de méthode.

Elle tousse : deux pièces sortent de sa bouche. Le brun range son pager dans la poche de sa chemise. Elle a enfin capté toute son attention.

— Vous êtes un homme pieux, dit Klara en rivant le regard à la croix qu'il porte autour du cou. Mon père l'était, aussi. J'ai souvent pensé que nous étions en opposition ; c'étaient ses règles contre mes transgressions, son sens de la réalité contre mes rêves. Mais ce dont je me suis aperçue, et qu'il savait déjà, je crois, c'est que nous avions foi en la même chose. Vous pouvez l'appeler une trappe, un compartiment caché, ou bien Dieu : un emplacement réservé à ce qui nous échappe. Un endroit où l'impossible devient possible. Quand il récitait le Kiddouch ou allumait les bougies pour shabbat, il faisait des tours de magie.

Raj toussote pour l'avertir : « Où veux-tu en venir, au juste ? », mais Klara sait où elle va. Elle le sait depuis le début.

— Nous imaginions savoir un tas de choses sur la réalité, mon père et moi. Et je parie que vous aussi. Il accusait toujours le réel d'être « trop » : trop pénible, trop limité, trop triste. Eh bien, moi, j'affirme le contraire. Je pense que la réalité rime avec pas assez.

Klara pose le mug par terre, puis sort un gobelet et une balle du tiroir. Elle place ce premier, vide, à l'envers sur la table et met la balle dessus.

— Elle n'est pas suffisante pour éclairer le mystère de tout ce qui nous dépasse.

Elle reprend la balle et la serre étroitement dans son poing.

— Pas suffisante pour rendre compte des incohérences que nous voyons, entendons, ressentons.

Elle ouvre la main, la balle a disparu.

— Pas suffisante pour que l'on puisse y accrocher ses espoirs, ses rêves, sa foi aussi.

Elle soulève le gobelet pour dévoiler la balle, dessous.

— Selon certains magiciens, la magie fait voler en éclats notre vision du monde. Moi, je pense qu'elle permet justement au monde de tenir. C'est une matière noire, ce qui cimente la réalité, le mastic qui colmate les brèches entre toutes les choses que nous estimons réelles. Et il faut en passer par la magie pour comprendre (elle retourne le gobelet) combien la réalité (elle serre le poing) est inadéquate.

Quand elle ouvre la main, la balle rouge n'y est plus, remplacée par une fraise.

Un profond silence règne dans la salle, du sol couvert de moquette au plafond de quinze mètres de haut, du fond de la scène au balcon. Puis Raj se met à applaudir, et le chauve se joint à lui. Seul l'homme à la croix en or s'abstient d'applaudir. Il se contente de demander :

— Quand commencez-vous ?

Klara regarde fixement le fruit dans sa paume. Celle-ci est moite. Elle peut sentir son odeur. Elle entend un bourdonnement dans ses oreilles, semblable à celui de la cascade devant le *Mirage*. À moins que ce ne soit le bruit d'une scie ?

Le chauve tire un carnet relié en cuir de sa poche.

— Disons décembre, janvier... Janvier ? Ou la place juste avant Siegfried et Roy ?

Le brun déclare d'une voix qui semble venir d'outre-tombe :

— Ils n'en feront qu'une bouchée.

— Exact, mais on la met en lever de rideau. On lui laisse une demi-heure, le temps que les gens s'installent, ils auront ainsi quelque chose à regarder. C'est une jolie fille - vous êtes très belle - elle retiendra l'attention du public, ils resteront le cul dans leur fauteuil, et boum ! On enchaîne avec les tigres, les lions. Explosions et chocs en tous genres !

— Il leur faudra de nouveaux costumes, renchérit l'autre homme.

— Alors remaniement complet des costumes ! On vous procure une équipe de production, on retaille la cage à oiseaux, la cabine, on monte la corde plus haut, on booste le numéro pour lire dans les pensées en faisant venir sur scène un spectateur, bref, ce genre de choses.

Un pager se met à biper, les deux hommes vérifient leur poche.

— Écoutez, on rediscutera des détails plus tard. Il vous reste quatre mois avant la première, vous serez au point.

— Putain, c'est incroyable ! s'exclame Raj quand les portes de l'ascenseur se referment. Une fraise.

Il éclate de rire, recroquevillé dans l'angle que forment les deux parois en verre.

— Je ne sais pas comment tu as fait ça, mais c'était incroyable !

— Moi non plus, je ne sais pas.

Il s'arrête aussitôt de rire, mais continue à sourire, bouche entrouverte.

— Je suis sérieuse, poursuit Klara. Je n'avais jamais vu cette fraise avant. Je n'ai pas la moindre idée d'où elle sortait.

Sa première pensée, c'est que ses trous de mémoire sont revenus : elle est peut-être allée au supermarché, a acheté une barquette de fraises et en a mis une dans sa poche. Mais ça n'a pas de sens. Raj est le seul à conduire la voiture de location ; par ailleurs, il n'y a pas d'épicerie accessible à pied depuis *King's Row*.

— Tu te prends pour qui, au juste ? demande Raj.

Son visage est empreint d'une sorte de sauvagerie, de férocité, comme un loup surveillant une proie qu'il aurait tuée.

— Une magicienne qui a fini par croire en ses propres trucs ?

Il y a quelques mois, elle en aurait été blessée. Cette fois, non. Elle remarque juste une chose.

L'éclat dans les yeux de Raj. Elle l'a pris à tort pour de la colère.

Il a peur d'elle.

18

Raj travaille avec l'équipe de production pour installer les accessoires nécessaires aux Mâchoires de survie et au numéro de La Seconde Vue. Il en conçoit de nouveaux pour le tour des aiguilles : elles seront plus grosses afin qu'on puisse les voir de loin, il remplace aussi le fil par de la corde rouge. Le directeur des divertissements du *Mirage* demande à Klara si elle veut bien que Raj la découpe en deux avec une scie. « C'est fastoche, ça ne fait pas mal du tout », argue-t-il, mais elle refuse. Il croit qu'elle a peur, alors qu'en vérité elle pourrait lui faire un exposé d'une heure sur P.T. Selbit et ses tours misogynes : Détruire une fille, Étirer une dame, Écraser une femme, tous parfaitement adaptés à l'époque, destinés à exploiter la soif de sang liée à l'après-guerre et à se venger du droit de vote accordé aux femmes.

Klara ne sera pas une femme que l'on découpe en deux, ni que l'on enchaîne, pas plus qu'elle ne sera sauvée et délivrée. Elle se sauvera par elle-même. Elle sera la scie.

Mais elle sait aussi qu'ils peuvent perdre leur contrat si elle s'oppose à tout. Aussi laisse-t-elle la costumière remonter son ourlet de douze centimètres et agrandir son décolleté de cinq. Pendant les répétitions, Raj se tient fièrement debout, alors que Klara semble rétrécir. Le rayonnement qui l'habitait pendant l'audition s'amenuise chaque jour, il ne résiste pas aux projecteurs de cinq cents watts, même adoucis par le brouillard des machines à fumée. Elle pensait que le *Mirage* la voulait telle qu'elle était, mais ils souhaitent décupler ses talents, qu'elle soit plus grande que nature. Ils veulent qu'elle soit Vegas. Pour eux, elle est une attraction au même titre que leur volcan rose, devant la façade de l'hôtel : leur magicienne maison.

Les cartilages de Ruby s'ossifient, et ses os fusionnent. Son corps représente soixante-dix pour cent d'eau, comme le taux d'eau de la terre. Elle a de délicates canines et une bonne paire de molaires. Elle peut dire « va-t'en », « non » et « viens moi », c'est-à-dire « viens avec moi », ce qui fait fondre le cœur de Klara. Elle pousse de petits cris de plaisir à la vue des lézards roses qui rampent à travers *King's Row* et tient étroitement des galets dans ses poings minuscules. Quand le spectacle commence et qu'ils obtiennent leur premier gros chèque, Raj veut vendre le camping-car et louer un appartement, trouver une école maternelle et un pédiatre. Mais Klara n'a plus de temps à perdre : si la femme de Hester Street a raison, elle mourra dans deux mois.

Elle se garde bien de le dire à Raj. Il penserait qu'elle est encore plus folle qu'il ne croit. En outre, elle le voit rarement : entre les répétitions, il reste au théâtre. Monté sur une grille à vingt-sept mètres de hauteur, il installe un système de cordes et de poulies fabriquées sur mesure pour renforcer les portants. Il utilise les trappes et ouvertures apparentées afin que Klara puisse disparaître après le numéro de La Rupture. Il construit une nouvelle table à jouer avec les ouvriers du *Mirage* et les aide à transporter des accessoires de leur entrepôt sur la scène. Le directeur artistique l'adore, mais il commence à éveiller du ressentiment chez certains techniciens. Un jour, alors que Klara va chercher Ruby à la garderie, elle passe devant deux machinistes. Ils se tiennent au niveau des portes du théâtre, observant Raj en train de marquer la scène avec du ruban adhésif.

— Avant, c'était toi qui mettais les repères, dit l'un. Si tu ne fais pas attention, Gandhi va te piquer ta place.

Klara se rend chez *Vons*, avec Ruby dans sa poussette en plastique rouge. Elle vole huit petits pots à la patate douce de la marque Gerber dans l'allée 4, qui cliquètent dans son sac quand elle se dirige vers la sortie. Les portes coulissantes s'ouvrent, et un flot d'air chaud la submerge. C'est un soir de fin novembre, mais le ciel est encore bleu denim. Elle s'assied sous un lampadaire, ôte le couvercle d'un petit pot et nourrit Ruby avec son index.

Deux faisceaux de lumière blanche se rapprochent, grossissent, et une Oldsmobile gris métallisé s'immobilise à sa hauteur. Klara recouvre les yeux de Ruby et plisse les siens, mais la voiture ne s'en va pas : elle est stationnée juste devant elle, bloquant complètement la rue. Au volant, un homme la regarde fixement. Il a les cheveux blond vénitien, décoiffés, des yeux or pâle et la bouche grande ouverte. Il ressemble trait pour trait à Eddie O'Donoghue, le flic de San Francisco.

Klara se hisse aussitôt sur ses pieds, Ruby sur la hanche. Elle en fait tomber le petit pot, qui se casse, et de la purée orange se répand par terre, mais cela ne l'arrête pas dans son élan. Elle se met à marcher, puis commence à courir vers la foule anonyme du Strip. Elle se faufile entre les touristes, manœuvre maladroitement la poussette vide d'une main tout en se rappelant la langue qu'il avait introduite dans sa bouche, et soudain, elle percute de dos une femme costaude, avec deux longues nattes châtain.

Son sang se fige. C'est la diseuse de bonne aventure. Klara la saisit par l'épaule.

L'inconnue se retourne. C'est juste une adolescente. Sous les lumières dansantes du *Stage Door Casino*, son visage passe du rouge au bleu.

— Qu'est-ce qui vous prend, putain ?

Elle a les yeux dilatés, le menton agressif.

— Je suis désolée, murmure Klara en reculant. Je vous ai prise pour une autre.

Ruby, toujours sur sa hanche, se met à pleurer. Klara continue à avancer, passe devant le *Caesars Palace* et le *Hilton Suites*, puis le *Harrah's* et le *Carnaval Court*. Elle n'aurait jamais cru être aussi heureuse de voir la vulgaire mousse, rose et brûlante, du volcan devant le *Mirage*. C'est en entrant dans l'hôtel qu'elle se rend compte qu'elle a oublié sa poussette devant le *Stage Door*.

Elle ne veut pas entendre les coups, elle aimerait qu'ils retournent là d'où ils viennent, mais ils se font de plus en plus forts. Simon est en colère contre elle, il doit penser qu'elle l'a oublié. Une heure avant la répétition générale, Klara pénètre dans les toilettes des femmes, au *Mirage*, et assied Ruby sur le comptoir, à côté du vase rempli de fleurs artificielles. Elle retire sa montre. *Meet* vient rapidement, comme avant. Treize minutes plus tard, elle entend un cinquième coup : un autre *M*. Cinq minutes après, c'est un *E*.

Elle pense qu'il recommence à taper le même mot quand elle comprend soudain ce qu'il lui dit. *Meet me*, « rejoins-moi ». Au bout de soixante-cinq minutes, elle en perçoit un autre.

Us. « Nous ».

Simon et Saul. Nous. Klara vacille, pose la main sur le comptoir en marbre et penche la tête en avant… Elle ne sait pas combien de temps s'est écoulé quand elle entend subitement la voix de Ruby. La petite fille ne pleure pas ; elle ne gazouille pas non plus. Ce qu'elle dit est clair comme le jour :

— Ma. Ma. Ma-ma.

À l'intérieur d'elle-même, son cœur chavire et se brise. C'est toujours pareil : la famille qu'elle a créée et celle qui l'a créée la tirent dans des directions opposées. Quelqu'un frappe à la porte.

— Klara ? appelle Raj de l'extérieur.

Au lieu de sa tenue habituelle – un tee-shirt blanc couvert de taches et le vieux pantalon Carhartt qu'il porte pour aller travailler – il est en costume : une veste queue-de-pie taillée sur mesure et un haut-de-forme, lisse et noir comme le plumage d'un pingouin. Ruby est à présent assise de l'autre côté du comptoir. Elle a rampé dans l'un des vastes lavabos dorés du *Mirage* et joue avec le distributeur automatique de savon. Elle a de la mousse bleue dans la bouche et pousse des hurlements.

— Putain, Klara, mais qu'est-ce que tu as dans le crâne ?

Raj prend Ruby dans ses bras et l'aide à cracher, lui lavant les gencives avec les doigts. Puis il mouille du papier et lui essuie doucement les yeux et le nez. Après quoi, il plaque les deux mains sur le comptoir et se penche en avant, le menton posé dans les cheveux noirs de leur bébé. Il faut un bon moment à Klara pour se rendre compte qu'il pleure.

— Tu parlais à Simon, c'est ça ? demande-t-il.

— Les coups. Je les ai chronométrés. Jusque-là, je n'étais pas sûre qu'ils étaient réels, mais maintenant je sais que si : il m'envoie un message...

Raj s'approche d'elle comme pour l'embrasser. Mais il s'immobilise à hauteur de sa joue avant de reculer.

— Klara...

Quand il la regarde, quelque chose la frappe dans son expression, quelque chose de vivant, qu'elle prend pour de l'amour avant de s'apercevoir que c'est de la fureur.

— Je le sens sur toi.

— Tu sens quoi ? questionne Klara pour gagner du temps.

Elle a avalé deux mini-bouteilles de vodka dans le camping-car ; elles étaient censées l'aider à se calmer.

— Tu dois être une sorte de masochiste pour nous faire ça maintenant. Ou alors tu penses que je serai toujours là pour ramasser les morceaux.

— C'était juste un verre. (Elle déteste le tremblement de sa voix.) Tu passes ton temps à me surveiller.

Raj ouvre de grands yeux.

— C'est ça que tu penses ? Il y a des années, articule-t-il alors, si je ne t'avais pas trouvée, où crois-tu que tu serais, maintenant ?

— Ailleurs, et bien mieux.

Elle serait toujours à San Francisco, à monter ses propres numéros. Elle serait seule, mais au moins elle aurait le contrôle de la situation.

— Tu serais une alcoolo, dit-il. Une ratée.

Dans les bras de Raj, Ruby regarde Klara à qui le sang monte aux joues.

— Si tu es encore sur scène aujourd'hui, reprend-il, c'est uniquement parce que tu m'as rencontré. Et avant, si tu t'en sortais, c'est parce que tu piquais de l'argent. Tu volais, Klara. De façon éhontée. Tu penses vraiment que tes spectacles étaient bons ?

— Oui, déclare-t-elle. Et c'est toujours le cas. J'essaie d'être une bonne mère. Je veux avoir du succès. Mais tu ne sais pas ce que je traverse. Tu ne sais pas ce que j'ai perdu.

— Ah bon, je ne sais pas ce que tu as perdu ? Mais toi, as-tu la moindre idée de ce qui s'est passé dans mon pays ?

Raj s'essuie les yeux de la paume de sa main libre avant d'ajouter :

— Ton père avait une entreprise, une famille. Tu as toujours une mère, une sœur et un grand frère médecin. Mon père ramassait les ordures, et ma mère est morte si jeune que je ne me souviens même pas d'elle. Amit est mort en 1985, dans un avion, juste avant son arrivée à Bombay, c'était la première fois qu'il rentrait chez lui. La vie a été facile pour ta famille. Elle l'est toujours.

— Je sais combien ta vie a été difficile, murmure Klara. Je ne minimise absolument pas les épreuves que vous avez dû endurer. Mais mon frère est mort. Mon père aussi. La vie ne leur a pas fait de cadeau.

— Pourquoi ? Parce qu'ils ne sont pas morts à quatre-vingt-dix ans ? Pense à tout ce qu'ils ont eu pendant qu'ils étaient sur terre. Pour les gens comme moi, par contre, la vie ne tient qu'à un fil, et si on a vraiment beaucoup de chance, si on est carrément exceptionnel, on arrive à tirer son épingle du jeu. Toi, tu pourras toujours t'en sortir.

Raj secoue la tête et poursuit :

— Pourquoi crois-tu que je ne te parle pas de mes problèmes, de mes vrais problèmes ? Parce que tu ne pourrais pas les entendre. Il n'y a pas de place dans ton esprit pour les problèmes des autres, tu ne t'intéresses qu'aux tiens.

— C'est horrible, ce que tu me dis.

— C'est pourtant vrai, non ?

Klara ne peut pas répondre : son cerveau est embrumé, les fils emmêlés, l'écran de contrôle vient de s'éteindre. Raj vérifie la couche de Ruby, puis renoue les lacets de ses minuscules chaussures. Il prend alors le sac à langer de l'épaule de Klara et se dirige vers la porte.

— Je le jure devant Dieu, Klara, je pensais que tu allais mieux. Dès que nous aurons une assurance santé et un jour de libre, je t'emmène consulter. Tu ne peux pas échouer maintenant, dit-il. On est trop près du but.

28 décembre 1990. Si la femme a raison, Klara n'a plus que quatre jours à vivre. Si elle a raison, elle mourra le soir de la première.

Il doit y avoir une échappatoire, une trappe dérobée. Elle est magicienne, bon sang ! Tout ce qu'elle a à faire, c'est trouver cette putain de trappe.

Elle se met au lit avec une balle rouge et joue sous les couvertures. Elle réfléchit à la façon de la transformer en fraises. Grâce au tour de passe-passe Le Tourniquet, elle fait disparaître la balle en la faisant passer de la main droite à la gauche. Puis elle pose la main gauche sur la droite. Elle recourt alors de nouveau à un tour de passe-passe et rouvre le poing gauche : les fruits sont dans sa paume, frais et odorants. Elle mange chaque fraise et cache les tiges vertes sous le matelas. Puis elle se glisse hors du camping-car.

Il fait nuit noire, mais la température doit dépasser les trente degrés. Elle entend leurs voisins dans leurs véhicules : ils se douchent, font la cuisine, mangent, se disputent, des cris s'élèvent d'un Gulfstream où un couple d'adolescents passe son temps à faire l'amour. La vie est partout : elle crépite dans ces boîtes de conserve, essayant désespérément d'en sortir.

Klara marche jusqu'à la piscine. Elle a la forme d'un haricot rouge et irradie d'un bleu électrique, surnaturel. Il n'y a plus de transats, le directeur prétend qu'on les a volés, aussi Klara se tient-elle devant le grand bain. Elle enlève son haut et son short, les laisse tomber à ses pieds. Son ventre est encore un peu mou et fripé à cause de Ruby. Sa toison éclatante se révèle quand elle ôte sa culotte.

Elle saute.

L'eau l'entoure telle une membrane. Ses orteils paraissent plus proches qu'ils ne le sont, et l'on dirait qu'elle plie les bras. La piscine semble mesurer moins de deux mètres quarante, mais elle sait que c'est une illusion. La réfraction, c'est ainsi qu'on appelle le phénomène : la lumière est déviée quand elle franchit un nouveau milieu. Mais le cerveau humain est programmé pour croire qu'elle voyage en ligne droite. Ce que Klara voit est différent de la réalité.

Elle a entendu la même théorie au sujet des étoiles : elles semblent scintiller quand la lumière, vue de l'atmosphère terrestre, est déviée. L'œil humain enregistre le mouvement comme absent. Mais la lumière est toujours là.

Klara fend l'eau. Puis elle halète.

L'enjeu, c'est sans doute de ne pas résister à la mort. Au fond, cette notion n'existe peut-être pas. Si Simon et Saul entrent en contact avec elle, c'est que la conscience survit au dernier souffle du corps. Et si tel est le cas, tout ce qu'on lui a dit sur la mort est faux, et par conséquent, il se peut que l'on ne s'éteigne pas quand on expire.

Elle s'allonge sur le dos et se laisse flotter. Si la femme a raison, si elle a pu prédire le décès de Simon en 1969, alors il y a de la magie dans le monde : une connaissance étrange et chatoyante au cœur même de l'insaisissable. Peu importe que Klara meure, peu importe la date fatidique ; elle pourra communiquer avec Ruby tout comme elle le fait avec Simon. Elle pourra franchir les frontières, comme elle en a toujours rêvé.

Elle sera un pont entre deux rives.

19

—

Le panneau d'affichage sur la façade de l'hôtel a changé. « Ce soir, lit-on, L'Immortaliste, avec Raj Chapal. » Le spectacle ne commencera qu'à 23 heures – un horaire spécial nouvel an –, mais le hall d'entrée regorge déjà de touristes. Raj gare la Sunbird dans le parking réservé aux employés. En général, Klara porte leurs bagages et lui Ruby, mais ce soir elle ne veut pas se séparer du bébé. Elle lui a mis une robe de soirée rouge que Gertie a envoyée pour son premier anniversaire, avec d'épais collants blancs et des souliers en cuir verni noirs.

Ils traversent le hall. Les poissons luisent et se faufilent dans l'aquarium immense. Les gens sont agglutinés autour de l'enclos des tigres, même si les animaux sont endormis, leurs mentons duveteux aplatis sur le ciment. Raj et Klara se dirigent vers les ascenseurs. C'est ici qu'ils vont se séparer : Raj portera les sacs au théâtre, et Klara emmènera Ruby à la garderie.

Raj se tourne vers elle et pose la main sur sa joue. Sa paume est chaude, calleuse à cause de son travail au garage.

— Tu es prête ?

Les battements de son cœur s'accélèrent. Elle scrute son visage. Il est beau : des pommettes prononcées, un menton anguleux. Ses cheveux, qui lui arrivent aux épaules, sont ramenés en une queue de cheval, comme d'ordinaire ; la maquilleuse la défera et appliquera du gel sur sa chevelure pour qu'elle brille.

— Je veux que tu saches que je suis fier de toi, dit-il.

Il a les yeux humides. Surprise, Klara prend une profonde inspiration.

— Je sais que j'ai été dur avec toi. Je sais que la situation est tendue entre nous. Mais je t'aime. Je nous aime. Et j'ai foi en toi.

— Mais tu ne crois pas en mes numéros. Tu ne crois pas en la magie.

Elle sourit. Elle est désolée pour lui, pour tout ce qui lui échappe.

— Non, admet-il avec agacement, comme s'il s'adressait à Ruby. Cela n'existe pas.

Les familles se pressent vers les ascenseurs, contournant Klara et Raj, se faufilant entre eux, alors il laisse retomber sa main. Quand ils sont de nouveau seuls, il la remet sur la joue de Klara, mais de façon plus ferme, l'enserrant désormais de sa paume.

— Écoute, je ne crois peut-être pas en tes tours de passe-passe, mais je crois en toi. Je sais que tu es très douée dans ton domaine, que tu as l'art d'émouvoir le public. Tu es une artiste, Klara. Une véritable artiste de music-hall.

— Je ne suis pas un poney de cirque. Ni un clown.

— Non, dit Raj, tu es une star.

Il lâche ses sacs pour la prendre dans ses bras. L'enlaçant, il l'attire contre lui et l'étreint. Pressée contre la poitrine de Klara, Ruby pousse un petit cri. Leur famille à trois. Déjà, ils lui semblent être des fantômes, des gens qu'elle a connus autrefois. Elle repense à l'époque, qui lui paraît si lointaine aujourd'hui, où elle croyait que Raj pourrait combler tous ses désirs.

— Je monte, dit-elle.

— OK.

Raj mime un poisson pour Ruby, qui glousse.

— Fais-moi au revoir avec la main, Ruby, lui dit-il. Fais au revoir à papa. Souhaite-lui bonne chance.

La responsable de la garderie entrouvre la porte lorsque Klara frappe. La suite, derrière elle, est remplie d'enfants : ceux des machinistes et des artistes, des réceptionnistes et des cuisiniers, des directeurs et des serveuses.

— C'est la folie ce soir, annonce-t-elle.

Elle ressemble à un otage, le visage hagard derrière la chaîne de sécurité.

— Joyeuse année, bordel de merde ! ajoute-t-elle.

Klara entend un fracas de verre brisé et une série de quintes de toux.

— Bon sang ! s'écrie la femme en se retournant.

Puis elle pivote de nouveau vers Klara.

— Ça ne vous dérange pas si on fait vite ? Bonjour, toi.

Elle enlève le verrou et agite un doigt à l'intention de Ruby. Klara se cramponne à son bébé. Son instinct maternel résiste à l'idée de l'abandonner ici.

— Eh bien, vous ne voulez pas que je la garde, ce soir ? Vous ne devez pas monter sur scène ?

— Si, dit Klara. Je vais vous la laisser.

Elle lisse les épis noirs de Ruby, caresse ses joues douces et potelées. Elle veut juste regarder son enfant. Mais Ruby se débat dans ses bras, pressée de rejoindre ses camarades.

— Au revoir, mon amour.

Klara pose le nez sur le front de Ruby et hume sur sa peau sa suave odeur de lait, sa sueur un peu aigre. Elle hume à pleins poumons ce parfum si profondément humain.

— À bientôt, mon amour.

Quand elle remonte dans l'ascenseur, elle a la sensation que Simon l'y attendait. Elle le voit dans le miroir, son visage reflétant l'arc-en-ciel comme une nappe d'huile. Elle se rend au quarante-cinquième étage. Elle veut juste contempler le panorama d'en haut, et la chance est de son côté : quand elle se retrouve dans le couloir, une femme de chambre sort d'une suite. Dès que celle-ci pénètre dans l'ascenseur, Klara se rue vers la porte. Du petit doigt, elle l'empêche de se refermer et s'engouffre à l'intérieur.

Elle n'a jamais vu un appartement aussi spacieux. Le salon et la salle à manger sont meublés de chaises en cuir beige et de tables en verre ; la chambre est équipée d'un lit king-size ainsi que d'une télévision. La salle de bains est aussi vaste que le camping-car, garnie d'un jacuzzi incroyablement long ainsi que de deux vasques en marbre. Dans la cuisine, il y a un réfrigérateur en inox rempli de bouteilles d'alcool de taille normale, pas des mignonnettes. Bombay Sapphire, Johnnie Walker Black Label, Veuve Clicquot, elle prend une de chaque. Elle en boit de façon alternée, s'étouffe en avalant le champagne, puis reprend le cycle.

Elle en a oublié de contempler la vue. Les épais rideaux à plis, beiges eux aussi, sont fermés. Elle appuie alors sur un bouton rond, au mur, et ils s'écartent pour lui révéler le Strip, flamboyant d'électricité. Elle essaie d'imaginer la ville soixante ans plus tôt, avant que vingt mille hommes n'aient construit le Hoover Dam, avant les néons et le jeu, quand Las Vegas était juste une bourgade endormie traversée par le chemin de fer.

Elle se dirige vers le téléphone et compose un numéro. Gertie répond à la quatrième sonnerie.

— Maman.

— Klara ?

— C'est ce soir que je me produis. C'est la première. Je voulais entendre ta voix.

— La première ?

Gertie est essoufflée, comme une petite fille. Klara entend alors des rires dans l'arrière-fond, un cri égaré.

— Nous faisons la fête, ici. Nous...

— Daniel est fiancé !

C'est la voix de Varya. Sa sœur a dû décrocher l'autre appareil.

— Fiancé ?

Il lui faut un moment pour assimiler l'information.

— Fiancé à Mira ? ajoute-t-elle.

— Oui, idiote ! répond Varya. À qui d'autre ?

Une onde de chaleur se répand en Klara comme de l'encre. Un nouveau membre dans la famille. Elle sait pourquoi ils célèbrent l'événement, pourquoi c'est si important.

— C'est merveilleux, dit-elle. Tellement merveilleux !

Quand elle raccroche, la suite lui semble froide et abandonnée, comme une fête juste désertée par les invités. Mais elle ne sera plus seule très longtemps.

Les magiciens n'ont jamais été très doués pour mourir.

David Devant avait cinquante ans lorsqu'il fut pris de tremblements qui le forcèrent à quitter la scène et prendre sa retraite. Howard Thurston s'effondra sur le sol après une représentation. Houdini mourut d'un excès de confiance en lui : en 1926, il demanda à un spectateur de lui donner un coup de poing dans l'estomac, ce qui provoqua chez lui la rupture de l'appendice. Et puis, il y a grand-mère. Klara s'est toujours figuré qu'elle était morte pendant Les Mâchoires de survie à Times Square à la suite d'une chute accidentelle, mais elle a des doutes à présent. Elle venait de perdre Otto, son mari. Klara sait ce qu'on ressent quand on est suspendu au-dessus du vide par les dents. Elle aussi a éprouvé l'envie de tout laisser tomber.

Elle ouvre son sac, en sort la corde qui y est enroulée comme un serpent. C'est la première qu'elle a utilisée pour Les Mâchoires de survie, lorsqu'elle vivait à San Francisco. Elle se rappelle son tissage rugueux et solide, son brusque claquement. Debout sur la table du salon, elle la noue autour de la chaîne de l'immense lustre.

Elle attend quelque chose qui lui prouvera que les prophéties de la femme étaient exactes. Mais c'est là tout l'enjeu : Klara doit se le prouver à elle-même. Elle est la réponse à l'énigme, la seconde moitié du cercle. Maintenant, elles travaillent en tandem : dos à dos, tête à tête.

Ce qui ne l'empêche pas d'être terrifiée... La pensée de Ruby à la garderie – trottant dans la pièce sur ses jambes grassouillettes, poussant des cris de joie – lui déchire le cœur. Elle s'immobilise.

Elle devrait peut-être attendre un signe. Un coup. Juste un.

Elle est si certaine qu'elle va l'entendre qu'elle sursaute lorsque, au bout de deux minutes, elle constate qu'il ne s'est rien passé. Elle fait craquer ses doigts, se souvient de respirer. Une minute passe, puis cinq autres.

Les bras de Klara se mettent à trembler. Dans soixante secondes, elle renoncera. Oui, encore soixante secondes, puis elle rangera sa corde pour retrouver Raj et la scène.

Et alors ça se produit...

Sa respiration se fait irrégulière, sa poitrine se serre. Les larmes qu'elle verse sont lourdes d'émotion. Les coups sont insistants à présent, aussi rapides que de la grêle. *Oui*, lui disent-ils. *Oui, oui, oui.*

— Madame ?

Quelqu'un frappe à la porte, mais cela n'arrête pas Klara. Elle a accroché le panneau « Ne pas déranger » à la poignée. Si c'est l'équipe de ménage, ils le verront.

La table du salon a dû coûter une fortune, tout en verre avec des angles pointus, mais elle est étonnamment légère. Elle la pousse contre le mur et la remplace par un des tabourets qui trônent autour du comptoir de la cuisine.

— Madame ? Mademoiselle Gold ?

On toque de nouveau. Klara ressent un éclair de peur. Elle traverse la pièce, boit à même la bouteille de whisky, puis de gin. Un vertige la saisit si subitement qu'elle doit s'incliner en avant et pencher la tête pour ne pas vomir.

— Mademoiselle Gold ? appelle la voix d'un ton plus fort. Klara ?

La corde suspendue attend. Sa vieille amie. Elle monte sur la chaise, attache ses cheveux.

Un dernier regard à l'extérieur, au flot de gens et aux lumières. Un dernier instant pour étreindre en pensée Ruby et Raj. Elle leur reparlera bientôt.

— Klara ! crie la voix.

C'est le 1er janvier 1991, comme la femme l'a promis. Klara lui prend les mains, et elles basculent dans le noir, le ciel nocturne. Elles voltigent en crissant comme des feuilles, si petites dans l'univers infini ; elles tournoient, vacillent, tournent encore. Ensemble, elles éclairent le futur, même à une distance aussi éloignée.

Raj a raison. C'est une étoile.

TROISIÈME PARTIE

INQUISITION

1991-2006
Daniel

20

Daniel a croisé Mira trois fois avant d'entendre le son de sa voix : tout d'abord dans un box de la *Regenstein Library*, en train d'écrire dans un petit carnet rouge, puis dans le bar tenu par les étudiants au sous-sol du *Cobb*, d'où elle sortait, un café à la main. Il émanait de sa démarche une énergie qu'il a perçue quand elle l'a frôlé, en passant devant lui. Il y a été de nouveau sensible, quelques semaines plus tard, lorsqu'il la vit courir autour de Stagg Field, mais c'est en mai 1987 qu'elle lui adressa la parole pour la première fois.

Il était à la cafétéria de la faculté, en train de manger un sandwich au bacon. (Gertie aurait eu une crise cardiaque en apprenant qu'il consommait du porc, mais il s'était mis à aimer ça : il en conservait dans le réfrigérateur de son appartement, situé à Hyde Park, et aurait juré que sa mère détectait l'odeur du bacon sur lui, quand il revenait à New York.) À 15 heures, la cafétéria était déserte ; Daniel se restaurait à cette heure tardive, car il avait été de garde de 6 heures à 14 h 30. Il sentit le courant d'air quand la porte s'ouvrit, puis un nouveau frisson le parcourut lorsqu'il reconnut la jeune femme dans l'embrasure. Du regard, elle balaya la salle avant de se diriger vers lui. Il fit mine de ne pas l'avoir vue jusqu'à ce qu'elle s'arrête devant la table qu'il occupait.

— Est-ce que ça t'ennuie si...

Elle avait un énorme cabas en cuir à l'épaule, et une brassée de livres.

— Non, répondit Daniel, en levant les yeux comme s'il venait juste de la remarquer.

Et il entra immédiatement en action. Il débarrassa la table d'une canette de Coca vide, à moitié écrasée, ainsi que de l'étui en plastique d'une paille, avant d'écarter la boîte rouge remplie des déchets de son sandwich : des bouts de couenne et une sauce couleur bordeaux.

— Merci, dit-elle d'un ton sérieux.

Elle s'assit dans la diagonale de Daniel, sortit un bloc-notes et une trousse, puis se mit à travailler.

Il était perplexe. On aurait dit qu'elle ne voulait rien avoir à faire avec lui. Bien sûr, ce choix de table aurait pu être motivé par de nombreuses autres raisons que sa présence : sa distance stratégique par rapport au buffet, ou le fait qu'elle se trouvait près de la fenêtre, dans un rayon de soleil, plutôt rare à Chicago.

Il sortit un livre de son sac à dos et se mit à observer la jeune femme du coin de l'œil. Elle était mince sans être maigre, avec un visage rond, équilibré par un menton gracieux et fuselé. Ses sourcils, élégants et fournis, surmontaient des yeux couleur noisette aux cils étonnamment clairs. Des taches de rousseur parsemaient sa peau hâlée, et ses cheveux châtain lui arrivaient aux épaules.

L'horloge indiqua 15 h 30, puis 16 heures. À 16 h 15, il s'éclaircit la voix.

— Qu'est-ce que tu étudies ?

Elle avait un walkman Sony bleu et gris argenté sur les genoux. Elle retira ses écouteurs.

— Pardon ?

— Je me demandais juste ce que tu étudiais.

— Oh ! s'exclama-t-elle. L'histoire de l'art. L'art juif.

— Ah, bredouilla Daniel.

Puis il haussa les sourcils et lui sourit, espérant paraître intéressé, même si le sujet ne le passionnait pas vraiment.

— Je vois, dit-elle. Tu désapprouves.

— Moi, désapprouver ? Certainement pas !

Il rougit.

— Tu es libre d'étudier ce qui te plaît.

— Merci, répondit-elle d'un ton pince-sans-rire.

Daniel rougit de plus belle.

— Je suis désolé. J'ai sans doute eu l'air condescendant, mais ce n'était pas mon intention. Je suis moi-même juif, ajouta-t-il par solidarité.

La jeune femme considéra alors avec suspicion ce qu'il restait de son sandwich.

— Par mes ancêtres.

— Dans ce cas, je te pardonne ! déclara-t-elle avant d'enchaîner en souriant : Je m'appelle Mira.

— Moi, c'est Daniel.

Devait-il lui serrer la main ? D'ordinaire, il n'était pas aussi timide avec les femmes. Finalement, il lui rendit son sourire.

— Donc, reprit-elle, tu as pris tes distances avec la religion ?

— Oui, admit-il.

Enfant, la synagogue exerçait sur lui un effet apaisant : les hommes barbus, avec leur châle en soie et leurs rituels, les pommes trempées dans le miel, les herbes amères, les prières. Il avait inventé une prière personnelle qu'il récitait scrupuleusement tous les soirs, comme s'il s'exposait à de grands malheurs s'il écorchait une phrase au passage. Malgré son exactitude, le sort ne l'avait pas épargné : la mort de son père, puis celle de son frère. Peu après le décès de Simon, il avait complètement cessé de prier. Il n'était pas tracassé d'avoir tourné le dos à la religion. Après tout, cela s'était passé sans lutte. Sa foi s'en était allée d'elle-même, comme un croque-mitaine disparaît lorsqu'on regarde sous le lit. C'était précisément le problème de Dieu : il ne résistait pas à l'analyse critique. Il ne la supportait pas. Il s'évaporait.

— Tu n'es pas très bavard, fit remarquer Mira.

Son intonation le fit rire.

— C'est juste que… Eh bien, quand on parle de religion, les gens peuvent se sentir mal à l'aise. Ou sur la défensive.

Et craignant que ce ne soit justement le cas de Mira, il précisa :

— Je reconnais tout à fait la valeur des traditions religieuses.

Elle inclina la tête, l'air intéressé :

— Par exemple ?

— Mon père était très pieux. Je respecte mon père, donc je respecte ce en quoi il croyait.

Daniel marqua unc pause pour rassembler des pensées qu'il n'avait jamais énoncées auparavant.

— D'une certaine façon, je vois dans la religion le summum de l'accomplissement humain. En inventant Dieu, nous nous sommes donné la possibilité de réfléchir à nos propres difficultés, et nous l'avons doté d'espèces de failles pratiques qui nous permettent de nous réfugier derrière l'idée que nous n'exerçons presque aucune emprise sur le monde. En réalité, de nombreuses personnes aiment éprouver un certain degré d'impuissance. Pour ma part, je pense que certaines choses sont en notre pouvoir, un pouvoir tel que cela nous plonge dans une profonde angoisse. Dieu est sûrement le plus grand don que nous nous soyons offert en tant qu'espèce. Celui de la santé mentale.

Mira incurva légèrement la bouche vers le bas. Bientôt, cette expression deviendrait très familière à Daniel, tout comme ses petites mains fraîches ou encore son grain de beauté sur le lobe de l'oreille gauche.

— Je recherche les œuvres d'art volées par les nazis, dit-elle au bout de quelques instants. Et ce que j'ai remarqué, c'est la distance immense que chaque œuvre a parcourue. Prenons *Le Portrait du docteur Gachet*, de Van Gogh. Il a été peint en 1880 à Auvers-sur-Oise, environ un mois avant son suicide. Le tableau a changé de mains quatre fois – d'abord le frère du peintre, puis la veuve du frère, et enfin deux collectionneurs successifs – avant d'être acquis par les Städel, à Francfort. Quand les nazis pillèrent le musée en

1937, Hermann Göring s'en empara et le vendit aux enchères à un collectionneur allemand. Et c'est là que commencent les choses sérieuses : celui-ci l'a cédé à Siegfried Kramarsky, un banquier juif qui s'exila à New York en 1938 afin de fuir l'Holocauste. Incroyable, non ? Que ce tableau finisse, après toutes ces péripéties, entre les mains d'un Juif, à qui il a été vendu par un complice direct de Göring ?

Mira se mit alors à triturer ses écouteurs, soudain rattrapée par sa timidité.

— Je suppose que nous pensons que nous avons besoin de Dieu pour les mêmes raisons que nous avons besoin de l'art.

— Parce que c'est beau à regarder ?

— Non. (Mira sourit.) Parce que l'art nous ouvre le champ des possibles.

C'était précisément le genre de notion réconfortante que Daniel avait rejetée depuis longtemps, mais il se sentit malgré tout attiré par Mira. Ce week-end-là, ils burent du vin ensemble, écoutèrent *Graceland* de Paul Simon sur une chaîne hi-fi posée sur le rebord de la fenêtre ouverte, au deuxième étage de son immeuble sans ascenseur. Quand elle mit ses mains dans les poches arrière de son jean et serra Daniel contre elle, il ressentit une telle bouffée de bonheur qu'il en fut presque gêné. Il n'avait pas mesuré jusque-là à quel point il était seul, ni combien de temps il s'était accommodé de son existence solitaire.

À son mariage, quand il regarda les invités et ne vit que Gertie et Varya, son cœur se fissura, comme une branche morte qui se casse. Que Klara et Mira ne se soient jamais connues demeurait un des plus grands regrets de sa vie.

Mira était éminemment pragmatique, ce que Klara n'était assurément pas, mais toutes deux avaient un sens de l'humour légendaire et affichaient un air de défi enjoué, ou plutôt un air de défi tout court. Il ignorait combien il dépendait de sa sœur jusqu'à ce qu'il rencontre sa femme. Lorsqu'il brisa le verre selon la tradition, il se dit que la vie qu'il avait menée jusque-là, minée par l'ignorance et la colère, ses grandes et ses petites pertes, se fracassait aussi. À partir de ces bris de verre, il construirait quelque chose de nouveau avec Mira. Il considéra ses yeux noisette, brillants, scintillant sous un voile de larmes, et sentit son âme se détendre comme s'il venait de plonger dans un bain chaud. Tant qu'il la regarderait, ce sentiment de paix le pousserait vers l'avant, son chagrin serait relégué à la lisière de sa conscience.

Plus tard, étendu nu près de sa femme qui ronflait, le front moite collé à son torse, Daniel se mit à trembler. Il priait. Les mots sortaient de lui spontanément, irrépressiblement, un flot impossible à arrêter comme de l'urine. (Une affreuse analogie, il le savait, Mira en aurait été horrifiée s'il le lui avait expliqué en ces termes, et pourtant, cela lui semblait bien plus approprié que les métaphores ampoulées qu'il avait entendues dans son enfance.) *S'il vous plaît, mon Dieu*, implora-t-il. *Oh, mon Dieu, faites que cela dure.*

Les semaines suivantes, quand il se rappela sa prière, il se sentit désarçonné, mais aussi, en un certain sens, plus léger. C'était comme s'il s'était coupé une mèche de cheveux. Il n'aurait pas cru que la religion pourrait avoir un tel effet sur lui. Honnêtement, les graines de son athéisme avaient été semées en lui des années avant la mort de Klara, Simon et Saul. Cela avait commencé avec la femme de Hester Street. Il avait éprouvé une telle honte face à son impiété, son désir de connaître l'insaisissable, qu'il avait fini par s'exclure lui-même de la foi. Personne, avait-il décidé, ne pourrait détenir un tel pouvoir sur lui, humain ou déité.

Mais peut-être que Dieu n'avait rien à voir avec la fascination redoutable qui l'avait conduit chez la diseuse de bonne aventure, disposé à recevoir ses prophéties ridicules. Aux yeux de Saul, Dieu représentait l'ordre et la tradition, la culture et l'histoire. Daniel n'avait pas cessé de croire en son libre arbitre, ce qui n'excluait peut-être pas la foi en Dieu. Il imaginait un nouveau dieu, qui lui donnait de petits coups de coude quand il s'engageait dans la mauvaise direction, mais qui ne lui forçait jamais la main, qui lui prodiguait des conseils, mais n'insistait pas. Un dieu qui le guidait, comme un père. Un père, en fait.

Quelques années plus tard, alors qu'ils étaient mariés et habitaient à Kingston, dans l'État de New York, il demanda à Mira si elle s'était intentionnellement assise à côté de lui, dans la cafétéria, autrefois.

— Bien sûr ! s'exclama-t-elle.

Elle se mit à rire, et un rayon de lumière entrant par la fenêtre de la cuisine transforma ses yeux en pièces d'or.

— La cafétéria était vide. Pourquoi me serais-je installée à ta table ?

— Je ne sais pas, répondit-il, embarrassé d'avoir posé la question, ou douté d'elle. Tu aurais pu rechercher une présence. Ou un peu de chaleur. C'était ensoleillé, je me souviens.

Mira l'embrassa. Et il sentit la morsure fraîche de son alliance, un anneau en or semblable au sien, dans sa nuque.

— Je savais pertinemment ce que je faisais.

21

Dix jours avant Thanksgiving, en 2006, Daniel se trouve dans le bureau du colonel Bertram, au centre militaire de recrutement d'Albany, le MEPS (Military Entrance Processing Station). Depuis quatre ans qu'il exerce ici, il n'est entré dans ce bureau qu'une poignée de fois, généralement pour discuter d'un cas particulier ainsi qu'à l'occasion d'une promotion : de médecin, il est devenu médecin en chef ; aujourd'hui, il espère une augmentation.

Le colonel Bertram est assis dans un fauteuil en cuir derrière un grand bureau lustré. Il est plus jeune que Daniel : des cheveux blond clair soigneusement entretenus, rasés sur les côtés, un corps tendu et nerveux. Il est à peine plus âgé que les officiers de réserve empressés du ROTC qui arrivent par camionnettes pour passer des évaluations.

— Vous avez effectué un bon parcours, lui dit-il.

— Pardon ?

— Vous avez effectué un bon parcours, répète-t-il. Vous avez bien servi votre pays. Mais je vais être direct avec vous, médecin major : certains parmi nous pensent qu'il est temps pour vous de prendre un congé.

Daniel est entré dans l'armée après avoir fait médecine. Pendant les dix premières années de sa carrière, il a exercé au Keller Army Community Hospital, à West Point. C'était le genre de travail dont il avait toujours rêvé, avec de gros enjeux et des imprévus, mais les horaires et la souffrance incessante des patients ont fini par l'épuiser. Quand un poste s'est ouvert au MEPS, Mira l'a encouragé à postuler. La fonction n'avait rien de prestigieux, mais Daniel appréciait sa stabilité professionnelle, et désormais il avait du mal à imaginer un retour à l'hôpital ou, pire, un détachement.

Parfois, il se demande si sa préférence pour un poste routinier n'est pas une forme de lâcheté. Le paradoxe de sa tâche, qui consiste à vérifier que les jeunes gens sont assez robustes pour partir à la guerre, ne lui échappe pas. Néanmoins, il se considère comme un gardien. Son rôle s'apparente à celui d'un tamis, qui sépare ceux qui sont aptes de ceux qui ne le sont pas. Les candidats le regardent toujours avec un espoir inquiet, comme s'il allait leur délivrer la permission de vivre, et non l'autorisation de mourir. Bien sûr, sur certains visages, il lit la terreur à l'état pur, et devine derrière eux un père militaire ou un avenir si dénué de perspectives qu'ils finissent par s'en remettre aux forces armées. Il leur demande toujours s'ils sont prêts à s'engager. Ils répondent toujours oui.

— Mon Colonel, commence Daniel.

Et, l'espace d'un instant, il a un trou noir.

— Est-ce à cause de ce qui s'est passé avec Douglas ? se reprend-il.

Son interlocuteur incline la tête.

— Douglas était en bonne santé. Il aurait dû avoir votre feu vert.

Daniel se rappelle le dossier du garçon : ses tests de spirométrie et de débit expiratoire de pointe étaient largement en dessous de la normale.

— Douglas avait de l'asthme, réplique-t-il.

— Douglas est de Detroit.

Le sourire du colonel Bertram a disparu.

— Tous les habitants de Detroit sont asthmatiques. Vous pensez qu'on ne doit plus recruter les gosses originaires de là-bas ?

— Bien sûr que non !

Pour la première fois, Daniel mesure la gravité de la situation. Il sait que le recrutement a diminué de dix pour cent. Il est conscient que l'armée a revu ses standards à la baisse pour l'examen relatif aux capacités intellectuelles : ils n'ont pas admis autant de candidats de catégorie IV depuis les années 1970. Il a entendu dire que certains officiers ont délivré des dérogations après des condamnations pour mauvaise conduite : vols mineurs, agressions, et même des homicides involontaires lors d'accidents de la route ainsi que des crimes.

— Il ne s'agit pas simplement de Douglas, dit-il.

— Médecin major, commence le colonel Bertram en se penchant en avant.

À cet instant, la lumière fait miroiter sa médaille de colonel – une étoile ornée d'une couronne de lauriers. Daniel s'imagine alors son supérieur, dos voûté au-dessus de son bureau, tenant sa médaille à la main et la frottant avec une boule de coton trempée dans du cirage gris métallisé.

— Vous êtes un homme de bonne volonté, nous le savons tous. Mais vous appartenez à une autre génération. Vous êtes attaché à certains principes, et c'est tout à votre honneur : vous ne voulez pas voir un homme tomber alors que cela aurait pu être évité. Certains de ces gosses sont inaptes, j'en conviens. Nous savons les repérer. Mais les principes d'autrefois sont obsolètes : aujourd'hui, il nous faut des hommes, beaucoup d'hommes, pour Dieu et la patrie. Et parfois, nous recrutons des gars avec une faiblesse au genou ou une toux persistante, mais si le cœur est bon, alors ils ont leur place parmi nous, car en ce moment, Dr Gold, nous avons besoin de cœur. De gars suffisamment bons. Nous avons besoin de dérogations.

Le colonel rassemble alors sur son bureau une pile de formulaires.

— J'en accorde quand ils le méritent.

— Vous en signez quand vous avez l'intime conviction qu'ils le méritent.

— Je croyais que cela faisait partie de mes fonctions.

— Vous travaillez pour moi. C'est moi qui définis vos fonctions. Et je suis certain que vous ne souhaitez pas que l'article 15 vienne ternir votre dossier.

Daniel a l'impression d'avoir de la craie dans la bouche.

— Pour quelle raison ? Je n'ai jamais enfreint le règlement.

L'article 15 mettrait un terme à sa carrière dans l'armée. Il n'aurait jamais plus de promotion et pourrait même être renvoyé. Quoi qu'il en soit, il tomberait en disgrâce, et l'humiliation le brûlerait vif.

Mais sa fierté n'est pas le seul problème. Mira travaille dans une université publique. Quand il a quitté son poste à l'hôpital, ils avaient plus d'argent qu'ils n'en avaient besoin ; seulement, depuis, Mira et lui entretiennent Gertie. La mère de Mira a par ailleurs été atteinte d'un cancer, et son père de démence. Après la mort de celle-ci, ils ont placé ce dernier dans une résidence médicalisée, qui absorbe l'essentiel de leurs économies. Et ce n'est pas près de s'arrêter : le père de Mira a soixante-huit ans et il est en excellente santé.

— Pour insubordination.

Un morceau de blanc d'œuf tremblote alors au-dessous de la lèvre du colonel. Il enlève le papier d'aluminium dans lequel son sandwich est enveloppé et le plie en deux.

— Pour avoir refusé de vous conformer aux règles militaires.

— C'est un mensonge.

— Vous me traitez de menteur ? demande tranquillement le colonel.

Il continue de replier l'aluminium qu'il tient toujours à la main.

Daniel sait que le colonel est en train de lui donner la possibilité de se ressaisir. Mais à la pensée de l'article 15, la colère le submerge. Il est furieux contre la menace qu'elle recèle, son injustice.

— En somme, je suis viré si je ne deviens pas un mouton, dit-il. Qui obéit aveuglément à sa hiérarchie.

Le colonel se fige. Il met le papier-alu, réduit maintenant à la taille d'une carte de visite, dans sa poche. Puis il se lève de son siège et se penche vers Daniel, paumes plaquées sur le bureau.

— Vous êtes suspendu de vos fonctions pendant deux semaines.

— Qui fera mon travail ?

— J'ai trois gars sous la main capables de faire exactement le même boulot que vous. Ce sera tout.

Daniel se met à son tour debout. S'il le salue, le colonel Bertram verra que ses mains tremblent, aussi s'abstient-il, même s'il est conscient d'aggraver son cas.

— Vous vous prenez sans doute pour un putain de progressiste, lance le colonel quand Daniel arrive à la hauteur de la porte. Un vrai héros américain.

Daniel se dirige vers le parking, les oreilles bourdonnantes. Il laisse le moteur tourner le temps de réchauffer sa voiture puis regarde le Leo W. O'Brien Federal Building, un grand cube de verre qui abrite le MEPS d'Albany depuis 1974. Après sa rénovation en 1997, on lui a attribué un nouveau bureau, spacieux, au deuxième étage. Le centre d'Albany n'a rien de particulièrement admirable, mais la première fois qu'il s'était assis dans ce bureau, il brûlait de détermination et d'assurance, mû par l'impression que depuis le début sa vie aboutirait à ce moment-là, et qu'il y était parvenu en effectuant une série de choix intelligents et stratégiques.

Daniel fait marche arrière pour sortir du parking et entreprend le trajet de cinquante minutes qui le mènera à Kingston. Que va-t-il dire à Mira ? Jusqu'à aujourd'hui, les hommes venaient quérir ses conseils, lui demander son accord : il était l'oracle en personne. Maintenant, il ne se distingue plus des autres, comme un prêtre à qui on aurait retiré sa soutane.

— Quel connard ! s'écrie Mira quand il s'écroule dans ses bras et lui raconte tout. Je n'ai jamais aimé ce type. Bertram ? Bertrand ? Blaireau, oui !

Elle se hisse sur la pointe des pieds et passe une main sur la joue de Daniel.

— Et l'éthique, dans tout ça ? Qu'ont-ils fait de leur fichue éthique ?

À l'extérieur, la lumière du garage éclaire le bois qui borde le jardin. Une biche renifle des brindilles derrière le premier rideau d'arbres. La campagne a viré au brun plus vite que d'habitude, cette année.

— Retourne la situation à ton avantage, poursuit-elle. Nous allons passer les deux prochaines semaines à étayer ton dossier, et cela te permettra de faire une pause : tu pourras réfléchir à la meilleure façon de mettre cette expérience à profit.

Défile alors dans le cerveau de Daniel, comme sur un écran de télévision, la liste des pathologies rédhibitoires. *Ulcères, varices, fistules, achalasie, ou autres troubles moteurs, atrésie, microtie, syndrome de Ménière, scoliose à dix degrés, absence de gros orteil(s)*... Et ainsi de suite, des milliers de règles en tout. Pour les femmes, c'est encore plus restrictif. *Kystes ovariens, saignements anormaux*... C'est un miracle que certains arrivent à être recrutés, mais il est vrai que c'est aussi un prodige que la plupart des gens, en dépit des taux croissants de cancers, de diabète et de troubles cardio-vasculaires, vivent jusqu'à soixante-dix-huit ans.

— Qu'est-ce que tu as envie de faire ? poursuit Mira.

Elle s'efforce d'être forte, pour lui, mais son angoisse est palpable : elle essaie toujours de se maintenir occupée quand elle est inquiète.

— Tu pourrais reconstruire la remise. Ou bien reprendre contact avec ta famille.

Des années plus tôt, Mira lui avait demandé, avec la franchise qui la caractérisait, pourquoi il n'était pas plus proche de ses frère et sœurs.

— Nous ne sommes pas particulièrement distants, avait-il argué.

— Enfin, vous n'êtes pas très proches non plus, avait rétorqué Mira.

— Parfois, si, avait-il dit.

Mais la vérité était plus confuse. Quelquefois, quand il pensait à ses sœurs et à son frère, il sentait l'amour vibrer en lui à l'instar d'un *chofar*, riche de joies, de souffrances et d'éternelle gratitude : ces trois-là étaient faits de la même poussière d'étoile que lui, il les connaissait depuis toujours. Mais, quand il était avec eux, il était incapable de leur pardonner le moindre écart. Parfois, il lui était plus facile de les envisager comme des personnages, Varya la sérieuse, Klara la rêveuse insouciante, que de les affronter en tant qu'adultes, dans ce qu'ils avaient d'épanoui et de rebutant : leur haleine du matin, et leurs choix insensés, leur vie serpentant sous des sous-bois étranges.

Ce soir-là, il sombre dans le sommeil, puis se réveille brusquement. Il pense à son frère et à ses sœurs, et à des vagues, l'endormissement n'étant pas très éloigné en soi de l'océan qui lèche la grève. Lors d'un de leurs séjours dans le New Jersey, Saul les avait emmenés au cinéma, mais lui, Daniel, préférait se baigner. Il avait sept ans. Gertie et lui avaient apporté des chaises en plastique sur la plage, et elle avait lu un roman pendant qu'il s'imaginait être Don Schollander, l'athlète qui avait remporté quatre médailles à Tokyo l'année précédente. Quand la marée emporta Daniel vers l'horizon, il ne résista pas, électrisé par la distance qui croissait entre lui et sa mère. Lorsqu'il ne parvint plus à lutter contre le courant, il était à cinquante mètres du rivage.

L'eau lui entrait dans le nez, la bouche. Ses longues jambes ne lui étaient plus d'aucun secours. Il crachait, essayait d'appeler Gertie, mais elle ne pouvait pas l'entendre. Et ce fut seulement parce qu'un soudain coup de vent fit voler son chapeau sur le sable qu'elle se leva et qu'en le ramassant elle aperçut la tête de Daniel entre les vagues.

Oubliant son chapeau, elle se rua dans l'eau : pour Daniel, la scène se déroula comme un film au ralenti, alors que Gertie n'avait jamais couru aussi vite. Sur son maillot de bain, elle portait un paréo diaphane dont elle devait tenir le haut ; dans un grognement consterné, elle s'en débarrassa et l'abandonna, ratatiné, sur le sable. En dessous, elle était vêtue d'un une-pièce noir, avec un volant au niveau des cuisses, qu'elle avait charnues et légèrement flétries. Elle avança dans l'eau peu profonde avant de prendre une grande inspiration et de plonger dans les vagues. *Dépêche-toi*, pensa Daniel en se gargarisant à l'eau salée. *Dépêche-toi, moman.* Il ne l'avait pas appelée ainsi depuis qu'il était tout petit. Enfin, il sentit les mains de Gertie sous ses aisselles. Elle l'entraîna hors de l'eau, et tous les deux s'écroulèrent sur le sable. Le corps de sa mère était tout rouge, ses cheveux lui collaient au crâne comme un casque d'aviateur. Elle respirait bruyamment, et Daniel crut d'abord que c'était en raison de l'effort fourni, avant de se rendre compte qu'elle pleurait.

Au dîner, ce soir-là, il raconta l'histoire de sa quasi-noyade en prenant de grands airs, mais au fond de lui, il rayonnait d'un attachement renouvelé à sa famille. Pour le reste des vacances, il pardonna à Varya ses bavardages prolongés durant son sommeil. Il laissa Klara passer la première à la douche quand ils revenaient de la plage, même si elle prenait tout son temps ; une fois, d'ailleurs, Gertie avait frappé à la porte en lui demandant pourquoi, si elle avait besoin d'une si grande quantité d'eau, elle n'emportait pas un pain de savon dans l'océan. Des années plus tard, lorsque Simon et Klara quittèrent la maison et que, par la suite, Varya se détacha de lui, il ne comprit pas pourquoi ils n'éprouvaient pas la même chose que lui : le regret de la séparation, et la joie de se retrouver. Il attendit. Car que pouvait-il dire ? *Ne vous éloignez pas autant. Nous allons vous manquer.* Mais comme les années passaient et qu'ils ne revenaient pas, il se sentit blessé, puis désespéré, et enfin, amer.

À 2 heures du matin, il descend dans son bureau. Il n'allume pas le plafonnier, la lueur bleutée de l'ordinateur lui suffit, et tape l'adresse du site de Raj et Ruby. Quand celui-ci se charge, un texte avec des mots en capitales s'affiche sur l'écran.

> **Venez découvrir les MERVEILLES DE L'INDE sans quitter votre siège. Laissez-vous emporter par Raj et Ruby SUR UN TAPIS MAGIQUE POUR UN VOYAGE sous le signe du plaisir hors des contingences : du tour des aiguilles au mystère de la corde du fakir qui a subjugué, comme chacun sait, HOWARD THURSTON, le plus grand MAGICIEN AMÉRICAIN du xxe siècle !**

Les majuscules dansent et clignotent. Au-dessous se dessinent les visages de Raj et Ruby, un bindi sur le front. Au centre de la page, un diaporama passe en boucle. Sur une photo, on voit Raj piégé dans un panier où Ruby a enfoncé deux longues épées. Sur une autre, Raj tient un serpent aussi gros que le cou de Daniel.

C'est tapageur, pense-t-il. Racoleur. Mais c'est Vegas : là-bas, le tape-à-l'œil est vendeur. Il y est allé deux fois : pour un enterrement de vie de garçon la première, et un congrès médical la seconde. Chaque fois, la ville l'a frappé par sa monstruosité unique en son genre aux États-Unis, toute réalité y étant sa propre version démesurée en papier mâché. Les restaurants s'appellent *Margaritaville* ou *Cabo Wabo*. Des volcans y crachent de la fumée rose. Le *Forum Shops* est une galerie commerciale construite sur le modèle de la Rome antique. Qui pourrait vivre ici, dans ce décor de pacotille, et y ressentir des émotions authentiques, comme dans la vie réelle ? Au moins, Raj et Ruby voyagent : leur spectacle est produit par le *Mirage*, et un lien précisant les dates des tournées indique qu'ils se produiront au *Mystery Lounge* de Boston, ce week-end. Dans deux semaines, ils entameront une tournée d'un mois à New York.

Daniel se demande où ils vont passer Thanksgiving. Raj a maintenu une grande distance entre Ruby et la famille Gold, réapparaissant et disparaissant tous les deux ans tel un lapin sortant d'un chapeau. Daniel a vu sa nièce à l'âge de trois ans, passionnée, puis plus sombre et observatrice à cinq, sept et neuf ans, et la dernière fois en préadolescente maussade. Cette visite s'était terminée par une dispute explosive à propos des Mâchoires de survie, la signature de Klara. Raj l'apprenait à Ruby, ce qui rendait Daniel malade. Il ne parvenait pas à comprendre pourquoi Raj voulait que sa fille reconstitue l'image de Klara pendue à une corde.

— Je veux garder son souvenir vivant ! avait hurlé Raj. Peux-tu en dire autant ?

Ils ne s'étaient pas reparlé depuis, et Raj n'y était pas pour grand-chose. Daniel aurait pu l'appeler régulièrement avant cette brouille, bien sûr, mais aussi après. Cependant, quand il se retrouvait en présence de Raj et de Ruby, il était toujours torturé par le remords. Enfant, Ruby ressemblait à Raj, mais à présent, ses joues s'étaient arrondies, pareilles à celles de Klara, avec les mêmes fossettes, et elle avait aussi hérité de son fameux sourire de chat du Cheshire. Comme elle, elle avait de longs cheveux ondulés qui lui arrivaient à la taille, mais les siens étaient châtain, la couleur naturelle de Klara, et non rouges. Parfois, quand elle était de mauvaise humeur, Daniel était saisi par une impression de déjà-vu. Avec la facilité d'un hologramme, Ruby devenait sa mère, et c'était Klara qui lui jetait des regards accusateurs. Il n'avait pas été assez proche d'elle, n'avait pas perçu à quel point elle était malade. Sans compter qu'il les avait entraînés chez la diseuse de bonne aventure, ce qui les avait tous affectés, et particulièrement Klara. Il se souvenait encore de sa tête, dans l'allée, après la visite : les joues mouillées et le nez rougi, le regard vif et en même temps étrangement vide.

Le seul numéro qu'il ait, c'est la ligne fixe de Raj. Comme ils sont en tournée, il clique sur l'onglet « Contact » du site. Les adresses e-mail qui s'affichent sont celles du manager, du producteur et de l'agent de Raj, au-dessus d'une boîte qui indique : « Écrivez aux Chapal ! » Vérifient-ils seulement leur courrier ? Cela semble destiné avant tout aux fans, mais Daniel tente sa chance malgré tout.

Raj,
C'est Daniel Gold. On ne s'est pas donné de nouvelles depuis un moment, donc j'ai eu envie de t'écrire. J'ai vu que vous seriez en tournée à New York, dans les prochaines semaines. Des projets pour Thanksgiving ? Nous serions ravis de vous recevoir. C'est dommage de laisser passer autant de temps sans voir sa famille.

Amicalement,
DG

Daniel relit son message. N'est-il pas un peu trop familier ? s'inquiète-t-il alors. Il ajoute « Cher » devant Raj avant de le supprimer (Raj ne lui est pas cher, et aucun des deux hommes ne supporte l'hypocrisie, ils ont au moins cela en commun). Daniel écrit « Avez-vous » avant « des projets pour Thanksgiving », et remplace « Nous serions ravis de » par « Nous aimerions vraiment » avant « vous recevoir ». Il efface la dernière phrase – sont-ils de la même famille, franchement ? – puis se ravise. Ils sont assez proches. Il appuie alors sur « Envoi ».

Il avait cru qu'il se réveillerait à 6 h 30, le lendemain matin, en dépit de sa suspension – à quarante-huit ans, il est tout sauf imprévisible –, et pourtant, quand son téléphone sonne, le soleil est déjà haut dans le ciel. Il jette un coup d'œil au réveil, secoue la tête, le regarde de nouveau : il est 11 heures. Il tâtonne de la main sur sa table de chevet, trouve ses lunettes, les met, et ouvre son téléphone. Serait-ce possible que ce soit déjà Raj ?

— Allô ? marmonne-t-il.

Il entend des bruits électrostatiques.

— Daniel, dit une voix. C'... Dii...

— Désolé, répond Daniel. La ligne est mauvaise. Qui est à l'appareil ?

— C'est... Dii... Ici, dans le... fils... ley... service.

— Dii ?

— ... Dii, répète la voix, insistante. Eddie O... hue...

— Eddie O'Donoghue ?

Même sous cette forme cryptée, ce nom éveille un écho dans sa mémoire. Il s'assoit, coince un oreiller derrière lui.

— C'... polic... sommes vus... cisco... votre... œur... FBI...

— Mais oui, bien sûr ! s'exclame Daniel.

Eddie O'Donoghue était l'agent du FBI en charge du dossier de Klara. Il avait assisté aux obsèques à San Francisco, puis Daniel l'avait croisé par hasard dans un pub de Geary Boulevard. Le lendemain, il s'était réveillé avec une affreuse migraine, et n'avait pas compris pourquoi il s'était tant confié à Eddie ; il espérait que l'agent était assez ivre pour ne plus s'en souvenir.

— ... contraint de couper, dit Eddie.

Et soudain, la communication passe normalement.

— Ah, enfin, poursuivit-il. Nom d'un chien, le réseau est merdique par ici. Je ne sais pas comment vous pouvez le supporter.

— J'ai un numéro de fixe, explique Daniel. C'est plus sûr.

— Écoutez, je ne peux pas vous parler longtemps, car je suis garé sur le bas-côté de l'autoroute, mais pourrions-nous nous voir vers 16 ou 17 heures ? Quelque part en ville ? J'ai à vous parler.

Daniel cligne des yeux. Cet appel – toute cette matinée, d'ailleurs – lui semble irréel.

— Entendu, répond-il. Retrouvons-nous à *Hoffman House*. À 16 h 30.

Et ce n'est qu'après avoir raccroché qu'il remarque une large ombre sur le seuil de sa chambre : sa mère.

— Bon sang, maman ! s'écrie-t-il en remontant les couvertures.

Elle a encore le pouvoir de le ramener à ses douze ans.

— Je ne t'avais pas vue.

— À qui parlais-tu ?

Gertie porte son sempiternel peignoir matelassé rose – depuis combien de temps l'a-t-elle ? Daniel ne préfère pas savoir –, et ses épais cheveux gris ressemblent à ceux de Beethoven.

— À personne, dit-il. À Mira.

— Ça m'étonnerait que ce soit Mira ! Tu me prends pour une imbécile ?

— Non.

Daniel sort du lit, enfile un tee-shirt arborant le nom de Binghamton University et une paire de pantoufles en peau de mouton. Puis il se dirige vers la porte et embrasse sa mère sur la joue.

— Plutôt pour une fouineuse. Bon, tu as mangé ?

— Si j'ai mangé ? Bien sûr que oui. Il est presque midi. Et je te trouve en train de dormir comme un adolescent.

— J'ai été suspendu.

— Je sais, Mira m'a raconté.

— Donc, vas-y mollo avec moi.

— Pourquoi crois-tu que je ne t'ai pas réveillé ?

— Eh bien, je ne sais pas, dit Daniel en descendant l'escalier. Peut-être parce que je ne suis plus un enfant ?

— Faux.

Gertie se faufile devant lui pour prendre la tête du petit cortège, avant de faire une entrée magistrale dans la cuisine.

— Parce que j'y vais toujours doucement avec toi, ce qui n'est pas le cas des autres. Et maintenant, assieds-toi si tu veux que je te prépare du café.

Gertie a emménagé à Kingston trois ans plus tôt, à l'automne 2003. Jusqu'alors, elle avait tenu à rester dans l'appartement de

Clinton Street. Habituellement, Daniel lui rendait visite une fois par mois, mais cette année-là il n'était venu ni en mars ni en avril : au travail, c'était chaotique à cause de la guerre en Irak, et Gertie lui avait assuré qu'elle passerait Pessah avec une amie.

Quand il arriva chez elle le 1er mai, elle était au lit, vêtue de son peignoir, en train de lire *Le Procès* de Kafka. Les fenêtres étaient recouvertes d'un papier de cuisson brun. Là où était accroché autrefois son miroir encadré de bois, au-dessus de la commode, se trouvait juste un clou. Elle avait aussi retiré de ses gonds le double miroir de la salle de bains, qui formait la porte de l'armoire, exposant ainsi à la vue le désordre d'une pharmacie débordant de médicaments délivrés sur ordonnance.

— Maman, avait commencé Daniel, la gorge sèche, qui t'a prescrit tout ça ?

Gertie était entrée dans la salle de bains. Dans son regard, il lisait un entêtement sous forme de question : « Qui, moi ? »

— Les docteurs.

— Quels docteurs ? Combien en as-tu vus ?

— Euh… je ne sais plus exactement. J'en vois un pour mes problèmes intestinaux, un pour les os. Il y a le généraliste, l'ophtalmo, le dentiste, l'allergologue, enfin, lui, ça fait des mois que je ne l'ai pas consulté, le médecin des femmes, le kiné qui pense que j'ai une scoliose que personne n'avait encore diagnostiquée, même si je souffre du dos depuis des années. Il y a un petit os dans ma cage thoracique qui, je te jure, ressort quand je fais ce que le Dr Kurtzburg appelle une « forte torsion » (elle leva la main lorsque Daniel commença à protester), et tu devrais te réjouir que je sois traitée, que l'on s'occupe de moi, une vieille femme seule, en quête des soins qu'elle peut obtenir dans ce monde.

» Oui, répéta-t-elle, la paume toujours levée, tu devrais t'en réjouir.

— Tu n'as pas de scoliose.

— Tu n'es pas mon docteur.

— Je suis mieux que ça, je suis ton fils.

— Tiens, je viens de me rappeler ma dermato. Elle surveille mes grains de beauté. Comme on leur associe le mot « beauté », les gens pensent que ça ne peut pas tuer. Tu ne t'es jamais demandé si Marilyn Monroe n'était pas morte à cause du fameux grain de beauté qu'elle avait sur le visage ?

— Marilyn Monroe s'est suicidée. Elle a avalé une boîte de barbituriques.

— C'est ce qu'on prétend, oui, dit Gertie d'un ton de conspiratrice.

— Pourquoi as-tu enlevé les miroirs ?

— C'est pour ton frère, ta sœur et ton père.

Daniel entra dans la cuisine : sur le comptoir, il vit un grand verre de vin, pris d'assaut par des mouches du vinaigre.

— Et ça, c'est pour Elijah, n'y touche pas.

Quand Daniel versa, dans l'évier, le Manischewitz qui empestait, une nuée de moucherons s'envola et se dispersa. Gertie se vexa. De l'autre côté de l'évier se trouvait un plateau en aluminium sur lequel trônait un *kugel* industriel, qui n'était pas enveloppé : les nouilles étaient brillantes et dures comme du plastique. Ici, comme dans la salle de bains, les fenêtres étaient recouvertes de papier.

— Pourquoi as-tu obscurci les vitres ?

— Elles font des reflets, affirma Gertie, pupilles dilatées.

Et Daniel comprit qu'il fallait réagir.

Gertie commença par refuser, puis fut finalement flattée que Daniel veuille qu'elle se rapproche de lui, et soulagée qu'on lui donne l'occasion de rompre avec sa solitude. Ils la déménagèrent de Manhattan en août. Varya s'était installée en Californie pour son travail, ayant accepté un poste au Drake Institute, spécialisé dans les recherches sur le vieillissement, mais elle s'envola pour la côte Est afin de les aider. Le soir, l'appartement était si vide que Daniel était triste d'être responsable de ce spectacle désolant.

Après avoir sorti le fauteuil en velours vert pois de Saul, un meuble hideux que toute la famille adorait, il ne restait plus qu'à démonter les lits superposés.

— Je ne veux pas regarder ça, dit Gertie, à moitié menaçante, à moitié déprimée.

Les lits avaient été achetés chez *Sears*, quarante ans plus tôt, mais même après le départ de Klara et Simon, elle les avait laissés dans la chambre. Au début, elle avait argué qu'il y aurait de la place pour coucher tout le monde, si Daniel, Mira et Varya lui rendaient visite en même temps, mais quand Daniel avait suggéré qu'elle pouvait au moins se débarrasser d'un des deux, Gertie en avait été si perturbée qu'il avait jugé préférable de ne plus aborder la question. Avant que Mira ne l'entraîne vers la voiture, elle insista pour qu'on la prenne en photo avec les lits. Elle posa devant, son sac à la main et un sourire tranquille aux lèvres, comme une touriste devant le Taj Mahal, puis se précipita bruyamment hors de la pièce, le visage tourné vers le mur afin de se dérober à leur regard.

Daniel referma la porte d'entrée derrière elle et revint dans la chambre. Tout d'abord, il ne remarqua pas Varya. Mais des bruits étouffés se firent entendre du vieux lit du haut, et quand il leva la tête, il vit son pied droit qui pendait au-dessus du rebord. Les larmes roulaient de chaque côté de ses yeux, créant deux cercles mouillés sur le matelas.

— Oh, Varya ! s'écria-t-il.

Et il tendit la main dans sa direction avant de se raviser : il savait qu'elle n'aimait pas qu'on la touche. Pendant des années, il avait été blessé par cette façon qu'elle avait d'esquiver les contacts, et par sa distance, en général. Ils étaient les seuls survivants de la fratrie, et pourtant, elle mettait parfois des semaines à répondre à ses messages. Mais que pouvait-il faire ? Il était trop tard pour que l'un ou l'autre change, ne serait-ce qu'un peu.

— Je pensais juste à l'époque où je dormais ici, expliqua-t-elle en reprenant son souffle.

— Tu veux dire, quand on était enfants ?

— Non, quand on était plus âgés. Que je venais (elle étouffa un hoquet) rendre visite à maman.

L'expression semblait chargée de sous-entendus, et Daniel ignorait de quoi il s'agissait. Mais c'était ainsi que fonctionnait Varya : le paysage qu'elle percevait était différent, certaines choses étaient pour elle de mauvais augure ou menaçantes, elle contournait par exemple ce qui lui semblait, à lui, un simple bout de trottoir immaculé. Parfois, il songeait à la questionner, mais alors, quelle que soit la brèche qui se soit ouverte entre eux, elle se refermait, comme ce fut le cas ce jour-là. Sa sœur était à présent en train de s'essuyer prestement le visage d'une main, tout en posant les talons sur l'échelle avec brusquerie.

Mais elle ne put pas la descendre ; celle-ci était fixée au lit du haut avec des vis si vieilles qu'elles cédèrent sous son poids. L'échelle vacilla et tomba lourdement sur le sol ; Varya poussa un cri, un pied dans le vide. Il était bien trop dangereux de sauter du lit, aussi s'agrippa-t-elle à la rambarde, regardant d'un air dubitatif au-dessus du rebord.

Daniel ouvrit les bras.

— Viens ici, vieille branche.

Varya hésita. Puis elle se mit à rire et lui tendit les siens. Il plaça les mains sous ses aisselles, et elle s'accrocha à ses épaules tandis qu'il l'aidait à descendre.

22

Quinze ans plus tôt, les obsèques de Klara avaient eu lieu au San Francisco Columbarium. Raj avait l'intention de faire transférer le corps à la famille Gold, dans le Queens, mais Gertie s'y opposa catégoriquement. Quand Daniel lui réclama des explications, sa mère cita la loi juive qui interdit d'enterrer ceux qui se sont suicidés à moins de deux mètres d'un autre juif décédé, comme si l'observance stricte de cette loi était la seule chose susceptible de protéger les Gold qui restaient. Daniel était tellement en colère contre Gertie qu'elle s'en effraya ; il aurait pu la frapper. Il ne se serait jamais cru capable d'une telle réaction, avant.

Daniel et Mira venaient juste d'emménager à Kingston. Mira avait obtenu une chaire de professeure adjointe à la SUNY New Paltz, au département Histoire de l'art et études juives, et Daniel un poste de nuit à l'hôpital. Il commençait ce travail dans un mois, son mariage était prévu dans six, et jamais il ne s'était senti dans une si grande incapacité à agir. La mort de Simon l'avait suffisamment détruit ; comment était-il possible de perdre aussi Klara ? Comment la famille pourrait-elle tenir le coup ? Après l'enterrement, Daniel était entré dans un pub irlandais sur Geary Boulevard, avait posé sa tête sur le comptoir, et s'était mis à pleurer, sans se soucier de l'image qu'il renvoyait ni de ce qu'il répétait : « Pitié, pitié, tout le monde meurt », jusqu'à ce que quelqu'un lui réponde.

— C'est vrai, déclara son voisin de tabouret ; n'empêche, c'est toujours dur à encaisser.

Daniel tourna son regard vers lui. L'homme avait à peu près son âge, les cheveux blond vénitien, avec d'épais favoris. Ses yeux, d'une couleur étrange, plus dorés que marron, étaient striés de rouge. Sa barbe de quelques jours s'étendait jusqu'au-dessous du menton.

Il leva sa Guinness.

— Eddie O'Donoghue, dit-il.

— Daniel Gold.

Eddie hocha la tête.

— Je vous ai vu à la cérémonie. J'enquêtais sur la mort de votre sœur.

De la poche de son pantalon noir, il sortit alors sa carte du FBI. « Agent spécial », était-il indiqué, à côté d'une signature illisible.

— Oh ! finit par balbutier Daniel. Merci.

Était-ce ce qu'on était supposé dire en de telles circonstances ? Il était content, très content que l'on mène des investigations sur la mort de Klara, lui-même ayant ses propres suspicions, mais s'inquiétait malgré tout que la police fédérale s'en mêle.

— Si vous me permettez cette question, commença-t-il, comment se fait-il que le FBI soit chargé de l'affaire ? Pourquoi n'est-ce pas la police locale ?

Eddie rangea sa carte et considéra Daniel. En dépit de ses yeux rougis et de sa barbe mal rasée, on aurait dit un petit garçon.

— J'étais amoureux d'elle.

Daniel manqua de s'étrangler.

— Quoi ?

— J'étais amoureux d'elle, répéta Eddie.

— De... de ma sœur ? Elle trompait Raj ?

— Non, non. D'ailleurs, elle ne le connaissait pas encore, à l'époque. Mais peu importe, puisque ce n'était pas réciproque.

Le barman réapparut.

— Je vous sers un verre, les gars ?

— La même chose. Et lui aussi, dit Eddie. C'est pour moi.

Et il désigna du menton le bourbon de Daniel : celui-ci se rendit alors compte qu'il était en train de le boire.

— Merci.

Quand le serveur s'éloigna, il demanda à Eddie :

— Où l'avez-vous rencontrée ?

— J'étais en service à San Francisco. Votre mère nous a appelés, prétendant que votre frère était un fugueur et nous demandant de l'arrêter. Cela remonte à quand… Douze ans ? Il ne devait pas avoir plus de seize ans. Je l'ai rudoyé, je n'aurais pas dû. Je crois que votre sœur ne me l'a jamais pardonné. Malgré tout, elle m'a réveillé. Quand je l'ai aperçue devant le poste de police, avec ses cheveux qui gonflaient dans son dos et ses Doc Martens, il m'a semblé qu'elle était la plus merveilleuse femme que je n'avais jamais vue. Pas juste parce qu'elle était belle, mais aussi pour la puissance qui émanait d'elle. C'est pour ça que je me suis souvenu d'elle.

Eddie finit sa bière et essuya la mousse sur ses lèvres.

— Deux ans plus tard, je suis tombé sur un dépliant où j'ai reconnu son visage, poursuivit-il, alors j'ai commencé à aller la voir sur scène. La première fois, ce devait être début 1983. J'avais eu une journée pourrie, un règlement de comptes sanglant entre junkies dans Tenderloin, et quand j'ai vu son spectacle, j'ai été transporté. Un soir, j'ai fini par lui avouer à quel point elle m'avait aidé. Que son numéro avait changé ma vie. Il m'avait fallu deux mois pour trouver le courage de l'aborder, mais elle ne voulait rien avoir à faire avec moi.

Le barman revint avec leurs boissons. Daniel vida son verre. Il n'avait pas la moindre idée de ce qu'il pouvait répondre aux révélations intimes d'Eddie, qui le mettaient mal à l'aise. Il n'empêche que ses paroles anesthésiaient son désespoir : tant que celui-ci parlait, le souvenir de sa sœur flottait dans la pièce.

— Autant vous dire que je n'étais pas en grande forme à l'époque : mon père venait de mourir, et je buvais trop. Je voulais quitter San Francisco, j'ai donc postulé pour le Bureau fédéral. De Quantico, ils m'ont envoyé sans transition enquêter sur une affaire de fraude immobilière, à Las Vegas. Quand je suis passé devant le *Mirage* et que j'ai vu la publicité pour Klara, j'ai cru que j'étais devenu fou. Le lendemain, je l'ai croisée dans un parking, chez *Vons*. J'étais au volant d'une Oldsmobile, et elle, sur le bord du trottoir, avec un bébé.

— Ruby.

— C'est son nom ? Une fillette adorable, même quand elle pleurait. Votre sœur s'est enfuie, j'ai dû l'effrayer, ce qui n'était pas du tout mon intention. Dès que je l'ai revue, j'ai eu envie de lui parler, alors j'ai décidé d'assister à la première de son spectacle. Je me suis dit que je resterais à la fin pour m'expliquer avec elle. Lui assurer que je ne lui voulais aucun mal, qu'elle n'avait rien à craindre de moi.

Chacun regardait droit devant lui, c'était l'avantage des sièges disposés les uns à côté des autres, dans un bar, pensa Daniel : on pouvait avoir une conversation sans même croiser le regard de son interlocuteur.

— La nuit précédente, je n'ai pas pu fermer l'œil. Je suis arrivé de bonne heure au *Mirage*. J'étais en train de faire les cent pas à l'extérieur quand je les vois débarquer tous les trois, Klara, l'homme et le bébé, reprit Eddie. Elle se dispute avec le type, je le vois même à la distance où je me trouve. Puis il entre dans le théâtre, et elle se dirige, le bébé dans les bras, vers les ascenseurs. Ils sont en verre, je m'engouffre dans celui juste à côté du sien ; je baisse la tête, mais garde un œil sur l'étage où elle descend. Elle laisse sa fille à la garderie, au dix-septième étage, puis monte jusqu'au quarante-cinquième. J'ai l'impression qu'elle ne sait pas exactement où elle va, jusqu'à ce qu'une femme de chambre sorte d'une suite. Elle s'y glisse avant que la porte ne se referme.

Daniel se réjouissait de la pénombre du bar et de l'alcool, tout comme du fait qu'il existait des lieux où il faisait nuit en plein jour. La barbe qu'il se laissait pousser était imprégnée de larmes.

— C'était vendredi soir, enchaîna Eddie, et tout le monde était sorti. Le plus grand calme régnait. Or, quand on est flic, on sait une chose : le calme, la paix, c'est très bien, mais quand ça dure trop longtemps, ce n'est plus ni le calme ni la paix. J'ai couru jusqu'au bout du couloir, j'ai frappé à la porte et j'ai crié : « Madame ? », « Mademoiselle Gold ? » Mais elle n'a pas répondu. Je suis donc descendu à la réception pour demander une clé de la chambre.

Il vida alors son verre de bière.

— Je devrais sans doute m'arrêter là.

— C'est bon, dit Daniel.

Il l'avait déjà perdue, ce qu'il entendrait ne changerait pas grand-chose.

— Au début, je n'ai pas compris ce que je voyais. Je pensais qu'elle était en train de s'exercer. Elle était suspendue à la corde, comme dans son spectacle, tournoyait légèrement. Seulement, le bout de la corde pendait à côté de sa bouche.

Daniel s'était trompé : le récit d'Eddie l'affectait énormément.

— Assez, dit-il.

— Je suis désolé.

Dans l'obscurité, les pupilles d'Eddie, dilatées, lançaient des éclairs.

— Elle ne méritait pas ça, ajouta-t-il.

Love Me Tender d'Elvis s'éleva alors du juke-box. Daniel serra son verre dans sa main.

— Et comment vous êtes-vous retrouvé chargé de cette affaire ? demanda-t-il.

— Pour commencer, c'était moi qui l'avais trouvée, ça pesait dans la balance. Et puis j'ai plaidé ma cause. Les crimes importants, les délits qui impliquent plusieurs États et les enlèvements sont du ressort du FBI, pas de la police. En l'occurrence, ça avait l'air d'un suicide, mais mon intuition me soufflait qu'il y avait autre chose là-dessous. Je savais qu'ils avaient changé d'État, qu'elle volait. Et puis ce Chapal me semblait curieux.

— Raj ? s'enquit Daniel. Vous le soupçonnez ?

— Je suis un agent du FBI, je soupçonne tout le monde. Et vous, vous ne le trouvez pas suspect ?

Daniel s'efforça d'envisager cette possibilité.

— Je le connais à peine. Je crois qu'il la dominait, il n'appréciait pas qu'elle ait des contacts avec nous.

Il ferma les yeux très fort, c'était affreux d'utiliser le passé.

— J'enquêterai là-dessus, dit Eddie. Autre chose qui vous paraît suspect ?

Daniel aurait aimé nourrir d'autres suspicions, qu'il y ait une explication, mais tout ce qu'il constatait, c'était une coïncidence. Quand Simon était mort, il n'avait pas pensé à la femme de Hester Street. Son décès avait représenté un tel choc qu'il en avait effacé toute autre pensée de l'esprit de Daniel, et après tout, Simon n'avait-il pas toujours refusé de leur faire part de la prophétie ? Mais Daniel se rappelait celle de Klara : la femme avait dit qu'elle mourrait à trente-deux ans. Et c'est précisément l'âge qu'elle avait au moment de sa disparition.

— Une seule idée me vient en tête, dit-il. C'est des conneries, mais c'est étrange.

Eddie leva les mains.

— Je ne juge personne.

Des élancements de douleur ricochèrent dans le crâne de Daniel. Il n'aurait su dire si c'était à cause de l'alcool ou de la révélation imminente, dont il n'avait même pas parlé à Mira… Une fois qu'il eut terminé son récit sur la femme de Hester Street – la réputation de cette dernière, leur visite, la date annoncée pour la mort de Klara –, Eddie fronça les sourcils. Il enquêterait là-dessus, lui assura-t-il, mais Daniel nourrissait peu d'espoir. Il avait la sensation d'avoir déçu l'agent fédéral, l'impression qu'Eddie recherchait des secrets et des conflits cachés, pas des souvenirs d'enfance liés à une médium voyageant de ville en ville.

Six mois plus tard, quand la police classa la mort de Klara en suicide, Daniel n'en conçut aucune surprise. C'était l'hypothèse la plus simple, et il avait appris que c'était généralement la bonne. Lors de son internat, son conseiller pédagogique, ancien étudiant du Dr Theodore Woodward, se plaisait à citer les propos que ce dernier tenait à ses élèves en médecine : « Si vous entendez des bruits de sabots, dites-vous que ce sont des chevaux, pas des zèbres. »

Quatorze ans plus tard et dix États plus à l'Est, Daniel pénètre dans *Hoffman House* où il a rendez-vous avec Eddie. Le lieu était autrefois une fortification ayant servi de poste de guet, lors de la guerre d'indépendance des États-Unis. On y sert aujourd'hui des burgers et de la bière. Outre l'architecture – une bâtisse hollandaise en pierre, des volets blancs et des plafonds bas –, le seul élément qui rappelle l'histoire du bâtiment est un événement annuel organisé par des nostalgiques de cette guerre : ils viennent y rejouer l'incendie de Kingston déclenché par les Anglais.

Au début, Daniel était intrigué par ces passionnés de reconstitution historique, indéniablement impressionné par l'attention qu'ils prêtent aux détails. En effet, ils confectionnent eux-mêmes leurs costumes à partir de documents originaux et de peintures, portent leurs armes dans des musettes de drap blanc. Désormais, ils lui tapent sur les nerfs, tant les femmes qui s'agitent en jupons et bonnets blancs que les hommes qui se pourchassent, armés de mousquets, tels les acteurs fous d'une troupe de théâtre. Les bruits de canon le font encore sursauter. Pire, le principe l'agace : pourquoi rejouer le drame d'une guerre qui appartient à un passé lointain alors qu'il y en a une autre qui se conjugue au présent ? La détermination de ces personnes à vivre dans un autre temps l'irrite, car cela lui rappelle Klara.

Mais aujourd'hui, à *Hoffman House*, il y a juste Eddie O'Donoghue. Il est assis dans un box près de la cheminée, une bière à la main. En face de lui se trouve un verre de bourbon intact.

— La réserve de Woodford, annonce Eddie. J'espère que ça vous convient.

Daniel lui serre la main.

— Bonne mémoire.

— C'est pour cette raison qu'on me paie. Ravi de vous revoir.

Ils se jaugent mutuellement. Comme Eddie, Daniel a pris au moins dix kilos depuis 1991. Comme lui, Eddie doit friser la cinquantaine, s'il ne l'a pas déjà fêtée. Les sourcils de Daniel se déploient tels des explorateurs intrépides, si vite d'ailleurs que Mira lui a acheté une tondeuse pour *Hanoukka*. Le visage d'Eddie s'est adouci, et sa peau s'est relâchée autour des mâchoires, ce qui lui confère un air de chien battu. Mais ses yeux, tout comme les siens, brillent : ils se sont reconnus. Daniel est fébrile, car il imagine forcément qu'il y a du nouveau au sujet de Klara, mais il est aussi heureux de revoir Eddie, qu'il considère désormais comme un ami.

— Merci d'avoir pris sur votre temps de travail pour venir me voir, dit Eddie (et Daniel ne le corrige pas.) Je ne vous retiendrai pas longtemps.

Daniel est conscient du contraste entre son vieux jean, son pull – un cadeau de Mira qui remonte à une décennie – et les vêtements d'Eddie : une chemise classique et un pantalon, ainsi qu'un blouson jeté sur le dossier de la banquette. Il prend son attaché-case noir, le pose sur la table puis l'ouvre. Il en sort un bloc-notes et un dossier, également noir. Puis il en extrait une feuille de papier qu'il glisse vers Daniel.

— L'une de ces personnes vous est-elle familière ?

Au moins douze clichés ont été photocopiés. Daniel sort à son tour ses lunettes de sa veste. La plupart sont des portraits, de petites vignettes sur lesquelles des gens aux yeux et cheveux sombres froncent les sourcils ou regardent fixement l'objectif, à part deux adolescents qui sourient et un jeune homme qui fait le signe de la paix. Sous les visages se trouvent trois photos d'une femme corpulente aux cheveux gris. On dirait des enregistrements de vidéo de surveillance pris dans le hall d'un immeuble.

— Je ne crois pas. De qui s'agit-il ?

— Les Costello, répond Eddie. Vous voyez la femme, ici ?

Il désigne le premier cliché : y figure une personne qui doit être septuagénaire. Ses cheveux sont ondulés comme une actrice de cinéma des années 1940, elle a les paupières lourdes et le regard froid.

— C'est Rosa, poursuit-il, la matriarche. Et voici son mari, Donnie. Là, ce sont ses deux sœurs. En dessous, il y a ses enfants, elle en a cinq, et encore au-dessous, ses neuf petits-enfants, soit dix-huit personnes en tout. Dix-huit personnes qui mènent l'escroquerie à l'art divinatoire la plus sophistiquée de l'histoire des États-Unis.

— Une escroquerie à l'art divinatoire ? répète Daniel.

— Exact.

Eddie se frotte les mains et s'adosse à son siège pour mieux juger de son effet.

— Les médiums sont notoirement difficiles à inculper. Cette pratique est interdite dans certains États, mais on est rarement inquiété si on contrevient à cette loi. Après tout, il existe aussi des gens qui prédisent l'évolution de la Bourse, d'autres la météo, et tous sont rémunérés pour. On trouve aussi des horoscopes dans tous les journaux. De plus, il s'agit d'une question culturelle. Ce sont des Roms, connus aussi sous le nom de gitans. Ils ont fui les Mongols, les Européens et les nazis. Ils ont toujours été pauvres. Ils ne vont pas à l'école, et sont conditionnés dès la naissance pour devenir des diseurs de bonne aventure. Aussi, quand on en pince un pour fraude, que s'empresse de faire la défense ? Elle brandit la question de la liberté d'expression, dénonce une discrimination. Alors, à votre avis, comment s'y est-on pris ? Comment se fait-il que les Costello aient été reconnus coupables de quatorze crimes fédéraux ?

Daniel sent de la bile lui remonter dans la gorge : il prend conscience qu'Eddie ne va plus lui livrer d'informations sur Klara, mais sur la femme de Hester Street.

— Je ne sais pas, répond-il. Comment ?

— Je vais vous raconter l'histoire d'un homme que nous appellerons Jim, reprend Eddie en baissant la voix. Ce Jim a perdu un enfant des suites d'un cancer. Puis sa femme a demandé le divorce. Il était dans un état d'anxiété indescriptible et souffrait de douleurs musculaires constantes. Donc, on a un type vraiment malade, mais que personne dans le circuit de la médecine traditionnelle ne veut plus recevoir, car il est trop pénible, un vrai emmerdeur, ses relations avec les docteurs se détériorent, forcément, et il ne faut alors pas s'étonner qu'il finisse devant la porte d'une personne différente qui lui dit : « Je peux vous aider, je peux vous faire du bien. » Quelqu'un comme Rosa Costello.

Rosa Costello. Daniel prend la photo. Il n'a aucun doute, ce n'est pas la femme qu'il est allé voir en 1969. Ses lèvres sont trop charnues, son visage en forme de cœur ne correspond pas. En un mot, elle est plus jolie. Et pourtant, dans son esprit, un rapprochement s'opère : elle a le même menton autoritaire et bien dessiné, le regard aussi peu engageant.

— Donc, poursuit Eddie, cette voyante, cette Rosa Costello, lui dit : « Je vais vous vendre une bougie à cinquante dollars, et je la ferai brûler pour vous en récitant une prière. Vous allez tout de suite voir la différence au niveau de vos douleurs. » Comme Jim ne remarque aucun changement, il revient, et cette fois elle lui dit : « Bon, ça ne suffit pas. Je vais vous vendre des herbes, des herbes médicinales à brûler, et nous dirons une autre prière. » Deux années passent, l'homme s'est soumis à plusieurs rituels destinés à le guérir, et a consenti à deux énormes sacrifices financiers, la somme qu'il a dépensée en tout avoisinant les quarante mille dollars. Finalement, Rosa lui dit : « C'est votre argent, le problème. Il est maudit, donc vous devez m'apporter encore dix mille dollars, et nous conjurerons le mauvais sort. » Cette somme fut baptisée « don », cette famille prit le nom d'église et décréta qu'elle était l'Église du Libre Esprit.

Daniel ne pensait pas être affamé, mais quand le serveur leur apporta la carte, il eut soudain une faim de loup. Eddie commanda des ailes de poulet maison et lui des calamars.

— Ce qu'il faut que vous compreniez, concernant ces affaires, enchaîne Eddie une fois le serveur reparti, c'est qu'elles rendent les procureurs fous. Mais avec les Costello, c'était différent. Ils leur faisaient des pieds de nez. Quand nous avons saisi leurs biens, nous avons trouvé des voitures, des motos, des bateaux, des bijoux en or. Nous avons découvert des maisons dans l'Intracoastal Waterway, ainsi que cinquante millions de dollars.

— Incroyable !

— Mais attendez ! ajoute Eddie en levant la main. Avant même l'enregistrement des plaintes, leur avocat a rempli une demande d'annulation de vingt-quatre pages, arguant de la liberté de religion. Ils possèdent leur propre église, souvenez-vous. De plus, a-t-il avancé, il ne s'agissait ni plus ni moins que de l'exemple le plus récent d'une longue tradition de persécution des Roms. Bon, est-ce que je suis en train de prétendre que tous les gitans sont des escrocs et des filous ? Pas du tout. Mais parmi ceux-là, neuf ont commis de gros larcins, falsifié leurs déclarations d'impôts, fraudé par mail, sur Internet, ou blanchi de l'argent. Nous avons retrouvé tous les certificats de naissance, nous voulions assigner l'ensemble de la famille en justice, mais une personne est restée introuvable.

Eddie lui montre alors d'autres clichés provenant de la caméra de surveillance, dans le hall de l'immeuble. C'est elle, la femme de Hester Street. Elle porte un long manteau marron et des chaussures grises fermées avec du Velcro. Elle a la main posée sur la poignée d'une porte tambour, et ses cheveux gris retombent en deux longues nattes fines de chaque côté de son visage.

— Ça alors ! s'exclame Daniel.

— C'est la femme que vous avez rencontrée ?

Il hoche la tête. Il reconnaît son front large, ses lèvres pincées. Il se rappelle sa bouche quand elle a livré sa prophétie. Il se souvient de la façon dont celle-ci s'ouvrait, révélant sa langue rose et humide.

— Je vous demande de bien l'observer, poursuit Eddie. Je veux que vous soyez sûr de vous.

— Je suis certain que c'est elle, répond Daniel en poussant un soupir. Qui est-ce ?

— C'est la sœur de Rosa. Il se pourrait qu'elle soit impliquée, mais nous n'en sommes pas encore certains. Ce que nous savons en revanche, c'est qu'elle a pris ses distances avec le reste de sa famille. En général, les Roms vivent en communauté, c'est pourquoi nous nous étonnons que cette femme travaille seule. Cependant, elle conserve la tradition du voyage, car elle ne cesse de se déplacer de ville en ville. Et elle a de la jugeote, elle exerce sous différents noms, sans aucune autorisation, ce qui est illégal dans une grande partie du pays, mais lui permet de rester en dehors du système.

— Dans cette famille, commence Daniel, refusent-ils d'être payés, au début ? Parce que c'est ainsi que ça s'est passé pour nous. Elle n'a rien demandé, ou en tout cas mon frère ne lui a rien donné. J'ai trouvé ça étrange.

Eddie se met à rire.

— S'ils refusent de l'argent ? Ça non, ils prennent tout ce qu'ils peuvent. Peut-être que cette femme y est allée mollo, car vous n'étiez que des enfants.

— Dans ce cas, pourquoi nous aurait-elle révélé des choses aussi horribles ? Klara avait neuf ans, moi onze, et elle m'a flanqué une de ces frousses ! Mon seul souvenir précis, c'est que j'ai compris qu'elle utilisait la peur pour harponner ses clients. Plus elle les effrayait, plus ils étaient susceptibles de revenir. Elle créait une sorte de dépendance.

Lorsqu'il était assistant à Chicago après son internat, Daniel travaillait dans le cabinet d'un médecin qui employait des méthodes similaires : il insistait sur le fait que la dépression nécessitait des visites régulières ou affirmait à ses patients obèses qu'ils risquaient de mourir s'ils n'avaient pas recours à la chirurgie.

— De toute façon, ce qu'elle prédit n'a aucune espèce d'importance, enchaîne Eddie, puisqu'elle accapare le marché. En général, les voyantes roms racontent des choses très convenues sur votre vie amoureuse, votre argent, votre travail. Mais annoncer à quelqu'un la date de sa mort, c'est gonflé et judicieux. Les Roms ont deux ou trois spécialités, les hommes pavent les rues, vendent des voitures d'occasion, font commerce de pièces détachées, mais imaginons que le monde cesse de produire des pavés, ou d'utiliser des voitures, que resterait-il aux humains ? Le désir de savoir. Et nous serions tous prêts à payer pour cela. Les Roms disent la bonne aventure depuis des siècles avec le même succès. Mais votre voyante, là, a franchi un pas de plus. Si elle annonce aux gens la date de leur mort, elle offre un service qu'aucun autre ne propose. Elle n'a pas de concurrence.

Daniel transpire à cause du feu de cheminée. Il enlève son pull, tire sur l'ourlet de son polo, en dessous. Il se rappelle alors qu'il n'a pas dit à Mira où il se trouvait, et qu'ils ont rendez-vous à 18 heures à la synagogue. Mais il ne peut pas partir maintenant, ni même lui écrire le texto qu'il s'était promis de lui envoyer.

— Que savez-vous d'autre sur eux ? demande-t-il au moment où le serveur leur apporte leur plat.

Eddie extrait une aile de poulet d'une substance gluante orange fluo, puis la plonge dans une sauce épicée.

— Sur les Costello ? Ils sont arrivés en Floride dans les années 1930, ils ont dû fuir l'Italie à cause de Hitler. Comme tous les Roms, ils sont très discrets. Quand ils ne sont pas en présence de clients, ils parlent leur propre langue, et n'essaient absolument pas de s'intégrer. Ils ont besoin des *gazhe*, c'est-à-dire les non-Roms, pour l'argent, mais ils pensent que nous sommes corrompus.

Il s'essuie la bouche et poursuit :

— Ce sont les femmes qui disent la bonne aventure. C'est considéré comme un don de Dieu. Cependant, les Roms estiment que les femmes qui sont en contact avec les *gazhe* sont contaminées par eux. Or, ils sont obsédés par la propreté, la pureté. Si vous entrez dans un intérieur rom, vous verrez que tout y est impeccable.

— Ah bon ? Chez la femme que j'ai consultée régnait le plus grand désordre, je dirais même que c'était crasseux, renchérit Daniel, sourcils froncés. Avez-vous demandé à la famille où elle se trouvait ?

— Bien sûr, mais ils n'ont rien lâché. C'est pourquoi je m'adresse à vous.

— Que voulez-vous savoir ?

Eddie semble hésiter.

— Eh bien, je suis conscient que c'est un peu délicat et que vous préférez peut-être ne pas en parler, mais je vous prie de faire un petit effort. Comme je vous l'ai dit, nous n'avons pas grand-chose contre elle. Cette femme n'est pas autorisée à exercer son activité, mais nous n'allons pas la poursuivre pour cela. Ce qui nous intéresse, c'est d'établir une relation entre elle et un certain nombre de décès. Des suicides.

La réponse du corps est simple, instantanée : tout appétit déserte Daniel, qui se sent même sur le point de vomir.

— Nous n'avons trouvé à ce jour aucun lien de cause à effet direct, précise Eddie. Ce sont des gens qui l'ont consultée il y a deux, dix et même vingt ans. Ils sont cinq en tout, y compris votre sœur. Mais c'est suffisant pour que je me pose des questions.

Il croise les mains et se penche vers Daniel.

— Voici donc ce que j'aimerais savoir : vous a-t-elle dit quelque chose, quoi que ce soit, qui ait pu vous pousser dans cette direction-là ? Ou à Klara.

— En ce qui me concerne, non. Je lui ai expliqué pourquoi j'étais venu la voir, et elle m'a donné ce que j'attendais d'elle. On en est restés au domaine de la transaction. Et je n'ai pas eu l'impression qu'elle se soit souciée de ce que j'allais faire avec ses informations une fois que je serais parti.

Soudain, il a la sensation d'avoir une bête qui lui rampe dans le cou, comme un mille-pattes furtif, mais quand il glisse l'index sous le col de son polo pour vérifier, il constate qu'il n'y a rien. Il se rend alors compte qu'Eddie ne lui a pas précisé si ce rendez-vous s'apparentait à une conversation ou un interrogatoire. Il poursuit :

— Pour Klara, je ne sais pas trop. Elle ne m'a jamais dit qu'elle s'était sentie sous pression. Mais je dois admettre qu'elle était particulière.

— En quel sens ?

— Elle était vulnérable, un peu instable. Émotive, aussi, je crois. Il est possible qu'elle soit née ainsi, ou bien qu'elle le soit devenue.

Daniel repousse sa nourriture. Il n'a pas envie de voir l'encornet coupé en parfaites rondelles, ni le tentacule qui s'enroule à l'intérieur.

— Je sais ce que je vous ai dit après l'enterrement : je voyais une curieuse coïncidence dans le fait que la voyante ait su prédire la date de sa mort. Mais j'étais perturbé, je n'avais pas les idées claires. Oui, la prophétie était exacte, mais uniquement parce que Klara a choisi de la croire. Il n'y a pas de mystère là-dedans.

Daniel s'interrompt. Il se sent profondément mal à l'aise, et il lui faut un certain temps pour comprendre pourquoi.

— Toutefois, reprend-il, si vous pensez que cette femme est mêlée à tout cela, si nous estimons qu'il y a le moindre doute, alors franchement, je suis le seul coupable. C'est moi qui avais entendu parler d'elle, moi qui ai entraîné mes frère et sœurs chez elle.

— Daniel, vous ne devez pas vous reprocher quoi que ce soit.

La main d'Eddie est suspendue au-dessus de son bloc-notes, mais son regard s'adoucit en signe de compassion.

— Cela reviendrait à reprocher à Jim d'avoir consulté Rosa, c'est-à-dire estimer que la faute incombe à la victime. Il n'a pas dû non plus être facile pour vous d'aller voir cette femme, à l'âge que vous aviez alors. D'entendre la date de votre mort.

Daniel ne l'a pas oubliée, le 24 novembre de cette année, mais il a décidé de ne pas y accorder foi. Tous les jeunes gens emportés dans la fleur de l'âge qu'il connaît furent les malheureux destinataires de diagnostics épouvantables : le sida dans le cas de Simon, ou un cancer incurable. Il y a deux semaines, lui-même a passé son bilan annuel de santé et, en s'y rendant, il s'est senti gêné d'avoir cédé à la superstition. Mais à part une petite prise de poids et un taux de cholestérol en hausse, il était en excellente santé.

— Bien sûr, renchérit-il. J'étais un enfant. C'était une expérience déplaisante, mais je m'en suis remis depuis longtemps.

— Et si ça n'avait pas été le cas de Klara ? suggère Eddie, en levant l'index avec emphase. Vous savez, les escrocs savent repérer les plus vulnérables. Cette émotivité dont vous parlez chez Klara, il se peut qu'elle ait été inscrite dans ses gènes, et que la voyante ait été le facteur environnemental qui l'ait activée. Ou bien elle l'a tout de suite remarqué chez Klara, et s'en est peut-être saisie.

— Peut-être, répond Daniel en écho.

Mais cela l'irrite, car il se rend compte qu'Eddie recourt visiblement à la métaphore médicale pour l'atteindre *via* son domaine d'expertise ; or, l'idée ne lui paraît pas vraiment scientifique, et cela l'incite à la condescendance. Qu'est-ce qu'Eddie connaît à la génétique, sans parler du phénotype de Klara ? Il devrait s'en tenir à ce qu'il sait faire, il ne viendrait pas à l'idée de Daniel de lui indiquer la façon de conduire un interrogatoire.

— Et votre frère, reprend Eddie en regardant ses notes, il est mort en 1982, c'est bien ça ? La diseuse de bonne aventure avait-elle prédit cette date ?

Un détail dans l'attitude d'Eddie – la manière dont il jette un coup d'œil à son dossier ouvert devant lui pour suggérer qu'il a besoin de vérifier la date, mais de façon en réalité trop rapide pour qu'il puisse lire quoi que ce soit – agace encore un peu plus Daniel. Il ne doute pas un instant que l'agent du FBI connaît l'année du décès, tout comme quantité d'autres informations sur Simon que lui-même ignore.

— Je n'en ai pas la moindre idée. Il ne nous a jamais confié ce qu'elle lui avait dit. Mais mon frère n'en faisait qu'à sa tête. C'était un gay qui vivait à San Francisco dans les années 1980 et qui a contracté le sida. Pour moi, tout est plutôt clair le concernant.

— Très bien.

Eddie pose le poignet sur la table, mais relève les doigts et les paumes. Un geste d'apaisement : il a perçu l'irritation dans la voix de Daniel.

— Je vous remercie pour les renseignements que vous m'avez donnés. Si autre chose vous revenait, vous avez mon numéro, conclut-il en lui tendant sa carte de visite.

Eddie se lève et referme son dossier, le tapotant une fois sur la table afin d'aligner les feuilles à l'intérieur. Il replace la chemise dans son attaché-case et jette son blouson par-dessus son épaule.

— J'ai aussi effectué des recherches sur vous, dit-il, et j'ai vu que vous travaillez toujours pour nos troupes.

— C'est exact, acquiesce Daniel.

Et sa gorge lui semble soudain nouée, il est incapable d'ajouter un mot.

— Beau travail, commente Eddie en lui tapant dans le dos, alors qu'ils sortent. Continuez.

Et cet encouragement appuyé sonne comme celui d'un coach de base-ball pour juniors.

Daniel rejoint sa voiture d'un pas preste et démarre brutalement. Il se sent à la fois à cran et épuisé, il n'imaginait pas qu'il serait si éprouvant de reparler de façon aussi précise de leur visite à la voyante, de percevoir toute la portée de ces transgressions familiales. Il lui est tant pénible de repenser à la mort de son frère et sa sœur qu'il ne le fait que lorsqu'il est seul : s'il n'arrive pas à s'endormir alors que Mira l'est déjà, ou quand il rentre chez lui le soir, après le travail, que les phares éclairent la route et que la radio crépite en arrière-fond.

Ce qu'il a dit à Eddie est vrai : il n'a pas accordé foi aux déclarations de la voyante. Il croit dans les mauvais choix, la malchance. Et pourtant, le souvenir de la femme de Hester Street s'apparente à une minuscule aiguille fichée dans son estomac, qu'il aurait avalée depuis longtemps mais qui continuerait à flotter, en général indétectable, sauf à des moments précis : dans certaines postures, il la sent.

Il ne l'a jamais dit à Mira. Elle a grandi à Berkeley, enfant studieuse d'un couple de musiciens, père chrétien, mère juive, qui composaient des chansons interconfessionnelles pour leur progéniture. Mira aime ses parents, mais elle ne peut pas supporter d'entendre *Oy to the World* ni *Little Drummer Mensch*, et elle a peu de patience envers les institutions New Age. Il n'est guère étonnant qu'elle ait gravité autour du judaïsme : elle apprécie son aspect intellectuel et moral, le cadre légal qu'il fixe.

Avant de l'épouser, Daniel pensait qu'elle trouverait puérile cette histoire de diseuse de bonne aventure. Il ne voulait pas la détourner de lui. Après le décès de Klara, il eut très envie de lui raconter, mais encore une fois il s'en abstint. Il redoutait que Mira ne s'inquiète, et que ses sourcils ne forment un petit *v* délicat, telle une grue cendrée sûre de sa direction. Il craignait qu'elle n'établisse un parallèle entre lui et Klara par rapport à l'excentricité de celle-ci, son manque de raison, voire sa maladie.

Or, il n'y avait aucun rapprochement à faire entre sa sœur et lui, cela au moins Daniel le savait, donc aucune raison d'inciter Mira à le penser.

23

Raj et Ruby viennent pour Thanksgiving. Vendredi, Raj a envoyé un e-mail à Daniel dans lequel il acceptait l'invitation.

Ils arriveront le mardi, deux jours avant, aussi Daniel et Mira passent-ils le week-end à préparer leur arrivée. Ils lavent les draps de la chambre d'amis et déplient le canapé dans le bureau de Daniel. Ils font le ménage : Mira s'occupe de la cuisine et du salon, Daniel des chambres et des salles de bains, Gertie de la salle à manger. Ils se rendent à Rhinebeck afin d'acheter des produits frais à *Breezy Hill Orchard* et du fromage à *Grand Cru*. Avant de traverser la rivière pour revenir à Kingston, ils s'arrêtent à *Bella Vita* où ils achètent un centre de table composé de tulipes, de grenades et de roses couleur abricot. Daniel le porte jusqu'à la voiture et, par contraste avec le ciel terne de novembre, les fleurs semblent flamboyer.

La sonnette retentit deux heures plus tôt que prévu, alors que Mira est encore en cours et que Gertie fait sa sieste. Daniel dévale l'escalier, vêtu de son tee-shirt de Binghamton et de ses pantoufles en fourrure, se maudissant de ne pas s'être changé avant. Un coup d'œil dans le judas : un homme et une fillette, non, pas une fillette, une adolescente, presque aussi grande que son père. Il ouvre la porte. Il bruine dehors, et un filet de gouttelettes perle sur la crinière brillante et cuivre foncé de Ruby.

— Raj ! s'exclame Daniel. Rubina.

Et il ressent une gêne instantanée pour avoir prononcé son prénom complet, ainsi qu'il figure sur son certificat de naissance, mais rarement à sa connaissance utilisé depuis. Elle a tellement changé, elle ne ressemble plus à l'enfant dont il se souvient, mais à une jeune femme qu'il ne connaît pas, voilà pourquoi c'est Rubina qui lui est venu à l'esprit, ce prénom pour adulte qu'il n'a encore jamais employé.

— Bonjour, dit Ruby.

Elle porte un survêtement en velours fuchsia rentré dans des bottes Ugg qui lui montent jusqu'aux genoux. Quand elle sourit, elle ressemble tellement à Klara qu'il en tressaille presque.

— Daniel, le salue Raj, en lui tendant la main. C'est bon de te revoir.

La dernière fois qu'il l'a vu, il était d'une beauté anémique, comme un chien des rues : menton saillant et pommettes anguleuses, en oblique du nez. Maintenant, il est soigné et en bonne santé, le torse mis en valeur par un pull en cachemire à capuche. Ses cheveux sont impeccablement attachés, avec aux tempes quelques traces de gris, mais il est moins ridé que Daniel. Il tient à la main un jus de fruits d'un vert brun peu appétissant.

— Et réciproquement, approuve Daniel. Entrez. Gertie dort et Mira est en cours, mais elles ne vont pas tarder à se joindre à nous. Je vous offre quelque chose à boire en attendant ?

— Un verre d'eau serait parfait, dit Raj.

Il roule une valise gris métallique Tumi dans le vestibule, derrière lui. Ruby a pour sa part un sac de voyage Louis Vuitton et se tourne pour l'accrocher à une seule épaule. Dans son dos sont inscrits deux mots incrustés de strass : « Juicy » en capitales à la graphie recherchée, et « Couture » en lettres moins voyantes et plus petites.

— Tu es sûr ? demande Daniel en refermant la porte. Sinon, j'ai un grand barolo à la cave.

Pourquoi essaie-t-il d'impressionner Raj ? Pour compenser ce qu'il porte, un tee-shirt et des pantoufles informes ? Il pense déjà à ce qu'il préparera demain pour le petit déjeuner : une omelette avec peut-être de la fontine et ce qui reste de tomates anciennes.

— Non, dit Raj, ce n'est pas la peine, mais merci.

— Ce n'est pas grand-chose, insiste Daniel.

Il a soudain une envie désespérée de prendre un verre.

— Cette bouteille se languit dans la cave, en attendant une occasion comme celle-ci.

— Sans façon, vraiment, renchérit Raj. Mais que ça ne t'empêche pas de l'ouvrir.

Leurs regards se croisent, et Daniel comprend alors que Raj ne boit pas. À cet instant, une grosse montre en argent tombe sur le poignet de ce dernier.

— Pas de problème, reprend-il, de l'eau, alors. Et vous pourrez ensuite vous installer. Il y a un grand lit dans la chambre d'amis et un canapé-lit dans mon bureau. Nous avons préparé les deux.

Ruby, qui était en train de pianoter sur son téléphone portable ultramince à rabat rose – un Motorola Razr, tous les ados ont le même –, le referme d'un coup.

— Papa prendra le canapé.

— Non, ça ne marche pas ainsi, proteste Raj.

— Et moi un verre de barolo, ajoute-t-elle.

— Encore une fois, tu as tout faux, intervient Raj.

Ruby plisse les yeux et arbore un petit rictus narquois, mais quand Raj hausse les sourcils, elle lui sourit franchement.

— Vieux papa gâteux, dit-elle en suivant Daniel dans le bureau. Vieux papa gâté. Vieux papa faucheux.

Le lendemain, un mercredi, Daniel se réveille à 10 heures et pousse un juron. Il entend la douche dans la salle de bains attenante à leur chambre : c'est Mira. Pourvu que Raj et Ruby aient eux aussi fait la grasse matinée ! Il a été choqué par l'heure tardive jusqu'à laquelle ils ont veillé et plus encore par la façon dont s'est déroulée la soirée, un dîner décontracté de deux heures avec sa mère, sa femme, son beau-frère et sa nièce, comme si tout cela était parfaitement normal, suivi par des chocolats et du thé dans le salon. Daniel a finalement ouvert le barolo, et même Gertie n'a regagné son lit qu'à 23 heures, d'un pas lourd.

Daniel est resté éveillé encore plus tard. Son ordinateur se trouvant dans le bureau où dormait Ruby, et Mira étant couchée, il en a profité pour prendre l'ordinateur portable de cette dernière, posé sur la table de nuit, et s'est réfugié dans la salle de bains.

Le bagage Louis Vuitton a éveillé sa curiosité. La plupart des noms de couturiers ne lui disent rien, mais il a tout de suite reconnu le sigle brun clair de celui-ci. La montre de Raj était, elle aussi, visiblement hors de prix. Et son pull en cachemire : qui porte de tels vêtements ? Il s'est donc lancé dans des recherches sur le Net. Il savait qu'ils gagnaient bien leur vie – en 2003, Roy Horn a été attaqué par l'un de ses deux tigres blancs, et Ruby et Raj ont alors remplacé Siegfried et Roy au *Mirage*, comme attraction principale –, mais ce qu'il a appris *via* Google l'a stupéfié : leur maison, une propriété toute blanche et protégée, a fait l'objet d'un article dans *Luxury Las Vegas* et *Architectural Digest*. Les grilles sont ornées d'un RC et ouvrent sur une allée d'un kilomètre qui mène à quinze hectares de bâtisses reliées entre elles par des passages. On recense un centre de méditation, un cinéma, un habitat réservé aux animaux où l'on peut admirer des cygnes noirs et des autruches après s'être acquitté d'un billet onéreux. Pour les treize ans de Ruby, Raj lui a offert un shetland, un spécimen visiblement suralimenté répondant au nom de Krystal, avec lequel Ruby pose pour le magazine *Bossy*, destiné aux ados : d'un bras, elle entoure le cou du poney, sa chevelure brune surmontant la crinière blonde de Krystal. Dans l'article, un fichier PDF que Daniel a trouvé en ligne, le journaliste indique que Ruby est la plus jeune millionnaire de Las Vegas.

Pourquoi n'en savait-il rien ? Est-ce parce qu'il préférait l'ignorer ? Il a évité de lire des articles sur les numéros de Ruby et Raj, en partie car cela lui rappelle leur dernière rencontre et la culpabilité qu'il éprouve pour la distance qui s'est créée entre eux. Il lui a alors été impossible de ne pas repenser à la soirée précédente. Mira et lui ont acheté la maison en 1990, quand ils ne pouvaient pas se permettre d'investir à Cornwall-on-Hudson ni Rhinebeck et croyaient que les prix de Kingston allaient grimper. Daniel a imaginé Raj et Ruby pénétrant dans la ville, s'attendant à un site historique – Kingston était autrefois la capitale de l'État de New York – et tombant sur une cité qui lutte encore pour se redresser après la fermeture de l'usine IBM, qui a laissé sur le carreau sept mille salariés qui vivaient là. Il les a vus passer devant le centre technologique abandonné et regarder Main Street, dans un état de délabrement avancé. Qu'ont-ils pensé du canapé-lit dans son bureau et du fromage onéreux, le premier constituant un embarras que le second était censé compenser ?

Il n'a pas pu envisager son retour au travail, lundi, et les conséquences qui s'ensuivraient s'il maintenait sa position concernant les dérogations. Quelques jours auparavant, il a rempli une requête pour que son cas soit soumis à l'Area Defense Counsel local, autrement dit un avocat militaire qui représente les membres du service mis sur la sellette. Il sait que Mira a raison – il est préférable qu'il connaisse les options qui s'offrent à lui pour se défendre –, mais la requête en elle-même était humiliante. Sans travail, que deviendrait-il ? Un homme assis sur le tapis de bain, adossé aux toilettes, en train de lire un article sur le solarium de son beau-frère, a-t-il alors songé, et, poussé par cette horrible vision, il trouva la force de se mettre au lit, afin de sombrer dans le sommeil et de l'oublier.

À présent, il apporte un soin particulier à sa tenue et dévale l'escalier.

Raj et Ruby sont assis autour du comptoir de la cuisine, en train de siroter du jus d'orange et de manger des omelettes.

— Et merde ! s'exclame Daniel. Je suis désolé, je voulais vous préparer le petit déjeuner.

— Inutile de t'excuser, proteste Raj.

Il s'est visiblement douché, porte un autre pull qui semble très coûteux – vert cendré, cette fois – et un jean noir.

— On s'est débrouillés, ajoute-t-il.

— On se lève toujours de bonne heure, renchérit Ruby.

— Pour Ruby, les cours commencent à 7 h 30.

— Sauf les jours de spectacle, précise celle-ci. Là, on peut faire la grasse matinée.

— Ah bon ? dit Daniel.

Il a besoin de café. D'habitude, Mira lui en prépare toujours, mais aujourd'hui le pot est vide.

— Pourquoi ? poursuit-il.

— Parce qu'on se couche très tard. À 1 heure du matin, parfois. Voire plus tard. Ces jours-là, on fait cours à la maison.

Elle est encore en pyjama : Bob l'éponge récure son pantalon, et son haut blanc laisse deviner une brassière rose en dessous. Le contraste est déconcertant : le bas enfantin, et le top à bretelles qui n'est pas vraiment moulant, mais en dévoile plus que Daniel aurait aimé voir.

— Ah bon ? répète-t-il. Ça a l'air compliqué.

— Tu vois ? triomphe Ruby en se tournant vers Raj.

— Non, ce n'est pas compliqué, assure ce dernier. Les jours d'école, on se lève tôt, et quand on a un spectacle, on se lève tard.

— Vous avez vu ma mère ? s'enquiert alors Daniel.

— Ouais, dit Ruby. Elle aussi est du matin. On a pris le café ensemble, et puis elle est partie à son cours de tai-chi.

Elle repose bruyamment sa fourchette.

— Tu n'aurais pas une centrifugeuse, par hasard ? demande-t-elle.

— Une centrifugeuse ?

— Oui. Papa et moi, on a trouvé ça dans le réfrigérateur.

Et elle lève son verre où le jus d'orange oscille dangereusement près du bord.

— Mais on préfère le faire nous-même, ajoute-t-elle.

— Désolé, nous n'en avons pas. De centrifugeuse, je veux dire.

— Pas grave, conclut-elle d'une voix chantante.

Elle pique sa fourchette dans un coin replié de son omelette et poursuit :

— Qu'est-ce que tu manges, toi, au petit déjeuner ?

Elle fait juste la conversation, Daniel le sait, mais il a du mal à l'alimenter, d'autant que la machine à café ne fonctionne pas. Il met du café moulu dans le filtre, verse de l'eau et appuie sur le bouton pour la faire bouillir, mais le témoin lumineux refuse obstinément de s'allumer.

— En fait, je ne mange pas grand-chose, dit-il. En général, je me contente d'un mug de café que je bois au travail.

De légers bruits de pas se font entendre, puis Mira surgit dans la cuisine. Ses cheveux, qu'elle vient juste de sécher sont brillants, et volent dans son dos comme une aile.

— Bonjour, dit-elle.

— Bonjour, répond Raj.

Et Ruby lui fait écho, avant de se tourner vers Daniel.

— Tu ne vas pas travailler, aujourd'hui ? lui demande-t-elle.

— La prise, mon chéri, intervient alors Mira.

Et elle se faufile derrière lui, lui touche le bas du dos, puis branche la machine à café. Le témoin lumineux rouge s'allume aussitôt.

— C'est la veille de Thanksgiving, Roo, lui répond Raj. Personne ne travaille.

— Ah, très bien ! dit Ruby.

Elle pique un autre coin de l'omelette. Elle mange à sa façon, laissant un tas épais de garniture au milieu.

— Tu es médecin, c'est ça ?

— Exact.

L'évocation de sa carrière – établie depuis si longtemps et désormais précaire – éveille chez lui un sentiment d'humiliation, exacerbé par la magnifique maison de Raj, ses pulls en cachemire, sa centrifugeuse. Daniel doit fournir un effort monumental pour se rappeler la question de Ruby.

— Je travaille dans un centre de recrutement de militaires. Je m'assure que les soldats sont aptes à aller à la guerre.

Raj se met à rire.

— Eh bien, quel paradoxe ! Ça te plaît ?

— Beaucoup ! Je travaille pour l'armée depuis plus de quinze ans.

Il éprouve toujours de la fierté à le dire. Le café goutte lentement dans le pot.

— Très bien, dit Raj comme s'il constatait que leur discussion menait droit à une impasse.

— Et toi ? reprend Mira. Ton travail te plaît ?

Raj répond dans un sourire :

— On adore ce qu'on fait.

Mira appuie alors les coudes sur le comptoir.

— C'est tellement excitant, un monde si différent du nôtre. Nous aimerions vraiment avoir l'occasion de vous voir sur scène. Vous êtes les bienvenus au Ulster Performing Arts Center, même si j'imagine que la salle ne correspond pas à vos exigences.

— Mais vous êtes aussi les bienvenus à Vegas, rétorque Raj. On se produit chaque semaine, du jeudi au dimanche.

— Quatre soirées d'affilée, commente Mira. Ce doit être épuisant.

— Non, je ne trouve pas, réplique Raj d'une voix douce, mais son sourire est forcé. Rubina, en revanche...

— Papa, ne m'appelle pas comme ça !

— Mais c'est ton nom.

— Ouais, dit-elle en faisant la grimace. Mon nom de baptême, disons, mais pas mon vrai nom.

— Oups, intervient alors Daniel en souriant, je t'ai appelée Rubina, hier.

— Oh ! C'est rien, renchérit-elle, toi, tu es un étranger.

Ses paroles restent suspendues dans la pièce quelques secondes, puis elle baisse la tête.

— Je suis vraiment désolée, ajoute-t-elle. Je ne voulais pas dire ça, tu n'es pas un étranger pour moi.

Elle jette un regard implorant à Raj. Daniel est touché par son geste : l'adolescente qui retourne s'accrocher à la jambe de son père pour se cacher.

— Ce n'est rien, ma chérie, la rassure Raj en lui ébouriffant les cheveux. Tout le monde comprend ce que tu as voulu dire.

Ils s'entassent tous dans la voiture de Daniel, insistant pour que Gertie s'assoie à l'avant. Mais personne ne songe à s'opposer à sa volonté quand elle choisit de prendre place à côté de Ruby, à l'arrière. Ils se rendent au musée de la marine, puis dans le quartier historique, avant de faire une brève excursion dans Mohonk Preserve. Daniel fait la course avec Ruby dans un champ, la boue éclabousse leurs vestes. L'air qui pénètre dans ses poumons est divinement froid, et il s'en imprègne avec plaisir par grandes bouffées. Quand la neige se met à tomber, il s'attend à ce que Ruby se plaigne, mais elle saute de joie.

— C'est comme dans *Narnia* ! s'exclame-t-elle.

Et tout le monde éclate de rire pendant qu'ils regagnent la voiture.

Elle l'étonne aussi par d'autres aspects. Au dîner, par exemple, lorsque Gertie énumère tous ses maux, un sujet que celle-ci adore aborder, mais que Daniel et Mira redoutent ; ils échangent un regard angoissé quand elle commence à dresser l'inventaire de ses souffrances.

— J'ai eu un cor au pied pendant un an qu'on n'a pas pu guérir, dit-elle. Ça, c'est juste le début. Ensuite, à cause de l'infection, j'ai eu ce qu'on appelle une lymphadénite, c'est-à-dire une inflammation des glandes lymphatiques dans la jambe, j'avais des poches de pus de la taille d'une balle de golf. Les poils de mes jambes ont arrêté de pousser, complètement. Et très vite, ça s'est étendu à l'aine.

— Maman, marmonne Daniel, on mange.

— Pardonnez-moi, poursuit Gertie. Comme je ne réagissais pas aux antibiotiques, le docteur m'a examinée et a conclu qu'on devait m'opérer pour aspirer ce qu'il y avait dans tous les ganglions, et qu'ainsi le problème serait sans doute réglé. Ils étaient deux à s'affairer sur moi, un vieux médecin et un plus jeune, qui m'a dit : « Madame Gold, vous ne pouvez imaginer le magma infâme qu'on a trouvé. » Après, ils m'ont posé un drain, et j'ai dû rester à l'hôpital jusqu'à ce que le sang et tous les autres fluides aient été évacués.

— Maman, répète Daniel, gêné.

Raj a posé sa fourchette, et Daniel se sent honteux. Il voudrait coller du ruban adhésif sur la bouche de sa mère, mais Ruby se penche vers elle, l'air intrigué.

— Finalement, qu'est-ce que c'était ? interroge-t-elle. Qu'est-ce qui a déclenché tout ça ?

— Eh bien, répond Gertie, étant donné que nous mangeons, je ne suis pas certaine que je puisse le dire, mais puisque ça t'intéresse...

— Non, décrète fermement Daniel, pas maintenant.

Mais le plus étrange, c'est que Ruby paraît déçue. Et quand Mira demande à Raj les dates de leur tournée, Ruby en profite pour se pencher vers sa grand-mère et murmurer :

— Tu me le raconteras à la maison.

Gertie rougit de plaisir, et c'est si rare chez elle que Daniel aurait presque envie de prendre Ruby dans ses bras pour la remercier.

Ce soir-là, alors qu'il se brosse les dents, Daniel pense à Eddie. Sa question sur Simon – la diseuse de bonne aventure a-t-elle prédit le jour de sa mort ? – le tracasse.

Daniel ignore quelle date la voyante avait annoncée à Simon concernant sa mort. Celui-ci avait juste dit qu'il mourrait jeune, c'était dans la mansarde du 72 Clinton Street, le soir où ils avaient bu, une semaine après le décès de leur père. Jeune, cela pouvait être trente-cinq ans, ou encore cinquante. C'était si vague que Daniel n'y avait pas accordé d'importance. Il était plus vraisemblable que la mort de Simon ait été la conséquence de ses propres actes. Non parce qu'il était gay – si la sexualité de Simon déclenchait un léger malaise chez Daniel, cela n'avait rien à voir avec une homophobie moralisatrice –, mais en raison de son comportement insouciant et égoïste. Il ne pensait qu'à son plaisir. Or, cela ne dure qu'un temps.

En réalité, le ressentiment qu'il éprouve envers Simon masque quelque chose de plus profond, de plus sombre : il est en colère contre lui-même. De n'avoir pas su qui était Simon, qui il était vraiment, quand il était encore en vie. D'avoir échoué à le comprendre même dans la mort. Simon était son unique frère, et il ne l'a pas protégé. C'est vrai, ils avaient discuté après son arrivée à San Francisco, et il avait tenté de le convaincre de rentrer à New York. Mais quand Simon avait raccroché, il était entré dans une rage folle et avait jeté le téléphone par terre, où l'appareil s'était fracassé sur le linoléum ; il avait alors songé que, au fond, la vie de Gertie serait peut-être plus facile sans Simon. Évidemment, c'était une pensée éphémère, mais cruelle, et n'aurait-il pas pu se montrer plus persuasif ? N'aurait-il pas dû sauter à bord du premier bus pour San Francisco, au lieu de ruminer sa rancœur et d'attendre que l'avenir lui donne raison ?

« Vous savez, les escrocs savent repérer les plus vulnérables, avait affirmé Eddie. Ils voient tout de suite ce qu'ils peuvent en tirer. »

Simon était incontestablement vulnérable, se dit Daniel, il avait sept ans, mais ce n'était pas la seule raison. Tout comme Klara, il était un être à part. Impossible de dire s'il savait à cet âge qu'il était gay, mais il n'en était pas moins insaisissable, difficile à cerner. Il n'était pas aussi bavard que le reste de la fratrie. Il avait peu d'amis, à l'école. Il aimait courir, mais courait seul. Peut-être la prophétie avait-elle planté en lui une sorte de germe. Peut-être l'avait-elle incité à foncer, à vivre dangereusement.

Daniel crache dans le lavabo et repense à la théorie d'Eddie. Il n'était pas exclu que la visite chez la voyante ait rendu Klara encore plus fragile qu'elle ne l'était déjà. Dans certaines situations, la conjugaison de la psychologie et de la physiologie est indéniable, voire entièrement compréhensible : le fait, par exemple, que les douleurs ne proviennent pas des muscles ni des nerfs, mais du cerveau. Ou encore que les patients ayant une vision positive de la vie sont plus à même de combattre une maladie. Quand il était étudiant, Daniel a été assistant de recherche pour une étude qui explorait l'effet placebo. Les auteurs partaient de l'hypothèse que l'effet était causé par les attentes du patient, et de fait, ceux à qui l'on affirmait que les comprimés d'amidon qu'ils absorbaient étaient des stimulants montraient bientôt une accélération du rythme cardiaque, une hausse de la tension et un temps de réaction plus court. Un autre groupe de patients, à qui l'on avait dit que le placebo était un somnifère, s'endormaient environ vingt minutes après la prise.

Bien sûr, l'effet placebo n'était pas une découverte pour Daniel, mais cette fois il le concernait au premier chef, ce qui constituait toute la différence. Il constatait qu'une pensée pouvait déplacer des molécules dans le corps, et que celui-ci se dépêchait d'actualiser la réalité dans le cerveau. Selon cette logique, la théorie d'Eddie prenait tout son sens : Klara et Simon pensaient avoir pris un comprimé ayant le pouvoir de modifier leur vie, sans se douter qu'il s'agissait d'un placebo, sans savoir que les conséquences étaient issues de leur propre cerveau.

Un déclic se produit à l'intérieur de Daniel. Le chagrin se répand en lui, ainsi qu'un autre sentiment : une empathie immense pour Simon, insupportablement tendre, qu'il a étouffée en lui pendant des années. Il pose les mains sur le comptoir en marbre et se penche en avant, attendant que cela passe. Il a besoin d'appeler Eddie.

Sa carte de visite se trouve dans son bureau, et Ruby est à l'intérieur : la porte est fermée, mais la lumière allumée. Il frappe, elle ne répond pas. Alors il toque une deuxième fois avant d'entrouvrir la porte, inquiet.

— Ruby ?

Elle est assise sous les couvertures, un énorme casque sur les oreilles et un livre à la main : *Ce cher Dexter*. Quand elle le voit, elle a un mouvement convulsif.

— Putain ! jure-t-elle en enlevant son casque. Tu m'as fait peur !

— Je suis désolé, s'excuse Daniel en levant la main. Je voulais juste prendre quelque chose, mais je peux revenir demain matin.

— Non, c'est bon, dit-elle en retournant son livre. Je ne fais rien de particulier.

Dans la journée, elle porte du maquillage, de l'eye-liner et un truc visqueux qui brille sur ses lèvres, mais en l'occurrence, elle livre un autre visage et a l'air bien plus jeune. Son teint est un peu plus clair que celui de Raj, et même si elle a les yeux noirs, comme lui, elle a les joues de Klara. Son sourire aussi, bien sûr. Daniel se dirige vers la table de travail, trouve la carte d'Eddie dans le tiroir du haut et la glisse dans sa poche. Il s'apprête à ressortir quand Ruby reprend la parole.

— Tu as des photos de maman ?

Daniel sent son cœur se comprimer. Il marque une pause, visage tourné vers le mur. *Maman*... C'est la première fois qu'il entend quelqu'un appeler Klara ainsi.

— Oui.

Quand il se retourne, Ruby a remonté les genoux contre sa poitrine. Elle porte son bas de pyjama Bob l'éponge et en haut un sweat-shirt très large, ses élastiques de cheveux enserrant ses poignets tels de multiples bracelets.

— Tu veux les voir ? propose-t-il.

— À la maison, on en a quelques-unes, s'empresse-t-elle d'ajouter, mais ce sont toujours les mêmes, je les ai vues un million de fois, donc j'aimerais bien en voir d'autres.

Il va dans le salon exhumer les vieux albums. Comme il est étrange que Ruby soit ici. Sa nièce. Daniel et Mira, bien sûr, ne sont pas parents. Quand il lui a demandé de l'épouser, elle lui a parlé de son endométriose de stade 4.

— Je ne peux pas avoir d'enfant, a-t-elle dit.

— Ce n'est pas grave, a répondu Daniel. Il y a d'autres solutions. L'adoption...

Mais Mira lui a alors expliqué qu'elle ne souhaitait pas adopter. Elle avait été diagnostiquée à dix-sept ans, un âge inhabituel, et avait eu des années pour réfléchir à la question. Elle avait donc choisi de trouver d'autres satisfactions dans la vie, elle n'éprouvait pas le besoin d'être mère. Daniel se rendit compte qu'il ne pouvait pas renoncer à elle, mais au fond de lui, il ne put s'empêcher d'éprouver des regrets, car il avait toujours imaginé fonder un jour une famille. Au restaurant, quand il voyait un enfant endormi dans les bras de son père, la tête enfouie dans son cou, il pensait toujours à ses frère et sœurs. Toutefois, la paternité l'effrayait aussi. Comme élément de comparaison, il n'avait que Saul, rigide et distant. Il lui était impossible de savoir comment lui-même se serait comporté. Avant, il considérait qu'il aurait fait mieux que lui, mais c'était peut-être une vue de l'esprit. Il n'était pas non plus exclu qu'il ait fait pire.

Il revient dans le bureau avec deux albums. Ruby est assise en tailleur sur le lit, à présent, adossée au mur. Elle tapote près de l'espace vide à côté d'elle, et Daniel s'assoit sur le matelas. Il n'est pas assez souple pour croiser les jambes, aussi celles-ci pendent-elles au-dessus du futon quand il ouvre le premier album.

— Je ne les ai pas regardées depuis des années, dit-il.

Il croyait que ce serait pénible, mais ce qui le frappe, quand il voit la première photo – les quatre enfants Gold sur les marches du 72 Clinton Street, Varya en adolescente tout en jambes et Simon en bambin aux cheveux blond filasse –, c'est un élan de joie, la manière dont l'émotion se répand en lui, toute chaude. Il en a les larmes aux yeux.

— C'est maman ? demande Ruby en désignant Klara.

Elle a quatre ou cinq ans, est vêtue d'une robe élégante, en tissu écossais vert.

— Tout à fait.

Daniel se met à rire.

— Elle adorait cette robe, elle hurlait quand ta grand-mère la lavait. Elle se prenait pour Clara dans *Casse-Noisette* chaque fois qu'elle la portait. Or, nous étions juifs ! Ça rendait ton grand-père dingue.

Ruby sourit.

— Elle était volontaire, non ?

— Très !

— Moi aussi. Je crois que c'est l'une de mes plus grandes qualités, dit Ruby.

Daniel est amusé, mais quand il la regarde, il se rend compte qu'elle est sérieuse.

— Sinon, les autres vous écrasent, poursuit-elle. Surtout si on est une femme, et que l'on travaille dans le domaine du spectacle. C'est papa qui m'a appris ça, mais je crois que maman aurait été d'accord avec lui.

Daniel demeure grave : Ruby a-t-elle été « écrasée » ? De quelle façon ? Mais elle tourne la page pour découvrir des photos de la fratrie prises le même jour, par paires.

— Là, c'est tante Varya et oncle Simon. Il est mort avant ma naissance, du sida.

Et elle lève les yeux vers Daniel pour qu'il confirme.

— C'est exact. Il était très jeune, bien trop jeune.

Ruby hoche la tête.

— Bientôt, il va y avoir un traitement, le Truvada. Tu le savais ? Ça ne guérit pas du VIH, mais ça l'empêche de se développer. J'ai lu un article là-dessus dans le *New York Times*. Si seulement cela avait pu exister avant. Pour oncle Simon.

— Oui, j'en ai entendu parler, c'est incroyable.

Miraculeux même, et impensable au moment du pic de l'épidémie, quand des dizaines de milliers de malades mouraient chaque année rien qu'aux États-Unis. Dans les années 1990, lorsque des traitements contre le sida ont été introduits sur le marché, les patients devaient prendre jusqu'à trente-six comprimés par jour, mais dans les années 1980 il n'en existait aucun. Daniel imagine Simon, vingt ans tout juste, mourant d'une maladie inconnue qui n'a pas encore de nom. L'hôpital a-t-il été en mesure de rendre son agonie plus supportable ? Il éprouve alors le même sentiment que tout à l'heure, dans la salle de bains : une empathie immense, bien plus importune que le ressentiment.

— Regarde grand-mère ! s'écrie Ruby en la désignant. Elle a l'air si heureuse.

Grand-mère... Un autre mot que Daniel n'a jamais entendu, et cela le touche profondément que Ruby considère les Gold comme sa famille.

— Elle l'était, approuve-t-il. C'est elle ici, avec ton grand-père, Saul. Ils devaient être dans la vingtaine.

— Il est mort avant oncle Simon, c'est ça ? Quel âge avait-il ?

— Quarante-cinq ans.

Ruby croise les jambes.

— Tu peux me raconter quelque chose sur lui ?

— Quelque chose ?

— Oui, une histoire cool, intéressante, que je ne connaîtrais pas.

Daniel réfléchit. Il pourrait lui parler de sa boutique, mais à la place, c'est un bocal recouvert de lettres vertes avec un couvercle blanc qui lui vient à l'esprit.

— Tu connais les pickles miniatures ? Saul en raffolait. Il avait testé ceux de Cains and Heinz, puis ceux de Vlasic avant de découvrir une marque appelée Milwaukee, que ma mère devait commander dans le Wisconsin parce qu'on ne les trouvait pas à New York. Il pouvait manger tout le bocal en une seule fois.

— C'est bizarre. (Elle émit un petit rire nerveux.) Tu sais ce qui est drôle ? C'est que j'aime manger des pickles dans des sandwichs au beurre de cacahouète.

— Non ?

Daniel fait mine d'avoir un haut-le-cœur.

— Si, je t'assure ! Je les coupe en petits morceaux et je les dispose sur le dessus. C'est très bon, je te jure. Ça craque sous la dent, c'est à la fois doux et piquant, et puis le beurre de cacahouète est sucré et fondant avec ses petits éclats...

— Je ne te crois pas ! s'exclame Daniel.

Et ils éclatent tous les deux de rire.

— Non, je ne suis pas du tout convaincu ! ajoute-t-il.

À minuit, il sort du bureau, laissant à Ruby la pile d'albums, puis grimpe à l'étage principal. Il s'arrête un moment dans la cuisine. Il a éprouvé une grande satisfaction à discuter avec Ruby, et maintenant une envie le tenaille ; ça semble fou, ou vain, de ne pas rejoindre Mira au lit, pourtant quand il retrouve la carte de visite d'Eddie dans la poche de son jogging, sa satisfaction se mue en une mélancolie qui frise l'envie de pleurer. Il aurait pu profiter davantage de ce lien avec Ruby, pendant toutes ces années, ou avoir un enfant, lui aussi. Il est possible, songe-t-il alors, qu'une autre raison explique pourquoi il n'a pas insisté auprès de Mira pour qu'elle reconsidère sa position sur l'adoption : au fond, il estimait peut-être qu'il ne méritait pas d'être père. Après tout, Saul étant accaparé par son travail, Daniel a essayé de jouer les chefs auprès de sa tribu, de faire face au danger, à l'imprévisible, au chaos. Et voilà le résultat...

« Cela reviendrait à faire peser la responsabilité sur la victime », a affirmé Eddie. Mais il est trop tard : Daniel a fait cela, il a pensé de cette façon. Il a passé une décennie à s'auto-flageller pour une faute dont il n'est pas coupable. À mesure que Daniel s'apitoie sur son sort, sa colère envers la diseuse de bonne aventure s'intensifie. Il veut qu'elle soit arrêtée, pas simplement pour Simon et Klara, mais pour lui, aussi.

Il se dirige vers la porte d'entrée qu'il ouvre doucement. Il est aussitôt aspiré par l'air glacé de novembre, mais il sort malgré tout et referme derrière lui. Puis il compose le numéro d'Eddie sur son téléphone portable.

— Daniel ? Quelque chose ne va pas ?

Il se représente l'agent dans une chambre d'hôtel, à Hudson Valley. Peut-être qu'Eddie travaille cette nuit, une tasse de mauvais café à portée de la main. Peut-être est-il lui aussi obsédé à l'idée de retrouver la voyante, peut-être que cette obsession les relie comme une corde invisible.

— Je viens de me rappeler un détail, dit Daniel.

Il doit faire à peine deux degrés à l'extérieur, mais il a le corps en feu.

— Vous m'avez posé une question au sujet de Simon, vous vouliez savoir si la diseuse de bonne aventure lui avait prédit le jour de sa mort, et j'ai répondu que je ne savais pas. Cependant, elle avait, selon lui, affirmé qu'il mourrait jeune. Partons de l'hypothèse qu'il se savait gay. Il a seize ans, notre père vient de décéder, et il est perturbé par la prophétie ; il sent que c'est sa seule chance de vivre l'existence dont il rêve. Alors il fait fi du bon sens, de la sécurité.

— Très bien, dit lentement Eddie. Simon n'a pas été plus précis ?

— Non, nous étions des enfants, nous en avons reparlé juste une fois, mais cela corrobore vos propos de la dernière fois, à savoir qu'elle l'a incité à suivre cette voie, non ?

— Possible, admet Eddie.

En dépit de son ton détaché, Daniel l'imagine réagir différemment : rouler de l'autre côté du lit, coincer le téléphone avec son épaule. D'une main fébrile, il cherche alors l'interrupteur sur la table de chevet afin d'éteindre la lumière, déçu par les révélations de Daniel.

— Autre chose ?

Daniel sent l'impression de chaleur l'abandonner, un sentiment de dépression s'y substituant. Puis une pensée subite lui vient : si l'information laisse Eddie de marbre, si elle contribue même à lui enlever toutes ses illusions sur l'affaire, alors il doit entreprendre ses propres recherches.

— Oui, une question, répond-il.

Et quand il respire, des nuées blanches flottent devant lui tels de mini-parachutes.

— Comment s'appelle-t-elle ?

— En quoi connaître son nom vous aidera-t-il ?

Daniel s'efforce de réfléchir rapidement.

— Eh bien, cela me permettrait de l'appeler autrement que « la diseuse de bonne aventure », ou pire « la femme », dit-il d'un ton enjoué.

Eddie marque une pause, puis s'éclaircit la voix.

— Bruna Costello, lâche-t-il enfin.

— Pardon ?

Un bourdonnement a parasité les oreilles de Daniel, un flot d'adrénaline faisant battre son cœur.

— Bruna, articule Eddie. Bruna Costello.

— Bruna Costello.

Daniel savoure les mots, chacun résonnant comme une sentence.

— Et où se trouve-t-elle ?

— Vous venez de poser une deuxième question, rétorque Eddie. Quand ce sera terminé, je vous appellerai. Quand tout aura été dit et que l'affaire sera close.

24

Le matin de Thanksgiving, Daniel se réveille à 6 h 45, plus tôt que Raj et Ruby. Une lumière rose crémeuse, le bruissement des écureuils, un chevreuil broutant dans la pelouse brune... Il se fait un café serré et s'assoit dans le fauteuil à bascule près de la fenêtre du salon, le portable de Mira sur les genoux.

Quand il saisit le nom de Bruna Costello sur Google, le premier lien qui apparaît est celui du site du FBI concernant les personnes recherchées. « Protégez votre famille, votre communauté et la nation en aidant le FBI à capturer les terroristes et les fugitifs recherchés, dit la page. Des récompenses seront offertes dans certains cas. » La femme de Hester Street figure à la rubrique « Recherche d'informations », une vignette en noir et blanc dans la quatrième rangée. C'est une photo floue, un gros plan à partir d'un enregistrement vidéo. Quand il clique sur le nom, la photo s'agrandit, et il constate que c'est celle qu'Eddie lui a montrée à *Hoffman House*.

« Le Federal Bureau of Investigation (FBI) requiert l'aide de la population pour identifier les présumées victimes de Bruna Costello, soupçonnée de fraude en rapport avec un cercle de voyants en Floride. D'autres membres de la famille Costello ont été condamnés pour crimes fédéraux, comprenant des escroqueries, de fausses déclarations d'impôts, des fraudes e-mail et Internet, ainsi que du blanchiment d'argent. À ce jour, Bruna Costello demeure la seule suspecte à s'être soustraite aux interrogatoires.

» Elle se déplace dans un camping-car Gulfstream Regatta de 1989 (voir Plus de photos). Elle a précédemment vécu à Coral Springs et Fort Lauderdale, en Floride, et l'on sait qu'elle a beaucoup voyagé à travers les États-Unis. Actuellement, on pense qu'elle est établie aux abords de Dayton, dans l'Ohio, dans le village de West Milton. »

Daniel clique sur « Plus de photos ». Il voit un camping-car imposant d'un crème miteux, peut-être blanc à l'origine, et rayé d'une épaisse bande marron. Sous « Plus de photos », il y a un autre lien avec les différents pseudonymes sous lesquels officie la femme de Hester Street : Drina Demeter, Cora Wheeler, Nuri Gargano, Bruna Galletti… et une demi-douzaine d'autres.

Brusquement, Daniel referme l'ordinateur. Eddie devait l'avoir localisée. Pourquoi ne lui a-t-il rien dit ? Il doit penser que Daniel est instable, résolu à se venger.

Est-ce le cas ? Il est vrai que, pour la première fois depuis sa suspension, il ressent une motivation. Il perçoit la présence de la femme comme une chanson fredonnée dans une pièce voisine, ou le souffle d'un vent redoutable le défiant d'approcher plus près.

Mira et Raj s'occupent des légumes pendant que Gertie prépare sa fameuse farce. Daniel et Ruby s'affairent autour de la volaille, une bête de huit kilos enduite de beurre, d'ail et de thym. En début d'après-midi, alors que la viande est sur le point d'être enfournée, Mira nettoie le comptoir de la cuisine, et Raj passe un coup de fil professionnel dans la chambre d'amis. Gertie fait la sieste. Ruby et Daniel sont au salon, lui dans le rocking-chair avec l'ordinateur et elle sur le canapé avec un carnet de sudokus. À l'extérieur, la neige tombe derrière les carreaux, mais les flocons fondent à leur contact.

Daniel effectue des recherches sur les Roms : ils sont originaires d'Inde, d'où ils ont fui les persécutions et l'esclavage. Ils ont voyagé vers l'Ouest, en Europe et dans les Balkans, et commencé à dire la bonne aventure en tant que réfugiés. Un demi-million d'entre eux a été exterminé durant l'Holocauste. Cela lui rappelle l'histoire des Juifs. L'exode et l'errance, la résilience et l'adaptation. Même le fameux proverbe des Roms : *Amari cˇhib s'amari zor* – « Notre langage est notre force » – ressemble à des paroles que son père aurait pu prononcer. Daniel sort de sa poche un ticket de caisse du pressing et écrit cette phrase, ainsi qu'un second proverbe : « Les pensées ont des ailes. »

Dernièrement, il s'est efforcé d'entretenir un lien avec Dieu. Il y a un an, il s'est attelé à la théologie juive. Il a considéré sa démarche comme un hommage à Saul, et il espérait qu'elle lui apporterait une consolation relativement à la mort de son frère et sa sœur. Mais il a trouvé peu d'éléments. Alors que les autres religions évoquent énormément la mort, les juifs sont plus préoccupés par la vie. La Torah se focalise sur *olam ha-ze* (ce monde).

— Tu travailles ? demande Ruby.

Daniel lève les yeux. Le soleil est actuellement pelotonné au-dessus des Catskills, les montagnes semblables à un lavis velouté pervenche et pêche. Ruby est recroquevillée contre l'accoudoir du canapé.

— Pas vraiment.

Il referme le portable.

— Et toi ?

Elle hausse les épaules.

— Pas vraiment.

Elle referme son carnet de sudokus.

— Je ne sais pas comment tu arrives à résoudre ces casse-tête. Moi, je n'y comprends rien.

— Quand on donne un spectacle, on a beaucoup d'attente. Si on n'a pas un passe-temps pour s'occuper, on devient fou. J'aime trouver des solutions aux problèmes.

Ruby replie ses jambes d'un côté : aujourd'hui, elle porte un nouveau jogging Juicy Couture. Ses cheveux ramenés en un demi-chignon évoquent un nid d'oiseau touffu. Daniel se rend compte qu'elle va lui manquer, quand elle sera partie.

— Tu ferais un bon docteur, dit-il.

— J'espère.

Quand elle relève la tête pour le regarder, elle a l'air vulnérable. Quelle surprise ! Son avis lui importe.

— Je veux devenir médecin, déclare-t-elle.

— C'est vrai ? Et les spectacles ?

— Je ne ferai pas ça toute ma vie.

Elle s'exprime avec un détachement que Daniel a du mal à comprendre. Raj est-il au courant de ses projets ? Il ne pourra jamais avoir le même type de relation avec un autre assistant que celle qu'il entretient avec Ruby. Il repense à la conversation de la veille, au petit déjeuner, à la tension entre Ruby et Raj lorsqu'ils discutaient de leur tournée. Raj prétendait que c'était simple. « Rubina, en revanche... »

Ruby rejette une mèche de cheveux derrière son épaule. Elle n'est pas du tout impassible. En fait, elle est agacée.

— Je veux aller à l'université, tu vois, vivre dans la réalité. Faire des choses qui comptent.

— Ta mère ne voulait pas vivre dans le réel.

Les mots sont sortis malgré lui, d'une voix basse. Il sourit, car quand il pense à Klara, ce qui lui vient tout de suite à l'esprit, c'est son effronterie, son audace. Pas ce qui est arrivé plus tard.

— Et alors ?

Ruby rougit, et un éclat brille dans ses yeux, renforcé par la lampe du salon.

— Tu insinuais quoi sur ma mère ? insiste-t-elle.

— Je suis désolé.

Daniel a la nausée.

— Je ne sais pas ce qui m'a pris.

Ruby ouvre la bouche, puis la referme. Il l'a déjà perdue, elle a rejoint ce lieu étranger, propre à l'adolescence, fait de montagnes de ressentiments, de nids-de-poule invisibles.

— Ta mère, reprend Daniel, elle était unique en son genre.

Il ressent le besoin impératif de l'en convaincre.

— Ça ne signifie pas que tu doives devenir comme elle. Je tiens juste à te le dire.

— Je sais, répond Ruby d'un air las, tout le monde me répète ça.

Elle sort faire une promenade dans la neige. Daniel la regarde avancer d'un pas lourd sur le sol détrempé, avec ses bottes Ugg et son pull à capuche, ses mèches sombres voltigeant autour de son visage, puis elle disparaît dans les bosquets.

25

— « Alléluia ! Louez Dieu dans son sanctuaire. Louez-le au firmament de sa puissance. Louez-le pour ses hauts faits. Louez-le selon l'immensité de sa grandeur. Louez-le au son de la trompette. Louez-le avec le psaltérion (Gertie marque une pause)... et la harpe. »

— C'est quoi, un psaltérion ? demande Ruby.

Quand elle est revenue de sa promenade, elle avait retrouvé sa joie de vivre. À présent, elle est assise entre Raj et Gertie, d'un côté de la table. Mira et Daniel sont installés en face.

— Je ne sais pas, avoue Gertie en considérant le *Tehilim*, sourcils froncés.

— Attends, je regarde sur Wikipédia, dit Ruby.

Et elle sort son téléphone de sa poche, puis tape rapidement sur les petites touches.

— J'y suis : « Le psaltérion à archet est un type de cithare dont on joue avec un archet. Contrairement aux psaltérions des siècles passés à cordes pincées, celui-ci semble être une invention du XXe siècle. »

Elle referme son téléphone.

— Maintenant, on sait ce que ça signifie. Continue, grand-mère.

Gertie reprend son livre de psaumes.

— « Louez-le avec le tambourin et les instruments de danse. Louez-le avec les cymbales sonores. Que tout ce qui respire loue l'Éternel. Alléluia ! »

— Amen, dit Mira tranquillement. (Elle étreint la main de Daniel.) Et maintenant, mangeons.

Daniel serre aussi la sienne, mais il se sent déstabilisé. Cet après-midi, il a appris qu'il y avait eu une explosion à Sadr City, une banlieue de Bagdad. Cinq voitures piégées et un obus de mortier ont tué plus de deux cents personnes, des chiites pour la plupart. Il prend un long trait de vin, du malbec. Il a déjà bu un ou deux verres de blanc que Mira a débouché quand ils cuisinaient, mais le plaisant brouillard qui l'enveloppe quand il consomme de l'alcool se fait encore attendre.

Gertie regarde Ruby et Raj.

— À quelle heure partez-vous, demain ?

— Tôt, dit Raj.

— Malheureusement, renchérit Ruby.

— Nous devons donner un spectacle en ville à 19 heures, enchaîne Raj. Il faut que nous soyons là-bas avant midi pour discuter avec l'équipe.

— J'aurais préféré que vous restiez un peu plus longtemps, regrette Gertie.

— Moi aussi, lui assure Ruby. Mais tu pourras venir nous voir à Vegas. Tu auras une suite rien que pour toi, et je te présenterai Krystal. C'est un poney Shetland, une vraie gloutonne. Elle pourrait sans doute manger un demi-hectare d'herbe par jour.

— Eh bien ! s'exclame Mira en riant.

Elle coupe des haricots verts en deux avec sa fourchette et ajoute :

— Et maintenant, j'aimerais faire une petite requête personnelle. Je n'ai pas encore osé la formuler, car je suis sûre que les gens vous demandent toujours ce genre de choses, tout comme nos amis veulent toujours que Daniel pose un diagnostic sur leurs petits bobos, mais nous avons deux magiciens dans la maison, et je ne peux pas vous laisser repartir sans vous demander un numéro.

Raj lève les sourcils. Un quasi-silence règne dans le salon, imputable au quartier boisé de Kingston où ils résident.

Mira repose sa fourchette, rougissante.

— Quand j'étais jeune, un magicien des rues m'a fait un tour avec des cartes. Il m'a demandé d'en choisir une tout en effeuillant rapidement le jeu, ce qui n'a pas pris plus d'une seconde. J'ai choisi le neuf de cœur. Et il a deviné la bonne carte. Je lui ai demandé de recommencer pour m'assurer que le jeu n'était pas truqué. Je n'ai jamais compris comment il s'y est pris.

Raj et Ruby échangent un regard.

— C'était du forçage, déclare Ruby. C'est quand un magicien manipule tes décisions.

— Mais ça ne s'est pas passé ainsi, il ne m'a rien dit, il n'a pas cherché à m'influencer, proteste Mira. La décision me revenait entièrement.

— Ça, c'est ce que tu crois, reprend Raj. Il y a deux techniques de forçage : le forçage psychologique, où le magicien se sert du langage pour attirer la personne vers un choix particulier, et le physique. Visiblement, celui-ci a recouru au forçage physique, c'est-à-dire quand on fait ressortir un objet spécifique du reste. Il se sera attardé sur le neuf de cœur, juste un millième de seconde de plus que sur les autres cartes.

— Exposition accrue, commente Ruby. C'est une technique classique.

— Fascinant. (Mira s'adosse à sa chaise.) Malgré tout, je dois avouer que je suis sans doute un peu déçue, je ne m'attendais pas à une explication si rationnelle.

— La plupart des magiciens sont incroyablement rationnels, affirme Raj.

Il découpe sa cuisse de dinde en fines lanières qu'il place d'un côté de son assiette.

— Ils analysent la situation, et c'est indispensable pour créer l'illusion. Pour tromper les gens.

Son raisonnement agace Daniel. Cela lui rappelle ce qui l'a toujours contrarié chez Raj : son pragmatisme, son obsession de vouloir gagner de l'argent. Avant que Klara ne le rencontre, la magie était sa passion, son grand amour. Maintenant, il vit dans une maison luxueuse et bien gardée, et Klara est morte.

— Je ne suis pas certain que ma sœur voyait les choses ainsi.

Raj pique sa fourchette dans un petit oignon blanc.

— Qu'est-ce que tu veux dire ?

— Klara savait que l'on pouvait utiliser la magie pour tromper les gens. Mais elle tentait de faire l'inverse : de dévoiler une réalité plus complexe. D'ouvrir les yeux des autres.

À cause du candélabre posé au milieu de la table, la moitié inférieure du visage de Raj est plongée dans l'ombre, mais ses pupilles brillent.

— Si tu me demandes si je crois en ce que je fais, si j'ai l'impression de rendre un service essentiel à autrui, dans ce cas, je peux te retourner la question. C'est ma carrière. Et elle a autant d'importance à mes yeux qu'en a la tienne.

Daniel éprouve soudain de la difficulté à mâcher sa viande. Il a la terrible impression que Raj sait depuis le début, au sujet de sa suspension, mais qu'il a fait comme si de rien n'était, par générosité ou pitié.

— Qu'insinues-tu, au juste ?

— Tu trouves ça moral d'envoyer de jeunes gens se faire tuer au combat ? demande Raj. Tu es motivé par une réalité plus complexe ?

Le regard de Gertie et de Ruby passe de Raj à Daniel. Celui-ci se racle la gorge.

— Je crois profondément en l'importance de l'armée, oui. Et il ne me revient pas de juger si ce que je fais est moral ou non. Mais ce que font les soldats, c'est noble, ça oui.

Il a l'air convaincant, cependant Mira a noté une petite crispation dans sa voix. Elle baisse la tête vers son assiette. Daniel sait qu'elle agit par solidarité, afin que son regard, quoi qu'il reflète, ne le trahisse pas, mais sa réaction renforce son sentiment d'imposture.

— Même maintenant ? insiste Raj.

— Surtout maintenant.

Daniel se souvient de l'horreur liée au 11 septembre. Son meilleur ami d'enfance, Eli, travaillait dans la tour sud. Après que le second avion l'a percutée, Eli était sur le palier au soixante-dix-septième étage, incitant les gens à prendre l'ascenseur express. « OK, criait-il, tout le monde dehors ! » Avant son intervention, certaines personnes étaient paralysées par la peur. Plus tard, un collègue qui se trouvait dans la tour nord lors de l'attentat du World Trade Center en 1993 a témoigné qu'il avait été la voix qui les avait réveillés. Eli s'était ensuite réfugié sur le toit, un lieu sûr en 1993, et avait appelé sa femme. « Je t'aime, ma chérie, avait-il dit. Je rentrerai tard à la maison, ce soir. » Il est tombé avec la tour à 10 heures du matin.

— Surtout maintenant ? répète Raj. Alors que l'Irak a été dévasté ? Que des innocents sont torturés par des sadiques à Abou Ghraib ? Que les armes de destruction massive restent introuvables ?

Leurs regards se croisent. Daniel a sous-estimé son adversaire, cette célébrité de Vegas, ce magicien qui porte des vêtements onéreux.

— Papa, intervient Ruby.

— Des haricots ? propose Mira en tenant le plat bien haut.

— Donc, toi, tu aurais laissé un tyran brutal continuer à commettre ses meurtres et à opprimer des centaines de milliers de personnes ? questionne Daniel. Que fais-tu du génocide de Saddam Hussein contre les Kurdes et de la violence au Koweït ? De l'enlèvement de Barzani ? De la guerre chimique et des charniers ?

Les effets du vin commencent à se faire sentir. Il a l'esprit embrouillé, confus, et est donc soulagé d'avoir pu énumérer les crimes de Saddam Hussein.

— Les États-Unis n'ont jamais été guidés par des raisons éthiques en choisissant leurs alliances politiques, déclare Raj. Ils ont conduit des opérations militaires à partir du Pakistan. Ils ont soutenu Saddam Hussein quand il était à l'apogée de ses atrocités. Et maintenant, ils recherchent quelque chose qui n'existe pas. Le programme relatif aux armes de destruction massive en Irak a pris fin en 1991. Il n'y a rien là-bas, à part du pétrole.

Ce que Daniel refuse d'admettre, c'est que Raj a raison. Il a vu des photos d'Abou Ghraib : les hommes nus avec des cagoules sur la tête, torturés, en état de choc. Selon des rumeurs, Saddam Hussein sera pendu en décembre, pendant l'Aïd al-Adha, jour saint chez les musulmans, une dépravation de la religion, et non du fait des ennemis.

— Ça, tu n'en sais rien, dit-il.

— Ah bon ?

Raj s'essuie la bouche avec sa serviette.

— Si aucun pays du monde n'approuve la guerre en Irak, à part Israël, c'est pour une bonne raison.

Il ajoute cela après coup, comme si, pour une fois, il avait oublié son auditoire. À moins que ce ne soit calculé ? Les Gold sont saisis, instantanément unis, tels des atomes. Daniel a ses propres réserves vis-à-vis du sionisme, mais pour l'instant, il a les mâchoires crispées, et son cœur bat violemment, comme si quelqu'un avait insulté sa mère.

Mira repose ses couverts.

— Pardon ?

Pour la première fois depuis son arrivée, Raj perd un peu de son assurance, et son masque se fissure.

— Je ne t'apprends rien en déclarant qu'Israël est un allié stratégique, ou que l'invasion de Bagdad a servi à renforcer sa sécurité dans la région autant que la nôtre, poursuit-il tranquillement. C'est tout ce que je voulais dire.

— Vraiment ? reprend Mira, les épaules tendues, la voix crispée. Franchement, Raj, j'ai eu l'impression que c'était un doigt accusateur pointé sur les Juifs.

— Mais les Juifs ne sont plus opprimés. Ils sont une partie constituante des États-Unis, la plus importante minorité. Le monde arabe est opposé à la guerre que mènent les Américains en Irak, mais la voix des musulmans américains n'aura jamais la même portée que celle des juifs américains.

Raj marque une pause. Il doit sentir que toute la tablée est contre lui, mais parce qu'il a l'impression d'être menacé ou qu'il refuse de l'être, il ajoute :

— Pendant ce temps-là, les Juifs continuent d'agir comme s'ils étaient encore victimes d'une terrible oppression. Et c'est une vue de l'esprit assez commode quand ils deviennent eux-mêmes les oppresseurs.

— Ça suffit, décrète Gertie.

Elle s'est habillée pour le dîner : une robe fourreau bordeaux avec des collants et des mules en cuir. Elle a accroché une broche en verre offerte par Saul à sa robe. Daniel a de la peine en voyant son visage empreint de chagrin. Et l'expression de Ruby est encore pire. Sa nièce regarde fixement son assiette vide. Même à la lumière des bougies, il est évident qu'elle a les larmes aux yeux.

Raj tourne la tête vers sa fille. L'espace de quelques instants, il semble dévasté, presque confus. Puis il repousse sa chaise dans un grincement.

— Allons marcher un peu, Daniel.

Raj entraîne Daniel au-delà de la première rangée d'érables – quelques semaines auparavant, ils flamboyaient, mais à présent ils sont dépouillés – vers la clairière : un étang délimité par des roseaux et des bouleaux. Du haut de son mètre quatre-vingts, Daniel domine Raj de cinq centimètres, mais il est frappé par la confiance qui émane de son beau-frère, par la façon dont il est sorti de la maison, s'est dirigé vers la clairière comme s'il était en terrain conquis. Ce qui incite Daniel à dégainer en premier.

— Tu parles de la guerre comme si tu savais qui est fautif, mais c'est trop facile de lancer des accusations quand on habite dans une résidence bien protégée et qu'on gagne sa vie en faisant des tours de passe-passe avec des pièces de monnaie. Peut-être devrais-tu essayer de réaliser des choses qui comptent.

Où a-t-il entendu cette phrase ? De la bouche de Ruby. « Je veux aller à l'université, tu vois, vivre dans la réalité. Faire des choses qui comptent. » Daniel sent une onde de chaleur imprégner ses joues, son pouls cogner dans son cou, et subitement, il sait ce qui blessera le plus Raj.

— Même ta fille te considère juste comme un forain exerçant à Vegas. Elle m'a dit qu'elle voulait devenir médecin.

L'étang reflète la lumière de la lune, et le visage de Raj se crispe comme un poing. Daniel perçoit sa faiblesse, aussi sûrement que celui-ci la connaît : Raj a peur de perdre Ruby. S'il l'a maintenue éloignée des Gold, ce n'est pas juste parce qu'il ne les aime pas, mais aussi en raison de la menace qu'ils représentent. La possibilité d'une autre famille. D'une autre vie.

Toutefois, Raj soutient son regard.

— Tu as raison. Moi, je ne suis pas médecin, je n'ai pas de diplôme universitaire, et je ne suis pas né à New York. Mais j'ai élevé une enfant qui est extraordinaire, et ma carrière m'a apporté le succès.

Daniel cherche ses mots, car soudain il revoit le visage du colonel Bertram. « Vous vous prenez sans doute pour un putain de progressiste, lui avait-il lancé, son rictus surplombant sa médaille ornée d'une couronne de lauriers. Un vrai héros américain. »

— Faux, objecte-t-il, ta carrière, tu l'as volée, les numéros appartenaient à Klara.

Cela fait des années qu'il rêve de prononcer cette phrase, et il se sent revigoré de l'avoir enfin fait.

— J'étais son partenaire, rectifie Raj d'un ton plus bas et plus lent.

Et il ne donne pas l'impression d'être calme, mais, au contraire, de déployer des efforts surhumains pour se contenir.

À chaque mot, Daniel est conforté dans sa conviction, et ce qui flottait encore à l'état confus dans sa conscience devient de plus en plus clair : il entend en effet l'écho d'une autre histoire, celle de Bruna Costello.

— Klara avait confiance en toi, dit-il. Et tu as profité d'elle.

— Tu te fiches de moi, mec ?

Raj incline légèrement la tête en arrière, et le blanc de ses yeux renvoie la lumière de la lune. Dans ce regard, Daniel perçoit nettement un sentiment de possessivité, du désir, mais aussi de l'amour.

— J'ai pris soin d'elle. Est-ce que tu as la moindre idée de l'état dans lequel elle était ? L'un de vous le sait-il ? Elle errait dans la nuit la plus totale. Sa mémoire était en lambeaux, elle ne se serait même pas habillée le matin si je n'avais pas été là. C'était tout de même ta sœur. Qu'as-tu fait pour l'aider ? Tu es venu voir Ruby, ne serait-ce qu'une fois ? Tu l'as appelée pour Hanouka ?

Daniel sent son estomac bondir, se contorsionner.

— Tu aurais dû nous tenir informés.

— Je vous connaissais à peine. Personne dans ta famille ne m'a accueilli. Vous me traitiez comme un intrus, comme si je n'étais pas assez bien pour Klara. Pour les Gold, les précieux Gold si sûrs de leur bon droit, qui avaient tant souffert.

La colère qui résonne dans la voix de Raj surprend Daniel, et, pendant quelques instants, il est frappé de mutisme.

— Tu ne sais pas par quelles épreuves nous sommes passés, finit-il par dire.

— Et voilà ! s'exclame Raj.

Et il pointe un doigt si fébrile, ses yeux sont si brillants que Daniel a l'impression, absurde, qu'il s'apprête à exécuter un tour de magie.

— C'est précisément le problème. Vous avez connu des tragédies, OK, personne ne vous le conteste. Mais ce n'est pas la vie que vous menez actuellement. L'aura s'est éventée, l'histoire est éculée. Mais vous vous y cramponnez, sans quoi vous ne seriez plus des victimes. Or, il y a des millions d'opprimés en ce monde, et je suis bien placé pour le savoir. Et ces gens ne peuvent pas vivre dans le passé, plongés dans leurs pensées, car ils ne peuvent pas s'offrir ce luxe.

Daniel recule et se retrouve dans la pénombre des bosquets, comme s'il cherchait un abri. Mais Raj n'attend pas sa réponse : il fait demi-tour et revient vers l'étang. Sur le sentier qui mène à la maison, il s'immobilise.

— Encore un truc.

Sa voix porte dans la nuit, mais son corps reste dans l'ombre.

— Tu prétends faire des choses importantes, qui comptent. Mais tu n'es pas honnête envers toi. En réalité, tu te contentes de regarder des gens faire le sale boulot à des milliers de kilomètres d'ici. Tu n'es qu'un rouage dans la machine, un incitateur. Et surtout, tu es dévoré par les regrets. Tu regrettes de ne pas être capable de faire comme ta sœur : monter sur scène, nuit après nuit, et mettre à nu ta foutue âme sans savoir si on va t'applaudir ou te huer. Klara s'est peut-être suicidée, mais elle était plus courageuse que toi.

26

Raj et Ruby partent avant 8 heures le lendemain matin. Il y a eu une averse pendant la nuit, et leur voiture de location, garée dans l'allée, est couverte de gouttes de pluie. Raj et Daniel chargent les bagages dans le coffre, sans échanger un seul mot. De la bruine s'accroche au velours jaune de la veste de survêtement neuve de Ruby. Elle serre Daniel avec raideur dans ses bras. Elle se montre tout aussi froide avec Raj, mais lui, c'est son père, et elle devra bien finir par lui pardonner. Or, Daniel n'aura pas cette chance, et il ressent un désespoir viscéral lorsque Ruby monte dans la voiture, côté passager, et referme la portière. Quand ils font marche arrière dans l'allée, il agite la main pour leur dire au revoir, mais Ruby a déjà penché la tête, accaparée par son portable, et tout ce qu'il voit, c'est sa chevelure.

Mira se rend à New Paltz pour assister à une réunion de travail. Daniel ouvre le réfrigérateur et sort les restes de la veille. La peau de la dinde, si craquante lors du dîner d'hier, est fripée et humide. Le jus de cuisson, opaque, forme des flaques beiges.

Il réchauffe une assiette bien remplie au micro-ondes et mange au comptoir de la cuisine jusqu'à en avoir la nausée. Il ne supporte pas l'idée de s'asseoir à la table de la salle à manger où les Chapal et les Gold ont dîné, scène qui lui semble remonter à des années. Pour la première fois, il se sent lié à Ruby, il a l'impression qu'il pourrait être proche d'elle, qu'il n'a pas à être honteux de son rôle dans la mort de sa mère. Et maintenant, il l'a perdue, elle aussi. Peut-être que Ruby leur rendra visite pour ses dix-huit ans, quand elle pourra faire ses choix librement, mais Raj ne remettra plus les pieds chez eux et ne l'encouragera pas davantage à les fréquenter. Daniel pourrait rester en contact avec elle, mais qui sait si elle répondra ? Raj n'est pas le seul responsable du naufrage de Thanksgiving.

Après sa dernière prise de bec avec lui, des années auparavant, Daniel avait trouvé du réconfort dans son travail, mais cette fois ce ne sera pas le cas ; quand il pense au bureau, il a l'impression d'étouffer. Il ne pourra conserver son poste que s'il renonce à son autorité, qui consiste en sa capacité à prendre des décisions. Et s'il s'engage sur cette voie, c'est-à-dire faire passer son emploi avant son intégrité, la sécurité avant son libre arbitre, il deviendra le pion que Raj voit en lui.

Son portable sonne dans sa chambre, Daniel monte à l'étage. Quand il aperçoit le numéro sur l'écran, il se saisit si brusquement de l'appareil que le chargeur est arraché de la prise.

— Eddie ?

— Daniel. J'appelle pour vous faire part d'une nouvelle concernant l'affaire, puisque vous m'aviez demandé de vous tenir au courant.

— Je vous écoute…

La voix d'Eddie est lourde, tendue.

— Nous l'avons blanchie de tout soupçon.

Daniel s'écroule sur le lit. Il presse le téléphone contre son oreille, traînant le cordon du chargeur comme une queue.

— Vous ne pouvez pas faire ça.

— Écoutez, c'est… (Eddie pousse un soupir.) Nous sommes en terrain très flou. Comment prouver qu'elle a tué ces personnes alors qu'elle ne les a pas approchées, ne leur a pas même conseillé de se suicider, du moins pas de façon explicite ? J'ai passé les six derniers mois à rechercher cette femme. Quand j'ai pris contact avec vous, nous étions sur le point de classer l'affaire. Et puis je me suis dit qu'un détail m'avait peut-être échappé, un élément de preuve que vous pourriez m'apporter. Vous avez fait de votre mieux, vous avez été honnête, mais ça n'a pas suffi.

— Qu'est-ce qu'il aurait fallu de plus ? Cinq autres suicides ? Vingt ?

La voix de Daniel se brise sur le dernier mot, ce qui ne lui est pas arrivé depuis l'adolescence.

— Vous m'avez bien dit qu'elle ne déclare pas son travail. Ne pouvez-vous pas la coincer de cette façon ?

— C'est vrai, elle travaille au noir, mais elle gagne très peu d'argent. Le Bureau pense que ce serait une perte de temps. En outre, c'est une vieille femme, elle n'en a plus pour très longtemps.

— En quoi cela entre-t-il en ligne de compte ? La justice ne vient jamais trop tard pour des gens qui ont commis des crimes horribles et abjects.

— Du calme, Daniel, dit Eddie.

Et Daniel sent son oreille devenir toute chaude.

— Je le souhaitais tout autant que vous, poursuit-il. Mais à présent, il faut lâcher prise.

— Eddie, reprend Daniel. Aujourd'hui, c'est mon jour.

— Votre jour ?

— La date qu'elle m'a donnée. La date à laquelle elle a annoncé que je mourrais.

Daniel vient d'abattre sa dernière carte. Il ne pensait pas l'avouer à Eddie, mais il veut désespérément faire changer d'avis l'agent du FBI.

— Oh, Daniel ! soupire ce dernier. Laissez tomber... Cela ne sert qu'à vous torturer et pour quoi ?

Daniel demeure silencieux. Derrière la fenêtre, il voit voltiger la neige, délicate et cristalline. Les flocons sont si légers qu'il ne saurait dire s'ils tombent du ciel ou y montent.

— Ménagez-vous un peu, d'accord ? insiste Eddie. La meilleure chose que vous puissiez faire aujourd'hui, c'est de prendre soin de vous.

— Vous avez raison, répond Daniel d'un ton peu naturel. Je comprends. Merci pour tout ce que vous avez fait.

Quand ils raccrochent, il lance son téléphone contre le mur. L'appareil se brise en deux dans un craquement sinistre. Il le laisse par terre et descend dans son bureau. Mira a déjà enlevé les draps de Ruby, les a mis dans le lave-linge et a replié le canapé. Elle a même passé l'aspirateur, un geste attentionné, mais qui renforce en lui la sensation que Ruby n'a jamais mis les pieds ici.

Il s'assoit à sa table de travail et clique sur la page répertoriant les personnes les plus recherchées par le FBI. Bruna Costello a été retirée de la liste. Quand il écrit son nom dans la barre de recherche, un petit texte apparaît : « Votre recherche ne correspond à aucun document. »

Il s'adosse à sa chaise et se met à pivoter sur lui-même, enfouissant le visage dans ses mains. Le souvenir auquel il repense si souvent lui revient tout de suite en tête : la dernière fois qu'il a parlé à Simon. Celui-ci l'avait appelé de l'hôpital, même si à l'époque il l'ignorait. « Je suis malade », avait-il dit. Daniel avait été abasourdi ; il lui avait fallu un certain temps pour reconnaître la voix de Simon, qui était à la fois plus mature et plus fragile que jamais. Même s'il n'en avait rien laissé paraître, son soulagement avait été égal à la rancœur qu'il éprouvait. Dans la voix de Simon, il avait alors entendu le chant des sirènes de la famille, cette voix qui vous attire en dépit du bon sens, qui vous force à faire fi de toutes vos convictions, de votre moi intègre, pour céder à une profonde dépendance.

Si Simon lui avait présenté la moindre excuse, il lui aurait pardonné. Mais il n'en avait rien fait. D'ailleurs, il ne lui avait pas dit grand-chose. Il lui avait demandé ce qu'il devenait, comme s'il s'agissait d'une banale conversation téléphonique entre deux frères n'ayant pas été séparés depuis des années. Daniel n'avait pas compris si la situation était vraiment grave, ou si Simon était simplement Simon : égocentrique, évasif. Peut-être l'avait-il appelé sur un coup de tête, de façon aussi inconsidérée qu'il était parti pour San Francisco.

— Simon ? reprend Daniel d'un ton plus doux. Est-ce que je peux faire quelque chose pour toi ?

Et il avait alors eu conscience de la froideur de sa voix ; Simon n'avait pas tardé à raccrocher.

« Est-ce que je peux faire quelque chose pour toi ? »

Il n'a pu sauver ni Simon ni Klara. Ils appartiennent au passé. En revanche, il peut peut-être intervenir sur le futur. L'ironie du sort ne lui échappe pas : le jour même où Bruna Costello a prédit sa mort, il peut la retrouver et la forcer à avouer qu'elle a profité d'eux. Il s'assurera ensuite qu'elle ne recommence plus jamais.

Daniel cesse de tourner sur son siège. Il enlève les mains de son visage, cligne des yeux, ébloui par la lumière artificielle de son bureau. Puis il se précipite sur son clavier en tentant de se rappeler les renseignements sur le site du FBI. Il y avait la photo d'un camping-car beige et marron, une liste de pseudonymes. Et le nom d'un village dans l'Ohio, quelque chose avec Milton ; ayant lu *Le Paradis perdu* à la faculté, il avait été frappé par le nom, quand il l'avait vu. East Milton ? Non : West Milton ! Il effectue une recherche sur Google. Des liens le renvoient à une école élémentaire, une bibliothèque ainsi qu'à une carte ; West Milton est surligné en rouge et a la forme d'une botte, sans le talon. Il clique sur « Images », et un centre-ville vieillot s'affiche, avec des devantures arborant le drapeau américain. Sur l'une des photos figure une petite cascade près d'un escalier. Daniel clique dessus, et une liste de messages s'affiche alors.

« Les cascades et l'escalier de West Milton, a posté quelqu'un. Ce lieu n'est pas bien entretenu. Les gens jettent des détritus, et les marches ainsi que la rambarde ne sont pas solides. »

Cela semble un meilleur refuge que l'artère principale. Daniel revient à la carte. West Milton est situé à dix heures de route de Kingston. À cette pensée, les battements de son cœur s'accélèrent.

Il ne sait pas précisément où s'est établie Bruna, mais les cascades paraissent prometteuses, et le village entier doit faire à peine plus de cinq kilomètres carrés. Il ne doit pas être bien compliqué d'y repérer un camping-car délabré...

Il entend soudain un bruit strident en provenance de la cuisine. Ces temps-ci, ils utilisent si peu le téléphone fixe qu'il lui faut un certain temps pour comprendre. Les seules personnes qui ont leur numéro sont des démarcheurs de télémarketing ou des membres de la famille, ceux qui restent. En l'occurrence, inutile qu'il vérifie le nom affiché sur l'écran pour savoir qu'il s'agit de Varya.

— Varya, dit-il.

— Daniel.

Elle n'a pas pu venir pour Thanksgiving, ayant accepté une conférence à Amsterdam.

— Ton portable est éteint. Je voulais vérifier que tout allait bien.

Alors que la voix d'Eddie, sur la nationale, lui parvenait de façon saccadée, celle de Varya, à six mille kilomètres de là, lui parvient avec une telle netteté qu'elle pourrait être en face de lui. Son ton, à la fois maîtrisé et détendu, lui porte sur les nerfs.

— Je sais pourquoi tu m'appelles.

— Eh bien, fais-moi un procès ! s'écrie-t-elle avec un petit rire sec.

Un silence s'ensuit que Daniel ne fait rien pour combler.

— Que fais-tu aujourd'hui ? reprend-elle.

— Je vais retrouver la diseuse de bonne aventure. Je vais la traquer et la forcer à présenter des excuses pour ce qu'elle a fait à notre famille.

— Ce n'est pas drôle.

— Ç'aurait été bien si tu avais pu venir à la maison hier.

— Je devais faire une présentation.

— Pour Thanksgiving ?

— Il se trouve que les Hollandais ne fêtent pas Thanksgiving.

Son ton est tendu, ce qui attise la rancœur de Daniel.

— Comment ça s'est passé ? demande-t-elle.

— Bien. (Il est résolu à ne lui donner aucune information.) Et ta conférence ?

— Bien.

Il est furieux que Varya se soucie assez de lui pour l'appeler aujourd'hui, mais pas un autre jour, et certainement pas assez pour venir leur rendre visite. Elle se contente de superviser les choses de haut, sans jamais descendre jusqu'à lui pour intervenir, tandis qu'il s'agite en tous sens.

— Et comment te souviens-tu de tout cela ? demande-t-il en pressant le téléphone contre son oreille. Tu as enregistré les dates dans un tableur ? Ou bien dans ta mémoire ?

— Ne sois pas désagréable.

Et Daniel chancelle.

— Je vais bien, Varya.

Il s'appuie au comptoir et, de sa main libre, se frotte l'arête du ncz.

— Tout va bien se passer.

Il éprouve des regrets dès qu'il raccroche. Varya n'est pas son ennemie. Allons, il aura tout le temps plus tard d'arranger la situation ! Il prend ses clés dans une corbeille en osier, posée sur le comptoir.

— Daniel, dit Gertie, qu'est-ce que tu fais ?

Sa mère se trouve sur le seuil. Elle porte son vieux peignoir rose, et elle a les jambes nues. Le contour de ses yeux est humide, couleur lavande.

— Je vais faire un tour, répond-il.

— Où ?

— Au bureau. Je veux terminer deux ou trois choses avant lundi.

— C'est shabbat, tu ne devrais pas travailler.

— Shabbat, c'est demain.

— Ça commence ce soir.

— Dans ce cas, j'ai six heures devant moi, rétorque-t-il.

Mais il sait qu'il ne sera pas de retour d'ici là. Il ne reviendra pas avant demain. Alors il racontera tout à Gertie et Mira. La façon dont il aura retrouvé Bruna, ses aveux. Il le racontera aussi à Eddie, et celui-ci rouvrira peut-être le dossier.

— Daniel, dit Gertie en lui barrant le passage. Je me fais du souci pour toi.

— C'est inutile.

— Tu bois trop.

— Mais non.

— Et tu me caches quelque chose.

Elle le regarde avec insistance, d'un air à la fois curieux et peiné.

— Qu'est-ce que tu me caches, mon amour ?

— Rien.

Bon sang, il a l'impression d'être un enfant. Si seulement elle pouvait se pousser de l'encadrement de la porte.

— Tu es paranoïaque.

— Je pense que tu ne devrais pas sortir. Ce n'est pas bien, le jour de shabbat.

— Shabbat ne signifie rien, réplique Daniel d'un ton brutal. Dieu s'en fiche. Il n'en a vraiment rien à foutre.

Et soudain, la notion de Dieu lui semble aussi irritante et inutile que l'appel de Varya. Dieu n'a pas veillé sur Simon ni sur Klara, et il n'a pas permis que justice soit faite. Mais au fond, qu'espérait-il ? Quand il a épousé Mira, il a décidé de revenir au judaïsme. Il a imaginé – il a choisi – un dieu en qui croire, et c'était là le problème. Bien sûr, les gens choisissent des choses en quoi croire tout le temps : des relations, des idéologies politiques, des billets de loterie. Mais pour Dieu, Daniel s'en rend compte à présent, c'est différent. Dieu ne devrait pas être sélectionné en fonction d'une préférence personnelle, comme une paire de gants. Il ne devrait pas être le produit du désir humain, lequel est assez fort pour créer une déité à partir de l'air.

— Daniel ! s'écrie Gertie.

Si elle n'arrête pas de répéter son prénom, il va hurler.

— Tu ne penses pas ce que tu dis.

— Tu ne crois pas en Dieu non plus, maman, répond-il, mais tu as décidé que si.

Gertie cligne des yeux, lèvres pincées, mais elle demeure très calme. Il lui pose la main sur l'épaule et se penche pour embrasser sa joue. Elle est toujours dans la cuisine quand il part.

Il se rend dans la remise, derrière la maison. À l'intérieur sont rangés les outils de jardinage de Mira : des paquets de graines à moitié vides, des gants en cuir et l'arrosoir en métal. Il déplace le pantalon vert, sur l'étagère du bas, afin d'attraper la boîte de chaussures, derrière ; dedans se trouve un petit revolver. Quand il a intégré l'armée, il a reçu un entraînement pour manier les armes à feu. Aussi, posséder un revolver lui semblait-il naturel. Mais à part sur le stand de tir de Saugerties, où il se rend une fois l'an, il ne s'en est jamais servi ; il a toutefois fait renouveler son permis en mars. Il charge le revolver qu'il emporte jusqu'à la voiture, glissé à l'intérieur de sa veste. Il aura peut-être besoin d'intimider Bruna pour l'obliger à parler.

Il est midi passé lorsqu'il arrive sur la nationale. Quand il se rend compte qu'il a oublié d'effacer son historique de navigation, il est déjà en Pennsylvanie.

27

Il traverse Scranton en début d'après-midi. Il est presque 21 heures quand il atteint Columbus. Il a les épaules tendues, des élancements dans la tête, il se sent fébrile à force d'avoir abusé de mauvais café, et à la pensée de ce qui l'attend. Les villes deviennent de plus en plus rurales : Huber Heights, Vandalia, Tipp City. West Milton est indiqué sur un petit panneau vert et beige. Il lui faut moins de cinq minutes pour parcourir la bourgade, composée d'une enfilade de maisons plates avec revêtement extérieur en aluminium, auxquelles succèdent de douces collines et des terres cultivées. Aucun signe d'un camping-car ni d'un emplacement prévu pour en vue, mais Daniel ne se décourage pas. Si lui-même voulait se cacher, il irait dans les bois.

Il vérifie l'heure : il est 22 h 32, et il ne croise plus aucune voiture. La cascade, selon le panneau, se situe à l'angle des Routes 571 et 48, derrière un magasin d'ameublement. Il se gare et se dirige vers le promontoire : il ne voit rien à part l'escalier, qui est aussi branlant qu'annoncé. Les marches sont glissantes en raison des feuilles humides, la rampe recouverte d'une croûte de rouille.

Et si Bruna avait tout simplement quitté West Milton ? Mais il est encore trop tôt pour renoncer, pense-t-il en regagnant sa voiture. La forêt continue sans interruption jusqu'à la prochaine ville. Si elle est partie, elle ne doit pas être allée bien loin.

Il poursuit vers le nord, suivant la rivière Stillwater jusqu'à Ludlow Falls, deux cent neuf habitants. Au-delà d'un champ, sur Covington Avenue, il distingue le pont qui mène la Route 48 à une autre cascade, la plus impressionnante jusque-là. Il se gare sur l'herbe au bord de la chaussée, enfile son manteau en lainage et met son revolver dans sa poche. Puis il descend la colline jusque sous le pont.

Les Ludlow Falls sont presque aussi hautes qu'un immeuble à deux niveaux, et grondent. Un vieil escalier pique à neuf mètres dans la gorge et conduit à un sentier serpentant le long de la rivière, baigné par le clair de lune.

Il le descend, lentement d'abord, puis plus vite pour ajuster son pas à la hauteur des marches.

La gorge est irrégulière, il est plus difficile de s'y déplacer. Son manteau ne cesse de s'accrocher aux branches, et il trébuche par deux fois sur des racines noueuses. Pourquoi a-t-il pensé que c'était une bonne idée ? La gorge est trop étroite pour que l'on puisse y faire passer un camping-car, le col trop escarpé. Il continue d'avancer, espérant trouver un autre escalier ou sentier le menant à un terrain plus élevé, mais la fatigue se substitue bientôt à ses espoirs. À un moment, il glisse sur le rebord d'un rocher pointu et doit s'accroupir pour ne pas tomber dans la rivière.

Ses mains tâtent de la mousse, des pierres. Les genoux de son pantalon sont trempés ; les battements de son cœur se réverbèrent singulièrement dans son estomac. Il est encore temps pour lui de revenir sur ses pas. Il pourrait louer une chambre dans un motel, se laver et rentrer à la maison le lendemain matin, en racontant à Mira qu'il s'est endormi au bureau. Elle serait sans doute inquiète, mais elle le croirait. Il est loyal par-dessus tout.

Mais il s'écarte du rocher, se relève et continue. Il trouve une meilleure prise en s'éloignant de l'eau, là où le sous-bois est sec. Puis sa gorge se serre. Il ne saurait dire combien de temps s'est écoulé lorsqu'il remarque que les chutes sont désormais à une plus grande distance de lui. Il a dû les contourner par le côté sud.

Il constate alors que le terrain au-dessus de lui est plus plat. Il accélère le pas tant bien que mal, s'agrippant aux troncs d'arbres et aux branches basses pour sortir de la gorge. Tandis qu'il remonte le chemin, s'efforçant de distinguer quelque chose dans l'obscurité, il se rend compte qu'une partie de la clairière est obstruée par une masse anguleuse. Rectangulaire.

Un camping-car est garé sur une parcelle de terrain plat, derrière un épais bosquet. Quand il atteint le rebord supérieur de la gorge, il est à bout de souffle, mais a l'impression qu'il pourrait monter deux fois encore le sentier. Le véhicule est maculé de boue, de la neige s'est amoncelée sur le toit. Les fenêtres sont obstruées, et le mot « Regatta » est écrit dans une graphie oblique, sur le côté.

Il est surpris de trouver la porte ouverte. Il monte l'escalier et entre.

Il lui faut un moment pour s'accoutumer à l'obscurité. Il lui est difficile de voir ce qui l'entoure à cause des vitres recouvertes, mais il parvient à discerner la disposition d'ensemble. Il se trouve dans un salon exigu, son genou gauche heurte une banquette miteuse, ornée d'un affreux motif abstrait. En face se dresse une table, encore que ce n'en soit pas vraiment une, plutôt une surface qui se déplie à partir du mur, contre lequel s'empilent des caisses. Deux chaises en métal pliantes sont calées entre cette table d'appoint et les sièges avant de la cabine, sur lesquels sont entassés d'autres cartons. À gauche de la table, il avise un évier ainsi qu'un comptoir parsemé de bougies et de figurines.

Il s'avance vers l'intérieur du camping-car, passe devant une minuscule salle de bains dépouillée, avant d'arriver devant une porte close. En son centre, il distingue à hauteur d'yeux une croix en bois maintenue par deux punaises. Il tourne la poignée.

Un lit simple a été poussé contre le mur. À côté se trouve une caisse où sont posées une bible et une assiette vide, à l'exception d'un emballage en plastique. Au-dessus se dessine une petite fenêtre carrée. Le lit est recouvert de draps écossais en coton épais et d'un édredon bleu marine d'où sort un unique pied.

Daniel s'éclaircit la voix.

— Debout.

Le corps bouge. Le visage, tourné sur le côté, est dissimulé par de longues mèches de cheveux. Lentement, une femme roule sur le dos et ouvre un œil, puis l'autre. Pendant quelques instants, elle le regarde d'un air absent. Puis elle prend une profonde inspiration et se redresse dans le lit. Elle porte une chemise de nuit en coton, un imprimé à petites fleurs jaunes.

— J'ai une arme, déclare Daniel. Habillez-vous.

Elle le révulse déjà. Son pied, nu, est rêche et craquelé.

— Nous allons parler, ajoute-t-il.

Il l'emmène dans le salon et lui ordonne de s'asseoir sur la banquette. Elle emporte l'édredon bleu marine dont elle se recouvre les épaules. Daniel ouvre les stores noirs afin de mieux la voir, dans le clair de lune.

Elle est toujours corpulente, mais c'est peut-être à cause de l'édredon dans lequel elle s'est emmitouflée. Ses cheveux, blancs et emmêlés, descendent jusqu'à sa poitrine ; son visage est sillonné de rides aussi fines que des vaisseaux capillaires, si précises qu'on pourrait les redessiner au crayon. Ses cernes sont d'un rose cireux.

— Je vous connais, dit-elle d'une voix enrouée. Je me souviens de vous. Vous êtes venu me voir à New York avec votre frère et vos sœurs. Ils étaient là eux aussi. Deux filles et un petit garçon.

— Ils sont morts. Le garçon et une des filles.

La femme pince la bouche. Elle change de position sous l'édredon.

— Je sais comment vous vous appelez. Vous êtes Bruna Costello, je connais votre famille, et je sais ce qu'ils trafiquent. Mais c'est sur vous que je veux en savoir davantage. Pourquoi vous faites ce que vous faites ? Et pourquoi nous avoir infligé ça ?

Menton levé en signe de défi, elle déclare :

— Je n'ai rien à vous dire.

Daniel sort l'arme de son manteau et tire deux coups dans le sol en tôle. La femme pousse un cri et se couvre les oreilles ; l'édredon tombe d'un côté, révélant une cicatrice, blanche et brillante comme une trace de colle séchée, au-dessous de sa clavicule.

— C'est chez moi, ici, proteste-t-elle. Vous n'avez pas le droit de faire ça.

— Je ferai pire.

Il pointe l'arme vers le visage de Bruna, barillet à hauteur du nez.

— Commençons par l'essentiel. Vous êtes issue d'une famille de criminels.

— Je refuse de parler de ma famille.

Il braque l'arme vers le haut et fait de nouveau feu. La balle explose à travers le toit et siffle dans l'air, à l'extérieur. Bruna hurle. D'une main, elle replace l'édredon sur ses épaules ; elle tend alors l'autre, paume face à Daniel, comme pour demander une trêve.

— *Drabarimos*, c'est un don de Dieu. Ma famille ne l'a pas utilisé à bon escient. Ils sont arriérés, malhonnêtes, ils frappent et prennent la fuite. Je n'agis pas du tout ainsi. Moi, je parle de la vie et des bienfaits divins.

— Vous savez qu'ils sont sous les verrous, n'est-ce pas ? Qu'on les a arrêtés ?

— Je l'ai entendu dire. Mais je ne leur parle pas, je n'ai rien à voir avec ça.

— Arrêtez vos conneries ! Vous autres, vous restez collés les uns aux autres, comme des rats.

— Pas moi, affirme Bruna. Pas moi.

Quand Daniel baisse le revolver, elle laisse retomber le bras. Dans ses yeux brille l'éclat des larmes. Et si elle disait la vérité ? Sa famille lui semble peut-être aussi éloignée d'elle que Klara, Simon et Saul le sont de lui, comme s'ils appartenaient à une autre vie.

Mais il ne se radoucit pas.

— Est-ce pour cette raison que vous avez quitté la maison ?

— En partie.

— Et pour quoi d’autre ?

— Parce que j’étais une fille. Que je ne voulais être la femme de personne, la mère de personne. Dès sept ans, il faut faire le ménage. À onze, douze ans, vous travaillez ; à quatorze, on vous marie. Moi, je voulais aller à l’école, devenir infirmière, mais je n’avais aucune éducation. Tout ce qu’on répétait, c’était : « *Shai drabarel, shai drabarel ?* », « Elle peut lire l’avenir ? » Alors je me suis enfuie. Et j’ai fait ce que je savais faire, j’ai dit la bonne aventure. Mais je me suis juré d’être différente. De ne pas demander d’argent si je n’en avais pas besoin. Pas de trucs de sorcellerie. J’ai eu une cliente pendant des années, à qui je n’ai jamais réclamé un centime. Un jour, je lui demande : « Enseignez-moi quelque chose. Apprenez-moi à lire. » Elle m’a répondu en riant : « Dans les lignes de la main ? » Et je lui ai dit : « Non, dans le journal. »

Les lèvres de Bruna se mettent à trembler.

— J’ai quinze ans, poursuit-elle. Je vis dans un motel. Je ne peux pas écrire de petites annonces ni lire un contrat. J’apprends, mais quand je vois ce qu’il faut pour devenir infirmière, alors que moi, j’ai arrêté l’école à sept ans, je comprends que je n’y arriverai pas, que c’est trop tard. Alors je me dis : « OK, tu as le don. » J’ai au moins ça. Tout dépend peut-être de la façon dont je vais l’utiliser.

À la fin de son monologue, elle n’a plus de souffle. Il voit ce que cela lui a coûté, de lui révéler ses secrets.

— Continuez, ordonne-t-il.

Bruna reprend bruyamment sa respiration.

— Je voulais faire quelque chose de bien. Alors j’ai pensé, bon, que font les infirmières ? Elles aident les gens, ceux qui souffrent. Pourquoi ils souffrent ? Parce qu’ils ne savent pas ce qui va leur arriver. Et si je les soulageais ? S’ils ont des réponses, ils seront libres, c’est ce que je me suis dit. S’ils connaissent la date de leur mort, ils pourront vivre.

— Qu’attendez-vous des gens qui viennent vous voir ? Puisque ce n’est pas de l’argent, qu’est-ce que c’est ?

— Rien, réplique-t-elle.

Ses paupières sont gonflées.

— Arrêtez de me raconter des conneries ! Vous vouliez le pouvoir. Nous étions des enfants, nous vous mangions dans la main.

— Je ne vous ai pas demandé de venir.

— Vous faisiez de la publicité pour vos services.

— Non. C'est vous qui m'avez trouvée.

Elle arbore une expression agitée, indignée. Daniel essaie de se rappeler si elle dit la vérité. Comment a-t-il entendu parler d'elle à l'époque ? Deux garçons chez un traiteur chinois. Mais eux, d'où la connaissaient-ils ? La piste remonte forcément à Bruna.

— Quand bien même ce serait vrai, vous n'auriez pas dû nous faire entrer. Nous étions des enfants, et vous nous avez dit des choses qu'aucun gamin ne devrait entendre.

— Les gosses, ça pense constamment à la mort. Tout le monde y pense ! Et ceux qui viennent jusqu'à moi ont leurs raisons, alors je leur donne ce qu'ils sont venus chercher. Les enfants sont purs, dans leur souhait ; ils ont du courage, ils veulent savoir, ils n'ont pas peur. Vous étiez un petit garçon intrépide, je me souviens de vous. Mais ce que vous avez entendu ne vous a pas plu. Dans ce cas, vous n'aviez qu'à pas me croire et vivre comme si je ne vous avais rien dit.

— Mais c'est ce que je fais.

Il dévie de sa trajectoire. C'est la fatigue, le froid – comment Bruna fait-elle pour le supporter ? –, le trajet, l'idée que Mira ait trouvé son portable par terre.

— Et vous, vous savez de quoi sera fait votre avenir ? La date de votre mort ?

Il a alors l'impression que Bruna tremble, mais il finit par comprendre qu'elle secoue la tête.

— Je l'ignore. Je ne peux pas voir mon avenir.

— Vous ne savez pas ce que vous réserve le futur ? Cela doit vous rendre folle.

Un plaisir cruel s'épanouit en lui.

Elle a l'âge de sa mère, la même taille. Mais Gertie est robuste. Bruna, elle, a l'air à la fois bouffie et faible.

Il braque son revolver sur elle.

— Et si c'était maintenant ?

Souffle coupé, elle plaque les mains sur les oreilles ; l'édredon tombe à terre, révélant sa chemise de nuit et ses jambes nues. Il voit ses chevilles croisées, pressées l'une contre l'autre pour se réchauffer.

— Répondez-moi, exige Daniel.

Elle s'exprime d'une toute petite voix très aiguë.

— Si c'est maintenant, c'est maintenant.

— Et pourquoi ce serait maintenant, hein ? dit-il en brandissant le revolver. Je pourrais tirer n'importe quand. Surgir sur votre seuil à tout moment, vous ne sauriez pas quand je viendrais. Qu'est-ce que vous préféreriez ? Partir maintenant, ou ne jamais savoir quand ? Attendre, attendre, marcher sur la pointe des pieds, regarder par-dessus votre épaule chaque jour de votre foutue vie, rester sur terre alors que tout le monde autour de vous meurt, et que vous vous demandez si ce ne devrait pas être vous, et vous vous détestez parce que...

— C'est votre jour ! s'écrie Bruna.

Et Daniel tressaille, surpris par son changement de ton : sa voix est bien plus grave et assurée.

— Votre jour, c'est aujourd'hui, poursuit-elle. C'est pour ça que vous êtes là.

— Vous croyez que je ne le sais pas ? Vous pensiez que ma visite était le fruit du hasard ? demande-t-il.

Mais Bruna le regarde d'un air dubitatif, qui suggère un tout autre scénario : un récit selon lequel il ne serait pas venu de son plein gré, mais animé par les mêmes éléments que Simon et Klara. Une histoire dans laquelle son libre arbitre serait faussé depuis le début, car la femme possède une clairvoyance qu'il ne peut comprendre, ou parce qu'il est assez faible pour y croire.

Non, Simon et Klara étaient mus par des forces magnétiques, inconscientes ; Daniel, lui, est en pleine possession de ses moyens. Cependant, les deux scénarios flottent comme une illusion d'optique – un vase ou deux faces ? –, chacun aussi convaincant que l'autre, une perspective perdant sa prédominance dès qu'il ne la tient plus en bride.

Mais il existe une solution pour qu'il parvienne à se forger son opinion, à faire en sorte qu'un des deux récits l'emporte, l'autre se fondant alors dans ce qu'il était avant, ou aurait dû être. Il ne sait plus très bien si l'idée vient de surgir dans son esprit ou si elle s'y était logée quand il avait vu sa photo.

La femme regarde subrepticement vers la gauche, et Daniel se fige. Au début, il entend simplement la cascade crépiter, mais perçoit bientôt un autre bruit : celui de pas, lents et amortis, en provenance de la gorge.

— Ne bougez pas, dit-il.

Il se dirige vers la cabine du camping-car. Quand sa vue s'accommode à l'obscurité, il distingue une masse noire filant rapidement sur l'étroit passage.

— Partez, avertit Bruna. Allez-vous-en.

Les pas se rapprochent à présent, plus rapides, et son pouls commence à s'accélérer.

— Daniel ? appelle une voix.

Le plan pour se rendre à West Milton sur l'écran de son ordinateur. La carte de visite près du tapis de souris. Mira a dû les trouver. Elle aura appelé Eddie.

— Daniel ! crie Eddie.

Il pousse un gémissement.

— Je vous ai dit de partir, insiste Bruna.

Mais Eddie est trop proche. Daniel voit une silhouette émerger de la gorge et se matérialiser dans la clairière. Son estomac bondit, se tord. Il fait claquer la table pliante de Bruna contre le mur, des cartons tombent par terre. Les chaises métalliques pliantes s'effondrent dessus.

— Allez ! lance brusquement Bruna. Ça suffit.

Mais Daniel ne peut pas s'arrêter. Il est effrayé par la peur qu'il ressent, par sa force incontrôlable. Ce n'est pas lui, ce n'est pas à lui : il doit couper le mal à la racine. Il va jusqu'au comptoir, près de l'évier, et avec le canon de son pistolet renverse les icônes religieuses qui tombent par terre. Il vide les cartons des sièges avant, répandant leur contenu sur le sol : journaux et boîtes de conserve, cartes à jouer et cartes de tarot, vieux documents et photographies. À présent, Bruna hurle, se relevant lourdement de la banquette, mais il passe devant elle pour atteindre la porte de sa chambre. Il en arrache la croix en bois et la jette contre une paroi du camping-car.

— Vous n'avez pas le droit de faire ça ! crie Bruna, chancelante. C'est ma maison.

Le blanc de ses yeux est strié de rouge, et les poches en dessous luisent de larmes.

— Je suis ici depuis des années, et je n'irai nulle part ailleurs. Vous n'avez pas le droit d'agir ainsi. Je suis américaine, comme vous.

Daniel la saisit par le poignet. On dirait l'os d'un poulet.

— Vous n'êtes pas comme moi, articule-t-il.

La porte du Regatta s'ouvre en grand, et Eddie apparaît dans l'encadrement. Il n'est pas en service, il porte une veste en cuir et un jean, il n'a pas son badge, mais a sorti son arme.

— Daniel, dit-il, lâchez votre revolver.

Daniel secoue la tête. Il a rarement eu l'occasion de faire preuve de courage, aussi va-t-il saisir celle-ci : pour Simon, pour sa sexualité cachée, qu'il a comprise uniquement dans la mort. Pour Klara aux yeux hagards, accrochée à un éclairage, au plafond. Pour Saul qui travaillait douze heures par jour dans l'espoir d'éviter ça à ses enfants, et pour Gertie, qui les a tous perdus.

Il s'agit, pour lui, d'un acte de foi. Pas une foi en Dieu, mais en son libre arbitre. Pas une foi dans le destin, mais son choix. Il vivrait. Il vivra. De sa foi en la vie.

Il ne lâche pas le poignet fin de Bruna. Il dirige le revolver vers la tempe de celle-ci, et elle a un mouvement de recul.

— Daniel ! rugit Eddie. Je vais tirer !

Mais il l'entend à peine. Un sentiment grisant de liberté l'envahit à l'idée qu'il est innocent, le soulève, pareil à de l'hélium. Il baisse les yeux vers Bruna Costello. Il a d'abord cru que la responsabilité flottait entre eux, comme l'air. Maintenant, il ne parvient pas à se rappeler ce qu'il imaginait avoir en commun avec elle.

— *Akana mukav tut le Devlesa*, marmonne Bruna, un murmure tendu. *Akana mukav tut le Devlesa.* Je vous laisse à présent entre les mains de Dieu.

— Daniel, écoutez-moi, reprend Eddie. Sans quoi, je ne peux plus vous aider.

Les mains de Daniel sont moites. Il arme le revolver.

— *Akana mukav tut le Devlesa*, répète Bruna. Je vous laisse maintenant entre...

QUATRIÈME PARTIE

LIEU DE VIE

2006-2010
Varya

28

Frida est affamée.

Varya pénètre dans le vivarium à 7 h 30, et la guenon est déjà debout dans la cage, agrippée aux barreaux. La plupart des autres singes hurlent et piaillent quand elle arrive, car ils l'associent à l'heure du petit déjeuner, mais Frida émet ce bref glapissement depuis des semaines.

— Chut, lui dit Varya, chut.

Chaque animal dispose d'une mangeoire d'alimentation lente qui le force à travailler pour se nourrir, comme dans la jungle : ils utilisent leurs doigts pour guider la croquette du haut du labyrinthe en plastique jaune vers le trou qui se trouve en bas. Les voisins de Frida grattent leur mangeoire, mais celle-ci laisse la sienne sur le sol de sa cage. Le labyrinthe est facile pour elle, elle peut récupérer la boulette en quelques secondes. Mais elle se contente de regarder fixement Varya en poussant des cris effarouchés, la gueule si grande ouverte qu'on pourrait y enfoncer une orange.

Un éclat de cheveux bruns, une main sur l'encadrement de la porte : Annie Kim passe la tête dans la pièce.

— Il est arrivé, annonce-t-elle.

— Il est en avance.

Varya porte une tenue de soins bleue et d'épais gants qui remontent jusqu'aux coudes. Ses cheveux courts sont recouverts d'une charlotte, son visage d'un masque et d'une protection faciale en plastique. Cependant, l'odeur d'urine et de musc est oppressante. Elle la détecte parfois dans son appartement comme si elle avait commencé à s'en imprégner, à moins que l'effluve ne lui soit devenu si familier qu'elle a l'impression de le sentir partout.

— Juste de cinq minutes, précise Annie. Cela dit, plus tôt tu iras, plus vite ce sera fini. C'est comme une extraction de dent.

Certains singes ont terminé leur écuelle et réclament d'autres croquettes. Varya se gratte la hanche qui la démange à l'aide de son coude.

— Un rendez-vous chez le dentiste qui durerait toute une semaine.

— La plupart des demandes de subvention requièrent plus de temps, relativise Annie, ce qui fait rire Varya. Et n'oublie pas : quand tu vas le regarder, tu verras les dollars clignoter dans ses yeux.

D'un pied, elle maintient la porte ouverte pour Varya. À l'instant où celle-ci se referme derrière elles, les cris des singes sont étouffés, comme s'ils venaient d'un poste de télévision distant. Le bâtiment est en béton, comporte peu de fenêtres, et toutes les pièces sont insonorisées. Varya emboîte le pas à Annie dans le couloir pour regagner le bureau qu'elles partagent.

— Frida fait toujours la grève de la faim, déclare Varya.

— Elle ne tiendra plus très longtemps.

— Je n'aime pas ça. Elle me met mal à l'aise.

— Tu ne crois pas qu'elle s'en aperçoit ? demande Annie.

Le bureau forme un long rectangle. La table de travail de Varya occupe le petit mur situé à l'ouest, et celle d'Annie se trouve contre la paroi est, plus longue. Entre ces deux tables, à l'opposé de la porte, il y a un évier de laboratoire en inox. Annie s'assoit et pivote pour regarder son ordinateur. Varya enlève son masque et sa protection faciale, sa blouse, ses gants, sa charlotte et ses chaussons en plastique. Elle se lave les mains, les savonne et les rince trois fois sous l'eau la plus chaude qu'elle puisse supporter. Puis elle rajuste ses vêtements de ville : un chemisier bleu ciel, un pantalon noir et un cardigan assorti.

— Bien, vas-y.

Annie plisse les yeux en regardant l'écran, une main sur la souris, et dans l'autre, une barre de céréales entamée de la marque Luna.

Elle ajoute :

— Ne le laisse pas trop longtemps tout seul avec les ouistitis. Il risque de penser que tous nos singes sont adorables.

Varya se masse les tempes.

— Pourquoi je ne peux pas t'envoyer à ma place ?

— M. Van Galder a été très clair à ce sujet, fait remarquer Annie.

Sans détacher les yeux de l'écran, elle sourit et poursuit :

— C'est toi la vedette. C'est toi qui fais des découvertes étonnantes. Ce n'est pas moi qu'il souhaite rencontrer.

Quand Varya sort de l'ascenseur, elle voit l'homme devant l'enclos des ouistitis. C'est le seul du laboratoire qui soit accessible au public. Il mesure un peu moins de trois mètres de haut sur deux mètres cinquante de large, les parois sont constituées d'un grillage rigide, enchâssé dans du verre. L'homme ne se retourne pas tout de suite, ce qui lui permet de l'observer de dos. Il mesure environ un mètre quatre-vingts, a une crinière épaisse de boucles blondes et porte des vêtements plus adaptés à une randonnée pédestre qu'à une visite dans un laboratoire : une sorte de pantalon en nylon et un coupe-vent, ainsi qu'un sac à dos au design complexe.

Les ouistitis sont rassemblés derrière le grillage. Ils sont neuf : deux parents et leurs enfants, il ne manque que l'un des derniers jumeaux de la fratrie. Ayant atteint leur taille adulte, ils mesurent environ dix-huit centimètres, quarante et un si l'on compte leurs queues rayées et expressives. Leur visage est de la taille d'une noix, mais extraordinairement ciselé, comme s'il avait été conçu sur une échelle plus large puis parfaitement réduit : leurs narines ont la taille d'une tête d'épingle, leurs yeux obliques semblables à des larmes. L'un est assis sur une installation en carton pliée à quarante-cinq degrés. Ses pieds sont tournés vers l'extérieur, et ses cuisses rondes sont dissimulées sous ses poils, ce qui lui confère des airs de génie. Il émet un piaillement perçant que la paroi de verre atténue peu. Dix ans plus tôt, lorsque Varya a commencé à travailler au labo, elle a confondu le cri des ouistitis avec celui d'une alarme qui se serait déclenchée dans une salle située tout au fond du bâtiment.

— Ils font souvent ça, dit-elle en s'avançant. Ce n'est pas ce que l'on croit.

— Une manifestation de peur ?

Lorsque l'homme se retourne, sa jeunesse la surprend. Il est aussi fin qu'un lévrier, et son visage s'efface derrière un nez imposant. Mais ses lèvres sont charnues, et quand il sourit, il émane de ses traits plissés une beauté attendue. Ses dents de devant sont légèrement écartées, ce qui lui donne un air enfantin. Derrière ses lunettes à la monture gris métallisé, ses yeux, couleur noisette, lui rappellent ceux de Frida.

— C'est pour entrer en contact, explique-t-elle. Les ouistitis ont l'habitude de communiquer à grande distance et de saluer les nouveaux venus. Les macaques rhésus, c'est une autre affaire ! Il ne vous viendrait pas à l'idée de les admirer. Ils défendent leur territoire et se sentent vite menacés. Mais les ouistitis, eux, sont curieux et plus dociles.

Il est vrai que ces derniers sont moins agressifs que les autres singes ; cependant, le piaillement qu'ils émettent bouche ouverte est un cri de détresse. Varya ne sait pas trop ce qui lui a pris de mentir si spontanément, et surtout à propos d'une question si anodine. Peut-être est-ce à cause de l'intensité avec laquelle l'homme les scrute, et qu'il reporte à présent sur elle.

— Vous devez être le Dr Gold.

— Et vous, M. Van Galder.

Elle ne lui tend pas la main, espérant qu'il n'en fera rien ; hélas, ce n'est pas le cas, et elle est contrainte de la lui serrer. Immédiatement, elle inscrit dans son esprit le contact que vient de subir sa paume droite.

— Ravi de vous rencontrer. Appelez-moi Luke.

Varya hoche la tête.

— Tant que nous n'aurons pas les résultats de votre test de tuberculose, je ne pourrai pas vous faire visiter le laboratoire. Mais je peux vous proposer un tour du campus, aujourd'hui.

— Vous ne perdez pas de temps, fait remarquer Luke.

Ce ton taquin est anxiogène pour Varya. Mais c'est ainsi que procèdent les journalistes : ils créent une fausse impression d'intimité, entrent dans vos bonnes grâces jusqu'à ce que vous vous sentiez assez à l'aise pour leur confier des informations que vous auriez sinon le bon sens de taire. Le dernier journaliste qu'ils ont autorisé à entrer dans le labo travaillait pour la télévision, et son reportage a semé une telle panique chez les donateurs que le Drake a dû construire une nouvelle aire de jeux pour les singes afin de les apaiser. Bien sûr, ce journaliste avait choisi d'inclure la pire séquence, celle qui montrait les macaques rhésus en train de secouer les barreaux de leur cage et de hurler, comme s'ils ne venaient pas juste d'être nourris.

Varya conduit Luke dans le vestibule, où un homme imposant, assis à la réception, lit son journal.

— Vous devez connaître Clyde.

— Bien sûr ! Nous sommes de vieux amis. Il m'a parlé tout à l'heure de l'anniversaire de sa mère.

— Elle a eu cent un ans le mois dernier, déclare ce dernier en reposant son journal. Alors mes frères et moi, on est allés à Daly City pour lui organiser une fête. Elle ne peut plus sortir de chez elle, mais on a payé la chorale de l'église qu'elle fréquentait pour qu'elle vienne chanter à la maison. Elle connaît encore les paroles des chansons par cœur.

Depuis dix ans qu'elle travaille ici, Varya n'a jamais rien échangé de plus qu'un bonjour quotidien avec Clyde. Arrivée à la hauteur de la lourde porte en acier, elle tape le code récemment changé par Annie sur le clavier mural.

— Votre mère a cent ans ? dit-elle alors.

— Eh oui ! s'exclame Clyde. C'est elle que vous devriez piquer plutôt que vos singes.

Le Drake, un institut spécialisé dans la recherche sur le vieillissement, est constitué d'une série de bâtiments blancs anguleux, nichés au sein des collines perpétuellement vertes de Mount Burdell. La propriété, qui court sur deux cent cinquante hectares, est située à trois kilomètres du Olompali State Historic Park, au sud, et à trois de Skywalker Ranch, au nord, une étendue composée presque entièrement de nature vierge. Le campus est confiné sur un plateau, à flanc de coteau : d'immenses blocs crépis à la chaux se dressent parmi les lauriers et le chaparral, telle une aire d'atterrissage pour vaisseaux extraterrestres. Varya a toujours trouvé ce côté de la montagne assez laid, du fait qu'il n'est pas entretenu : les arbustes sont emmêlés et épineux, les baies pendent comme des barbes trop longues. Mais Luke Van Galder tend les bras au-dessus de la tête et s'émerveille :

— Incroyable ! Quelle chance de travailler dans un endroit pareil. Vingt et un degrés en mars ! Vous pouvez même profiter du parc pendant la pause-déjeuner.

Varya cherche ses lunettes de soleil.

— Navrée de vous décevoir, mais ça n'arrive jamais. Je suis au labo dès 7 heures du matin et, très souvent, je n'ai pas la moindre idée du temps qu'il fait jusqu'à ce que j'en sorte le soir. Vous voyez le bâtiment, là-bas ? C'est le centre principal de recherches. Il a été conçu par Leoh Chen, connu pour ses éléments géométriques ; d'ailleurs, vous avez sans doute pu apercevoir la bâtisse semi-circulaire depuis le parking des visiteurs. Il y a des fenêtres sur toutes les façades. D'ici, elles semblent petites, mais elles vont du sol au plafond.

Elle fait une halte, à cinquante pas du laboratoire des primates et cinq cents mètres du bâtiment principal.

— Avez-vous de quoi prendre des notes ?

— Pour l'instant, je vous écoute. Je pourrai vérifier les données après.

— Si ça vous semble la meilleure façon de procéder.

— Je prends mes marques, je suis ici pour une semaine.

Luke hausse les sourcils et sourit.

— Nous pourrions peut-être nous asseoir ?

— Tout à fait, et c'est ce que nous ferons à un moment ou un autre, dit Varya. Je n'ai pas l'habitude de recevoir des journalistes, et j'espère que vous comprendrez que certains éléments d'informations vous seront fournis au cours de la visite. Étant donné le sujet d'étude, il est important que je m'éloigne le moins possible du labo.

Du haut de son mètre soixante-quinze, elle est presque à la même hauteur d'yeux que Luke. Son visage, tel qu'elle le voit à travers ses lunettes de soleil, est adouci par la couleur et circonscrit par la dimension des verres, et pourtant elle y décèle de la surprise. Pourquoi ? Parce qu'elle est vive et impersonnelle ? Luke ne serait assurément pas étonné si le labo était géré par un homme doté des mêmes caractéristiques. À la culpabilité qu'elle éprouve quant à sa brusquerie se substitue alors la confiance qu'elle a en elle. Dans le domaine de la recherche sur les primates, c'est une sommité.

Luke fait passer son sac à dos devant lui et en sort un magnétophone noir.

— Je peux ?

— Pas de problème.

Luke appuie sur le bouton « Enregistrement », et ils reprennent leur marche.

— Depuis combien de temps travaillez-vous au *Chronicle* ?

C'est une proposition de trêve, ce petit bout de conversation tant redouté, alors qu'ils empruntent les larges allées pavées qui contournent le bâtiment principal. Le chemin qui mène au labo des primates, lui, n'est qu'un ancien chemin de terre réhabilité.

« Ils aiment nous maintenir à l'écart, a dit un jour Annie. Nous, les sauvages. »

Et Varya s'est mise à rire, bien qu'elle ne sache pas si cette dernière faisait allusion aux singes ou à elles deux.

— Je n'y travaille pas, je suis free-lance, rectifie Luke. C'est le premier article que j'écris pour eux. J'exerce à Chicago, habituellement pour le *Tribune*. Vous n'avez pas lu ma lettre de présentation ?

Varya fait signe que non.

— C'est le Dr Kim qui s'occupe de ces choses-là.

Bien qu'Annie soit chercheuse, et non chargée des relations publiques, elle a endossé ce rôle avec facilité. Et Varya lui sait vraiment gré de son entregent auprès des médias ; aussi a-t-elle consenti à la proposition d'Annie concernant cette interview qui s'étale sur une semaine, et qui sera publiée dans les colonnes du *San Francisco Chronicle*. Le laboratoire dédié aux primates a dix ans et s'inscrit dans un programme prévu sur vingt ans ; cette année, ils vont lancer le deuxième round des appels d'offre pour son financement. Officiellement, la publicité n'a aucune influence sur les sommes versées à la recherche. Mais, de façon officieuse, les fondations qui soutiennent le Drake aiment avoir l'impression qu'elles participent à un projet important, alliant à la fois la ferveur du public et, dans le cas de la recherche sur les primates, son approbation.

— Avez-vous déjà travaillé dans une salle de rédaction ? questionne-t-elle.

— À la fac, oui. C'était moi le rédacteur en chef de notre journal.

Varya se retient de rire. Annie savait exactement ce qu'elle faisait. Luke Van Galder est un enfant.

— Ce doit être un métier passionnant. De nombreux voyages, jamais deux fois la même mission, dit-elle, même si en réalité cela ne l'excite pas du tout. Qu'avez-vous fait comme études ?

— J'ai étudié la biologie.

— Moi aussi. Où ?

— À Saint Olaf. C'est une petite université de lettres et sciences sociales et humaines, près de Minneapolis. Je viens d'une bourgade rurale du Wisconsin. Ainsi, je n'étais pas loin de la maison.

La tenue de Varya est appropriée pour le labo, dénué de lumière naturelle et toujours frais, mais pas pour l'extérieur. Elle transpire à cause de la chaleur, aussi est-elle soulagée quand ils atteignent le bâtiment principal, où l'herbe est entretenue entre les arbres fraîchement plantés. Elle entraîne Luke sur une allée circulaire, puis vers une porte tambour.

— Ça alors ! s'écrie Luke quand ils en émergent.

Le hall du Drake a des allures palatiales, avec son plafond haut de deux étages et ses jardinières en terre cuite plantées d'arbres, d'une taille comparable à une pataugeoire. Le sol est en marbre blanc et s'étend sur une surface aussi vaste que la cantine d'un lycée. Un groupe de visiteurs est agglutiné au pied du mur ouest, où des écrans plats diffusent des vidéos et des expositions interactives. Un second groupe s'achemine vers les ascenseurs. Ceux-ci sont spectaculaires, cubes modernes en verre et en chrome offrant un panorama sur la baie de San Pablo, mais le seul membre du personnel à les emprunter est un chercheur de soixante-douze ans cloué à son fauteuil roulant par une polyarthrite rhumatoïde, et qui n'en mène pas moins des recherches sur le ver nématode *C. Elegans*. Tous les autres prennent l'escalier, sauf s'ils sont malades ou blessés, même ceux qui travaillent au huitième étage.

— Par ici, dit Varya. Nous pourrons discuter dans l'atrium.

Luke s'immobilise, les yeux grands ouverts. L'atrium, conçu d'après le Louvre, est un triangle de verre avec vue sur l'océan Pacifique et le mont Tamalpais. Il abrite aussi un café, avec ses tables rondes et son bar à jus de fruits, le long duquel sont déjà alignés une dizaine de touristes. Varya choisit la table la plus éloignée et s'assoit, accrochant son sac à main à l'accoudoir d'une chaise.

— D'habitude, nous n'avons pas autant de monde, précise-t-elle. Mais le lundi matin, nous proposons des visites au public.

Elle s'incline légèrement vers l'avant afin que seul le bas de son dos touche la chaise; un mouvement d'équilibriste requérant une constante vigilance pour écarter toute menace, comme si l'inconfort était le prix à payer pour la sécurité. Un jour, dans son enfance, allongée sur le lit du haut, elle avait posé un pied sale contre le plafond, juste pour voir ce que ça faisait. Son empreinte avait laissé une trace sombre sur la peinture. Cette nuit-là, craignant que de minuscules particules de saleté ne retombent sur son visage pendant son sommeil, elle était restée éveillée, à observer. Elle ne vit pas la moindre particule, ce qui signifiait qu'aucune ne s'était détachée. Si elle s'était endormie et n'avait pas surveillé, peut-être en aurait-il été autrement.

— Cet endroit doit susciter un vif intérêt chez le public, fait remarquer Luke en prenant place.

Il retire son coupe-vent, du même orange vif que celui des agents de circulation qui font traverser la rue aux enfants, et le pose sur le dossier de la chaise.

— Combien de personnes travaillent ici ? ajoute-t-il.

— Il y a vingt-deux labos. Chacun est géré par un responsable universitaire et une équipe de trois à dix personnes : des scientifiques, des professeurs, des chercheurs, des techniciens, des animaliers de laboratoire, des postdocs, des étudiants en master ainsi que des boursiers. Les plus importants emploient aussi des assistants administratifs comme le labo Dunham, qui étudie les cellules nerveuses déterminantes dans les cas d'Alzheimer. Sans compter les agents de nettoyage et les gardiens. Donc, au total, disons cent soixante-dix employés, la plupart étant des scientifiques.

— Et vous menez tous des recherches sur le vieillissement ?

— Nous préférons le terme de longévité.

Varya plisse les yeux : bien qu'elle ait choisi un endroit à l'ombre, le soleil a tourné et se reflète sur leur table métallique.

— Quand on parle de recherches sur le vieillissement, les gens pensent tout de suite à de la science-fiction, à la cryogénisation et au téléchargement de l'esprit. Mais le Graal pour nous, ce n'est pas simplement d'accroître la durée de vie, mais d'améliorer la santé, la qualité de la dernière partie de l'existence. Le Dr Bhattacharya est en train de mettre au point un nouveau remède pour la maladie de Parkinson, par exemple. Le Dr Cabrillo essaie, lui, de prouver que l'âge est un facteur de risque déterminant pour le cancer. Et le Dr Zhang a réussi à juguler des maladies cardiaques sur des souris âgées.

— Vous devez avoir des détracteurs, des gens qui estiment que notre espérance de vie est suffisante. Qui brandissent le spectre des pénuries de nourriture, de la surpopulation et de la détérioration de la santé qui en découle. Sans compter les retombées économiques d'une plus grande longévité, ou les politiques à mettre en place pour déterminer qui pourrait en profiter.

Varya sait comment répondre à ce genre de questions, car il y a toujours eu des détracteurs. Une fois, lors d'une réception, un avocat spécialisé dans l'environnement, lui a demandé pourquoi, si la longévité lui importait tant, elle ne travaillait pas à la préservation des espèces. À ce jour, avait-il argué, d'innombrables écosystèmes, plantes et animaux étaient en voie d'extinction. N'était-il pas plus urgent de réduire les émissions de dioxyde de carbone ou de sauver la baleine bleue que de chercher à augmenter d'une décennie l'espérance de vie humaine ? En outre, avait renchéri sa femme qui était économiste, l'allongement de la durée de vie aurait des conséquences désastreuses sur les finances du pays, car elle alourdirait les dépenses de la Sécurité sociale et des mutuelles.

— Bien sûr, répond-elle à Luke, et c'est précisément pour cette raison que le Drake se doit d'être transparent. Voilà pourquoi nous accueillons des visites chaque semaine, pourquoi nous ouvrons nos laboratoires à des journalistes comme vous. Parce que ce regard extérieur nous oblige à rester honnêtes sur nos recherches. Mais quelles que soient les décisions que l'on prenne, les études que l'on mène, elles bénéficieront à certains groupes et pas à d'autres. Il faut choisir ses allégeances. Et j'ai choisi de mettre ces recherches au service de l'humain.

— On pourrait vous répliquer que c'est un intérêt égoïste.

— Je l'admets. Mais dans ce cas, si je vais au bout de ce raisonnement, devrions-nous arrêter la recherche contre le cancer ? Ne pas traiter le VIH ? Refuser l'accès aux soins aux personnes les plus âgées et les abandonner à leur triste sort ? Votre point de vue est valable en théorie, mais si vous demandez à des gens qui ont perdu un père d'une maladie cardiaque ou une épouse d'un Alzheimer s'ils soutiendraient nos travaux, je peux vous garantir qu'ils répondront toujours par l'affirmative, quelle qu'ait été leur position avant.

— Je vois.

Luke se penche en avant et joint les mains, qu'il pose ensuite sur la table. Une des manches de sa veste tombe et traîne par terre.

— Donc, c'est personnel, ajoute-t-il.

— Notre objectif est de diminuer la souffrance humaine. N'est-ce pas un impératif moral aussi important que la sauvegarde des baleines ?

C'est son atout, l'argument qui réduit au silence ses connaissances, aux réceptions, et les inévitables contempteurs, lors des conférences.

— Votre veste, déclare-t-elle en tressaillant.

— Pardon ?

— Votre veste touche le sol.

— Oh ! dit Luke.

Et il hausse les épaules, la laissant là où elle est.

29

—

Le crépuscule tombe quand Varya sort du laboratoire, faisant poudroyer le ciel. Alors qu'elle se trouve au milieu du Golden Gate Bridge, les principales lumières jaillissent des câbles. Elle décrit un arc dans Land's End, passe devant le Legion of Honor et les demeures de Seacliff avant de se garer dans le parking des visiteurs, sur Geary Boulevard. Ensuite, elle s'enregistre à la réception et emprunte l'allée extérieure qui mène au bâtiment de Gertie.

Celle-ci réside à Helping Hands depuis deux ans. Dans les mois qui ont suivi la mort de Daniel, elle est restée à Kingston tandis que Mira et Varya envisageaient différentes options. Mais, en mai 2007, en rentrant du travail, Mira la trouva gisant au sol dans la cour, joue gauche pressée contre la terre, un cercle vitreux de bave près du menton. Elle était tombée en revenant du jardin. Son bras droit saignait à l'endroit où elle s'était éraflée à la clôture du poulailler. Mira avait poussé un cri, mais s'était vite rendu compte que Gertie pouvait se relever et même marcher. Après un scanner et une analyse de sang, les docteurs avaient diagnostiqué une attaque.

Varya était furieuse. Il n'y avait pas d'autre mot pour décrire son état ; elle n'éprouvait aucune tristesse, juste une rage si aveuglante qu'elle ressentit finalement un vertige en entendant la voix de Gertie.

— Pourquoi n'as-tu pas appelé Mira ? lui demanda-t-elle. Tu pouvais te lever, tu pouvais marcher. Pourquoi n'es-tu pas rentrée dans la maison pour téléphoner à Mira ? Ou, à défaut de Mira, à moi ?

À cet instant, elle pressa son portable contre son oreille. Elle tirait sa valise à travers l'aéroport international de San Francisco, s'apprêtant à embarquer dans l'avion qui l'emmènerait à Kingston.

— Je pensais que j'étais en train de mourir, avait affirmé Gertie.

— Tu as tout de même dû t'apercevoir assez rapidement que ce n'était pas le cas.

Un silence s'instaura, et Varya y entendit la vérité qu'elle connaissait déjà, ce qui avait initialement provoqué sa fureur. *J'espérais que ce soit le cas. Je le souhaitais.* Inutile que Gertie le professe, Varya le savait. Et elle savait aussi pourquoi – naturellement qu'elle le savait –, et pourtant il lui était cruel et insupportable d'imaginer que Gertie veuille la quitter maintenant, de sa propre volonté, alors qu'elles étaient les deux seules survivantes.

En l'espace de quelques semaines, Gertie subit des complications. Elle avait souvent l'esprit confus. Son bras gauche s'engourdissait, et son sens de l'équilibre se détériorait. Pendant six mois, elle vécut chez Varya, mais après une série de chutes dangereuses, celle-ci acquit la conviction que sa mère avait besoin d'une surveillance constante. Elles visitèrent trois résidences pour personnes âgées avant de se décider en faveur de Helping Hands qui plaisait à Gertie, car le bâtiment, avec ses peintures crème et bleu-vert ainsi que ses stores jaunes au-dessus de chaque balcon, lui rappelait la maison en bord de mer que les Gold louaient dans le New Jersey. Et, fait non négligeable, il y avait une bibliothèque dans la résidence.

Quand Varya entre dans la chambre de sa mère, Gertie se lève de son fauteuil aux couleurs passées et avance d'un pas hésitant, sur ses frêles chevilles, vers la porte. Le personnel de lui conseille d'utiliser un fauteuil roulant, mais Gertie déteste ce truc et trouve toujours une bonne excuse pour s'en débarrasser, comme un adolescent semant discrètement ses parents dans la foule.

Elle étreint les bras de Varya.

— Tu n'es pas comme d'habitude, lui dit-elle.

Varya se penche pour embrasser la joue veloutée et délicate de sa mère. Pendant la plus grande partie de sa vie, Varya a caché son nez en gardant ses cheveux longs. Mais maintenant, ils sont gris, et la semaine dernière, elle les a coupés bien court.

— Pourquoi ces vêtements noirs ? demande Gertie. Et ces cheveux comme l'actrice dans *Rosie's Baby* ?

— *Rosemary's Baby* ? corrige Varya en fronçant les sourcils. Elle était blonde.

On frappe doucement à la porte, et une infirmière entre, apportant le dîner de Gertie. Une salade coupée en morceaux, un filet de poulet recouvert d'une pellicule gélatineuse jaune ainsi qu'un petit pain accompagné d'un carré de beurre, enveloppé dans de l'aluminium doré.

Gertie s'installe sur le lit pour manger, activant un bras robotisé qui, une fois déployé, se transforme en tablette. Au début, elle détestait cette maison de retraite. Elle l'appelait ainsi, « maison de retraite » au lieu de « résidence », terme que préférait Varya, et chaque semaine elle tentait de s'échapper. Dix-huit mois plus tard, après que Gertie avait appelé Don Dorfman's Auto Emporium et pris des dispositions pour acheter une Volvo S40, donnant au concessionnaire un numéro de carte de crédit périmée depuis longtemps, en l'occurrence celle de Saul, on lui avait prescrit un antidépresseur, et son état s'était amélioré. Désormais, elle assistait à des cours sur les grandes batailles de la Seconde Guerre mondiale et les scandales présidentiels connus (pas les affaires d'État). Elle jouait au mah-jong avec un groupe de veuves tapageuses. Elle se rendait à la bibliothèque et même à la piscine, où elle flottait sur un matelas gonflable comme une célébrité lors d'une parade aquatique, interpellant tous ceux qui pouvaient l'entendre.

— Je ne comprends pas pourquoi tu ne veux pas dîner dans la salle à manger, dit-elle à Varya quand l'infirmière repartit. Nous pourrions nous asseoir à table et discuter avec les autres. Tu pourrais même manger quelque chose, toi aussi.

Mais les nouvelles amies de Gertie mettent Varya mal à l'aise. Elles font constamment des commérages sur le fils d'une telle qui devrait lui rendre visite plus souvent, la petite-fille d'une autre qui vient d'avoir un bébé. Elles avaient d'abord paru choquées, puis affiché de la pitié en apprenant que Varya n'avait ni enfant ni mari. Et elles s'étaient montrées peu intéressées par ses recherches sur la longévité destinées, pourtant, à aider le troisième âge.

— Donc pas d'enfants ? avaient-elles insisté, comme si Varya avait menti la première fois. Et vous ne partagez votre vie avec personne ? Comme c'est dommage.

Maintenant, Varya hésite à répondre, debout près du lit de Gertie.

— Je viens ici pour te voir, toi. Je n'ai pas besoin de discuter avec d'autres résidents, et je te l'ai déjà dit, maman, je ne dîne jamais de si bonne heure. Pas avant…

— 19 h 30, je sais.

Gertie affiche à la fois une expression de défi et de chagrin. Elle connaît sa fille mieux que quiconque, connaît son plus lourd secret et en a sans doute deviné de nombreux autres, mais dernièrement les visites de Varya déclenchent entre elles des luttes de pouvoir : Gertie reproche à celle-ci son apparence trop soigneusement étudiée et Varya rejette l'argument relatif à son manque de naturel, insistant sur sa légitimité à se vêtir comme elle l'entend.

— Je t'ai apporté quelque chose, dit-elle.

Elle se dirige vers une petite table carrée, près de la fenêtre, et se met à déballer le contenu d'un sachet brun : un recueil de poèmes d'Elizabeth Bishop, qu'elle a trouvé au rayon soldé d'une librairie, un bocal de pickles à l'aneth de chez Milwaukee, en souvenir de Saul, et du lilas qu'elle emporte aussitôt dans la petite salle de bains. Elle coupe les tiges au-dessus de la corbeille, remplit un grand verre d'eau du robinet puis place le tout sur la table, près de la fenêtre.

— Arrête de t'agiter dans tous les sens, tu me donnes le tournis, lance Gertie.

— Je t'ai apporté des fleurs.

— Justement ! Arrête de bouger et regarde-les.

Varya obtempère. Le verre n'est pas assez haut, et une tige chavire en silence sur le côté. Elles ne vont pas tenir longtemps.

— Très jolies. Merci.

Quand Varya observe la table en plastique terne et la fenêtre qu'obscurcit le crépuscule, le lit semblable à celui d'un hôpital et sur lequel Gertie a étendu un vieux plaid que la mère de Saul avait fait au crochet, elle sait que celle-ci le pense. Dans cet environnement, les fleurs détonnent, si colorées qu'elles ressemblent presque à des néons.

Varya tire une chaise métallique qui se trouve autour de la table à jouer, près de la fenêtre, pour s'asseoir au chevet de Gertie. Le fauteuil est plus près du lit, mais son tissu est pelucheux et taché, et puis comment savoir qui s'est assis dessus avant elle ?

Gertie retire le papier aluminium du beurre et plonge dedans un couteau en plastique.

— Tu m'as apporté une photo ?

Elle a bien la photo, même si chaque semaine elle espère que Gertie va oublier de la lui demander. Dix ans plus tôt, elle a commis l'erreur de photographier Frida avec l'appareil photo de son nouveau portable. Frida venait juste d'arriver au Drake après un voyage de trois jours, en provenance d'un labo pour primates, en Géorgie. Âgée de trois semaines, elle avait le visage rose fripé et en forme de poire, le pouce dans la bouche. Cette année-là, Gertie vivait encore seule et, bourrelée de remords, Varya lui avait envoyé une photo par e-mail. Tout de suite, elle avait compris son erreur : quand elle était entrée au Drake, un mois plus tôt, elle avait signé une clause de confidentialité stricte. Or, Gertie avait répondu avec un tel enthousiasme à la photo que Varya lui en avait, malgré elle, envoyé une autre : sur celle-ci, Frida était enveloppée dans une couverture bleu turquoise et nourrie au biberon.

Pourquoi n'a-t-elle pas arrêté ces envois ? Pour deux raisons : parce que ces clichés étaient une façon de partager ses recherches avec Gertie, qui ne les avait jamais vraiment comprises – auparavant, elle avait travaillé sur des levures et des drosophiles, des organismes si minuscules et si éloignés de nous que Gertie ne pouvait pas saisir comment sa fille arriverait à découvrir des choses utiles à l'être humain –, et aussi parce que ces photos apportaient un peu de joie à Gertie. Ainsi, elle, Varya, contribuait à son bonheur.

— Mieux, dit-elle à présent. Une vidéo.

Le visage de Gertie se fige sous l'effet de l'impatience. Elle tend ses mains, épaisses et nouées d'arthrite, vers le portable comme si Varya lui avait apporté des nouvelles d'un de ses petits-enfants. Celle-ci l'aide à saisir le téléphone et appuie sur « Démarrer ». Sur la vidéo, on voit Frida se pomponner tout en se regardant dans le miroir accroché en dehors de la cage. Celui-ci représente un facteur d'enrichissement, comme les mangeoires en forme de labyrinthe et la musique classique diffusée dans le vivarium tous les après-midi. En passant les doigts à travers les barreaux, les singes peuvent manipuler les miroirs, les utiliser pour se regarder ou bien observer les autres cages.

— Oh ! s'écrie Gertie en rapprochant l'écran de ses yeux. Regarde ça !

La vidéo a deux ans. Varya a décidé de recycler de vieilles vidéos pour ces visites, car, aujourd'hui, Frida n'a plus du tout le même aspect. Elle sourit, se la rappelant à cet âge, mais le visage de Gertie s'assombrit. Depuis trois ans, c'est-à-dire son attaque, ce type de comportement devient de plus en plus fréquent. Varya sait ce qui arrivera avant même que le processus de transformation ne soit achevé : un vide dans le regard, une bouche distendue, à mesure que l'égarement de Gertie gagnera du terrain.

Pour l'heure, elle regarde le portable d'un air accusateur :

— Pourquoi l'enfermes-tu dans une cage ?

30

—

— Il existe deux grandes théories sur la façon de ralentir le vieillissement, dit Varya. La première consiste à supprimer le système reproducteur.

— Le système reproducteur, répète Luke.

Il est penché sur son petit bloc-notes de couleur noire, qu'il a apporté aujourd'hui en plus de son magnétophone.

Varya hoche la tête. Elle lui avait donné rendez-vous dans l'atrium, et maintenant, il la suit dans le sentier de terre qui conduit au labo des primates.

— Le biologiste Thomas Kirkwood a établi que nous nous sacrifions nous-mêmes lorsque nous transmettons nos gènes à nos descendants, et que des parties qui ne participent pas au processus de reproduction, comme le cerveau ou le cœur, subissent des dommages afin de protéger les organes reproducteurs. Cela a été prouvé en laboratoire : il existe deux cellules chez le ver qui servent au système entier de reproduction, et quand on les détruit au laser, on rallonge de soixante pour cent sa durée de vie.

Une pause s'ensuit, puis elle entend la voix de Luke lui demander, dans son dos :

— Et la seconde théorie ?

— La seconde consiste à limiter le nombre de calories ingérées.

De son index droit replié, elle tape le nouveau code – Annie l'a changé la veille au soir – sur le clavier mural.

— Et c'est ce que je fais.

Le témoin lumineux devient vert, et Varya ouvre la porte tandis que celle-ci bipe. À l'intérieur, elle salue Clyde de la tête et lance un regard aux ouistitis – aujourd'hui, tous sont allongés dans le hamac, seule la petite étiquette en métal accrochée à leur queue permet de les distinguer – puis, du coude, appuie sur le bouton de l'ascenseur pour le deuxième étage.

— Et comment ça marche ? questionne Luke.

— Nous pensons que c'est lié au gène DAF-16, qui est impliqué dans la voie de signalisation cellulaire initiée par le récepteur de l'insuline.

La porte s'ouvre, et une animalière de laboratoire, en tenue de soins bleue, en sort. Varya et Luke prennent sa place.

— Si on bloque cette voie chez le *C. elegans*, par exemple, on double sa durée de vie.

Luke la regarde.

— Et en décrypté ?

Il est rare que Varya parle de son travail avec des néophytes. Raison de plus pour accepter cette interview, avait dit Annie, afin que leurs travaux parviennent à la connaissance des nombreux lecteurs du *Chronicle*.

— Je vais vous donner un autre exemple, reprend-elle quand les portes de l'ascenseur s'ouvrent. La population d'Okinawa détient l'espérance de vie la plus longue du monde. J'ai étudié leur régime alimentaire pendant mes études universitaires, et il en ressort clairement que, s'il est très nutritif, il est en revanche très faible en calories.

Elle tourne à gauche, dans un long couloir.

— Nous ingérons de la nourriture pour produire de l'énergie. Mais cette production d'énergie crée également des substances chimiques qui endommagent le corps, car elles entraînent un stress cellulaire. Or, voici la partie intéressante : quand on suit un régime pauvre en calories, comme les habitants d'Okinawa, on génère en réalité plus de stress dans le système. Mais c'est ce qui permet justement au corps de vivre plus longtemps : il gère continuellement un bas niveau de stress, ce qui lui apprend à gérer celui-ci sur le long terme.

— Tout cela n'est pas très jouissif.

Luke porte un pantalon au style décontracté ainsi qu'une veste à capuche et fermeture Éclair. Il a coincé des lunettes de soleil dans ses cheveux.

Varya introduit la clé dans la serrure de son bureau et, de sa hanche, pousse la porte.

— Les hédonistes ne vivent pas très longtemps, en général.

— Mais tant qu'ils vivent, ils s'amusent bien, objecte Luke.

Il entre à sa suite dans son bureau. Son côté est impeccable, alors que celui d'Annie est jonché d'emballages de PowerBar et de bouteilles d'eau, des piles de revues spécialisées s'y entassant dans le plus grand désordre.

— C'est comme si vous nous disiez que l'on peut choisir de vivre ou de survivre.

Varya lui tend un paquet de vêtements.

— Matériel de protection.

Il les prend et pose son sac à dos. Le pantalon est trop court, Luke ayant les jambes longues et menues ; brutalement, ce sont celles de Daniel que voit Varya, le visage de ce dernier. Elle se détourne pour se ressaisir. Depuis sa mort, elle n'a connu aucun épisode de ce type pendant des années. Mais un lundi, il y a quatre mois, sa cafetière s'est arrêtée ; elle est donc allée chez *Peet's* et s'est retrouvée coincée dans une longue file d'attente. La musique était épouvantable – une compilation jazzy de Noël, alors que Thanksgiving n'était pas encore passé –, ce qui, conjugué à la foule, l'odeur puissante du café que l'on moud dans un fracas assourdissant, lui a donné l'impression d'étouffer. Quand elle est arrivée à la caisse, elle voyait les lèvres de l'employé bouger sans parvenir à entendre le moindre mot. Les yeux fixes, elle regardait la bouche comme à travers un télescope, jusqu'à ce que celui-ci s'exprime d'un ton plus vif : « Madame, tout va bien ? », et que le télescope vole en éclats sur le sol.

Quand elle se retourne, elle croise le regard de Luke, déjà en tenue pour visiter le laboratoire.

— Depuis quand travaillez-vous ici ?

Ce qui est différent de la question à laquelle elle s'attendait : « Madame, tout va bien ? », et elle lui en est reconnaissante.

— Dix ans.

— Et avant ?

Elle se penche pour enfiler les chaussons de protection.

— Je suis certaine que vous avez mené votre petite enquête sur la question.

— Vous avez obtenu votre licence de biologie au Vassar College en 1978. En 1983, vous étudiiez en troisième cycle à l'université de New York, où vous avez fini votre doctorat en 1988. Vous êtes restée là-bas deux ans comme assistante de recherche, puis vous avez accepté un poste d'enseignement et de recherche à Columbia. En 1993, vous avez publié une étude sur les levures, intitulée : « Extension exceptionnelle de la longévité chez des mutants de levure : augmentation à taux bas des mutations liées à l'âge dans les organismes ayant une SIR2 activée par RC », si je me souviens bien. Une étude assez révolutionnaire pour être reprise dans quelques magazines scientifiques de vulgarisation puis dans le *Times*.

Varya se redresse, surprise. Les informations qu'il vient de citer sont disponibles sur le site du Drake, mais elle ne le pensait pas capable de les mémoriser.

— Je voulais m'assurer que j'étais bien renseigné, hasarde Luke.

Sa voix est assourdie par le masque, mais l'embarras se lit dans ses yeux, même à travers la protection faciale.

— C'est le cas.

— Pourquoi alors être passée aux primates ?

Il lui tient la porte avant de la refermer de l'extérieur.

Elle était habituée à des organismes si minuscules qu'elle ne pouvait les observer correctement qu'à travers un microscope : des levures de laboratoire, envoyées dans des conteneurs sous vide par une société de Caroline du Nord, des mouches des fruits élevées pour des études humaines, dotées d'ailes miniatures trop petites pour qu'elles puissent voler. Varya avait quarante-quatre ans quand la directrice générale du Drake – une femme âgée et sévère qui l'avait avertie qu'une telle opportunité ne se représenterait jamais dans sa vie – lui avait proposé de mener une étude sur la restriction calorique appliquée aux primates. Lorsqu'elle avait raccroché, l'appréhension avait déclenché chez elle un rire nerveux. Elle avait déjà des difficultés à se rendre dans un cabinet médical, alors passer ses journées à côtoyer des macaques rhésus susceptibles de lui transmettre la tuberculose, le virus Ebola ou l'herpès B, c'était inconcevable.

En outre, elle était déconcertée : elle n'avait jamais travaillé sur des primates, pas même des souris, mais c'était précisément, avait indiqué la directrice générale, la raison pour laquelle le Drake était intéressé : ils désiraient non pas promouvoir la réduction calorique sur les humains – « Imaginez le succès que nous remporterions », avait dit sèchement la femme –, mais mettre au point un médicament qui aurait les mêmes effets. Ils avaient besoin d'une personne versée dans la génétique, capable d'analyser leurs découvertes au niveau moléculaire. Et elle avait assuré à Varya qu'elle serait très peu en contact avec les animaux au quotidien. L'institut disposait, en effet, de techniciens et d'un vétérinaire. Varya consacrerait le plus clair de son temps à des conférences téléphoniques, des réunions ou, enfermée dans son bureau, à lire et passer en revue des articles, établir des demandes de fonds, évaluer des données, préparer des exposés. Vraiment, si elle le souhaitait, il serait possible qu'elle n'ait pas le moindre contact avec les animaux.

À présent, Varya entraîne Luke vers une grande porte en acier.

— Nous avons environ 93 % de gènes en commun avec les macaques rhésus. Je préférais travailler sur les levures, mais je me suis rendu compte que ces travaux-là ne compteraient jamais autant pour les êtres humains, d'un point de vue biologique, que les études menées sur les primates.

Ce qu'elle ne lui révèle pas, c'est qu'en 2000, quand le Drake l'approche, cela fait presque dix ans que Klara est morte, et vingt que Simon a disparu.

« Réfléchissez-y », avait dit la directrice, et Varya lui avait assuré que c'était ce qu'elle allait faire, tout en calculant le temps qui lui serait alors raisonnablement nécessaire pour réaliser une telle étude, afin d'évaluer celui qui lui resterait avant son propre déclin. Mais quand elle retourna à son laboratoire, à Columbia, où elle menait une nouvelle étude sur les levures, elle n'éprouva plus ni satisfaction ni fierté, elle fut frappée de se sentir si inutile. Lorsque Varya était en doctorat, ses recherches étaient révolutionnaires, mais désormais, tout postdoc savait comment augmenter la longévité d'une mouche ou d'un ver. Dans cinq ans, qu'aurait-elle à montrer la concernant ? Vraisemblablement pas de partenaire, certainement pas d'enfants, mais dans l'idéal, ceci : une découverte majeure. Une autre façon d'apporter sa contribution au monde.

Elle accepta aussi le poste pour une autre raison. Elle avait toujours été convaincue de travailler dans la recherche par amour – amour de la vie, de la science, et de son frère et sa sœur n'ayant pas pu vivre assez longtemps pour atteindre la vieillesse –, mais au fond d'elle-même, elle redoutait que sa motivation première ne soit la peur. La peur de n'avoir aucun contrôle, que la vie lui glisse entre les doigts, quels que soient ses choix. La crainte que Simon, Klara et Daniel aient eux, au moins, vécu dans le monde tandis qu'elle avait vécu dans la recherche, dans ses livres, dans sa tête. Le poste au Drake lui parut représenter sa dernière chance. Si elle parvenait à surmonter ses réticences, en dépit des souffrances que cela lui causerait, elle pourrait réduire peu à peu sa culpabilité, cette dette que sa survie avait engendrée.

— Vos gants, rappelle-t-elle en s'arrêtant devant la porte du vivarium. Ne les enlevez surtout pas.

Luke lève les mains. Son appareil photo est accroché à son cou par une bandoulière ; il a laissé son bloc-notes et son magnétophone dans le bureau. Varya ouvre la porte du Vivarium 1 sertie d'un joint d'étanchéité en caoutchouc, une deuxième qui requiert un code qu'Annie change tous les mois, puis conduit Luke dans la clameur aveuglante de midi.

Vivarium signifie « lieu de vie » en latin. Dans le domaine scientifique, le terme désigne un enclos où vivent des animaux maintenus dans des conditions qui simulent leur environnement naturel. Et quel est l'environnement naturel d'un macaque rhésus ? Les êtres humains sont les seuls primates à être plus largement répartis sur le globe terrestre que les macaques rhésus, ces nomades qui ont voyagé par voie terrestre et maritime, capables aussi bien de vivre en altitude que dans une forêt tropicale ou un marais à mangrove. De Porto Rico à l'Afghanistan, le singe prospère, élisant domicile dans les temples, le long des canaux ou des voies ferrées. Ils mangent des insectes et des feuilles, ainsi que la nourriture qu'ils peuvent subtiliser aux humains : du pain frit, des cacahouètes, des bananes et de la crème glacée. Chaque jour, ils parcourent des kilomètres.

Il n'est guère aisé de reproduire un tel mode de vie dans un labo, mais le Drake s'y est efforcé. Les macaques étant des créatures sociales, ils sont deux par cage, chacune communiquant avec la suivante, ce qui crée une colonne de la largeur du vivarium. Des activités enrichissantes assurent la stimulation des singes : sur le plan psychologique, *via* les mangeoires labyrinthiques et les miroirs, aussi bien que des balles en plastique ou des vidéos diffusées sur des iPad (encore que, récemment, on les leur ait retirés, car ils les cassaient trop souvent) ; des bruits de jungle sont également retransmis dans des haut-parleurs placés en hauteur. Tous les ans, un représentant du département fédéral d'agriculture vient visiter le labo, pour vérifier qu'il est conforme aux lois régissant le bien-être animal, et l'année dernière, le délégué a recommandé au personnel de porter de temps à autre des vêtements différents dans le vivarium – des charlottes ou des gants avec des motifs originaux – afin d'intriguer les animaux.

Varya n'est pas dupe. Bien sûr, les singes préféreraient être à l'extérieur. Mais comme ils ne mènent qu'une seule étude, les cages du Drake sont plus larges que la taille recommandée par les instituts américains de la santé. Derrière le vivarium se trouve une zone fermée encore plus spacieuse, où les singes peuvent jouer avec des pneus, des cordes, ou bien se balancer sur des filets, même si, en réalité, cet espace devrait être plus grand, et que chaque singe ne peut y accéder que deux heures par semaine. Cependant, l'important est que son étude ait pour seul objectif d'allonger la durée de vie des animaux autant que possible. En quoi est-ce répréhensible ?

Elle se tourne alors vers Luke et se lance dans les sujets de conversation qu'Annie a préparés. Sans la recherche sur les primates, d'innombrables virus n'auraient pas été découverts. De nombreux vaccins n'auraient pas pu être mis au point, et un nombre tout aussi conséquent de thérapies n'auraient pu être utilisées dans le traitement des maladies d'Alzheimer, de Parkinson et du sida. Sans compter que la vie dans le monde extérieur n'est pas un long fleuve tranquille, que celui-ci fourmille de prédateurs et que des famines n'y sont pas exclues. Personne, à part les sadiques et peut-être Harry Harlow, n'aime la vue d'un singe en cage, mais au moins au Drake, on s'en occupe bien et on les protège.

Cependant, elle conçoit qu'un visiteur puisse avoir une mauvaise impression. Les cages étant accolées aux murs, Luke et elle circulent actuellement dans une allée centrale étroite. Les animaux les regardent, écrasés contre le grillage comme des geckos. Leurs ventres roses sont étirés, leurs doigts accrochés aux trous du grillage. Les singes dominants les scrutent en silence, bouche ouverte, laissant voir leurs dents jaunes, les autres font des grimaces et poussent des cris. Ils se comportent de la même façon devant le nouveau directeur du Drake, un homme qui visite le labo une ou deux fois par an et y reste le moins longtemps possible.

La première année, les singes réagissaient ainsi en présence de Varya, et elle avait dû mobiliser tout son sang-froid pour ne pas filer. Mais elle n'a pas fui et, bien que l'ancienne directrice ne lui ait pas menti et qu'elle passe le plus clair de son temps dans son bureau, elle s'oblige à visiter le vivarium une fois par jour, en général pour la distribution du petit déjeuner. Elle ne touche pas les animaux, mais elle veut s'assurer qu'ils vont bien, aime observer la preuve de son succès. Elle attire l'attention de Luke sur les singes soumis à une restriction calorique et les singes témoins qui peuvent manger autant qu'ils le souhaitent. Luke prend des photos de chaque groupe. Le flash fait redoubler leurs cris. Certains se sont mis à secouer les barreaux de leur cage avec un regain de violence, de sorte que Varya hausse la voix pour expliquer que les singes témoins sont plus susceptibles que les autres de développer un diabète précoce et que leur risque pathologique est trois fois plus élevé que ceux soumis à la restriction calorique. Les membres de ce groupe-là ont l'air plus jeunes : parmi eux, les plus âgés ont une fourrure fournie et auburn, alors que ceux du groupe témoin sont ridés et perdent leurs poils, leur postérieur rouge bien visible.

Comme l'étude est à mi-parcours, il est prématuré d'évaluer la longévité globale. Mais il est clair que les résultats sont prometteurs, l'hypothèse de Varya sera probablement vérifiée, et, en prononçant ces mots, elle ressent une telle fierté qu'elle en oublie les cris, les grattements, l'odeur, et pose un regard satisfait sur ses sujets, les singes.

Après le départ de Luke, elle rejoint Frida.

Plus tôt dans la journée, elle a demandé à Annie de la placer en isolement. C'est sa guenon préférée, mais elle n'est pas douée pour les relations publiques. Frida au large front plat, aux yeux dorés cerclés de noir, comme si elle avait mis du khôl. Bébé, ses oreilles étaient surdimensionnées, ses doigts longs et roses. Elle est arrivée en Californie une semaine après Varya elle-même. Ce matin-là, Annie avait reçu une livraison de nouveaux singes, mais l'un d'entre eux avait été retenu en raison d'une tempête de neige, c'était un bébé né dans un centre de recherche en Géorgie. Annie dut partir, et Varya resta. À 21 h 30 ce soir-là, une camionnette blanche sans signe distinctif avait remonté bruyamment la colline et s'était arrêtée devant le labo des primates. Un garçon mal rasé en était descendu, il ne devait pas avoir plus de vingt ans, et lui avait fait signer un accusé de réception, comme s'il lui livrait une pizza. Il ne paraissait pas du tout intéressé par sa cargaison, à moins qu'il ne puisse plus la supporter : quand il avait sorti la cage, recouverte d'une couverture, des cris si épouvantables s'en étaient élevés que Varya avait reculé d'instinct.

Mais l'animal était désormais sous sa responsabilité. Elle portait une tenue de protection complète, même si celle-ci n'atténuait en rien les sons qui s'échappaient de la cage quand le livreur la lui remit. Celui-ci s'essuya le visage d'un air soulagé, puis regagna sa camionnette à petites foulées. Il redescendit alors la colline bien plus vite qu'il ne l'avait montée, laissant Varya seule avec la cage hurlante.

Celle-ci était de la taille d'un four à micro-ondes. Frida ne rencontrerait pas ses congénères avant le lendemain, aussi Varya porta-t-elle la cage dans une pièce isolée, grande comme une loge de concierge, et l'y posa-t-elle. Elle avait déjà mal aux bras, et son rythme cardiaque avait bondi sous l'effet de la peur. Pourquoi avait-elle accepté cette mission ? Elle devait avant tout procéder à la partie la plus ardue : transférer l'animal de cette cage à la suivante, ce qui impliquait d'entrer en contact avec lui.

La cage était encore dissimulée sous une couverture d'enfant, avec des motifs représentant des hochets jaunes. Elle en souleva un coin, et les cris de l'animal redoublèrent. Elle s'assit sur ses talons. Son angoisse s'accentuait à chaque seconde – elle savait qu'elle devait effectuer le transfert maintenant, sans quoi elle n'y arriverait jamais –, aussi porta-t-elle la petite cage dans une plus spacieuse avant de retirer la couverture. Cette première était à peine plus grande que la guenon, mais celle-ci se mit à tourner sur elle-même, à décrire des cercles tout en s'agrippant aux barreaux. Elle se déplaçait si rapidement que Varya distinguait à peine son visage, mais la confusion et la peur de la guenon étaient insupportables. Elle saisit alors le loquet, comme Annie le lui avait montré, et ouvrit la cage par le dessus.

Le bébé en jaillit, tel un obus, se cramponnant au buste de Varya au lieu d'atterrir dans la cage. Alors ce fut plus fort qu'elle : elle se mit à hurler, puis tomba sur les genoux avant de basculer en arrière. Elle avait cru que la guenon voulait l'agresser, mais, de ses minces bras, l'animal lui enlaça le cou et s'accrocha à elle, pressant son visage contre sa poitrine.

Qui d'elle ou du singe était le plus terrorisé ? Varya pensa tout de suite à l'amibiase et l'hépatite B, des maladies mortelles qui peuplaient ses cauchemars les plus sombres, autant de raisons pour lesquelles elle n'avait pas accepté ce poste immédiatement. Mais sa peur se trouvait présentement refoulée par une autre créature vivante. Le corps du bébé était lourd, plus massif qu'un bébé humain, au point qu'en comparaison ce dernier semblait creux. Elle n'aurait su dire combien de temps elle resta ainsi, berçant l'animal qui ne cessait de pousser des cris. Le singe avait trois semaines. Elle savait qu'on l'avait arraché à sa mère à deux semaines et que celle-ci, dont c'était le premier petit et qui s'appelait Songlin – elle avait été transférée d'un centre d'élevage du Guangxi, en Chine –, avait été si stressée qu'on avait dû lui administrer des tranquillisants pendant la mise bas.

À un moment, elle avait relevé la tête et croisé leur reflet dans le miroir accroché à l'extérieur de la cage. La première image qui lui vint à l'esprit fut *Autoportrait au singe*, de Frida Kahlo. Varya ne ressemblait pas à l'artiste – elle n'était pas aussi forte et n'avait pas son air de défi –, et le laboratoire, avec ses murs en ciment beige, était à mille lieues du yucca et des grandes feuilles brillantes qui entouraient Kahlo. Mais il y avait le singe dans les bras de Varya, ses yeux noirs, comme des mûres ; et ils étaient deux, égaux dans leur frayeur et leur solitude, regardant fixement le miroir.

31

—

Trois ans plus tôt, quand Varya était venue à Kingston après la mort de Daniel, Mira l'avait entraînée dans la chambre d'amis et en avait refermé la porte.

— Je dois te montrer quelque chose, lui avait-elle dit.

Mira était assise sur le bord du lit, un portable sur les cuisses. Jambes tendues et pieds agrippés au tapis, elle lui avait alors montré une série de sites Web qui apparaissaient dans l'historique de navigation : des recherches Google sur les Roms, une capture d'écran de Bruna Costello sur le site du FBI répertoriant les personnes les plus recherchées. Varya reconnut immédiatement la femme. D'un coup, un étourdissement la saisit : une pluie vertigineuse de particules argentées. Elle manqua de glisser par terre.

— C'est la femme que Daniel a traquée. Il a pris son arme dans la remise et s'est rendu à West Milton, où elle vivait. Après, j'ai appelé l'agent qui lui a tiré dessus, avait précisé Mira, la voix tendue comme un arc. Pourquoi, Varya ? Pourquoi Daniel a-t-il fait ça ?

Alors elle lui raconta l'histoire de la femme de Hester Street. D'un ton rauque, les mots semblables à des écailles de rouille, elle s'efforça de les prononcer jusqu'à ce qu'ils finissent par sortir plus vite, plus clairement. Il fallait absolument que Mira comprenne. Pourtant, quand elle eut terminé, celle-ci parut encore plus perplexe.

— Mais cela remonte à si loin, dit-elle. Cette histoire appartient au passé.

— Pour lui, ça ne l'était pas.

Varya laissa libre cours à ses larmes, essuyant ses joues du bout des doigts.

— Mais ç'aurait dû, ça devrait l'être !

Mira, qui portait une écharpe mauve, avait les yeux injectés de sang.

— Bon sang, Varya ! ajouta-t-elle. Ce n'est pas possible ! Si seulement il avait laissé tomber.

Elles s'accordèrent sur la version à raconter à Gertie. Varya voulait dire que Daniel avait fait une fixation sur les crimes d'une femme après sa suspension, que son combat de justicier était une façon de s'occuper, de croire en quelque chose. Mira, elle, jugeait préférable de dire la vérité.

— Pourquoi lui cacher la vérité ? Un mensonge ne ramènera pas Daniel. Ça ne changera pas les circonstances de sa mort.

Mais Varya n'était pas de cet avis. Elle savait que les histoires avaient le pouvoir de changer le cours des événements : le passé, le futur, et même le présent. Elle était agnostique depuis son doctorat, mais s'il y avait un aspect du judaïsme avec lequel elle était en accord, c'était bien cela : la puissance des mots. Ils s'immisçaient sous les portes, par les trous de serrure. Ils s'accrochaient à l'intérieur des individus et rampaient à travers les générations. La vérité pouvait changer la perception que Gertie avait de ses enfants, des enfants qui n'étaient plus en vie pour se défendre. Elle en éprouverait sans doute plus de peine encore.

Ce soir-là, quand Mira et Gertie furent endormies, Varya se glissa hors de la chambre d'amis et se dirigea vers le bureau. Des traces de Daniel mouchetaient la pièce, réconfortantes dans leur familiarité, déchirantes dans leur superficialité. À côté de l'ordinateur, un presse-papiers arborant la forme du Golden Gate Bridge que Varya avait acheté à l'aéroport international de San Francisco quand, postdoc scrupuleuse en route pour Kingston afin de fêter Hanoukka, elle s'était aperçue qu'elle avait oublié les cadeaux. Elle avait espéré que Daniel y verrait une œuvre d'art, mais pas du tout.

— Une babiole achetée à l'aéroport ? avait-il persiflé en lui donnant une petite tape.

À présent, l'or plaqué avait viré au vert cuivre ; elle ignorait qu'il l'avait conservé depuis tout ce temps.

Elle s'assit sur sa chaise et inclina la tête en arrière. Elle n'était pas allée à Amsterdam pour Thanksgiving, comme elle l'avait prétendu ; il n'y avait pas de conférence. Elle avait décongelé un sac de légumes émincés, les avait fait revenir dans de l'huile d'olive et avait mangé ce mélange peu ragoûtant toute seule, dans sa cuisine. Cet automne-là, son angoisse concernant l'échéance fatale de Daniel s'était accentuée. Elle ignorait ce qui arriverait ce jour-là, mais ne pensait pas pouvoir en être le témoin, ou bien peut-être croyait-elle que si elle était avec lui, elle se sentirait responsable. Elle craignait toujours d'attraper ou de transmettre quelque chose de terrible, comme si sa malchance était contagieuse et susceptible de nuire aux autres. Le mieux pour Daniel, c'était qu'elle se tienne à distance.

Mais vers 9 heures, le lendemain de Thanksgiving, son cœur avait commencé à palpiter plus vite. Elle s'était mise à transpirer si fort qu'une douche froide ne lui avait apporté qu'un répit de courte durée. Et elle fit ce qu'elle s'était juré de ne pas faire : elle l'appela. Il lui avait alors annoncé son intention de retrouver la voyante, mais elle pensait que c'était une bravade et ne l'avait pas cru. Et puis il lui avait resservi cette vieille litanie sur la culpabilité, sa voix devenant plus insistante et enfantine – « Ç'aurait été bien si tu avais pu venir à la maison hier » –, et elle en avait éprouvé un mélange d'exaspération et de remords. Parfois, il lui était arrivé de supprimer les messages vocaux de Daniel sans les écouter afin de ne pas entendre ce ton dans sa voix, une meurtrissure exaspérante et inlassable, comme s'il était au fond content qu'on l'abandonne, encore et encore. Pourquoi tentait-il toujours de la joindre ? Il avait

Mira, à présent. Plus vite il se rendrait compte que Varya n'avait rien à lui apporter, plus vite il serait heureux, affranchi d'elle, et elle libérée de lui.

Le ticket d'un pressing, retenu jusque-là par le presse-papiers, avait volé près de l'ordinateur. L'écriture soignée et carrée de Daniel le transperçait comme du sang, au verso.

Elle retourna le ticket. « Notre langage est notre force », avait-il écrit. En dessous figurait une deuxième phrase, que Daniel avait si souvent repassée au stylo qu'elle semblait en relief, en trois dimensions sur la feuille : « Les pensées ont des ailes. »

Elle savait exactement ce que cela signifiait. Une fois, en licence, elle avait tenté d'expliquer le phénomène à sa première thérapeute.

— Il ne s'agit pas de voir si quelque chose est propre, mais de sentir que ça l'est.

— Et que se passe-t-il, si vous ne pouvez pas « sentir » que quelque chose est propre ? avait demandé la thérapeute.

Varya avait marqué une pause. En fait, elle ne le savait pas vraiment ; elle ressentait juste une menace permanente, l'impression que le destin la poursuivait comme une ombre, et que les rituels lui permettraient de l'anticiper.

— Alors il se passera quelque chose de mal, avait-elle répondu.

Quand cela avait-il commencé ? Elle avait toujours été angoissée, mais un changement s'était opéré depuis la visite à la femme de Hester Street. Assise dans l'appartement de la *rishika*, elle avait eu une sensation d'imposture, mais une fois à la maison, la prophétie avait œuvré en elle tel un virus. Et elle avait vu le même phénomène se produire chez ses frères et sœur. C'était évident dans les sprints de Simon, dans la tendance que Daniel avait à se mettre en colère, dans la façon dont Klara lâchait prise et s'éloignait d'eux.

Peut-être avaient-ils toujours été ainsi, ou le seraient-ils de toute façon devenus. Mais non : Varya les aurait déjà remarqués, ces « moi » inéluctables et futurs de ses frères et sœur. Elle l'aurait su.

Elle avait treize ans et demi quand elle avait pensé qu'en évitant les fissures, sur le trottoir, elle empêcherait les prédictions de la femme de se réaliser pour Klara. À l'âge de quatorze ans, il lui avait paru impératif de souffler toutes ses bougies aussi vite que possible, car sinon un malheur affreux arriverait à Simon. Elle en avait manqué trois, et ce dernier, alors âgé de huit ans, s'était chargé du reste. Varya lui avait hurlé dessus, consciente qu'elle paraissait égoïste, mais là n'était pas le problème. Le problème, c'était que Simon, par son acte, avait anéanti sa tentative de le protéger.

Elle n'avait pas été diagnostiquée avant trente ans. De nos jours, tous les enfants ont un acronyme pour expliquer leur mal-être, mais à son époque, ce genre de compulsions ne lui semblaient rien d'autre que son propre fardeau secret. Elles empirèrent après la mort de Simon. Cependant, l'idée ne lui vint de consulter qu'en doctorat, et elle dut encore attendre que sa thérapeute prononce le terme TOC pour comprendre qu'il existait un nom servant à désigner son besoin constant de se laver les mains, de se brosser les dents, son aversion des toilettes publiques, des laveries automatiques et des hôpitaux, des poignées, des sièges du métro et des mains des autres ; elle saisit alors la portée des rituels qui la sauvegardaient chaque heure, chaque jour, chaque mois, chaque année.

Des années plus tard, une autre thérapeute lui demanda ce qui, au juste, l'effrayait. Varya sécha d'abord sur la question, non parce qu'elle ignorait ce qui l'angoissait, mais car il lui était plus difficile de nommer ce qui ne lui faisait pas peur.

— Eh bien, donnez-moi quelques exemples, l'encouragea la thérapeute.

Et cette soirée-là, Varya dressa une liste.

Le cancer. Le changement climatique. Être victime d'un accident de voiture. Causer un accident de voiture. (Il fut une période où l'idée de tuer un cycliste en tournant à droite la poussait à suivre tous les cyclistes sur plusieurs rues, pour s'assurer que ce n'était pas le cas.) Les terroristes. Les accidents d'avion, coup du sort subit ! Les gens portant des pansements. Le sida et toutes sortes de virus, de bactéries et de pathologies. Contaminer quelqu'un d'autre. Les surfaces maculées, le linge sale, les sécrétions du corps. Les drugstores et les pharmacies. Les tiques, les punaises de lit et les poux. Les produits chimiques. Les SDF. La foule. L'incertitude et le risque, les fins ouvertes. La responsabilité et la culpabilité. Elle redoute même son propre esprit, le pouvoir qu'il exerce sur elle la terrifie.

Lors du rendez-vous suivant, Varya lut la liste à haute voix. Quand elle eut fini, la thérapeute s'adossa à son fauteuil.

— Bien, dit-elle, qu'est-ce qui vous fait vraiment peur ?

Varya se mit à rire face à l'apparente simplicité de la question. C'était la perte, bien sûr, la perte de la vie, la perte de ceux qu'elle aimait.

La thérapeute renchérit alors :

— Mais vous êtes déjà passée par là ! Vous avez perdu votre père, tous vos frères et sœur, une perte familiale bien plus lourde que ce qu'ont subi la plupart des gens à votre âge. Et pourtant, vous êtes toujours debout. Enfin, assise, rectifia-t-elle avec un sourire en regardant le divan.

Oui, Varya était toujours là, mais ce n'était pas aussi simple. Elle avait perdu un pan entier d'elle-même avec la mort de ses frères et sœur. C'était comme voir la lumière s'éteindre progressivement dans tout le voisinage : certaines parties en elle avaient été plongées dans le noir, puis d'autres. Certaines formes de courage – de courage émotionnel – et de désir. Le coût de la solitude était élevé, elle le savait, mais celui de la perte plus encore.

Il lui fallut beaucoup de temps avant de le comprendre. Elle avait vingt-sept ans et suivait un cours de physique, en troisième cycle. Il était donné par un professeur invité qui venait d'Édimbourg, et qui était un ancien étudiant du Dr Peter Higgs.

— De nombreuses personnes n'adhèrent pas à ses théories, avait-il dit à Varya, mais elles ont tort.

Ils se trouvaient dans un restaurant italien, en ville. Le professeur lui expliqua que le Dr Higgs avait émis l'hypothèse qu'il existait quelque chose appelé le boson de Higgs, qui conférait une masse aux particules. Il affirma que ce pouvait être la clé de voûte pour comprendre notre univers, que c'était un élément central de la physique moderne, même si personne ne l'avait jamais perçu jusque-là. Selon lui, cela indiquait que l'univers était régi par la symétrie et que les éléments les plus intéressants qui s'y étaient développés, comme les êtres humains, n'étaient en réalité que des aberrations, le produit de brefs instants durant lesquels la symétrie faisait défaut.

Certaines amies de Varya étaient épouvantées quand elles constataient un retard de leurs règles, et celle-ci comprit pourquoi : un matin, elle se réveilla, et elle n'était plus elle-même. Trois jours auparavant, elle avait couché avec le professeur qui logeait dans un appartement sur le campus. Quand il avait mis son visage entre ses jambes et commencé à remuer la langue, elle avait eu un orgasme pour la première fois de sa vie. Peu après, il était redevenu courtois et distant, et elle n'avait plus entendu parler de lui. Alors elle avait imaginé les nouvelles cellules qui proliféraient dans son corps et pensé : *Tu vas signer ma perte. Tu vas m'aliéner pour toujours. Tu vas rendre mon monde si vivant, si réel, que je ne serai plus en mesure d'oublier ma souffrance un seul instant.* Elle redoutait l'aberration échappant à son contrôle. Elle préférait la logique rassurante de la symétrie. Après avoir pris rendez-vous au planning familial de Bleecker Street pour avorter, elle eut la sensation que l'aberration disparaîtrait entre deux portes d'ascenseur, si proprement qu'elle aurait très bien pu ne jamais avoir existé.

Certaines personnes parlent de l'extase qu'on trouve dans le sexe, et des joies plus compliquées attachées à la condition de parents, mais pour Varya, il n'y a pas de plus grands plaisirs que le soulagement, celui de se rendre compte que ce qu'elle redoute n'existe pas. Et même cela, c'est temporaire : un plaisir qu'emporte une bourrasque, balayé par le vent, aussi hystérique qu'un éclat de rire – *Où avais-je la tête ?* –, suivi de la lente érosion de la certitude, du doute qui s'immisce sans bruit et qui requiert un autre coup d'œil dans le rétroviseur, une autre douche, une autre poignée nettoyée.

Varya a suivi assez de thérapies pour savoir qu'elle se raconte des histoires. Elle sait que sa foi – dans les rituels qui ont des pouvoirs, dans les pensées susceptibles d'influencer les résultats ou d'éloigner le mauvais sort – s'apparente à un tour de magie : de la fiction, sans doute, mais nécessaire à sa survie. Et pourtant, et pourtant : dans quelle mesure est-ce une histoire, si l'on y croit ? Son plus lourd secret, la raison pour laquelle elle ne pense pas pouvoir un jour être délivrée de cette maladie, c'est qu'il lui arrive d'estimer que ce n'en est pas une. Certains jours, il lui semble qu'il n'est pas absurde de croire qu'une pensée puisse influer sur une chose au point qu'elle devienne réalité.

En mai 2007, six mois après la mort de Daniel, Mira appela Varya, hystérique.

— Ils ont disculpé Eddie O'Donoghue, annonça-t-elle.

Une enquête interne avait été menée, et l'on n'avait trouvé aucune preuve d'un éventuel méfait.

Varya ne versa pas une larme. Elle sentit nettement la colère s'engouffrer en elle et s'y installer, comme un enfant. Elle ne crut plus que Daniel avait succombé à une balle destinée au pelvis, mais entrée en réalité dans sa cuisse, atteignant l'artère fémorale de sorte qu'il s'était vidé de son sang en moins de dix minutes. Sa mort ne soulignait pas la défaillance du corps, elle mettait en relief la puissance de l'esprit humain, un adversaire d'une tout autre nature, et prouvait que les pensées avaient des ailes.

32

Le vendredi matin, en se rendant au travail, Varya incline le volant vers la droite, se gare sur le bas-côté et laisse tomber la tête entre ses genoux. Elle pense à Luke. Depuis deux jours, il l'attend au labo à 7 h 30 puis la suit dans le vivarium. Ici, il se rend utile – il l'aide à peser les boulettes d'alimentation, à transporter de lourdes cages dans la salle de stockage pour les nettoyer –, et les animaux l'aiment bien. Mercredi, il a joué avec le mâle le plus âgé, Gus, un beau macaque rhésus à la fourrure orange vif, et doté d'un ego aussi flamboyant. Gus se postait sur le devant de la cage et présentait son ventre pour être gratté. Puis il bondissait en arrière pour tenter de surprendre Luke, qui se mettait à rire, se prêtant au jeu, ou bien il demeurait assis aussi longtemps que Luke grattait son ventre tendu, couleur saumon, se léchant les babines pour montrer son affection.

Lorsque Varya avait exprimé sa surprise quant à son talent avec les singes et son désir d'aider, Luke lui avait expliqué qu'il avait grandi dans une ferme, que le travail physique et le contact des animaux lui étaient familiers ; en outre, la rédactrice en chef du *Chronicle* attendait qu'il montre ce qu'était la vie quotidienne au Drake, afin qu'on voie que les chercheurs étaient des êtres humains comme les autres, et que l'on perçoive l'individualité des singes. Le jeudi, tandis qu'ils déjeunaient dans son bureau – Varya picorant dans son Tupperware rempli de brocolis et de haricots noirs, Luke mordant dans son sandwich au poulet acheté à l'atrium –, il lui posa des questions personnelles : considérait-elle les singes comme des individus, et cela ne la dérangeait-il pas de leur imposer la captivité ? S'il lui avait demandé cela dès son arrivée, elle aurait été sur ses gardes, mais entre-temps les journées passées ensemble s'étaient déroulées dans un climat de bonne entente, sans crise ni préjugé, si bien qu'elle s'était sentie assez détendue pour lui répondre avec honnêteté.

Avant d'arriver au Drake, elle n'avait jamais été en présence d'organismes de cette taille, si proches de l'être humain. Les singes étaient des êtres de chair : ils sentaient, se grattaient, étaient recouverts de poils, souffraient de diabète et d'endométriose. Leurs mamelons étaient aussi roses que du chewing-gum et distendus, leurs visages étonnamment expressifs. De la même façon, il était impossible de les regarder dans les yeux et de ne pas voir – ou ne pas croire qu'on voyait – tout simplement ce qu'ils pensaient. Ce n'étaient pas des sujets passifs que l'on manipulait, mais des participants, aux idées bien arrêtées. Elle prenait soin de ne pas les traiter comme ses semblables, et pourtant, dans les premières années, elle avait été frappée par la familiarité de leurs visages et surtout par leur regard. Quand ils se rassemblaient et braquaient sur elle ces yeux sans fond, elle avait la sensation de voir des humains déguisés en singes, l'observant à travers les fentes de leurs masques.

— Ce genre de pensées était de toute évidence intenable, confia-t-elle à Luke.

Elle était assise à sa table de travail, et Luke à celle d'Annie. Il avait placé sa cheville droite sur son genou gauche, ses longues jambes pendaient avec la maladresse arachnéenne propre aux jeunes gens de haute taille. Mise en confiance par la douceur de son attention, Varya avait continué.

— À Thanksgiving – ce devait être ma deuxième ou troisième année au Drake –, j'ai rendu visite à mon frère qui était médecin dans l'armée et je lui ai fait part de mes impressions. Il m'a alors parlé d'un patient qu'il avait vu le jour même, un soldat de vingt-trois ans présentant une amputation infectée, et qui injuriait les Afghans chaque fois que Daniel le touchait. Il se rappela alors l'avoir vu dans une projection médicale, deux ans plus tôt, où il exprimait une immense angoisse quant à l'état de l'Afghanistan, une réelle inquiétude pour ses habitants, au point que Daniel s'était demandé s'il ne devait pas lui prescrire une évaluation psychiatrique. Il craignait que le jeune homme ne soit trop sensible.

Daniel était alors assis dans la même position que Luke ce jeudi-là – une jambe posée sur l'autre, ses grands yeux concentrés –, mais il arborait des cernes foncés, et sa chevelure autrefois épaisse était clairsemée. À cet instant, Varya s'était souvenue de lui enfant, son jeune frère, dont l'idéalisme avait été remplacé par une attitude plus réaliste, mais tout aussi simple, et qu'elle reconnaissait aussi en elle.

— Selon lui, dit-elle, il était impossible de survivre sans déshumaniser l'ennemi, sans créer tout d'abord cet ennemi. La compassion était l'apanage des civils, pas des militaires. L'action requiert qu'on donne la priorité à une chose par rapport à une autre. Et il vaut mieux venir en aide à quelqu'un qu'à personne.

Elle ajusta le couvercle de son Tupperware sur le bol et pensa à Frida, qui appartenait au groupe soumis à la restriction calorique. Au début, elle hurlait sans arrêt pour qu'on lui donne plus de nourriture. À la maison, Varya était hantée par ses cris. La faim éhontée de la guenon suscitait en elle un sentiment de culpabilité et de dégoût. Chez Frida, le désir de vivre était si évident, l'accusation dans ses yeux si visible qu'elle s'attendait presque à ce qu'elle se mette à parler.

— Je me suis attachée aux singes, avait-elle ajouté. Je ne devrais pas l'avouer, ce n'est pas très scientifique, mais je les connais depuis dix ans. En outre, je n'oublie pas que l'étude leur est également bénéfique. Je les protège, surtout ceux qui sont restreints en calories. De cette façon, ils vivront plus longtemps.

Luke demeurait silencieux, il avait éteint son magnétophone, et même si son bloc-notes était posé sur le bureau d'Annie, il n'y touchait pas.

— Malgré tout, il faut tracer une ligne dans le sable qui dit : « Cette recherche en vaut la peine. La vie de l'animal n'a pas autant de valeur que les avancées médicales qu'elle peut permettre. » C'est nécessaire.

Cette nuit-là, Varya resta éveillée pendant des heures. Pourquoi avait-elle confié tout cela à Luke, et comment ces propos rejailliraient-ils sur elle s'il y faisait allusion dans son article ? Elle pouvait lui demander de passer ces informations sous silence, mais cette requête indiquerait qu'elle nourrissait un doute sur ses travaux et sur les dispositions d'esprit nécessaires pour les mener à bien, ce qu'elle ne souhaitait dévoiler en aucun cas.

À présent, assise dans sa voiture, elle a la nausée. Elle éprouve le sentiment étouffant que non seulement elle a pris un risque, mais qu'elle a aussi trahi Daniel. Quand elle pense au rendez-vous qui l'attend avec Luke au labo, elle voit son frère. Cela n'a pas de sens. Leur seul point commun est leur taille, et pourtant la vision persiste, celle de Daniel l'attendant vêtu du coupe-vent de Luke, avec son sac à dos, le visage de son frère transposé sur celui plus jeune de Luke, plein d'espoir. L'image se transforme, puis elle voit Daniel dans le camping-car, une balle dans la jambe, une mare rouge répandue sur le sol, et elle sait que si elle n'avait pas été si distante, ce serait elle qu'il serait venu trouver au sujet de Bruna, et qu'elle aurait pu le sauver.

Le temps que sa nausée se dissipe, et que le tremblement de ses mains se soit assez apaisé pour qu'elle puisse de nouveau tenir le volant, une heure s'est écoulée. Elle n'est jamais arrivée en retard au travail jusque-là ; Annie, à son grand soulagement, a emmené Luke dans la cuisine où il l'aide à peser la nourriture que les singes n'ont pas mangée, et à placer les boulettes de la semaine suivante dans les mangeoires labyrinthiques. Varya l'évite, s'occupant d'une demande de subvention, porte du bureau fermée. Tout à coup, on frappe, et comme Annie ne viendrait pas la déranger, elle en déduit qu'il s'agit de Luke.

— Je voulais savoir si vous vouliez venir dîner, propose-t-il quand elle ouvre la porte.

Devant son embarras, il lui sourit, mains dans les poches.

— Il est déjà 18 heures.

— Je n'ai pas faim, désolée.

Elle revient vers son ordinateur pour le refermer.

— Un verre, alors ? Le vin rouge contient du resvératrol, vous ne pourrez pas m'accuser de ne pas avoir fait des recherches.

Varya pousse un soupir.

— Notre conversation sera-t-elle enregistrée ?

— À vous de voir. J'ai pensé que ce n'était pas nécessaire.

— Dans ce cas, dit-elle en pivotant sur son siège, pourquoi prendre un verre ?

— Pour le contact, les liens humains.

Luke la regarde avec attention, tentant de deviner si elle plaisante ou pas.

— Je ne mords pas, ajoute-t-il. Enfin, moins que vos singes.

Elle éteint les lumières du bureau, et le visage de Luke se retrouve plongé dans une demi-pénombre, à peine éclairé par les néons du couloir. Elle l'a blessé.

— Je voudrais vous inviter, précise-t-il. Pour vous remercier.

Plus tard, elle se demandera ce qui l'a poussée à accepter alors que rien ne l'y obligeait, et ce qui se serait produit si elle avait refusé. Était-ce par fatigue ? Elle était si épuisée d'éprouver de la culpabilité, qui ne se dissipait que lorsqu'elle travaillait, et se lavait les mains, en laissant l'eau du robinet couler jusqu'à ce qu'elle soit si chaude que la sensation ne s'apparente plus à celle de l'eau, mais du feu ou de la glace. Ce sentiment refluait aussi quand elle avait faim, ce qui arrivait souvent ; elle avait parfois la sensation d'être si légère qu'elle aurait pu dériver lentement dans le ciel, et y rejoindre ses frères et sœur. Maintenant, elle était affamée. Pourtant, quelque chose l'incitait à y aller, à lui dire oui.

Ils choisissent un bar à vins sur Grand Avenue et partagent un cabernet rouge produit et mis en bouteille à sept kilomètres au sud de la ville ; il fait immédiatement de l'effet à Varya. Elle se rend alors compte qu'elle n'a pas mangé depuis longtemps, mais comme elle ne mange jamais au restaurant, elle se contente de boire et d'écouter ce que Luke lui raconte sur son enfance : sa famille possède une cerisaie dans le comté de Door, au sein du Wisconsin ; constitué d'îles et de littoral, celui-ci se déploie jusque dans le lac Michigan. Il dit que cela lui rappelle Marin, l'île qui appartenait aux Amérindiens – dans le comté de Door, on les appelait les Potawatomis, à Marin, les Coast Miwok – avant l'arrivée des Européens, qui s'approprièrent leurs terres pour les cultiver et abattirent les arbres. Il décrit le sol calcaire et les dunes, ainsi que les sapins du Canada, avec leurs longs doigts verts, et les bouleaux jaunes qui, à la fin de l'automne, couvrent le sol de stupéfiants tapis d'or.

Pendant la basse saison, la population est inférieure à trente mille habitants, mais l'été et en début d'automne elle peut décupler. En juillet, la ferme ressemble à une ruche, il faut cueillir, sécher, mettre en conserve et congeler les cerises, une vraie folie. La famille cultive trois variétés de cerises, et quand Luke était jeune, chaque membre se voyait attribuer la récolte de l'une d'entre elles, à l'aide d'une machine mécanique. Le père de Luke se chargeait des Balaton, grosses et juteuses. Comme Luke était le plus jeune, il faisait équipe avec sa mère pour cueillir les Montmorency, à la chair jaune et translucide. Son frère aîné était dévolu aux cerises sucrées, fermes et noires, les plus précieuses.

Varya se rend compte qu'elle change de position tandis qu'il parle. Elle voit les cerises, les jaunes, les noires, les rouges, dans l'objectif doux d'un rêve. Il lui montre une photo de sa famille sur son portable. C'est le début de l'automne, les arbres pareils à un entrelacs cotonneux de sénevé et de sauge. Les parents de Luke ont les mêmes cheveux blonds et épais que lui, mais un peu plus clairs. Son frère – « Asher », lui précise-t-il – est un jeune adolescent au visage couvert d'acné, mais au sourire avenant, les mains posées sur les épaules de Luke. Luke qui n'a pas plus de six ans et qui relève les épaules sous les mains d'Asher, le visage fendu en deux par un sourire si grand qu'on dirait une grimace.

— Et votre famille, demande-t-il en rangeant le téléphone dans sa poche, à quoi ressemble-t-elle ?

— Le plus âgé de mes frères était médecin, comme je vous l'ai dit. Le plus jeune danseur, et ma sœur magicienne.

— C'est pas vrai ? Avec un chapeau noir et un lapin ?

— Ni l'un ni l'autre.

Autour d'eux, la lumière est tamisée, de sorte que Varya ne peut pas distinguer ce qui pourrait l'inquiéter.

— Elle était géniale pour les tours de cartes et pour les numéros de mentalisme : son partenaire demandait un objet aux spectateurs, un chapeau ou un portefeuille, et elle devait deviner ce que c'était sans indication verbale, les yeux bandés et face au mur.

— Que font-ils maintenant ? questionne Luke.

Le tressaillement de Varya ne lui a pas échappé.

— Je suis navré, mais comme vous avez utilisé le passé, j'ai pensé qu'ils étaient peut-être...

— Retraités ? avance Varya. (Elle secoue la tête.) Non, ils sont décédés.

Elle ne sait pas pourquoi elle continue ; peut-être parce que Luke va bientôt disparaître de sa vie, et puis elle éprouve un sentiment si inhabituel, si apaisant à partager pour la première fois ces choses avec quelqu'un d'autre qu'un thérapeute.

— Mon plus jeune frère est mort du sida, il avait vingt ans. Ma sœur s'est suicidée. Avec le recul, je me dis qu'elle était peut-être bipolaire ou schizophrène, mais maintenant, je ne peux plus rien y faire.

Elle finit son verre, se reverse du vin ; elle boit rarement et, sous l'effet de l'alcool, elle se sent décontractée, calme, ouverte.

— Daniel s'est retrouvé piégé dans une histoire à laquelle il n'aurait pas dû être mêlé. Il a été abattu.

Luke reste silencieux, yeux rivés sur elle, et l'espace de quelques ridicules secondes, elle craint qu'il ne lui saisisse la main pour l'étreindre. Mais il n'en fait rien – pourquoi aurait-il réagi ainsi ? –, et elle en éprouve un vif soulagement.

— Je suis désolé. Est-ce pour cette raison que vous exercez ce métier ?

Comme elle ne répond pas, il insiste, d'abord hésitant, puis de façon délibérée.

— Les traitements dont nous disposons aujourd'hui auraient pu sauver votre frère s'ils avaient existé à cette époque. Et puis les tests génétiques permettent de détecter les risques de maladie mentale chez un individu, voire de les diagnostiquer. Cela aurait aidé Klara, non ?

— Sur quoi porte votre article ? Mon travail ou moi ?

Elle s'efforce de garder un ton léger, mais dans ses veines, elle sent battre la peur, sans savoir très bien pourquoi.

— C'est difficile de séparer les deux, non ?

Quand Luke se penche en avant, son regard la frappe, et quelque chose frémit au plus profond d'elle-même. Elle comprend alors ce qui l'a tant effrayée : elle n'a jamais prononcé le prénom de Klara devant lui.

— Il faut que je parte, marmonne-t-elle, prenant appui sur la table pour se lever.

Immédiatement, le sol se soulève telle une vague, le mur oscille, et elle se rassoit ; en fait, elle s'écroule.

— Non, dit Luke.

Et il pose la main sur la sienne.

Une bulle de panique lui monte à la gorge et explose.

— Je vous en prie, ne me touchez pas.

Luke retire sa paume. Son visage est empreint de tristesse, il la trouve pathétique, et c'est plus qu'elle ne peut tolérer. Elle se relève, avec succès cette fois.

— Vous ne devriez pas prendre le volant, déclare-t-il en se levant à son tour.

L'angoisse se lit sur son visage, la même que celle qu'elle éprouve, et cela l'alarme plus encore.

— S'il vous plaît... Je suis navré.

Elle cherche son portefeuille, en retire une fine liasse de vingt dollars, qu'elle pose sur la table.

— Je vais bien, affirme-t-elle.

— Laissez-moi vous reconduire, insiste-t-il alors qu'elle sc dirige vers la sortie. Où habitez-vous ?

— Où j'habite ? répète-t-elle.

Et Luke recule. Même dans l'obscurité du bar, elle le voit rougir.

— Qu'est-ce qui vous prend ?

Elle se trouve à la hauteur de la porte, maintenant elle l'a franchie. Après avoir vérifié qu'il ne la suit pas, elle repère sa voiture et fonce.

33

Le samedi, elle se réveille avec une douleur accablante au creux du dos et le sang qui tambourine dans ses tempes. Ses vêtements sont trempés de sueur et sentent mauvais. Elle a retiré ses chaussures, la veille, ainsi que son pull, mais son corsage lui colle au ventre, et ses chaussettes sont si humides qu'elles font un bruit spongieux lorsqu'elle les laisse tomber sur le plancher de la voiture. Elle se redresse sur le siège arrière. À l'extérieur, c'est le matin, et un rideau de pluie tombe sur Grand Avenue.

Elle pose ses paumes sur les yeux. Les souvenirs reviennent : le bar à vins, le visage de Luke se penchant vers elle, sa voix basse mais insistante – « C'est difficile de séparer les deux, non ? » – et sa main chaude sur la sienne. Elle se rappelle avoir couru vers sa voiture et s'être recroquevillée sur la banquette comme une enfant.

Elle meurt de faim. Elle passe tant bien que mal de l'arrière à l'avant du véhicule et cherche sur le siège passager ses restes de la veille. Les lamelles de pomme sont molles et marron, mais elle les mange quand même, tout comme le raisin tiède et fripé. Elle évite le rétroviseur, mais s'aperçoit fortuitement dans celui de la portière passager : les cheveux en bataille, la bouche affaissée. Elle détourne le regard et retrouve ses clés.

Chez elle, elle retire ses vêtements, met directement le tout dans le lave-linge et reste si longtemps sous la douche que l'eau en devient froide. Elle enfile un peignoir, rose et molletonné, bien kitsch – c'est Gertie qui le lui a offert, elle ne l'aurait jamais choisi pour elle –, puis prend la plus forte dose d'Advil que son corps peut supporter. Ensuite, elle se met au lit et sombre dans un profond sommeil.

C'est le milieu de l'après-midi quand elle se réveille. Maintenant qu'elle n'est plus complètement exténuée, un éclair de panique la saisit : elle sait qu'elle ne pourra pas passer le reste de la journée chez elle. Elle s'habille rapidement. Elle a le visage pâle comme la mort, et ses cheveux argentés forment des touffes. Elle se mouille les mains, aplatit ses épis, puis se demande pourquoi : les seules personnes présentes au laboratoire le samedi sont les animaliers, et de toute façon, Varya se recouvre la tête d'une charlotte dès qu'elle arrive. En général, elle ne déjeune pas, mais aujourd'hui, elle sort un nouveau sachet du réfrigérateur et mange des œufs durs pendant le trajet.

Dès qu'elle pénètre dans le laboratoire, elle se sent plus calme. Elle met sa tenue de protection, puis entre dans le vivarium.

Elle veut voir comment vont les singes. Elle ressent toujours une certaine nervosité en leur présence, mais elle est aussi parfois saisie par la peur qu'il leur arrive quelque chose en son absence. Ce n'est pas le cas, bien sûr. Dans son miroir, Josie la guenon surveille le couloir et, quand elle voit Varya, elle le laisse tomber. Les petits bondissent en frôlant le sol dans leur cage commune. Gus est assis au fond de la sienne. Mais la dernière, celle de Frida, est vide.

— Frida ? appelle Varya de façon absurde.

Il n'est pas établi que les singes comprennent leurs noms, et pourtant, elle le dit de nouveau. Sortant du vivarium, elle regagne le hall et appelle jusqu'à ce que Johanna, une animalière, sorte de la cuisine.

— Elle est à l'isolement.

— Pourquoi ?

— Elle s'arrachait les poils, répond bien vite Johanna. J'ai pensé qu'à l'isolement elle pourrait...

Mais elle ne finit pas sa phrase, car Varya a déjà tourné les talons.

Le premier étage du laboratoire est carré. Le bureau de Varya et d'Annie est situé à l'ouest, le vivarium côté nord. La cuisine est au sud, ainsi que les salles d'intervention, et la cage d'isolement, tout comme la loge du gardien et la blanchisserie, se trouve à l'est. Large d'un mètre quatre-vingts et haute de deux mètres cinquante, la cage d'isolement est en réalité plus grande que la cage normale des singes. Mais elle est complètement vide, c'est un endroit où sont enfermés les animaux désobéissants. Bien sûr, elle n'a rien de menaçant, ni d'ouvertement effrayant. Elle ne présente tout simplement rien d'intéressant : c'est une cage en acier inoxydable, avec une petite porte rectangulaire en guise d'entrée, qui se ferme de l'extérieur. Elle contient aussi une écuelle pour la nourriture et une bouteille d'eau. Il y a six centimètres entre le sol et le fond de la cage, lequel est parsemé de trous afin que l'urine et les autres déchets s'évacuent dans une cuvette rétractable.

— Frida, appelle Varya.

Elle inspecte la cage, c'est là qu'elle avait mis Frida le soir de son arrivée, mais celle-ci n'avait alors que quelques jours.

Maintenant, Frida regarde le fond de la cage et se balance, dos voûté. Des zones grosses comme le poing sont dégarnies, là où elle s'arrache les poils. Il y a six mois, elle a cessé d'épouiller ceux qui lui restent, et les autres singes ne s'approchent plus d'elle, flairant sa faiblesse, dégoûtés par celle-ci. Elle est assise dans une mince flaque d'urine couleur rouille qui ne s'est pas encore écoulée dans la cuvette.

— Frida, répète Varya d'une voix plus forte, mais apaisante. Arrête, Frida, de... S'il te plaît.

Quand celle-ci entend sa voix, elle tourne le visage d'un côté. De profil, ses paupières sont luisantes, couleur lavande, sa bouche semblable à une demi-lune. Puis elle fait la grimace. Lentement, elle pivote ; quand elle se retrouve en face de Varya, elle ne s'arrête pas, mais continue à tourner, prenant appui sur son bras droit, l'autre pendant en arrière. Il y a deux mois, elle s'est mordue si fort à la cuisse qu'il lui a fallu des points de suture.

Comment est-ce arrivé ? Quand Frida était jeune, elle avait plus d'énergie que tous les autres singes. Elle pouvait être machiavélique, nouer des alliances stratégiques et voler leur nourriture aux plus dociles ; elle était aussi charmante et incroyablement curieuse. Elle aimait qu'on la prenne dans les bras : à travers les barreaux, elle entourait Varya par la taille, et celle-ci la laissait parfois sortir, la promenant dans le vivarium sur la hanche. Le fait d'être si proche d'elle était pour Varya une expérience à la fois effrayante et fascinante. Effrayante en raison de la contamination à laquelle elle s'exposait, et fascinante, car, en dépit des couches de vêtements de protection, elle pouvait furtivement entrevoir ce que c'était d'être proche d'un autre animal, d'être soi-même un animal.

On tape à la porte. C'est sûrement Johanna, pense Varya, ou Annie, encore que cette dernière vienne rarement au laboratoire le week-end. Comme elle, celle-ci n'a ni enfant ni mari. À trente-sept ans, rien n'est encore trop tard, mais Annie ne souhaite pas ces choses-là. « Je ne manque de rien », lui a-t-elle dit une fois, et Varya l'a crue. La famille d'Annie, d'origine coréenne, habite près du pont. Elle semble toujours avoir un amant ou une maîtresse, mais mène ces liaisons de façon tout aussi confidentielle que ses recherches. Varya éprouve à la fois de l'estime et de l'envie pour Annie, teintées de bienveillance maternelle. Annie est le genre de femme qu'elle aimerait être, le genre qui fait des choix non conventionnels qui la satisfont.

On toque de nouveau.

— Johanna ? demande Varya en se levant pour ouvrir la porte.

Mais Luke se dresse alors devant elle. Ses cheveux sont emmêlés, leur couleur assombrie de saleté. Il a les lèvres gercées, et son visage renvoie un curieux éclat jaune. Il porte les mêmes vêtements que la veille. Il a dû dormir avec. Le rideau de calme dans lequel Varya s'était enveloppée cet après-midi s'est brutalement fendu.

— Qu'est-ce que vous faites ici ?

— Clyde m'a laissé entrer.

Luke cligne des yeux. Il a encore une main sur la poignée, et l'autre, elle le voit bien, tremble.

— Je dois vous parler, ajoute-t-il.

Frida s'est de nouveau tournée vers le mur et recommence à se balancer. Varya déteste ces mouvements de balancier, tout comme le fait que Luke en soit témoin. Elle pivote sur ses talons pour fermer la porte de la cage d'isolement. Cela ne prend que deux secondes, mais avant qu'elle n'ait fini, elle entend un petit clic et se fige. Elle virevolte alors pour lui faire face, déjà il range son appareil photo dans son sac.

— Donnez-moi ça, dit-elle violemment.

— Non, répond Luke.

Sa voix est faible, comme celle d'un petit garçon en possession d'un objet précieux.

— Non ? Vous n'étiez pas autorisé à prendre cette photo. Je vais vous poursuivre en justice.

Le visage de Luke ne reflète alors pas la jubilation professionnelle qu'elle attendait, mais de la peur. Il se cramponne à son sac à dos.

— Vous n'êtes pas journaliste, l'accuse Varya.

La panique fait bourdonner ses oreilles.

Elle songe aux cris d'alarme des ouistitis.

— Qui êtes-vous ?

Il ne répond pas. Il regarde fixement la porte, le corps si raide et immobile qu'on pourrait le prendre pour une statue sans le tremblement persistant de sa main gauche.

— J'appelle la police, déclare-t-elle.

— Non. Je...

Il laisse sa phrase en suspens, et c'est alors qu'une pensée s'impose à Varya sans qu'elle ne l'ait invitée. *Ce n'est rien,* se dit-elle, *ce n'est rien,* comme si elle avait devant les yeux la radiographie d'une tumeur, et non le visage d'un simple étranger.

— Tu m'avais appelé Solomon, commence-t-il.

Et elle tangue dans l'obscurité. Au début, elle ressent de la confusion. *Comment ça ? Ce n'est pas possible… Je l'aurais su.* Puis vient l'effet boomerang, l'effondrement. Sa vision s'altère.

Vingt-six ans plus tôt, elle s'était arrêtée tout net devant le planning familial de Bleecker Street et était restée clouée au sol, comme foudroyée par l'éclair. C'était le début du mois de février ; à 15 h 30, il faisait sombre, une température glaciale, mais le corps de Varya brûlait. En son sein, elle sentait une palpitation étrange. Regardant le bâtiment en forme de fer à repasser qui hébergeait la clinique, elle se demanda ce qui se passerait si elle n'étouffait pas ce battement. Elle pouvait se conformer au choix qu'elle avait prévu ; sa vie continuerait comme avant l'aberration, demeurerait dans la symétrie. Mais, avide d'air froid, elle se contenta de déboutonner son manteau. Puis elle fit demi-tour.

34

—

Elle sort d'un pas trébuchant du vivarium et prend l'escalier qui mène au rez-de-chaussée. Dans le hall, elle se met à courir, passe en trombe devant Clyde qui se lève pour lui demander si elle va bien, puis fonce vers la colline. Elle se fiche que Luke soit resté à l'intérieur sans surveillance ; elle a besoin de s'éloigner de lui. La pluie a cessé pour laisser place à un soleil si éblouissant qu'il lui brûle les yeux. Elle se dirige vers le parking aussi vite qu'elle le peut sans attirer l'attention, ne s'accordant pas le temps de chausser ses lunettes de soleil, car elle entend Luke qui la talonne.

— Varya.

Mais elle ne s'arrête pas.

— Varya ! répète-t-il en criant.

Elle se retourne pour lui lancer :

— Moins fort ! C'est mon lieu de travail.

— Je suis désolé, dit-il, haletant.

— Comment avez-vous osé ? Comment avez-vous osé me duper ? Et qui plus est, ici, dans mon laboratoire !

— Tu n'aurais jamais accepté de me parler sans ce subterfuge.

La voix de Luke est étrangement aiguë, et elle se rend compte qu'il se retient de pleurer.

Elle émet un rire sec, un glapissement.

— Je ne vous parlerai plus, maintenant.

— Si, tu vas me parler.

Un nuage occulte le soleil, et dans la subite lumière gris acier, il reprend contenance.

— Sinon, je vends les photos.

— À qui ?

— Au PETA.

Varya ouvre de grands yeux. Elle croit qu'elle est en manque d'air, mais en l'occurrence, il s'agit de l'inverse : elle respire trop vite.

— Mais Annie, commence-t-elle, Annie a vérifié vos références.

— J'ai demandé à ma coloc de se faire passer pour la rédactrice en chef du *Chronicle*. Elle savait à quel point je tenais à te rencontrer.

— Nous adhérons à de strictes normes éthiques, renchérit Varya d'un ton crispé.

— C'est possible. En tout cas, Frida n'allait pas bien.

Ils ne sont pas loin de la colline. Derrière eux, deux postdocs se dirigent vers le centre principal, tout en mangeant à la va-vite leur plat préparé.

— C'est du chantage, dit Varya quand elle est de nouveau capable de parler.

— Ce n'était pas mon intention. Il m'a fallu des années pour te retrouver. L'agence n'a pas voulu m'aider, ils savaient que tu ne souhaitais pas que je prenne contact avec toi, et mon dossier était sous scellés. J'ai dépensé tout mon argent pour m'acheter un billet pour New York, et je me suis plongé dans les certificats de naissance, au tribunal du comté, pendant des semaines, et quand je t'ai finalement identifiée, je n'ai pas pu...

Tout est sorti d'une traite, et maintenant, il prend une profonde inspiration. Puis il scrute son visage. Il fait alors tourner son sac à dos pour fouiller dedans et en extrait un carré de tissu replié.

— Mouche-toi, dit-il. Tu pleures.

Elle n'avait pas remarqué.

— Tu as un mouchoir en tissu sur toi ?

— Il appartenait à mon frère, et il était à notre père avant. Leurs initiales sont les mêmes.

Il lui montre les petites lettres brodées et la voit hésiter.

— Il est propre. Je ne l'ai pas utilisé depuis la dernière fois que je l'ai lavé, et je le lave toujours à l'eau bouillante.

Il a pris un ton confidentiel. Elle sait qu'il l'a vue telle qu'elle est, comme elle ne veut pas qu'on la voie, et elle se sent submergée par la honte.

— Le truc, c'est que je suis comme toi, explique Luke. Je l'ai tout de suite remarqué, chez toi. Cela dit, mon obsession n'a rien à voir avec la peur d'être contaminé. Moi, je crains toujours d'avoir fait du mal à quelqu'un, de l'avoir tué par accident.

Varya prend le mouchoir et s'essuie le visage. Elle repense aux paroles de Luke, à sa peur d'avoir tué quelqu'un « par accident », et elle se met à rire jusqu'à ce qu'il se joigne à elle, alors elle se remet à pleurer, parce qu'elle comprend parfaitement ce qu'il veut dire.

Elle rentre à son appartement dans le plus grand silence, Luke la suit dans sa voiture. Quand elle monte l'escalier, elle entend ses pas derrière elle, sent le poids de son corps, et son estomac lui remonte dans la gorge. Elle amène rarement quelqu'un chez elle. Elle aurait fait du rangement si elle avait su qu'elle avait de la visite. Mais elle n'en a plus le temps à présent, alors elle allume la lumière et regarde Luke découvrir ce qui l'entoure.

L'appartement est petit. Sa décoration repose sur l'art de l'équilibrisme, l'objectif consistant à réduire autant que possible son angoisse. Elle choisit des objets qui à la fois renforcent et occultent la visibilité : ainsi, son canapé est en cuir, dans un coloris assez foncé pour qu'elle ne voie pas chaque particule de peluche ou de poussière, mais assez lisse pour que – contrairement à un tissu à motifs grumeleux – elle puisse facilement en faire disparaître toute impureté avant de s'asseoir. Ses draps sont d'un anthracite terne pour la même raison. Les draps blancs des hôtels sont aussi dénudés qu'une toile si bien qu'elle frise chaque fois l'hystérie quand elle vérifie les lits. Au mur, il n'y a pas d'œuvre d'art, pas de nappe sur les tables pour qu'elles soient plus faciles à laver. Les rideaux sont tirés, comme toujours dans la journée.

Et c'est lorsqu'elle découvre son appartement à travers les yeux de Luke qu'elle se rappelle combien il est sombre, hideux. Les meubles ne sont pas harmonieux, car elle ne les a pas choisis pour des raisons esthétiques. Et d'ailleurs, connaît-elle seulement ses goûts ? Une fois cependant, alors qu'elle passait devant une boutique spécialisée dans la décoration scandinave, à Mill Valley, elle a remarqué un canapé gris perle agrémenté de coussins rectangulaires et d'élégants pieds en noyer. Elle l'a contemplé trente secondes, une minute, avant de se souvenir que le tissu serait très difficile à laver, qu'elle pourrait repérer le moindre cheveu, la moindre tache, et qu'il serait terriblement douloureux de s'en débarrasser si jamais elle venait à le salir.

— Tu veux boire quelque chose ? propose-t-elle. Du thé ?

— Du thé, c'est bien, approuve Luke.

Et il s'assoit sur le canapé pour l'attendre, posant son sac à dos par terre. Quand elle revient avec deux mugs et un pot en céramique de Genmaicha, il a les jambes pressées l'une contre l'autre et son magnétophone sur les genoux.

— Je peux nous enregistrer ? demande-t-il. Pour me rappeler. Je ne pense pas que je te reverrai.

Il est conscient du compromis qu'il a induit, donc il l'accepte. Il l'a surprise et la fera parler, mais en échange il a provoqué sa colère. Néanmoins, elle aussi a pris un engagement : elle a choisi de devenir sa mère, et doit par conséquent répondre à ses questions.

— D'accord.

Ses joues sont sèches, maintenant, et à la fureur qu'elle ressentait au labo a succédé, pour l'instant, de la résignation. Elle pense alors aux singes, ceux qui se sont épuisés à force de s'époumoner et qui, de guerre lasse, finissent par livrer leur corps aux chercheurs.

— Merci.

Luke exprime une sincère gratitude et, consciente que ce sentiment est contagieux, elle détourne le regard.

— Où et quand suis-je né ?

— À l'hôpital Mount Sinai Beth Israel, le 11 août 1984, à 11 h 32. Tu ne le savais pas ?

— Si. Je vérifie juste ta mémoire.

Elle porte le mug à sa bouche, le thé est bouillant, et elle a les larmes aux yeux.

— Pas de mensonges entre nous. Tu m'as demandé d'être honnête. Je mérite que tu le sois en retour. Inutile de te montrer suspicieux, d'essayer de traquer des erreurs de ma part. Je ne pourrais pas oublier cela, rien de tout cela, même si je passais ma vie à essayer.

— Je comprends, dit Luke en baissant les yeux. Je ne le ferai plus, pardonne-moi.

Quand il la regarde de nouveau, toute effronterie a déserté son visage, il n'y reste plus qu'un air penaud, de la timidité.

— Quel temps faisait-il ce jour-là ?

— Le jour où tu es né ? Il faisait une chaleur étouffante. La fenêtre de ma chambre donnait sur Stuyvesant Square, et je voyais les femmes marcher dans la rue, des femmes de mon âge, en jeans coupés avec des tee-shirts courts et ajustés, comme si c'était encore les années 1970. J'étais énorme. J'avais de l'urticaire sur le front et je suais par tous les pores de la peau. Mes pieds étaient enflés ; aussi, j'avais dû mettre des chaussons pour faire le trajet en taxi jusqu'à l'hôpital.

— Il y avait quelqu'un avec toi ?

— Ma mère. C'était la seule à être au courant.

Gertie à ses côtés, murmurant. Gertie avec un gant et un seau d'eau glacée. Gertie qui s'emportait contre les infirmières chaque fois que la climatisation s'arrêtait. Gertie qui avait gardé le secret pendant toutes ces années.

— Maman, lui avait dit Varya d'un ton féroce, après avoir donné le bébé. Je ne veux plus reparler de tout cela, jamais.

Gertie s'était bien gardée d'aborder le sujet, et malgré tout, il était constamment présent : pendant des années, en doublure de chaque conversation, un poids qu'elles portaient péniblement en tandem.

— Et le père ? demande Luke.

Elle remarque qu'il a dit « le père », non « mon père », ce qui la soulage. Elle ne veut pas qu'il envisage le professeur sous cet angle-là.

— Il n'a jamais su.

Elle souffle sur son thé.

— C'était un professeur invité à l'université de New York. C'était ma première année de doctorat, et cet automne-là, je me suis inscrite à ses cours. Nous avons couché ensemble deux fois, puis il m'a dit qu'il était préférable qu'on en reste là. Quand je me suis rendu compte que j'étais enceinte, début janvier, il était déjà reparti au Royaume-Uni. J'ai tenté par tous les moyens de le contacter. D'abord au département de la fac, puis au numéro qu'on m'avait donné et qui correspondait à son bureau d'Édimbourg. Au début, je laissais des messages, puis j'ai arrêté d'en laisser. En fait, je n'étais pas amoureuse de lui, enfin, je ne l'étais plus, mais je voulais lui donner la possibilité de t'élever s'il le souhaitait. Finalement, j'ai compris qu'il ne le méritait pas et alors j'ai cessé de l'appeler.

Luke a le visage crispé, le cou sillonné de veines. Comment se fait-il qu'elle ne l'ait pas reconnu ? Elle avait imaginé cette rencontre – se retrouver face à face avec un homme étrangement familier dans un aéroport ou une épicerie – et pensé qu'un instinct animal aurait surgi en elle, la mémoire sensorielle des neuf mois durant lesquels ils avaient partagé le même corps, puis les quarante-huit heures aussi époustouflantes qu'angoissantes qui avaient suivi sa naissance. Elle n'aurait pas été surprise que son bassin vole en éclats pendant l'accouchement, mais non, tout s'était déroulé comme sur des roulettes. Selon l'infirmière, c'était de bon augure pour le deuxième. Mais Varya savait qu'il n'y aurait pas de deuxième enfant, aussi avait-elle serré contre elle ce minuscule être humain, son fils biologique, et lui avait-elle dit au revoir, non seulement à lui, mais à la part d'elle-même qui avait été assez courageuse pour aimer un homme qui lui avait accordé si peu d'importance, et pour porter un enfant qu'elle ne garderait pas.

Luke retire ses chaussures et, en chaussettes, pose les pieds sur le sofa. Puis, de ses mains, il entoure ses chevilles et place le menton sur les genoux.

— J'étais comment ?

— Tu avais une petite crête luisante de cheveux noirs, comme une loutre ou un bébé punk. Tes yeux étaient bleus, mais les infirmières m'avaient prévenue qu'ils risquaient de devenir marron, ce qui a été le cas, bien sûr.

Varya avait gardé cela à l'esprit quand elle scrutait les trottoirs ou les wagons de métro, ou encore les visages en arrière-plan sur les photos des autres gens, cherchant un enfant aux yeux bleus ou marron qui avait été le sien.

— Tu étais sensible, et quand tu étais trop stimulé, tu fermais les yeux et tu pressais les mains l'une contre l'autre. On trouvait que tu ressemblais à un moine, ma mère et moi, un moine agacé, qui essayait de prier très fort.

— Des cheveux noirs, dit Luke dans un sourire. Et des yeux bleus. Pas étonnant que tu ne m'aies pas reconnu.

Derrière les carreaux, à l'extérieur, il est 18 heures et il bruine ; du ciel, pourtant, émane une luminosité bleu pervenche.

— Est-ce que ta mère était d'accord pour que je sois adopté ?

— Ça non ! Nous nous sommes beaucoup disputées à ce sujet. Notre famille avait connu de nombreux décès. Mon père, de façon subite, quand j'étais à l'université. Et deux ans avant ta naissance, Simon était mort du sida. Elle voulait que je te garde.

Varya avait alors son propre appartement, un studio situé près de l'université. Mais durant sa grossesse, il lui était arrivé de dormir assez souvent au 72 Clinton Street. Parfois, elle se querellait avec Gertie jusqu'après minuit, puis allait dormir dans le vieux lit superposé, en haut. Dix minutes ou deux heures plus tard, Gertie la rejoignait, s'allongeait sur la couchette du bas que Daniel avait occupée autrefois, au lieu de regagner sa chambre au bout du couloir. Le matin, elle se tenait sur la première marche de l'échelle, rejetait en arrière les cheveux de Varya et lui déposait un gros baiser sur le front.

— Dans ce cas, pourquoi tu ne l'as pas fait ? demande Luke.

Une fois, alors qu'elle traversait le Wisconsin au cœur de l'été, se rendant d'une conférence à Chicago à une autre à Madison, elle s'était arrêtée pour se tremper jusqu'aux genoux dans le Devil's Lake. Elle voulait désespérément se rafraîchir, mais l'eau était chaude, et des dizaines de minuscules vairons se mirent à lui picorer les chevilles et les pieds. Pendant un instant, elle fut incapable de bouger ; elle se tenait sur le sable, si emplie de sensations qu'elle se crut sur le point d'exploser. Mais quelles sensations, au juste ? Le ravissement insupportable de la proximité, de l'échange symbiotique.

— J'avais peur, dit-elle. Peur de tout ce qui peut tourner mal quand les gens s'attachent.

Luke hésite.

— Tu aurais pu avorter.

— C'est vrai. J'avais pris rendez-vous pour. Mais je n'ai pas pu.

— Pour des raisons religieuses ?

— Non. J'avais l'impression que...

À cet instant, sa voix s'enroue, se brise. Elle prend son mug et boit jusqu'à ce que sa gorge se détende.

— C'est comme si je voulais contrebalancer le fait que j'étais repliée sur moi-même. Que je n'étais pas engagée dans la vie, pas complètement. Je croyais, j'espérais que toi, tu le serais.

Comment avait-elle été capable de faire ça ? Parce qu'elle pensait à eux : Simon et Saul, Klara, Daniel et Gertie. Elle pensa à eux pendant le deuxième trimestre de sa grossesse, quand elle était pétrifiée à cause de la panique, et durant le troisième, quand elle se sentait grosse comme un morse et passait plus de temps à uriner qu'à dormir. Elle pensa à eux à chaque poussée. Elle les maintenait dans son esprit pour ne rien ressentir d'autre, elle les aimait et les aimerait jusqu'à ce qu'ils la neutralisent, la rendent plus solide, la libèrent, lui confèrent des pouvoirs qu'elle ne possédait pas en temps normal.

Mais elle n'y parvint pas. Quand elle rentra de l'hôpital, bras croisés sur le ventre, elle se demanda quelle sorte de femme elle était pour confier son enfant à l'adoption simplement parce qu'elle avait peur. La réponse lui vint instantanément : le genre de femme qui ne méritait pas cet enfant. Son corps qui avait été empli pour exploser de vie, qui avait littéralement explosé de vie, était maintenant creux comme avant, comme il l'avait toujours été. Elle en éprouvait du chagrin, mais aussi du soulagement, et cela lui inspirait un tel dégoût d'elle-même qu'il la confortait dans sa décision. Elle ne pouvait supporter ce genre de vie : dangereuse, charnelle, saturée d'un amour si douloureux qu'il lui coupait le souffle.

— Et que s'est-il passé depuis ? demande Luke.

— Que veux-tu dire ?

— As-tu eu un autre enfant ? T'es-tu mariée ?

Varya secoue la tête.

Il fronce les sourcils, perplexe.

— Tu es lesbienne ?

— Non. Je n'ai tout simplement jamais... Depuis cela, je n'ai pas...

Elle aspire profondément, comme un hoquet muet. Quand Luke saisit la portée de ses propos, il tressaille.

— Tu n'as eu aucune relation avec un homme depuis le professeur ? Rien du tout ?

— Non, pas rien du tout. Mais une relation ? Non.

Elle s'attend à une manifestation de pitié. Mais Luke affiche une expression de sidération, comme si elle se privait de quelque chose d'essentiel.

— Et tu ne te sens pas seule ?

— Parfois. Comme tout le monde, non ? dit Varya dans un sourire.

De façon abrupte, il se lève. Elle pense qu'il veut se rendre aux toilettes, mais il se dirige dans la cuisine et se plante devant l'évier. Il pose les mains sur le comptoir, épaules voûtées, comme celles de Frida. En face de l'évier, sur le rebord de la fenêtre, il y a la montre de son père. Après la mort de Klara, Daniel s'était rendu dans le camping-car où Raj avait vécu avec elle. Ce dernier avait rassemblé des objets que la famille Gold aimerait, lui semblait-il, récupérer : une carte de sa première société, la montre en or de Saul, un vieux programme burlesque, qui montrait leur grand-mère Klara senior tenant un groupe d'hommes en laisse. C'était peu de chose, mais Daniel avait été reconnaissant pour le geste. Il avait appelé Varya de l'aéroport.

— D'un autre côté, ce camping-car, il n'était pas sale, plutôt bien arrangé même, autant que puisse l'être un camping-car. Mais c'était le fait que c'en soit un.

Daniel avait pris un ton confidentiel, presque étouffé.

— Ce Gulfstream des années 1970, penser que Klara a vécu plus d'un an là-dedans... Qui plus est dans un terrain pour camping-cars appelé *King's Row*, avait-il précisé, comme si c'était le comble.

Sous le lit, du côté de Klara, il avait retrouvé des tiges de fraises. Au début, il avait cru que c'était de l'herbe, rapportée sous la chaussure de quelqu'un. Elles étaient recouvertes d'un duvet de moisissure : il les avait jetées dans la salle de jeux. Mais il avait envoyé à Varya la montre qui avait successivement appartenu à Saul, à Simon et à Klara.

— C'est une montre d'homme, avait-elle fait remarquer. Tu devrais la garder.

— Non, avait répondu Daniel du même ton confidentiel.

Elle avait alors compris que quelque chose le bouleversait, et qu'il ne voulait pas rapporter le bijou chez lui.

— Luke ? dit-elle maintenant.

Il tousse et saisit la porte du réfrigérateur.

— Est-ce que je peux… ?

Arrête, pense-t-elle, mais trop tard, il a déjà ouvert la porte et vu ce qu'il y a à l'intérieur.

— C'est ici que tu conserves la nourriture des singes ?! s'écrie-t-il.

Et quand il se tourne vers elle, son étonnement s'est déjà dissipé, il a compris.

La porte bâille. Du salon, Varya voit les rangées de repas préemballés. En haut se trouvent les petits déjeuners, des fruits mixés dans des sachets en plastique, auxquels ont été ajoutées deux cuillerées de céréales à haute teneur en fibres. En dessous, c'est l'étagère des déjeuners : des fruits oléagineux et des haricots, ou pour le week-end, un bloc de tofu ou de thon. Ses dîners sont dans le freezer, elle cuisine une fois par semaine, puis divise ce qu'elle a préparé en portions qu'elle enveloppe dans du papier aluminium. Collé à la paroi extérieure du réfrigérateur, devant laquelle est posté Luke, se trouve un tableau Excel répertoriant le nombre de calories pour chaque repas, ainsi que leur contenu en vitamines et minéraux.

La première année de sa restriction calorique, elle a perdu quinze pour cent de son poids. Ses vêtements sont devenus trop grands, et son visage s'est creusé comme la tête d'un lévrier. Elle a observé ces changements avec un singulier détachement : elle était fière de résister à la tentation des desserts, des glucides, du gras.

— Pourquoi fais-tu cela ? demande Luke.

— À ton avis ? réplique-t-elle.

Mais elle se dérobe quand elle le voit avancer vers elle et reprend :

— Pourquoi te mettre en colère ? Ne suis-je pas libre de choisir mon mode de vie ?

— Parce que je suis triste, articule Luke avec difficulté. Parce que ça me brise le cœur, putain ! Tu as tout déblayé : tu n'as ni mari ni enfants. Tu aurais pu tout avoir. Mais tu es juste comme tes singes, enfermée et sous-alimentée. Tu vas peut-être vivre plus longtemps, mais tu te condamnes pour ça à une existence étriquée. Tu ne t'en rends pas compte ? Le problème, c'est que tu es prête à faire ce compromis, que tu as passé ce pacte, mais à quelle fin ? À quel prix ? Bien sûr, tes singes, eux, n'ont pas le choix.

Il est impossible de communiquer le plaisir de la routine à une personne qui n'en tire aucun contentement, aussi Varya n'essaie-t-elle même pas. Un plaisir qui ne provient pas du sexe ni de l'amour, mais de la certitude. Si elle était plus religieuse, et chrétienne, elle aurait pu devenir nonne : quel confort de savoir la prière ou la tâche que l'on effectuera pendant quarante ans, à 14 heures, le mardi.

— J'améliore leur santé, déclare-t-elle. Grâce à moi, ils vivent plus longtemps.

— Mais pas mieux.

Luke se plante devant elle, et elle se radosse au canapé.

— Ils n'ont pas envie d'être en cage ni de manger des croquettes. Ils veulent de la lumière, des jeux, de la chaleur, de la consistance, et du danger ! C'est quoi ces conneries de préférer la survie à la vie, à supposer qu'on puisse contrôler l'une ou l'autre ? Pas étonnant que tu n'éprouves rien quand tu les vois en cage. Tu ne ressens rien pour toi-même.

— Et comment aurais-je dû mener ma vie ? Comme Simon, qui ne se souciait que de lui-même ? Comme Klara, qui vivait dans un monde imaginaire ?

Elle se lève du canapé, prenant bien soin d'éviter Luke, et se rend dans la cuisine. Elle rouvre la porte du réfrigérateur et y range les sachets qui sont tombés quand Luke l'a refermée.

— Tu leur en veux, affirme-t-il en la suivant.

Alors Varya retourne vers lui la colère qu'elle nourrit envers ses frères et sœur, cette fureur qui bout constamment en elle. Si seulement ils avaient été plus malins, plus prudents. S'ils avaient fait preuve d'introspection, d'humilité. De patience ! S'ils n'avaient pas vécu comme si l'existence s'apparentait à une course folle qui menait à une apothéose non méritée ; s'ils avaient marché au lieu de courir.

Ils avaient connu les mêmes débuts : avant de devenir des personnes, tous avaient d'abord été des gamètes, quatre parmi les millions de leur père. Stupéfiant, qu'ils aient eu des tempéraments, des défauts fatals si profondément différents, comme des étrangers enfermés quelques secondes dans le même ascenseur.

— Non, dit-elle, je les aime. C'est pour leur rendre hommage que je fais ce travail.

— Tu ne crois pas qu'il y a une part d'égoïsme dans tout cela ?

— Pardon ?

— Il existe deux théories principales pour enrayer le vieillissement. La première est d'éliminer le système reproducteur. Et la deuxième consiste à réduire la prise de calories.

— Je n'aurais jamais dû t'en parler, tu es trop jeune pour comprendre, tu n'es qu'un enfant.

— Moi, un enfant ? Vraiment ?

Luke émet un rire dur, et Varya a un mouvement de recul.

— C'est toi qui essaies de te convaincre que le monde est rationnel, comme si tu pouvais défier la mort, poursuit-il. Tu t'es persuadée qu'ils étaient morts pour une raison *x*, et que toi tu vis pour une raison *y*, et que ces deux données s'excluent mutuellement. Ainsi, tu peux croire que tu es plus intelligente, croire que tu es différente. Mais tu es aussi irrationnelle qu'eux. Tu estimes être une scientifique, tu utilises des termes comme « longévité », « vieillir en bonne santé », tu connais pourtant l'histoire basique de l'existence – tout ce qui vit mourra –, seulement tu veux la réécrire.

Sans un mot, il se rapproche d'elle, et leurs visages ne sont plus qu'à quelques centimètres. Elle est incapable de soutenir son regard. Il est trop proche, il exige trop d'elle – elle sent son haleine, un effluve de caramel infesté de bactéries, coupé par les grains de riz grillés du Genmaicha.

— Qu'attends-tu de ta vie ? demande-t-il.

Comme elle ne répond pas, il la saisit brusquement par le poignet.

— Tu veux continuer à vivre ainsi pour toujours ? De cette façon ?

— Et toi, que cherches-tu ? À me sauver ? Ça te procure du plaisir de jouer les sauveurs ? Tu as l'impression d'être un homme ?

Touché : Luke laisse retomber la main, et ses yeux se mettent à briller.

— Ne me donne pas de leçon, tu n'en as pas le droit, et certainement pas l'expérience !

— Qu'est-ce que tu en sais ?

— Tu as vingt-six ans. Tu as grandi dans une fichue cerisaie. Tu as deux parents en bonne santé, et un grand frère qui t'aime tant qu'il t'a donné son précieux mouchoir.

Elle s'écarte de la porte du réfrigérateur et se dirige vers l'entrée. Plus tard, elle essaiera de comprendre ce qui s'est passé ; plus tard, elle repensera à leur conversation, se demandant comment elle aurait pu sauver la situation avant qu'elle ne dégénère pour de bon… En l'occurrence, ce qu'elle veut, c'est qu'il parte. S'il reste, elle ne répond plus de rien.

Mais Luke s'obstine.

— Il ne me l'a pas donné, il est mort.

— Je suis désolée, dit-elle d'une voix tendue.

— Tu ne me demandes pas comment ? Il n'y a que tes propres tragédies qui t'intéressent ?

La vérité, c'est qu'elle ne veut pas savoir. La vérité, c'est qu'elle n'a pas de place en elle pour la douleur des autres. Mais Luke, dans l'embrasure de la porte cintrée qui mène du salon à la cuisine, a déjà commencé à raconter.

— Ce que tu dois savoir de mon frère, c'est qu'il était très attentionné envers moi. Mes parents désiraient un autre enfant, mais ils ne pouvaient pas en avoir, alors ils m'ont adopté. Asher avait dix ans, il aurait pu être jaloux, mais non : il était gentil et généreux, il prenait soin de moi. Nous habitions dans l'État de New York à l'époque, au nord. Quand nous avons déménagé dans le Wisconsin, nous avions davantage de terres, mais notre maison était plus petite, et nous partagions la même chambre. Asher avait treize ans, j'étais un gamin. Quel collégien voudrait partager sa chambre avec un enfant de trois ans ? Mais lui, il ne s'est jamais plaint.

» Celui qui faisait des difficultés, c'était moi. J'étais un sale gosse. Je voulais voir jusqu'où je pouvais repousser leurs limites : est-ce que vous êtes toujours contents de m'avoir adopté ? Si je fais cette bêtise, aurez-vous envie de me renvoyer là d'où je viens ? Une fois, je me suis enfui de la maison, je me suis glissé sous la véranda et je suis resté là quatre heures, car je voulais les entendre me chercher. Une autre fois, je suis allé cueillir des cerises avec Asher et je me suis caché au moment où il fallait partir. C'était devenu un jeu, je disparaissais au moment le moins opportun, le plus pénible, et Asher s'interrompait toujours pour me chercher, et quand il m'avait trouvé, on reprenait nos activités.

Elle tend la main, comme pour l'arrêter. Elle n'a pas envie d'entendre la suite, elle ne peut pas le supporter – son corps en frémit déjà –, mais Luke poursuit sans y prêter attention.

— Un jour, nous sommes allés aux silos à grains. À cette époque, nous avions des poules et des vaches, et en avril, il fallait vérifier que le blé ne s'agrège pas. Asher est descendu dans le silo, et moi j'étais censé rester sur la plate-forme, en haut, pour le surveiller et appeler de l'aide si besoin. Une fois dedans, il a levé les yeux vers moi et m'a souri. Il était accroupi sur le dessus de la croûte ; elle était jaune, on aurait dit du sable. « Ne t'avise pas de te sauver », m'a-t-il dit. Je lui ai souri, j'ai redescendu l'échelle et je suis parti en courant.

» Je me suis caché entre les tracteurs, parce que j'étais certain qu'il viendrait me chercher ici. Mais il ne venait pas. Au bout de quelques minutes, j'ai compris que ça n'allait pas, que j'avais fait quelque chose de mal, mais j'avais très peur. Alors je n'ai pas bougé. Asher était descendu avec deux pioches dans le silo, il s'en servait pour casser les agrégats de grains. Quand je me suis enfui, il a essayé de les utiliser pour remonter. Seulement, elles ont fait de trop nombreux trous. Il a coulé dès les cinq premières minutes. Mais il lui a fallu plus longtemps pour être écrasé et étouffé. On a retrouvé des grains de céréales dans ses poumons.

Pendant quelques secondes, Varya garde le silence. Elle regarde Luke dans les yeux. L'atmosphère est chargée, lourde, comme si seule la force de leur regard permettait à l'air de circuler entre eux. Puis Varya chancelle.

— Va-t'en.

Sa main glisse sur la porte ; elle devra l'essuyer quand il sera parti.

— Tu plaisantes ? C'est tout ce que tu trouves à me dire ? demande-t-il d'une voix brisée. Incroyable.

Il revient vers le canapé, prend ses chaussures et y glisse les pieds, ses chaussettes bâillant, grises au niveau des orteils. Varya ouvre la porte, puis se concentre pour ne pas lui hurler dessus quand il passe devant elle et descend l'escalier.

Derrière la fenêtre, elle le regarde se diriger vers sa voiture et sortir à toute vitesse du parking en cahotant. Alors elle s'empare de ses clés et l'imite. Elle le suit durant deux feux, puis ses nerfs lâchent. Que pourrait-elle bien lui dire ? Au stop suivant, elle fait demi-tour et prend la direction opposée, celle du laboratoire.

Annie n'y est pas. Ni Johanna et aucun des autres techniciens, d'ailleurs. Même Clyde est rentré chez lui pour la nuit. Varya se rend au vivarium – grattements indignés des singes qui sont effrayés par sa subite entrée – et va jusqu'à la cage de Frida.

Elle la croit endormie, jusqu'à ce qu'elle voie que ses yeux sont ouverts. Allongée sur le flanc, la guenon a l'avant-bras dans la bouche.

Frida s'est déjà automutilée, mordu la cuisse par exemple, mais a toujours dissimulé sa conduite. Maintenant, elle se déchiquette sans vergogne jusqu'à l'os, la chair autour semblable à une grande déchirure de sang et de tissu.

— Viens, glapit Varya, viens ici !

Et elle ouvre la porte de la cage.

Frida la regarde sans bouger, alors Varya traverse la cage pour prendre une laisse qu'elle lui attache autour du cou afin de la forcer à se lever. Les autres animaux crient, et Frida se retourne pour les regarder, l'air féroce en raison d'une soudaine prise de conscience. Elle s'assied et entoure ses genoux de ses bras, se balançant d'avant en arrière, de sorte que Varya n'a pas le choix : elle tire sur la corde jusqu'à traîner littéralement le corps de Frida sur le sol. Sa fragilité lui donne la nausée. Pesant autrefois onze livres, elle n'en fait aujourd'hui plus que sept et est à peine capable de se tenir droite. Une saccade de trop, et la voilà qui s'écroule sur le dos, à moitié étouffée par la laisse. Les autres singes redoublent leur tapage, ils perçoivent la faiblesse de Frida, elle les excite, et Varya, désespérée, se penche pour prendre l'animal dans ses bras.

Frida laisse retomber la tête sur l'épaule de Varya et pose le bras sur sa poitrine. Celle-ci halète. Elle ne porte aucune tenue de protection, et la blessure, d'où s'échappe une odeur délétère de pourriture, colle à son pull. Elle se met à courir, le front de Frida rebondissant contre sa clavicule, et s'engouffre dans la cuisine. Les mangeoires anti-gloutons sont empilées contre le mur, mais ce que Varya veut, ce sont les croquettes en vrac, les immenses pots de nourriture à volonté ainsi que les friandises qui sont données aux singes non soumis à la restriction calorique : pommes, ananas, oranges, raisins frais et secs, cacahouètes, brocolis, noix de coco râpée, chaque catégorie d'aliments dans son propre seau. Elle sort ces récipients, tout comme les pots, et les dispose par terre, Frida toujours sur la hanche. Puis elle repose celle-ci et la place devant les auges.

— Vas-y, lance-t-elle sèchement. Mange !

Frida observe le festin d'un air absent. Varya insiste, lui montre du doigt la nourriture : Frida déploie alors la main gauche, pattes tournées en dehors comme les jambes d'un nourrisson, genoux pliés, laissant apercevoir la plante douce et grise de ses pieds. Varya observe d'un air goulu Frida qui tend les mains vers les raisins secs, mais la guenon change d'avis et porte son avant-bras à son visage. Puis elle ouvre la bouche, trouve sa plaie et se remet à la mâchouiller.

Varya intervient pour repousser le bras de Frida et laisse échapper un sanglot. La blessure, emmêlée de poils, est très profonde. Il se pourrait que Frida se soit fracturé l'os.

— Mange ! lui crie Varya.

Elle s'accroupit pour prendre des raisins secs, puis porte la main à la bouche de Frida. Celle-ci les renifle. Alors, avec une lenteur infinie, elle met un premier raisin dans sa bouche. Varya plonge de nouveau les deux mains dans le seau. Bientôt, ses doigts sont couverts de particules de nourriture, de pulpe, mais elle continue à saisir des poignées de noix de coco, de cacahouètes, de raisins frais.

— Oui, bien, bien, mon bébé, dit-elle.

Des mots qu'elle n'a pas utilisés depuis des décennies, des mots qu'elle n'a prononcés en réalité qu'une fois… Luke pointant le crâne, et son propre corps se fissurant pour qu'en jaillisse une autre vie.

Quand Frida détourne la tête de la main de Varya, celle-ci la tente avec une autre variété de fruit ou une boulette d'une forme différente. Frida mange ce qu'elle lui propose, puis vomit : du mucus clair, de la bile, une rivière de raisins secs. Dans un gémissement, Varya essuie la bouche de Frida, son crâne clairsemé, ses oreilles couleur saumon, translucides, car l'animal transpire. Du vomi tiède coule sur son pantalon. Il faut qu'elle appelle le vétérinaire. Mais à cette pensée, à l'idée des questions que lui posera le Dr Mitchell, des explications qu'elle devra fournir, elle se remet à sangloter de plus belle.

Par conséquent, elle tiendra Frida dans ses bras jusqu'à l'arrivée du docteur, elle la réconfortera, l'apaisera. Elle attire l'animal sur ses genoux, les yeux de Frida sont vitreux, dans le vague, mais elle se débat, elle voudrait qu'on la laisse tranquille. Varya resserre son étreinte.

— Chut, murmure-t-elle. Chut.

Plus Frida se débat pour se libérer, plus Varya s'accroche à elle. Elle est finie, fichue. Quelle importance ? Elle veut tenir quelque chose, qu'on la tienne. Ce n'est que lorsque Frida lève la tête à sa hauteur, frôle de ses babines douces le menton de Varya, et le mord, qu'elle finit par la lâcher.

35

Varya n'appela pas le vétérinaire. Le lendemain matin, Annie les trouva, Frida et elle, endormies dans la cuisine, cette première adossée contre une pile de boîtes et la guenon sur l'étagère du haut. Alors elle se mit à hurler.

À l'hôpital, Varya crut qu'elle allait mourir : d'abord d'un virus contracté lors de la morsure puis, quand le docteur lui indiqua que Frida n'avait ni l'hépatite B ni la tuberculose, en raison d'une autre cochonnerie qu'elle aurait attrapée en cage d'isolement. Elle fut stupéfaite de constater qu'elle avait survécu. Dans sa panique, elle avait cru que la seule issue serait celle qu'elle redoutait le plus. Sa peur se dissipa au profit d'une détresse autrement plus concrète : la conscience que sa conduite avait été si destructrice qu'elle en était irrémédiable.

Chaque jour, à manger la nourriture de l'hôpital, elle devenait de plus en plus alerte. Son corps n'avait pas été habité aussi pleinement depuis l'enfance. À présent, le monde se ruait en elle avec toutes ses textures et sensations. Elle ressentait la douleur mordante liée au nettoyage de chaque plaie, le frottement des draps de l'hôpital rêches comme du papier, draps qu'elle était bien trop épuisée pour inspecter. Quand l'infirmière s'approchait d'elle, Varya humait son shampoing : elle aurait juré que Klara utilisait le même autrefois. De temps à autre, elle voyait Annie endormie dans un fauteuil près de son lit, et une fois, dans un moment de lucidité, elle la pria de ne rien dire à Gertie. Annie prit un air sévère et désapprobateur, mais elle acquiesça. Varya lui raconterait plus tard ; cependant, lui parler de la morsure signifiait lui dévoiler tout le reste, ce à quoi elle ne pouvait toujours pas se résoudre.

Frida avait été transportée par hélicoptère dans une clinique vétérinaire à Davis. Son os était fracturé, comme le craignait Varya, et un chirurgien lui amputa le bras à hauteur de l'épaule. Mais la seule façon de savoir si Frida avait la rage, c'était de lui ouvrir le crâne afin d'inspecter l'intérieur de son cerveau. Varya plaida pour l'indulgence, elle-même n'ayant aucun symptôme ; d'ailleurs, si Frida avait eu la rage, les autres singes seraient morts en quelques jours.

Deux semaines plus tard, elle retrouve Annie dans un café sur Redwood Boulevard. En entrant, celle-ci lui sourit – elle porte des vêtements décontractés, un pantalon fuseau noir avec un tee-shirt à rayures et des sabots, cheveux détachés –, mais elle est de toute évidence mal à l'aise. Varya commande un wrap végétarien. Habituellement, elle n'aurait pas mangé, mais son régime expérimental a été suspendu à l'hôpital, et depuis elle n'a pas eu l'énergie de le reprendre.

— J'ai parlé à Bob, déclare Annie une fois le serveur reparti. Il te laissera démissionner volontairement.

Bob est le président du Drake. Varya préfère ignorer quelle a été sa réaction quand on lui a appris qu'elle avait saboté une expérience de vingt ans. Frida se trouvait dans le groupe soumis à la restriction alimentaire. En la nourrissant, elle a invalidé les données relatives à Frida et compromis l'ensemble de l'analyse : sans les résultats concernant Frida, le nombre de singes soumis aux privations sera biaisé. Sans parler de la publicité désastreuse que cela engendrerait s'il venait à se savoir qu'une éminente chercheuse du Drake a disjoncté, mettant en danger le personnel et les animaux. Quand Varya pense à l'énergie qu'Annie a dû déployer pour persuader Bob de lui proposer un départ volontaire, la honte la submerge.

— Ce sera plus facile ainsi, dit Annie d'un ton hésitant. Pour continuer ta carrière.

— Tu plaisantes ? (Varya se mouche dans une serviette.) Il est impossible que ça ne s'ébruite pas.

Annie reste silencieuse, le lui concédant.

— Il n'empêche que c'est la meilleure issue pour toi.

Annie a épargné le plus gros de sa colère à Varya, car, contrairement à Bob, elle connaît l'histoire de celle-ci : à l'hôpital, Varya lui a avoué la vérité sur Luke, et le visage d'Annie est passé de la fureur à l'incrédulité, avant d'afficher de la pitié.

— Et merde ! s'est-elle exclamée. Moi qui avais tellement envie de le détester.

— Il n'est pas trop tard pour le faire.

— C'est vrai, mais c'est plus difficile à présent.

Pour l'heure, Varya avale une bouchée de son wrap. Elle n'est pas habituée aux portions servies dans les restaurants, tellement abondantes que c'en est comique.

— Que va-t-il arriver à Frida ?

— Tu le sais aussi bien que moi.

Varya hoche la tête. Si Frida a de la chance, elle sera transférée dans une réserve pour primates, où des animaux ayant servi à la recherche vivent avec un minimum d'interactions humaines. Varya s'est battue en faveur de cette solution, appelant quotidiennement la clinique vétérinaire et une réserve dans le Kentucky où les singes peuvent s'ébattre dans un enclos extérieur de quinze hectares. Mais la capacité d'accueil est limitée. Aussi est-il plus probable que Frida finisse dans un autre centre de recherches et soit utilisée pour une nouvelle expérience.

Ce soir-là, Varya s'endort à 19 heures et se réveille peu après minuit. Elle se glisse hors du lit en chemise de nuit pour se poster près de la fenêtre dont elle ouvre les persiennes pour la première fois depuis des mois. La lune est éclatante de sorte qu'elle distingue le reste de son immeuble. En face, il y a de la lumière, dans la cuisine du voisin. Elle a la curieuse impression d'être au purgatoire, à moins que ce ne soit dans l'au-delà. Elle a perdu son travail, censé constituer sa contribution au monde, une façon de rembourser sa dette. Le pire s'est produit, et au creux de cette sensation de perte et de vide naît la pensée que, désormais, il y a considérablement moins à redouter.

Sur la table de nuit, elle prend son portable et s'assied sur les couvertures. L'autre ligne sonne, sonne... Au moment où elle se résigne au fait que l'appel bascule sur le répondeur, quelqu'un répond.

— Allô ? dit une voix incertaine.

— Luke.

À cet instant, deux émotions l'envahissent : le soulagement qu'il ait décroché, mais aussi la peur que, quelle que soit l'attention qu'il lui accorde, ce ne soit jamais assez pour mériter son pardon.

— Je suis désolée, s'excuse-t-elle. Je suis désolée pour ce qui est arrivé à ton frère et pour ce qui t'est arrivé. Tu n'aurais jamais dû traverser une telle épreuve, jamais. J'aimerais que tu ne l'aies jamais subie, j'aimerais pouvoir l'effacer de ta vie.

Silence à l'autre bout du téléphone. Varya presse l'appareil contre son oreille, la respiration saccadée.

— Comment as-tu eu mon numéro ? finit-il par demander.

— Il était dans le message destiné à Annie, quand tu as sollicité l'interview.

Il ne dit rien, et Varya poursuit :

— Écoute-moi, Luke. Tu ne peux pas continuer à penser que c'était ta faute. Il faut que tu te pardonnes, sinon tu ne pourras pas t'en sortir, tu ne pourras pas vivre la vie que tu mérites.

— Je risquerai de devenir comme toi.

— Oui, acquiesce-t-elle.

Et elle s'efforce de ne pas pleurer. Ses paroles valent aussi pour elle, bien sûr. Mais elle ne s'était jamais autorisée à y souscrire, avant.

— Tu veux vraiment jouer à la mère juive avec moi ? Ça fait vingt-six ans, je pense qu'il y a prescription.

— Bien envoyé, dit-elle, alors que son éclat de rire se transforme en toux. C'est exact.

Et elle émet un vœu : pourvu qu'il lui garde un peu d'empathie, même si elle ne la mérite pas. Elle observe sa résidence, l'appartement à la lumière allumée.

— Je dois retourner au lit. Tu m'as réveillé, tu sais.

— Désolée, s'excuse à nouveau Varya.

Son menton, suturé et encore bandé, se met à trembler.

— Peux-tu me rappeler demain ? Je quitte le travail à 17 heures.

— Oui, dit Varya en fermant les yeux. Merci. Où travailles-tu ?

— À *Sports Basement*. C'est une boutique de matériel sportif.

— Tu sais, la première fois que je t'ai vu... Je me suis dit que tu étais habillé comme pour une randonnée pédestre.

— J'ai l'habitude d'en faire. Les employés ont de grosses remises dans le magasin.

Elle le connaît si peu. Elle ressent un pincement au cœur en constatant que son fils n'est ni biologiste ni journaliste, mais vendeur, et puis elle se réprimande : à présent, il est honnête avec elle, et elle retient sa droiture en elle. Une information supplémentaire sur lui et qui est réelle.

Trois mois plus tard, Varya est assise à une table dans une boulangerie française de Hayes Valley. Quand l'homme avec qui elle a rendez-vous entre, elle le reconnaît immédiatement. Ils ne se sont jamais rencontrés en personne, mais elle a vu des photos de lui en ligne. Et, bien sûr, il figure aussi sur d'anciennes photos prises avec Simon et Klara. Sa préférée est celle de l'appartement de Collingwood Street où son frère et sa sœur ont habité, autrefois. Un homme noir est assis par terre, dos contre la fenêtre, un bras passé par-dessus le rebord. L'autre est posé sur Simon, qui a la tête dans son giron.

— Robert, dit Varya en se levant.

Il se retourne. Elle devine en lui l'homme beau et musclé qu'il était autrefois. Grand et svelte, il a l'air fringant, même du haut de ses soixante ans, la silhouette plus menue et le cheveu grisonnant.

Varya s'est demandé pendant des années ce qu'il était devenu, mais elle n'a jamais eu le courage d'entreprendre des recherches sérieuses, et puis cet été, elle est tombée sur un article parlant de deux hommes à la tête d'une compagnie de danse à Chicago. Elle lui a alors envoyé un e-mail, et il lui a répondu qu'il serait à San Francisco cette semaine à l'occasion d'un festival de danse, à Stern Grove. Maintenant, ils discutent de ses recherches à elle, de ses chorégraphies à lui, de l'appartement de South Side où il vit avec son mari, Billy, et leurs deux chats Main Coon.

— On dirait des Ewoks.

Robert rit en lui montrant des photos sur son portable, et Varya rit aussi jusqu'à ce que, soudain, elle se sente proche des larmes.

— Qu'y a-t-il ? demande Robert.

Il range alors son téléphone dans sa poche.

Varya s'essuie les yeux.

— Je suis si heureuse de vous rencontrer. Klara, ma sœur... Elle parlait souvent de vous. Elle se serait vraiment réjouie... (*Le conditionnel, ce temps qu'elle a toujours détesté.*) Elle aurait été ravie d'apprendre que vous êtes...

— Vivant ? avance Robert dans un sourire. C'est vrai, vous pouvez le dire, ce n'était pas gagné, et ça ne l'est d'ailleurs pour aucun d'entre nous.

Il ajuste le bracelet en argent gravé que Billy et lui portent en guise d'alliance et ajoute :

— Je suis porteur du virus, et je n'aurais jamais cru vivre jusqu'à cet âge. Je pensais mourir vers trente-cinq ans. Mais j'ai tenu bon jusqu'à ce que le cocktail antisida soit disponible. Et Billy a de l'énergie pour nous deux. Il est jeune, bien trop jeune pour avoir connu ce par quoi nous sommes passés. Quand Simon est mort, il avait dix ans.

Robert croise son regard. C'est la première fois qu'il prononce le nom de Simon.

— Je n'ai jamais pu surmonter le fait de ne pas l'avoir revu après son départ de la maison, dit Varya. Il a vécu quatre ans à San Francisco, et je ne lui ai jamais rendu visite. Je lui en voulais tellement. Et je pensais que... qu'il mûrirait.

Les mots restent suspendus dans l'air. Varya déglutit. Klara se trouvait au chevet de Simon, et même Daniel lui a parlé, un bref appel téléphonique dont il lui avait fait part après l'enterrement, mais Varya était un roc, de la glace, si distante qu'il n'aurait pas pu la joindre, quand bien même il l'aurait souhaité. Et pourquoi en aurait-il eu envie ? Il devait savoir qu'elle nourrissait une rancœur plus grande encore à son endroit qu'envers Klara. Cette dernière, au moins, avait annoncé clairement qu'elle allait partir ; elle avait eu la décence de décrocher son téléphone, une fois installée à San Francisco. Varya avait laissé tomber Simon. Pas étonnant qu'il lui ait rendu la pareille.

Robert pose la main sur la sienne, et elle s'efforce de ne pas tressaillir. Sa paume est large et chaude.

— Vous ne pouviez pas savoir.

— C'est vrai, mais j'aurais dû lui pardonner.

— Vous étiez une enfant. Nous étions tous si jeunes. Vous savez, avant la mort de Simon, j'étais prudent. Trop, peut-être. Mais après son décès, j'ai fait des choses stupides. Des choses qui auraient dû entraîner ma mort.

— Vous n'étiez pas terrifié à l'idée que le sexe risquait de vous tuer ? demande Varya, hésitante.

— Non, pas à l'époque. Je ne voyais pas la situation ainsi. Quand les médecins nous recommandaient de pratiquer l'abstinence, nous n'avions pas l'impression qu'ils nous disaient de choisir entre le sexe et la mort, mais qu'ils nous demandaient de choisir entre la mort et la vie. Et aucun de ceux qui s'étaient battus pour mener une vie authentique, pour avoir une vie sexuelle authentique, n'était prêt à renoncer.

Varya hoche la tête. Près d'eux, la petite cloche sur la porte du café carillonne, et une jeune famille entre. Lorsqu'ils passent près de leur table, Varya s'efforce de ne pas s'écarter. Elle voit une nouvelle psy, qui pratique la thérapie comportementale et cognitive, et l'encourage à résister lors de ces moments de mise en contact.

— Je me suis toujours demandé ce qui vous avait attiré chez Simon. Klara louait tant votre maturité, vos talents. Or, Simon était si puéril et si fier. Ne vous méprenez pas, je l'adorais. Mais je n'aurais jamais pu sortir avec lui.

— Je comprends. (Robert sourit.) Qu'est-ce que j'aimais chez lui ? Sa témérité. Il voulait vivre à San Francisco, alors il est venu s'y installer. Il voulait devenir danseur, et il y est parvenu. Et même s'il lui arrivait d'avoir de l'appréhension, il faisait comme si de rien n'était. Et ça, il me l'a appris. Quand Billy et moi avons créé notre compagnie, nous avons fait un prêt et nous pensions que nous ne serions jamais en mesure de le rembourser. Les trois premières années, waouh ! Nous étions toujours dans le rouge. Puis nous nous sommes produits à New York et nous avons eu une critique dans le *Times*. À notre retour à Chicago, nous avons commencé à faire des bénéfices. Et maintenant, nous pouvons nous permettre de procurer une assurance santé à nos danseurs.

Il mord dans son croissant, et des miettes atterrissent sur sa veste en cuir.

— Je ne prévois pas de prendre ma retraite. J'ai encore peur de me projeter si loin dans le temps ; j'adore mon travail, je ne veux pas arrêter.

— J'aimerais ressentir la même chose que vous. J'ai quitté le mien et je ne me suis jamais sentie aussi démunie.

— Non, non, pas de ça !

Robert lève son croissant et le pointe vers elle, en prenant une mine exagérément réprobatrice.

— Pensez à Simon. Vivez sans peur.

C'est ce qu'elle s'efforce de faire, même si ce que recouvre cette notion pour elle est ridicule, comparativement à ce qu'elle représente pour les autres. Elle a commencé à s'adosser aux chaises et à se promener en ville. Dix ans auparavant, quand elle avait emménagé en Californie, elle était revenue au Castro pour la première fois depuis la naissance de Ruby. Elle avait essayé d'y imaginer Simon, mais elle n'avait pu se le représenter que lors de leurs promenades au Congregation Tifereth Israel, s'éloignant d'elle en courant. Maintenant, elle se le figure de nouveau, mais cette fois, il ne reste pas dans les limites de la personne qu'elle connaît. Quand elle se promène de la Cliff House au vieil hôpital militaire, près de Mountain Lake Park, elle le voit qui pose près des vestiges de Sutro Baths, où il y avait autrefois assez de place pour que dix mille personnes y nagent. A-t-il emprunté ces promontoires ? Elle n'en a pas la moindre idée. Le quartier de Richmond se situe à quarante-cinq minutes au moins du Castro, en bus. Mais ça n'a pas d'importance. Il est parmi les broussailles et les lilas, les cheveux fouettés par le vent qui souffle de l'océan, ouvrant la voie tandis que Varya la suit.

Quand elle rentre chez elle, elle trouve un mail de Mira.

Chère V,

Est-ce que le 11 décembre te conviendrait ? Il se trouve qu'Eli est pris le 4, et que Jonathan s'est mis en tête de nous emmener en Floride cet hiver, sacré lui ! (Bon, je pense que ce ne sera pas désagréable, mais il faut juste que je surmonte la gêne que je ressens à l'idée d'annoncer à tout le monde que je vais me marier à Miami.) Dis-moi ce qu'il en est.

Avec mon amitié. M.

Jonathan, chargé de cours à la SUNY New Paltz, a perdu son épouse d'un cancer du pancréas quatre ans avant la mort de Daniel. Ce n'était pas un homme que Mira trouvait particulièrement romantique. Après le décès de Daniel, il lui a apporté des plats cuisinés. « C'est de la poitrine de bœuf, disait-il, mais achetée chez le traiteur. C'est ma femme qui cuisinait. » Il est resté près d'elle lors des crises de panique qu'elle a commencé à avoir avant de donner un cours. Deux ans plus tard, elle est tombée amoureuse de lui.

— J'étais loin d'être sous son charme, c'est arrivé progressivement, lui avait confié Mira lors d'un de leurs échanges par Skype, le dimanche soir. J'ai fini par renoncer.

Elle posa alors son assiette sur la table basse et glissa ses pieds sous ses jambes. Elle était encore menue, mais plus musclée : depuis la mort de Daniel, elle s'était mise à faire de la bicyclette, effectuant le trajet de New Paltz à Bear Mountain tandis que le monde défilait à toute vitesse près d'elle, aussi flou qu'elle le percevait.

— Renoncer à quoi ? s'enquit Varya.

— En fait, c'est ce que je n'ai pas cessé de me demander, jusqu'à ce que je me rende compte que ce à quoi j'avais renoncé, ce n'était pas à ma souffrance ni à ma confiance. C'était à Daniel.

Six mois plus tard, Jonathan l'avait demandée en mariage. Il a un garçon de onze ans, Eli, et Mira apprend à devenir mère. Varya doit être sa demoiselle d'honneur.

« Qu'attends-tu de ta vie ? » lui avait demandé Luke, et si Varya lui avait répondu honnêtement, elle aurait déclaré : repartir de zéro. Elle aurait dit à l'adolescente de treize ans de ne pas aller voir la voyante. À la jeune femme de vingt-cinq ans de rendre visite à Simon, de lui pardonner. Elle aurait pris soin de Klara, se serait inscrite sur un site de rencontres, aurait empêché l'infirmière de lui prendre le bébé des bras. Elle se serait dit qu'elle allait mourir, qu'elle mourrait, que tous mourraient. Elle aurait prêté attention à la fragrance qui émanait des cheveux de Klara, à la sensation que lui procuraient les bras de Daniel quand il la serrait contre lui, aux pouces boudinés de Simon ; oui, à leurs mains à tous, celles de Klara, rapides comme des colibris, celles de Daniel, longues et agitées. Elle se serait dit que ce qu'elle désirait vraiment, ce n'était pas de vivre pour toujours, mais de cesser de s'inquiéter.

« Et si je change ? » avait-elle demandé à la diseuse de bonne aventure, toutes ces années auparavant, persuadée que le fait de savoir la sauverait du mauvais sort et de la tragédie. « La plupart des gens ne changent pas », avait répondu la femme.

Dix-neuf heures : des traînées fluorescentes parcourent le ciel. Varya se penche en avant sur sa chaise. Peut-être qu'elle a choisi les sciences parce que c'est rationnel, croyant qu'elles la maintiendraient à distance de la femme de Hester Street et de ses prédictions. Mais sa foi en la science s'apparentait aussi à une rébellion. Elle redoutait que le sort soit fixé, mais elle espérait, ça oui, de toutes ses forces, qu'il n'était pas trop tard pour que la vie la surprenne. Qu'il n'était pas trop tard pour qu'elle se surprenne elle-même.

À présent, elle se souvient de ce que Mira lui a confié, après l'enterrement de Daniel. Elles se trouvaient derrière un arbre, dos voûté à cause de la neige qui filtrait à travers les branches, tandis que les gens regagnaient leurs voitures.

— Je n'ai jamais rencontré Klara, avait alors déclaré Mira. Mais maintenant, je la comprends presque, car le suicide ne me semble pas irrationnel. Ce qui est irrationnel, c'est de continuer, jour après jour, comme si aller de l'avant était une évidence.

Mais c'était finalement ce que celle-ci avait fait. L'impossibilité de continuer après un deuil, même si l'on sait qu'on y survivra : c'est aussi absurde qu'apparemment miraculeux, comme la survie l'est toujours. Varya pense à ses collègues, à leurs tubes à essai, leurs microscopes, tous s'efforçant de reproduire des processus qui existent déjà dans la nature. Turritopsis dohrnii, une méduse de la taille d'une paillette, évolue à rebours quand elle se sent menacée. En hiver, la grenouille des bois se transforme en bloc de glace, son cœur s'arrête de battre, son sang gèle, et pourtant, des mois plus tard, à l'arrivée du printemps, elle revient à la vie et bondit de plus belle.

Les cigales périodiques hibernent sous terre, avec leurs larves, se nourrissant des fluides qui coulent des racines des arbres. Il serait facile de penser qu'elles sont mortes ; peut-être le sont-elles d'une certaine façon, en étant sédentaires et silencieuses, blotties soixante centimètres sous terre. Mais un beau soir, dix-sept ans plus tard, elles remontent à la surface par centaines. Elles grimpent sur l'objet vertical le plus proche ; leur enveloppe nymphale tombe par terre, telle une peau, en crissant. Leurs corps sont pâles et pas encore durs. Dans la pénombre, elles se mettent à chanter.

36

La première semaine de juillet, Varya se rend en ville pour sa visite hebdomadaire à Gertie. Celle-ci est pleine d'entrain, car Ruby est là. Varya n'arrive pas à comprendre comment une étudiante peut passer deux semaines chaque été dans une résidence pour personnes âgées de son propre gré, mais Ruby a proposé cela dès sa première année de faculté et s'y tient depuis. Helping Hands se situe à huit heures de route de l'université de Californie à Los Angeles, où Ruby entamera bientôt sa dernière année. Tous les ans, elle débarque dans une nuée de lunettes de soleil, de bracelets empilés, de robes d'été et de talons compensés, émergeant d'une Range Rover d'un blanc éclatant. Elle joue au mah-jong avec les veuves et lit à Gertie les romans de ses cours de littérature. Le dernier soir de sa visite, elle donne un spectacle de magie dans la salle à manger de la résidence, qui est devenu si prisé que le personnel apporte des chaises supplémentaires de la bibliothèque. Les résidents sont captivés comme des enfants. Après, ils font la queue pour parler à Ruby, impatients de lui raconter la fois où ils ont rencontré le frère de Houdini, ou vu une femme glisser au-dessus de Times Square, accrochée par les dents à une corde.

— Qu'est-ce que tu vas faire maintenant, si tu ne retournes pas travailler ? demande Gertie à Varya.

Elle est assise dans son fauteuil, un bol de pickles sur les genoux. Ruby est allongée sur le lit de Gertie. Elle joue à Bloody Mary sur son téléphone. Quand elle atteint le niveau cinq, elle passe son portable à Varya, qui prend un malin plaisir à pulvériser la tomate alerte et bondissante censée protéger un sac de céleri en branches.

— Ce n'est pas que je ne vais plus travailler, répond Varya. C'est juste que je ne travaillerai plus au Drake.

Elle a expliqué à sa mère qu'elle avait commis une grave erreur, qui avait compromis l'intégrité de l'expérience. Bientôt – quand Ruby partira, peut-être – elle lui parlera de Frida, et surtout, de Luke. Leur relation était encore trop fragile pour qu'elle l'évoque, et même si elle l'est moins, elle craint toujours de le perdre aussi soudainement qu'il a surgi. Ils ont commencé à s'envoyer des lettres, des photos, des cartes postales et d'autres petites choses. En mai, Luke lui a adressé une photo de lui en compagnie de sa nouvelle petite amie, Yuko. Elle fait deux têtes de moins que lui et a une coupe de cheveux asymétrique, avec les pointes teintes en rose. Sur la photo, elle fait mine de soulever Luke qui a passé une de ses longues jambes par-dessus son bras, et ils regardent de biais, en riant. Un mois plus tard, Luke a admis que Yuko était sa coloc, celle qui s'était fait passer pour la rédactrice en chef du *Chronicle*, même si à l'époque il n'y avait encore rien entre eux, s'est-il empressé de préciser. Il ne le lui avait pas révélé avant parce qu'il craignait qu'elle n'en veuille à Yuko.

Elle en a rougi de plaisir, à la fois de le voir heureux, et de constater qu'il se soucie de ce qu'elle pense. Cette semaine, elle est passée devant le stand d'une ferme faisant de la publicité pour des conserves de fruits maison. Elle s'est arrêtée sur le bas-côté et a scruté les bocaux, leurs contenus semblables à de la gelée dans la lumière de l'après-midi. Et puis elle a trouvé des cerises, alors elle a acheté deux bocaux, en a gardé un et envoyé l'autre à Luke. Dix jours plus tard, il a répondu :

Pas exceptionnelles, mais de bonne tenue. Solides. L'extrait d'amande apporte une note agréable et fait ressortir le côté musqué des cerises, de sorte qu'elles ne sont pas juste sucrées.

Varya a souri en recevant la carte et l'a lue deux fois. « Pas exceptionnelle, mais de bonne tenue, solide », ce ne sont pas les pires caractéristiques pour une personne, a-t-elle pensé, et elle a sorti son pot du garde-manger : elle avait attendu sa réponse pour l'ouvrir.

— Où, alors ? demande à présent Gertie, les yeux rivés à son giron. Tu ne peux pas rester assise comme moi toute la journée à manger des pickles.

Immédiatement, Varya entend ses frères et sœur se récrier. *Comme si tu devais t'en faire pour ça*, aurait dit Klara. Et Daniel : *Varya, rester assise à manger des pickles ? Je ne crois pas qu'elle en soit capable*. Récemment, Varya les voit partout. Un adolescent passe en courant devant elle, après le crépuscule, et elle pense à Simon et ses sprints près du 72 Clinton Street, par les fraîches soirées d'été. Le sourire radieux d'une inconnue croisée dans un bar lui rappelle Klara. Elle s'imagine aller demander un conseil à Daniel. Il était toujours juste derrière elle : pour l'âge, les ambitions, le soutien qu'il apportait à la famille. Elle savait qu'elle pouvait compter sur lui pour s'occuper de Gertie ou tenter de ramener Simon à la maison.

Elle a réprimé ses souvenirs pendant si longtemps. Maintenant, elle les invoque de façon sensorielle, de sorte qu'elle a l'impression qu'ils s'apparentent plus à des vivants qu'à des fantômes, et un changement inattendu se produit : au milieu du voisinage plongé dans l'obscurité qu'elle abrite en elle, certaines lumières s'allument.

— Je crois que j'ai envie d'enseigner.

En licence, elle donnait des cours à des étudiants en échange d'une exemption de frais d'inscription. Elle ne s'était pas crue capable d'enseigner ; avant son premier cours, elle avait vomi dans les vestiaires, n'ayant pas eu le temps d'atteindre les toilettes. Mais, rapidement, elle avait trouvé l'exercice revigorant : tous ces visages tournés vers elle, dans l'attente de découvrir ce qu'elle allait sortir de ses manches. Bien sûr, certains ne la regardaient pas, somnolant, et secrètement, c'était ceux qu'elle préférait. Elle était bien résolue à les réveiller.

Lors de la dernière soirée que passe Ruby à la résidence, Varya vient assister à son spectacle de magie. Alors que cette première se prépare dans la salle à manger, elle prend son repas avec Gertie dans la chambre. Elle repense aux Gold, à la façon dont ses frères et sœur, ainsi que Saul, réagiraient s'ils voyaient Ruby sur scène, et c'est alors que, dans la pénombre du crépuscule, elle commence à raconter une chose incroyable : elle raconte à Gertie leur visite à la femme de Hester Street. Elle lui décrit la chaleur étouffante de cette journée de juillet, l'inquiétude qui s'est emparée d'elle en montant l'escalier, le fait que la voyante les a fait entrer l'un après l'autre dans l'appartement. Elle lui révèle également la conversation qu'ils ont eue, entre frères et sœurs, la dernière nuit de la Shiv'ah de Saul et s'aperçoit qu'ils n'ont jamais été réunis tous les quatre depuis ce fameux soir.

Pendant qu'elle parle, Gertie ne la regarde pas. Elle a les yeux rivés à son yaourt, portant chaque cuillerée à sa bouche d'un air si absent que Varya se demande si sa mère n'est pas dans un de ses mauvais jours. Lorsqu'elle a terminé son récit, Gertie essuie sa cuillère avec une serviette et la repose sur son plateau. Soigneusement, sa mère referme son pot de yaourt avec l'opercule en aluminium.

— Comment avez-vous pu croire des bêtises pareilles ? demande Ruby d'un ton tranquille.

Varya ouvre la bouche. Gertie pose le pot de yaourt près de la cuillère et croise les mains dans son giron, levant vers elle des yeux de chouette indignés.

— Nous étions des enfants, plaide Varya. Elle nous a impressionnés. Et de toute façon, selon moi, ce n'est pas...

— Des bêtises, répète Gertie d'un ton tranchant en s'adossant à son siège. Vous vouliez voir une gitane, soit. Mais personne n'est assez stupide pour les croire.

— Mais toi aussi tu crois en ce genre de bêtises. Tu craches quand tu croises un convoi funéraire. Après la mort de papa, tu voulais qu'on fasse ce truc avec le poulet, qu'on en fasse tourner un vivant dans l'air tout en récitant...

— C'est un rituel religieux.

— Et cracher devant un convoi funèbre ?

— Eh bien, quoi ?

— Tu ne trouves pas mieux comme excuse ?

— L'ignorance. Et la vôtre ? Vous n'en avez pas, affirme-t-elle devant l'hésitation de Varya. Après tout ce que je vous ai donné : une éducation, des opportunités, la modernité. Comment avez-vous pu devenir comme moi ?

Gertie avait neuf ans quand les troupes allemandes envahirent la Hongrie. Les parents de sa mère et trois de ses frères et sœurs de l'Hajdú furent envoyés à Auschwitz. Si la Shoah avait fortifié la foi de Saul, elle avait en revanche affaibli la sienne. À six ans, même ses parents étaient morts. Dieu avait dû lui sembler moins probable que le hasard, la bonté moins plausible que le mal, aussi avait-elle touché du bois, croisé les doigts, jeté des pièces dans les fontaines, du riz par-dessus son épaule. Quand elle priait, elle négociait.

Ce qu'elle a transmis à ses enfants, Varya le voit à présent : la liberté de l'incertitude. La liberté d'un destin qui n'est pas écrit d'avance. Saul avait été d'accord. En tant que fils unique d'immigrants, il n'avait guère de choix. Regarder vers l'avant ou en arrière lui aurait paru un acte d'ingratitude, comme tenter le destin, le présent et sa liberté s'apparentant à une vision susceptible de s'éclipser s'il en détachait les yeux. Mais Varya et ses frères et sœur avaient eu le choix, eux, et le luxe de l'examen de conscience. Ils voulurent mesurer le temps, intriguer, le contrôler. Dans leur poursuite du futur, toutefois, ils ne firent que se rapprocher des prophéties de la voyante.

— Je suis désolée, dit Varya, les yeux gonflés.

— Ne t'excuse pas, proteste Gertie. Il ne faut pas s'excuser, il faut changer.

C'est alors qu'elle lui saisit le bras et le maintient, comme Bruna Costello en 1969. Cette fois, Varya ne se dégage pas. Elles restent assises en silence jusqu'à ce que Gertie montre des signes d'impatience.

— Eh bien, que t'a-t-elle dit ? demande-t-elle. Quand vas-tu mourir ?

— À quatre-vingt-huit ans.

Cela lui semble très loin à présent, un luxe presque gênant.

— Alors de quoi as-tu peur ?

Varya se mord l'intérieur de la joue pour ne pas rire.

— Tu viens de dire que c'était des bêtises !

— Ce sont peut-être des bêtises, admet Gertie en reniflant. Mais si jamais c'était vrai, je ne me plaindrais pas. Quatre-vingt-huit ans, je trouverais ça parfait.

À 19 h 30, elles se rendent dans la salle à manger pour le spectacle de magie. Une plate-forme surélevée fait office de scène, flanquée de deux lampes représentant les projecteurs. Une des infirmières a suspendu des draps rouges sur un portant en guise de rideaux. Gertie et ses amies se sont habillées pour l'occasion, et la pièce fourmille de monde. L'attente électrique relie chaque spectateur, invisible comme de la matière noire. Elle les attire les uns vers les autres, puis vers la scène, vers Ruby.

Alors le rideau s'ouvre, et elle apparaît.

Entre les mains de Ruby, la scène se transforme. Les rideaux deviennent réels, les lampes de vrais projecteurs. Klara excellait au feu roulant du boniment, mais Ruby possède un talent inattendu pour les gags et une façon bien à elle d'inclure tous les participants.

Une autre chose la différencie de sa mère. Elle a le sourire facile, et sa voix ne tremble pas. Quand elle manque une balle qu'elle était censée rattraper, elle exécute une pantomime pleine d'autodérision avant de retrouver l'équilibre. C'est ça, la confiance en soi, se dit Varya. Ruby a l'air plus à l'aise vis-à-vis de ses talents et d'elle-même que sa mère.

Oh, Klara ! pense-t-elle. *Si seulement tu pouvais voir ta fille.*

Toute la soirée, Gertie contemple Ruby comme si elle était un film qu'elle voulait regarder jusqu'à la fin des jours. Il est presque 23 heures quand les derniers résidents quittent la salle à manger. Bien que Gertie accepte de regagner sa chambre dans le fauteuil roulant qu'elle a en horreur, son buste est aussi gonflé que celui d'une volaille. Varya sait que vouloir stopper le processus de vieillissement est improbable, tout comme l'idée qu'un acte compulsif puisse empêcher un malheur de survenir. Mais elle a malgré tout envie de crier : « Ne pars pas ! »

Ruby pousse le fauteuil de Gertie jusqu'à sa chambre. Bientôt, son attention sera accaparée par d'autres miracles : comment suturer une blessure, piquer dans la moelle épinière, mettre au monde un enfant. Ce soir, cependant, un lien l'a unie à chaque spectateur dans la salle, et elle n'a pas lâché prise dans ce réseau d'émotions. Quand elle était sur scène, prenait soin de son public et savourait cette union, cela lui a rappelé les enfants de la maternelle qu'elle voit parfois passer devant son appartement à Los Angeles. Pour qu'ils ne s'égarent pas, on les fait marcher les uns derrière les autres, une corde dans la main. Ce soir, c'était ainsi, se dit Ruby. Un par un, ils ont tenu la corde.

— Pourquoi tu veux devenir médecin alors que tu peux continuer à faire ça ? lui demande toujours son père. Tu procures tellement de bonheur aux gens.

Mais Ruby sait que la magie n'est qu'une technique parmi d'autres pour maintenir autrui en vie. Quand elle était enfant, Raj lui a appris les quatre mots que Klara prononçait toujours avant une représentation. Depuis, elle les récite systématiquement. Ce soir, elle s'est tenue debout derrière le rideau, mains croisées. De l'autre côté, elle entendait le public murmurer, s'agiter, froisser les modestes programmes imprimés, impatient.

— Je vous aime tous, a-t-elle chuchoté. Je vous aime tous, je vous aime tous, je vous aime tous.

Puis elle a traversé le rideau pour les rejoindre.

REMERCIEMENTS

Je suis profondément reconnaissante à toutes les personnes qui m'ont aidée à donner vie aux *Immortalistes*.

Ce roman n'aurait pas vu le jour sans la confiance, le travail et le soutien de deux femmes incroyables. À mon agent, ma rock star et mon âme sœur, Margaret Riley King : merci pour ta loyauté et tes séances de thérapie bihebdomadaires, je ne te remercierai jamais assez d'avoir cru en moi. Chaque fois, tout commence avec toi. À mon éditrice, Sally Kim : ton brio, ta passion, ton intégrité brillent de façon si intense. Travailler avec toi fut l'un des plus grands plaisirs et honneurs de ma vie.

Je ne pouvais pas rêver d'équipes plus fantastiques que celles de WMW et de Putnam. C'est un privilège de travailler avec Tracy Fisher, Erin Conroy, Erika Niven, Haley Heidemann et Chelsea Drake chez WMW, ainsi qu'avec Ivan Held, Danielle Springer, Christine Ball, Alexis Welby, Ashley McClay, Emily Oilis et Katie IllcKee chez Putnam, tout comme avec toute l'équipe de Penguin. Mes remerciements aussi à Gail Berman, Dani Gorin, Joe Earley et Rory Koslow chez Jackal pour leur travail dans le domaine télévisuel.

Je dois aussi énormément à de nombreux écrivains, réalisateurs, scientifiques et autres professionnels dont les travaux ont été primordiaux dans mes recherches. Parmi mes sources principales figurent *A subtle craft in several worlds: Performance and participation in Romani fortune-telling* (Ruth Elaine Andersen), le documentaire de David Weissman *We Were Here*, *Hiding the Elephant: How Magicians*

Invented the Impossible and Learned to Disappear (Jim Steinmeyer), ainsi que la vie de Tiny Kline, la circassienne révolutionnaire qui a inventé les Mâchoires de survie et inspiré le personnage de Klara senior (*Circus Queen and Tinker Bell: The Memoir of Tiny Kline*, Janet M. David). Le lieutenant Scott Gregory a été un conseiller précieux pour la carrière militaire de Daniel ; Deborah Robbins et Bob Ingersoll ont eu la gentillesse de me faire part de leurs expériences avec les primates. Pour le Drake, je me suis inspirée du Buck Institute for Research on Aging de Novato, en Californie, même si ma version, à part la description des bâtisses et la mission d'ensemble, relève de la pure fiction. Enfin, je n'aurais pas pu écrire la partie consacrée à Varya sans l'intervention de nombreux scientifiques dont les informations relatives aux recherches sur la longévité ont nourri les miennes, comme les Dr. Ricki Colman, Stefano Piraino et Daniel Martinez, ainsi que le personnel du Wisconsin National Primate Research Center. Les recherches de Varya se fondent sur tout cela, mais relèvent de la fiction, et ne sont pas destinées à donner lieu à des commentaires sur les travaux existants.

Je tiens à exprimer tout mon amour et ma reconnaissance à ma famille et à mes proches amis, qui sont mes premiers lecteurs et me prêtent leur concours. Merci à mes parents de me soutenir avec une ferveur indéfectible. J'ai de la chance d'être votre fille. Ma grand-mère chérie et mon guide, Lee Krug, fut la toute première personne à lire mon roman. Parmi mes merveilleuses amies, je suis reconnaissante à Alexandra Goldstein, pour son génie de la relecture et sa dévotion de toujours, à Rebecca Dunham pour sa compagnie intellectuelle, à Brittany Cavallaro pour sa solidarité sans faille, à Piyali Bhattacharya pour sa sagesse, son cœur palpitant, ainsi qu'à Alexandra Demet pour sa sororité et à Andrew Kay pour sa fraternité. Marge Warren et Bob Benjamin m'ont prodigieusement éclairée sur la vie des immigrés à New York au milieu du xxe siècle. Quant à Judy Mitchell, elle est toujours mon mentor et une amie précieuse.

À Jordan et Gabriel, mes frères : ce livre vous est également dédié.

Et enfin, que dire de Nathan ? Il n'est pas facile de vivre avec une auteure, mais j'aurais tendance à penser que cela ne te coûte pas d'efforts, si je n'avais conscience de la quantité de conversations hallucinantes, de travail éditorial et de soutien émotionnel que cela requiert. Tu possèdes le cœur le plus loyal, le cerveau le plus vif qui soit, et tu es capable d'apaiser même les oiseaux aussi tourbillonnants que moi. Merci mille fois.

Aubin
IMPRIMEUR

Achevé d'imprimer en février 2018
N° d'impression 1801.0431
Dépôt légal, avril 2018
Imprimé en France
37834032-1